Las otras verdades

· **Dirección editorial:** Marcela Aguilar
· **Edición:** Carolina Kenigstein
· **Colaboración editorial:** Natalia Yanina Vázquez
· **Coordinación de diseño:** Marianela Acuña
· **Diseño de portada:** Carlos Bongiovanni
· **Diseño de interior:** Olifant · *Valeria Miguel Villar*

-MÉXICO-
Dakota 274, colonia Nápoles
C. P. 03810, alcaldía Benito Juárez, Ciudad de México
Tel.: 55 5220 6620 • 800 543 4995
e-mail: editoras@vreditoras.com.mx

-ARGENTINA-
Florida 833, piso 2, oficina 203, (C1005AAQ), Buenos Aires
Tel.: (54-11) 5352-9444
e-mail: editorial@vreditoras.com

Primera edición: junio de 2021

ISBN: 978-607-8712-78-6

Impreso en México en Litográfica Ingramex, S. A. de C. V.
Centeno No. 195, Col. Valle del Sur, C. P. 09819
Alcaldía Iztapalapa, Ciudad de México.

LAURA G. MIRANDA

Las otras verdades

Para todas las mujeres que eligen no ser madres,
y también para aquellas que aman serlo.
Celebro este precioso tiempo de poder elegir.

Para mi tío, Oscar Giudici,
un hombre bueno que sabía amar y dar.
Te quedaste en mí. QEPD.

Para mis hijos, Miranda y Lorenzo, siempre.

Solo unos pocos encuentran el camino,
otros no lo reconocen cuando lo encuentran,
otros ni siquiera quieren encontrarlo.
¿Por qué todo el mundo me dice lo que tengo que hacer?
Este es mi sueño y yo decidiré cómo continúa.

Lewis Carroll

Alicia en el país de las maravillas

Prólogo

No coincidir. Ausencia de acuerdo entre personas que se aman verdaderamente. Ser capaz de dar la vida por el otro, pero no poder compartir el mismo sueño. Sentir que es imposible ser parte de esa ilusión que los proyecta juntos en un escenario distinto al imaginado. Paradójica verdad. El absurdo sin límites al que pueden llegar las relaciones humanas. Dar vida, nombre y asunto al concepto de polos opuestos, líneas paralelas o lo que es lo mismo: problema sin solución. En determinadas cuestiones no hay zona de grises, la respuesta es sí o no. Sin variable, sin magia, sin mediación, sin mitad de camino para encontrarse y ceder en partes iguales en favor de acercar la distancia que separa. Pero amar, amar tanto y creer en ese amor. Sentir con desesperación la necesidad de encontrar la salida. Ver un muro donde se desean puertas, asomar a ventanas que dan al vacío, escuchar cómo los mandatos sociales gritan su mudo accionar silencioso y corrosivo. Saber de memoria las palabras no dichas, todavía, de quienes opinarán. Evitarlas.

Ser. Oírse. Llorar. Volver a pensar en lo mismo. Intentar explicar. Enfrentar una situación en la que valen todas las razones. Fracasar. Enojarse mucho, pero seguir amando con desmesura. Saber que ese amor es todavía más fuerte que al comienzo de la relación.

Desacuerdo que permanece incólume.

Palabras dulces que imaginan en voz alta lo que nuestra convicción rechaza al mismo tiempo. De pronto, lo imprevisible toma protagonismo y mezcla la unidad de medida del tiempo, de los vínculos y de la mismísima misión que nos reclama.

Perderse en una nube de dudas efímeras y confusión. Sentir el amor como un viento que nos llega por la espalda.

¿Qué hacer cuando la vida hace un nudo entre el presente que transcurría perfecto, a través de un día a día maravilloso, con una variable definitiva? ¿En qué instante el destino toma los comandos de la felicidad y lanza sobre ella la impetuosa desolación?

Aparece la palabra. Y es un interrogante. ¿Un paso en falso? ¿Una alternativa? *Deconstruir: desmontar a través de un análisis intelectual una cierta estructura conceptual.* Evidenciar ambigüedades, fallas, debilidades y contradicciones de una teoría. Demostrar las múltiples lecturas posibles.

¿Se puede deconstruir el amor?

Mi nombre es Isabella López Rivera y esta es mi historia. No es fácil sostener mi verdad y ser comprendida. Tampoco enfrentar lo que me sucedió, pero siento, me priorizo y aprendo a vivir a diario. Escucho la voz que hay en mí. Estoy segura de que el amor me define y me guía. A veces, ser una misma puede convertirse en la inesperada respuesta a las otras verdades que descubrí y que hoy decido contar.

CAPÍTULO 1

Atrapada

Quizá mis líneas tengan, en otros mundos,
la innegable superioridad de un adjetivo feliz.
Adolfo Bioy Casares, 1948

Atrapada

Así me siento y sé que no soy la única. Estoy encerrada en una ecuación vital cuya incógnita no existe. Conozco los términos. Sé la respuesta. La siento en mí. No necesito un motivo, aunque lo tengo. Alcanza con decir que soy la dueña de mi vida y que tengo el poder sobre mi presente y mi destino. Entonces aparece con su ingobernable sinsentido "el amor", me atraviesa y me lastima. Define mi estado de ánimo y lloro porque después de haber superado momentos terribles, la diferencia irreconciliable parece ser lo único que hoy nos une. Escribo esta columna para todas las mujeres que, como yo, no saben qué hacer con tanto amor que se enfrenta lapidario a un conflicto, a posturas

rivales, a una decisión, o debo decir: ¿A dos? En ese caso, ¿esto era todo? ¿Así finaliza una historia de amor, todavía amándose sin límites, solo por un imposible acuerdo? ¿Quién determina lo que debe ser? ¿Acaso ambos tenemos razón? Quiero una tregua. Irme de mí para no necesitar estar con él. Soy la última mamushka, pero la vida secuestró y amarró con una cuerda a la primera. A la grande, a la que protege a las demás. Y una a una, todas ellas, hasta llegar a la que soy, sienten la presión y el encierro; no se puede salir. Un nudo marino lo impide. Y yo estoy aparentemente entera en el aislamiento, pero más rota que nunca en la realidad que supone no ser libre. No puedo juntar mis pedazos porque no tengo la posibilidad de estrellarme contra la nada. ¿Es esta la prisión de los miedos? ¿Son estas las rejas cotidianas de los que sufren…?

Pausa. Manos quietas. Habían regresado las mamushkas a su inspiración.

Detuvo la escritura. Elevó su mirada buscando algo que no estaba allí. El simbolismo la asfixiaba. El poder de sus propias palabras la enredaba entre sus miedos y sus convicciones. Solo la imagen de una puerta cerrada y un candado se le venía encima. La asombró la naturaleza exacta de su inconsciente.

Isabella esbozaba el ensayo de las primeras líneas de su columna de opinión semanal. Su carrera iba en ascenso. Vivir con Matías Zach había sido el paraíso durante tres años. Con veintisiete ella y veintinueve él, se amaban, sin embargo, había llegado el inevitable "pero" que pone en crisis a todas las relaciones importantes en algún momento. El tema había tomado tal magnitud que era el tercero en discordia en la casa. Desde lo dicho y, también, desde el silencio subyacente. Era en las miradas, en las súplicas que no serían y en el encuentro mudo de sus cuerpos que preferían comunicarse sin causa. Hacer el amor era, paradójicamente, el único modo de sentirse cerca, porque allí, entre las sábanas, la razón dormía y dejaba espacio a lo que eran juntos en un escenario tan efímero como profundo. Todavía podían empujar fuera del dormitorio sus diferencias mientras duraba el placer. Aunque cada vez era más intenso el después, porque entonces, el silencio les gritaba la verdad de cada uno, y en sus ecos las posturas peleaban a matar o morir.

En ese contexto, el tono de llamada de su celular le robó su atención.

–Hola, Lucía.

–Hola, Isabella, tengo grandes noticias para ti. Sé que es tarde pero no puedo esperar a mañana –se la oía ansiosa y feliz; tenía la voz de los portadores de buenas noticias. No se había equivocado, su sexto sentido de editora había reconocido el potencial de Isabella desde el principio. Luego, la sensibilidad, entrega y talento de la joven, unidos a la columna de opinión dedicada a las mujeres, con su foto en primera página de la revista, se habían convertido en un éxito que se mezclaba y renacía con más fuerza en un mundo de lectoras que se multiplicaban diariamente. Isabella López Rivera era

14 un estilo en sí misma. Una suerte de marca registrada. Su voz era la de muchas, y de todas sus columnas la titulada "Mamushkas" había sido, sin duda, su consagración. Luego, era inherente a ella llegar al nervio de los temas sobre los que escribía con una sensibilidad universal.

–¿Qué sucede? –preguntó sin demasiado entusiasmo. En ese momento escuchó que Matías había cerrado el grifo de la ducha.

–¡Nueva York!

–¿Nueva York?

–¡Sí!

–¿Por qué estás eufórica? Hasta donde yo sé, tú conoces esa ciudad y no creo que me llames para contarme que viajarás y que yo debo reemplazarte. Eso ya ha sucedido antes –agregó con una sonrisa. Habían logrado cierta confianza luego de compartir tiempo en la revista.

–Recibí una propuesta de trabajo… –comenzó a contarle Lucía.

En un primer momento, Isabella sintió una sensación egoísta. Solo eso le faltaba: cambios en su trabajo, cuando esa era el área que, en ese momento, funcionaba sin incertidumbre ni pesar. No quería más responsabilidades, aunque fueran temporales. De inmediato, quitó de su mente la idea inicial. Ella no era así.

–Dime –continuó–, te escucho.

–Bueno, no acepté.

–¿Entonces? No veo qué es lo que no pudo esperar hasta

mañana. No me malinterpretes, aprecio la confianza y tu llamada, pero sigo sin comprender.

—Te he propuesto a ti, y luego de analizar tu trayectoria aceptaron. ¡Esa es la gran noticia! Serías directora editorial de una revista en Nueva York; hablas inglés a la perfección. Se llama *To be me*, tiene excelente tirada y distribución. Quieren una mujer creativa en el puesto. ¿Qué me dices? —Isabella se había quedado pensando en la traducción *To be me* o lo que era lo mismo: *Ser yo*, se parecía bastante a una señal. Siempre la unía a Lucía Juárez un hilo invisible que enlazaba su presente a sus indicaciones laborales. Esa no era una orden, pero ¿qué era? Justo en ese momento, ¿y Matías? ¿Estaba él incluido en el viaje? ¿Por qué pensaba en eso? Ni siquiera sabía si deseaba ir. No conocía la propuesta y su vida estaba a merced de un conflicto sin solución—. ¿Estás allí? —preguntó Lucía.

—Sí, claro, sigo aquí. No vivo mi mejor momento… perdóname. Se han mezclado varias cuestiones en mí.

—Quizá sea esta la respuesta para ordenar un poco el enredo, Bella —dijo con esa sabiduría emblemática que casi siempre definía su discurso. Hacía días que intuía inestabilidad en el ánimo de su protegida—. Hablaremos mañana en mi oficina. A primera hora. Debemos responder esta semana. Es una gran oportunidad para ti. No digas nada todavía.

—Bien. No lo haré porque ahora mismo mi respuesta sería un "no".

—Justamente por eso te llamé, para que llegues a la conversación con otras opciones. Te conozco.

–Mejor que yo, tal vez –agregó–. Buenas noches.

El tiempo pareció detenerse. Isabella permaneció inmóvil observando el espacio sin fronteras que la habitaba. Necesitaba una señal, una brújula personal que la ubicara en el centro de sus emociones. Un beso en la frente la trajo de regreso.

–No me respondiste –dijo Matías. Evidentemente le había preguntado algo y ella no lo había escuchado. Lo miró, tenía un paquete en sus manos–. ¿Quieres abrir esta sorpresa que tengo para ti?

–Claro –seguía siendo él, dulce y protector. Traía un regalo pequeño, porque lo grande era su amor. Matías se acercaba desde otro lugar.

Isabella tomó el envoltorio rectangular y lo abrió. El impacto visual la llevó de inmediato a su infancia, pero también la enfrentó, con sorprendente claridad, a su vida adulta. Se trataba del ejemplar de *Alicia en el país de las maravillas* de Lewis Carroll que había leído y amado cuando era niña. Desteñidos los colores de la portada y amarillentas sus páginas, lo acercó a su nariz y reconoció el olor del pasado. Cerró los ojos por un instante. Viajó en el tiempo y regresó.

–¿Dónde hallaste este libro? –preguntó con curiosidad.

–Yo no lo hice. Fue tu madre. Hoy estuve con ella y lo encontró mientras ordenaba su biblioteca. Me contó cuánto te gustaba de pequeña y entonces quise traerlo a nuestra casa. Fui yo quien lo envolvió –Matías solía ir a la casa de Gina y compartía con ella un café mientras conversaban; él no tenía madre y le encantaba escucharla. Consideraba que era *cool*, divertida y muy sabia. A Isabella le gustaba que se llevaran tan bien.

–¿Sabes que es considerada una de las mejores novelas del sinsentido? –preguntó haciendo caso omiso al relato doméstico ya que era habitual que él visitara a su madre, otro gesto por el que lo amaba más si eso era posible. Había leído y analizado la obra siendo adulta.

–Lo sé, por su simbología, su aparente locura y sus juegos lógicos –agregó–: Creo que será un texto inspirador para ti.

–¿Por qué?

–Porque es un real "sinsentido" todo lo que dices que nos separa.

–No lo digo yo, lo dicen los hechos. No quiero hablar ahora de eso, pero gracias… me quedo con el libro –no lo dijo, pero pensó en el paralelismo. La novela cuenta la historia de Alicia, una niña que al caer, de forma accidental, por un agujero llega a un peculiar mundo de criaturas con apariencia humana; una obra capaz de conquistar a seres de cualquier edad.

Abrió una página al azar y leyó: "O el pozo era muy profundo, o ella caía muy lentamente, porque mientras descendía le sobraba tiempo para mirar alrededor y preguntarse qué iría a pasar a continuación". *Definitivamente, soy Alicia*, pensó.

–Te amo. Vamos a acostarnos. Es tarde –dijo Matías con una sonrisa. Ella accedió.

Sin hablar, sobre la suavidad de la cama, se fundieron en un abrazo silencioso. Ambos eligieron callar. Era mucha información para ponerla en palabras en ese momento.

CAPÍTULO 2

Makena

Recuerda mirar arriba, a las estrellas, y no abajo, a tus pies.
Intenta encontrar el sentido a lo que ves y
pregúntate qué es lo que hace que el universo exista.

Stephen Hawking, 2012

BUENOS AIRES, ARGENTINA

María Paz Grimaldi observaba a su hija con la mirada orgullosa de siempre; por un instante únicamente su rostro precioso ocupó todos sus sentidos. Makena era una niña diferente –en verdad, cada ser lo es, irrepetible y único–, pero su origen y la energía que irradiaba desde que había llegado a la vida, marcaban su espiritualidad ancestral como una señal. Desde su brillante luz interior y su alegría genética, esa niña era puro fulgor en cada parte de su cuerpo y de su alma.

María Paz suponía que todas las madres veían a sus hijos como seres especiales, al tiempo que imaginaban futuros prometedores y, en muchos casos, las más egoístas posiblemente, los veían cumpliendo los propios sueños frustrados como si eso fuera una rara bendición. Sin embargo, no era su caso. Ella sabía con la certeza que le daban sus convicciones que su única hija tenía un propósito bien definido en la vida. Una suerte de misión que, desde muy temprana edad, se manifestaba en sus acciones y sus palabras. A veces, solo en la espontaneidad y la feliz expresión que regalaba su rostro.

Makena, con sus siete hermosos años, y una historia personal que conocía de boca de su madre desde que fue capaz de comenzar a comprender, era un ser que siempre entregaba, sin saberlo, lo que el otro necesitaba. Una magia inexplorada la guiaba.

María Paz veía en ella la definición de una historia de amor que había encontrado su mejor destino y le había dado la oportunidad de cumplir su deseo de ser madre.

La niña bailaba en su clase de hip hop entre otras compañeras. Y se destacaba. Era inevitable sentir la atracción de su ritmo como una invitación a mirarla. Su cabello afro, sujeto con un colorido pañuelo de seda, y sus movimientos naturalmente coordinados que dibujaban figuras en el aire eran poesía. Parecía que la destreza graciosa de su cuerpo latía la melodía esperando que la canción bailara para completar la imagen y no al revés. De pronto, dirigió sus ojos almendrados color miel hacia al lugar desde el que su mamá la miraba. Intercambiaron sonrisas. Makena era un sol.

* * *

20 Llegaron a su casa. María Paz ayudó a la niña con las tareas, y mientras Makena practicaba con su guitarra, llamó Beatriz.

–¡Hola, hija! ¿Cómo están?

–Bien, mamá. Makena toca la guitarra y canta, y yo termino de editar una entrevista –María Paz era periodista y trabajaba desde hacía varios años en un importante periódico nacional. Amaba su profesión.

–Dime, ¿qué es lo que te preocupa?

–¿Por qué lo dices?

–Conozco tu voz. Y sé, aunque no te vea, que algo sucede.

–La verdad es que no me pasa nada, pero sí.

–Explícate mejor.

–No ha ocurrido nada, pero siento algo que me oprime el pecho. Ya sabes, cómo cuando un presagio me alerta.

Beatriz, que sabía perfectamente la manera en que funcionaba ese don, sintió que un escalofrío la recorría entera.

–Pero ¿qué tipo de sensación es, hija?

–Es la que me angustia. La de un vacío que lo ocupa todo –respondió con honestidad. No le mentía a nadie, tampoco a su madre, ni siquiera para no preocuparla–. Maki y tú están bien. En mi trabajo no hay problemas. Eso es lo que peor me hace, saber que algo se anuncia y no tener idea de a quién afectará.

–Voy a llamar a tu hermana –dijo Beatriz pensando que quizá su otra hija fuera el motivo.

–Anoche hablé con ella, sabes cómo es Emilia, nada la toma por sorpresa. Tiene su vida planificada desde que nació.

Es dueña de un hotel divino –dijo refiriéndose al Mushotoku–, y su matrimonio es perfecto.

–¡No exageres! Justo eso me preocupa.

–¿Qué?

–Que la vida me ha enseñado que nada es lo que parece. Además, la perfección no existe.

–Eso es verdad –omitió decir que lo había aprendido a la fuerza.

–Volviendo a tu angustia, sabemos que no es posible controlar estos presentimientos, solo debes estar tranquila y enfocarte en pensamientos positivos. Abraza a Makena, ella es un refugio.

–Lo sé, mamá. Tú me preguntaste por eso te lo conté. Eso haré; mi hija logra que no piense en nada que no sea bonito.

–Por favor, avísame cualquier novedad –hizo una pausa. Por un momento pensó si no se trataría de María Paz. Alejó las ideas tremendistas de su mente–. ¿Quieres que vaya? –agregó.

–No. No es necesario.

Se despidieron con el cariño de siempre.

María Paz tenía ese sexto sentido que la adelantaba en el tiempo desde muy joven. A sus treinta y seis años conocía de memoria todas las sensaciones que llegaban repentinamente y que eran la antesala de sucesos memorables y grandiosos, pero también de los otros, los preocupantes, o aquellos sin aparente solución, o simplemente dolorosos. Había aprendido a manejar su ansiedad y cuando algo así la invadía buscaba paz interior y le pedía a todos los dioses lo mejor para los

22 involucrados. Luego, y desde que tenía a su hija, la abrazaba y pasaba tiempo con ella, hasta que el anuncio interior parecía fluir entre el amor que las unía.

–¡Mami! Quiero hacerlo hoy.

–¿Qué cosa, hija?

–Las estrellas, ¿recuerdas? –preguntó.

María Paz sabía de lo que hablaba. Días atrás había recibido un envío de Sudáfrica, proveniente del padre de la niña y de su familia, con varios obsequios. Entre ellos, veintitrés estrellas de diferentes tamaños y una luna llena. Tenían adhesivos para pegar sobre la pared y eran fluorescentes. De día, el tono era de color verde limón, pero en la oscuridad creaban la ilusión de un cielo nocturno perfecto.

–¿Quieres colocarlas ahora?

–Sí. ¿Me ayudas? Obi me dijo que por las noches, cuando las mire, será como si los dos estuviéramos bajo el mismo cielo, porque él colocará de la misma manera otras iguales en su habitación –la pequeña lo llamaba Obi o papá indistintamente porque decía que le gustaba su nombre.

María Paz sabía que Obi había dicho exactamente aquello en lo que creía. Era indiscutible que su manera de concebir la distancia y el tiempo era propia.

–¿Y cómo será eso? –preguntó de todas formas.

–Cuando hayamos terminado, le mostraré por videollamada y él copiará los lugares.

–Ha sido un gesto muy lindo –todo lo que Makena sabía de su padre era bueno y se relacionaba con el amor que sentía por ella. María Paz se encargaba a diario de que ese vínculo, por complicado que fuera, creciera en favor de una infancia feliz para su hija–. ¡Hagámoslo! ¿De qué forma quieres colocarlas?

–Una cada una, mamá. Y la luna llena allá –respondió mientras señalaba el ángulo de la pared de su habitación que mejor veía desde su cama. Debajo de él había una repisa repleta de muñecos de peluche de variados colores. Sobre su cama estaba Pepe, un guacamayo rojo, verde, amarillo, azul y naranja, que era su objeto de apego desde que tenía dos años.

Makena había heredado de su padre el optimismo, que era un factor común entre su gente, la aceptación de su realidad con una sonrisa y sin pesar alguno. Ella siempre estaba bien, nunca se quejaba, era creativa y muy divertida. Llevaba su alegría como una señal y se adaptaba a todas las situaciones. Su ascendencia sudafricana era incuestionable. Había algo implícito, y explícito cuando se necesitaba, de lucha en la comunidad afrodescendiente. Y eso se advertía a temprana edad, en sus pequeñas batallas diarias, en el hogar o en la escuela.

María Paz sabía que en ese país no era fácil sentirse sola, ni siquiera estar sola en el sentido literal de la palabra porque solían ser muchos de familia y reunirse. Sin embargo, Buenos Aires era algo muy diferente, y el amor vivido en Johannesburgo se había perdido entre el tiempo, la distancia y las intenciones fallidas. La mujer que la habitaba conocía, personalmente, a la soledad porteña. Su concepción del tiempo era otra, los años pasaban y podían medirse afuera de ella. El tiempo siempre ganaba.

24   Cuando todas las estrellas estuvieron colocadas, ambas salieron de la habitación. María Paz apagó la luz y cerró la puerta desde afuera para proteger la sorpresa. En ese momento un recuerdo acudió a su memoria y tuvo una idea.

En cuclillas, abrazó a su hija y besó su cabello. Se apartó lo suficiente y le dijo:

—Ahora debes prometerme algo.

—¿Qué?

—Mirarás el cielo, este o el otro, al menos una vez cada día.

—¿Por qué?

—Porque no es bueno concentrar nuestra atención solo en asuntos urbanos. Además, en el cielo hay respuestas lógicas y también intuición. Y tú, que llevas todo eso en ti, debes potenciarlo.

—No entiendo lo que dices.

—Tú eres especial y debes dedicar tiempo a sentir todo lo que eres —María Paz se dio cuenta de que, aunque su hija fuera inteligente, debía explicarle la idea de manera más simple—. Debes ser curiosa, viajar con tu imaginación, conocer, pensar en cosas que llamen tu atención. Maneja el tiempo y sácalo de tu camino cuando te moleste.

—Mami, cuando me aburro en la escuela ¡hago eso!

—¿Qué, exactamente?

—Dejo el tiempo afuera, me olvido de lo que falta para poder irme y espero.

—¿Qué esperas?

—Lo que sea que quiera.

–Bueno, de eso se trata. Recuerda esto: cada vez que mires este cielo o cualquier otro del mundo vas a descubrir algo nuevo. Cada estrella tendrá un secreto guardado para ti.

–¡En el otro cielo hay miles! –dijo como si fuera imposible que tantos secretos por descubrir esperaran por ella.

–¡Así es! Eso significa que nunca estarás sola. ¿Sabes por qué?

–No.

–Porque cada vez que descubras un secreto guardado en una estrella para ti, un ser mágico llegará a tu vida –dijo a media verdad–. Yo descubrí el mejor secreto y luego llegaste tú –confesó recordando aquella noche en África en la que el cielo le había dado una respuesta–. Tú me haces bien, mi amor. Cierra los ojos –pidió. Un instante después, Makena y su madre estaban paradas en el centro de la habitación–. ¡Ábrelos!

La niña escuchaba los ecos de las palabras de su madre mientras su corazón latía contento al compás de ese cielo perfecto que se desplegaba ante sus ojos. Miró fijamente una estrella como si esperara que una palabra cayera de allí. Permaneció en silencio concentrada por un espacio breve de tiempo. Luego, le hizo un guiño y sonrió.

–Tal vez mañana llegará a casa el perrito que te pedí porque esa estrella, la más pequeña –señaló–, acaba de decirme que así será; era su secreto guardado para mí –dijo, entusiasmada. Se mezclaban su inocencia y sus deseos.

Su madre le acarició el rostro, satisfecha. La niña había comprendido.

26   Entonces, el tiempo se detuvo en ese instante mágico que las envolvió de luz y sorpresa mientras recorrían con su mirada ese universo creado a la medida de los sueños de una niña que honraba su nombre. Makena, cuyo origen provenía de la tribu Kikuyu, de Kenia, significaba "feliz".

CAPÍTULO 3

Estoy bien… bien hundida, bien decepcionada, bien vacía,
bien harta, bien rota, bien fracasada, bien inestable,
bien cansada; definitivamente estoy bien.

Frase atribuida a Frida Kahlo,
México, 1907-1954

BUENOS AIRES

Emilia Grimaldi sentía el peso de ese gris atardecer sobre su espalda. Todo dolía incluso la lluvia que golpeaba su rostro. Gotas tan duras como su realidad se mezclaban con sus lágrimas. Siempre había vivido al servicio de la seguridad que dan los planes. No le gustaban las sorpresas y había tratado de que el futuro no disparara cuestiones imprevisibles sobre su vida… Sin embargo, eso ya no sería posible, el destino había cambiado los ejes de sus certezas y, entonces, sus planes habían fracasado intempestivamente.

Ya nada ocurriría como ella esperaba y debía aceptarlo. La felicidad ya no tenía rostro. El almanaque no tenía fecha y su corazón estaba roto en trozos que rodaban por el camino

28 incierto de su futuro. Los planes y el tiempo eran una falsa premisa, solo un par de muletas que necesitan los seres que pretenden vivir en la tranquilidad de una vida segura, trazada milimétricamente por convicciones y hechos que carecen de garantía a perpetuidad.

Y esa sensación de que no debería estar donde estaba, de que algo se había desordenado en su alma sin hallar su exacto lugar. Ese frío en su corazón, esa lágrima apretada contra su voluntad, y las dudas… siempre las mismas, azotando su capacidad de resistir. Esa noche Emilia debía estar donde ya no podía ir… La vida había empujado sus planes desde un abismo. Todo lo que había sostenido en su mente desde que recordaba había caído al vacío. No sabía cómo dar el siguiente paso. No podía llamarlo, no tenía esa opción. No podía decirle. No habría celebración ni besos ni paraíso que los encontrara en una felicidad que había imaginado de mil modos diferentes.

Unos minutos, quizá menos, habían sido la fracción de tiempo en que había actuado el destino para demostrarle que era capaz de mutilar su vida.

No era posible revertir las consecuencias de esos fatídicos minutos. No podía cambiar lo sucedido, la vida se había vuelto difícil, inundada de ausencia, de interrogantes que tristemente no concluían en unos minutos, ni en horas, ni en días, quizá tampoco en meses. Pensó que no tenía tanto tiempo. Había aprendido a fuerza del golpe recibido que nadie era dueño de la vida que creía y, por eso, había que honrar la

posibilidad de vivirla mientras era dada. Aunque ella ya no quería su vida ¿Para qué?

Lloraba lágrimas que, como un desgarro, le quitaban trozos de su corazón roto mientras los recuerdos en su memoria eran la peor implosión de injusticia. Lloraba y le ardían los ojos, no menos que la herida abierta de su alma porque él se había ido. El hombre al servicio de quien había puesto, con incondicional amor, los mejores años de su vida, ya no estaba. Aunque aún permanecían sus cosas en la casa, aunque no había habido despedidas, aunque nadie había pronunciado la palabra "adiós".

Él se había ido. No regresaría esa noche ni cenaría en su mesa para luego dormir en su cama. No se enteraría lo que tenía para contarle. No era parte de su vida, ni de sus sueños, ni de sus proyectos. La había sacado abruptamente de su mundo. La había abandonado.

Emilia, con sus treinta y ocho años, se había quedado vacía en el mismo momento en el que el telón había caído de sus ojos y había visto la verdad. Le dolía vivir, le dolía pensar, le dolía ser… Estaba tan sola en su dolor…

Todo era nada o la nada era todo. ¿Cómo podría ser más fuerte que sus miedos? ¿Sería capaz de vencer a ese tsunami que la arrastraba hacia el lugar donde todo termina mal? Solo le había dicho cuatro palabras que todavía no cobraban sentido: "Se acabó el amor".

Alejandro, el amor de su vida, con quien había estado de novia más de dos años, se había casado hacía siete, y a quien

30   aquel día iba a decirle que finalmente lo habían logrado y que estaba embarazada, estaba armando un bolso cuando llegó a la casa.

Recordó lo sucedido antes de que ella escapara de su hogar en busca de oxígeno y otra verdad que no encontró. No había podido enfrentar la escena después de que lo había visto partir.

–¡Hola, mi amor! ¿Otra vez tienes que viajar? –en el último tiempo la agencia de autos le imponía viajes cada vez más frecuentes–. Por favor, hoy no –había pedido–, necesito que te quedes, hay algo importante que tengo que decirte –la mirada le brillaba, inmersa en la ilusión de la noticia.

Alejandro no levantaba la cabeza y evitaba todo contacto visual. Continuaba acomodando sus pertenencias en el interior del bolso. El celular comenzó a vibrar en la mesa de noche. Él lo tomó, miró la pantalla y lo guardó en su bolsillo sin atender.

Emilia sintió miedo.

–Alejandro, ¿qué te pasa? ¿Por qué no me respondes?

Solo silencio por unos instantes que detuvieron el tiempo en la incertidumbre de una respuesta que no llegaba, pero que podía intuirse fatal.

Él por fin la miró. Emilia no reconoció en sus ojos al hombre con quien compartía su vida desde hacía casi diez años.

–También tengo algo que decirte y prefiero que sea rápido.

–Preparo el almuerzo, tengo todo freezado y hablamos –dijo intentando dilatar el momento.

–No voy a comer.

—*Pero ya pasó el mediodía* —señaló—. *Yo nunca estoy a esta hora, podemos aprovechar para estar juntos y me cuentas lo que sea que tengas que decir.*

—*Tengo muy claro que nunca estás aquí a esta hora, por eso...* —la miró y no pudo decirle que era la razón por la que armaba su bolso y partía en ese momento porque no quería enfrentarla. El sonido de la vibración de su celular podía escucharse entre ambos. No atendió.

—*Por eso, ¿qué?*

—*Me voy, Emilia* —dijo Alejandro de manera absoluta. No cabía ni silencio, ni pausa, ni opciones, ni nada entre esas palabras cerradas.

—*¿Adónde? No entiendo...* —alcanzó a decir justo cuando empezaba a comprender.

—*Me voy de la casa. Se terminó.*

—*¿Qué cosa terminó?* —la realidad no era una opción que pudiera procesar su lógica.

—*Se acabó el amor. Ya no te amo. Tengo cuarenta años y quiero ser feliz. Por eso me voy. No quiero más esta vida.*

Emilia se quedó muda. No podía articular palabra, el nudo en su garganta se enredaba con el sabor amargo y la incredulidad. Se negaba a aceptar lo que había escuchado. Intentaba asimilar la situación. No podía. Alejandro continuaba cargando algunas cosas más del baño. Su desodorante, su perfume y su cepillo de dientes. Parecía un desconocido abandonando un hotel temporal.

—*No puede ser cierto lo que dices* —dijo ella con un hilo de voz.

32   –Lo es –respondió rotundo–. Hace tiempo que estamos mal,
solo que tú no quieres verlo porque tus planes son el matrimonio
feliz, hijos, una casa, dos autos, tal vez un perro. Ahorros. Viajes
al exterior, milimétricamente planeados. Vacaciones en la costa, almuerzos familiares y bodas de oro. Pero ese es "tu plan" –remarcó–,
no el mío. Nunca lo fue.

   –Alejandro, ¿te volviste loco? –dijo Emilia sin poder contener
las lágrimas.

   –No. Nunca estuve tan seguro de algo en mi vida. Lo siento,
no quiero lastimarte, pero es mejor que seguir con esta farsa.
No tenemos hijos y eso lo hace más fácil. Es una suerte que no
hayas quedado embarazada –era honesto. Eso pensaba. No la
amaba, pero tampoco disfrutaba dejarla, sabía lo que eso signifi-
caría para ella. Esas últimas palabras fueron un golpe bajo que
le quitó la respiración.

   –¿Tienes otra mujer? –preguntó ella sintiendo que todo era una
pesadilla. La estadística adelantaba la respuesta. Era evidente
que él había enfocado su deseo en otra mujer, quien con seguridad
lo había hecho sentir tan diferente como para tomar esa decisión.
Pero... ¿y las señales? Siempre había. Se distrajo unos segundos
en esa reflexión antes de volver a mirarlo de forma inquisidora.

   –Sí –dijo con rotunda e inesperada honestidad.

   Para Emilia era una respuesta letal que significaba el derrumbe de su vida entera. Convertía su matrimonio en un número
más de las estadísticas de infidelidad y ruptura. Para él, apenas
dos letras que lo liberaban del tiempo y los planes familiares.

   –¿Cómo fuiste capaz? ¿Desde cuándo me engañas? –su tono

era más alto, pero no alcanzaba a ser un reproche; el dolor no le permitía expresarse. Sentía que un tren había pasado sobre cuerpo. Pensó en la vida que crecía dentro de ella, no podía decirle a un hombre que no lo deseaba que sería padre. ¿Qué sentido tenía intentar retenerlo con ese motivo que los unía cuando todo lo demás los separaba?–. ¿Qué hice mal? –preguntó asumiendo una autoestima inexistente y toda la culpa.

–No lo sé. Simplemente "se acabó el amor"–repitió.

–¡No el mío!

–Ojalá pudiera cambiar eso –fue cruel sin darse cuenta.

–¿Desde cuándo, Alejandro? –insistió, como si saber eso modificara en algo el rumbo de los acontecimientos.

–No importa –dijo, mientras se dirigía a la puerta de la casa con su bolso en la mano.

–A mí sí me importa –Emilia gritó y se puso delante de él impidiendo que avanzara. Otra vez vibraba su celular en el bolsillo de su jean.

–Desde que "se acabó el amor" y me di cuenta de que tus planes no son los míos –respondió. Abrió la puerta y se fue.

Emilia corrió detrás de él, suplicándole. Alejandro no dijo nada más. No hubo despedida alguna. Solo un hombre partiendo. Así, en la acera de la casa que habían soñado juntos y que habían logrado comprar hacía dos años, lo vio subir a su auto en marcha, que lo esperaba enfrente. Conducía una mujer. Rubia, con lentes oscuros, alcanzó a ver.

Seguía lloviendo.

CAPÍTULO 4

Desacuerdo

*Un desacuerdo tal vez sea la distancia
más corta entre dos mentes.*
Kahlil Gibran, 1985

BOGOTÁ

Isabella llevaba noches sin dormir bien. Se despertaba, observaba a Matías, confirmaba cuánto lo amaba y se levantaba para calmar sus pensamientos. Después de tres años juntos, estaba más enamorada de él que nunca, y la enojaba tremendamente que un tema tan difícil se interpusiera entre los dos, con posiciones tan radicalmente opuestas.

Sobre todo, porque estaba segura de que era el hombre de su vida. Pero no era menos cierto que había descubierto que ella era la mujer de su vida y que ya no haría nada que no tuviera ganas de hacer. Un empate de género en el que debía elegir entre priorizar sus deseos o acceder a los de Matías. ¿Por qué un "no quiero" y punto final no era suficiente?

La propuesta de Lucía consistía en mudarse durante tres meses a Nueva York y hacerse cargo de la dirección editorial de *To be me*, una revista similar a *Nosotras*, la publicación en la que trabajaba en Bogotá. El contenido habitual incluía temas dirigidos a la mujer actual, como moda, consejos de belleza, familia, amor, trabajo, sexualidad y prensa del corazón. Además, tenía una versión en castellano, *Ser yo*, dirigida a los habitantes latinos que residían en Estados Unidos. En principio, la experiencia se presentaba como una gran posibilidad en reemplazo de la actual editora, quien inicialmente estaba por tomarse tres meses de licencia por maternidad y, quizá, un año sabático.

Isabella sentía que el destino se burlaba de ella, enviando señales relacionadas con las mismas cuestiones.

Otra vez Nueva York. Recordó que cuando había aceptado casarse con Luciano, su exesposo, había rechazado una propuesta parecida. Su pasado y una culpa que ya no pesaba sobre su espalda habían sido determinantes, pero ¿qué debía hacer frente a esa segunda oportunidad? Recordó las palabras que había leído en la historia de Alicia, esas que afirman que la imaginación es la única arma en la guerra contra la realidad. ¿Estaba en guerra contra su presente?

Se dio una ducha mientras las ideas empujaban unas a otras, decidida a hablar con Matías durante el desayuno. Eran las seis de la mañana, tenía una hora hasta que él despertara. Envuelta en su bata no pudo evitar el impulso de ir a su escritorio y retomar la escritura de su columna. Hasta eso había cambiado en su vida, tenía un refugio en su propia casa, su lugar, su ambiente, allí ella "era". Con esa idea, Matías había decorado el lugar como a ella le gustaba. Entro otros detalles, había un pequeño altar a la Virgen de Guadalupe y un cuadro con la imagen del cómic de la Mujer Maravilla que Isabella amaba. Recordó ese momento, y la felicidad de estar enamorada le pareció ajena, casi nostálgica.

–Bella, no te pierdas –se dijo en voz baja, usando su propio sobrenombre para acerarse más a sí misma.

Atrapada

Así me siento y sé que no soy la única. Estoy encerrada en una ecuación vital cuya incógnita no existe. Conozco los términos. Sé la respuesta. La siento en mí. No necesito un motivo, aunque lo tengo. Alcanza con decir que soy la dueña de mi vida y que tengo el poder sobre mi presente y mi destino. Entonces, aparece con su ingobernable sinsentido "el amor", me atraviesa y me lastima. Define mi estado de ánimo y lloro porque después de haber superado momentos terribles, la diferencia irreconciliable parece ser lo único que hoy nos une. Escribo esta columna para todas las mujeres que, como yo, no saben qué hacer con tanto amor que se enfrenta lapidario a un conflicto, a posturas rivales, a una decisión o debo decir ¿a dos? En ese caso, ¿esto era todo? ¿Así finaliza una historia de amor, todavía amándose sin límites, solo por un imposible acuerdo? ¿Quién determina lo que debe ser? ¿Acaso ambos tenemos razón? Quiero una tregua. Irme de mí para no necesitar estar con él. Soy la última mamushka, pero la vida secuestró y amarró con una cuerda a

la primera. A la grande, a la que protege a las demás. Y una a una, todas ellas, hasta llegar a la que soy, sienten la presión y el encierro, no se puede salir. Un nudo marino lo impide. Y yo estoy aparentemente entera en el aislamiento, pero más rota que nunca en la realidad que supone no ser libre. No puedo juntar mis pedazos porque no tengo la posibilidad de estrellarme contra la nada. ¿Es esta la prisión de los miedos? ¿Son estas las rejas cotidianas de los que sufren…?

Releyó. Le agradó lo que transmitía. Continuó escribiendo palabras que salían de su alma con fluidez.

Vivo uno de esos momentos en los que siento que debo conservar la calma, pero al mirarme al espejo soy testigo de que algo en mí se ha desbordado al límite impensado de pelearme conmigo, porque no es justo lo que me sucede. Tú, ¿qué ves cuando te miras? ¿Te has batido a duelo con un problema sin solución? Yo lo veo en mí, el conflicto me define. Nuestros ojos se enfrentan. Ninguno de los dos quiere ganar porque ambos sabemos que somos, un poco, el otro, y que habría frustración en cualquier triunfo. Sin embargo, así encerrados buscando una solución imposible, todo da igual. ¿Cuáles son las consecuencias de una certeza definitiva? ¿Y cuáles las de elegir no ceder? Cierro los ojos un instante para volver a encontrarme en mi imagen reflejada. No quiero perderme. Hoy no tengo respuestas solo preguntas.

Tú, ¿de qué eres capaz por amor?

Isabella López Rivera

Luego de poner su firma leyó la columna completa. Le gustó. Reflejaba su momento. Al salir de su escritorio escuchó a Matías preparando el desayuno. Fue a la cocina.

–*Ciao, amore mio* –la saludó en italiano como a ella le gustaba.

–¡Buen día! ¿Te dije últimamente cuánto te amo? –lo amaba, lo deseaba, lo veía hermoso, era adicta a él. El conflicto no cambiaba eso; lejos de esa opción, parecía potenciar sus sentimientos.

–No. Ven aquí –respondió y la besó con dulzura–. ¿Me lo vas a decir de una vez?

–¿Qué cosa?

–No lo sé. Tú dime. No duermes bien. Escribes de mañana. Te conozco. Supongo que quieres hablar de lo que dices que nos separa y que yo sé que nos unirá.

Esas palabras alcanzaron para que Isabella se fastidiara.

–No… No quiero hablar de eso, pero es verdad que debo contarte algo. Lucía me ha recomendado para un empleo de editora general en una revista en Nueva York. Sería un reemplazo de tres meses con posibilidades de un año. Ella lo ve como una gran oportunidad de progreso y no perdería mi empleo en *Nosotras* –disparó sus palabras como un misil de distancia.

Matías se quedó pensando. ¿Ese plan lo incluía?

–Bueno, me alegra muchísimo por ti –dijo sin ironía–, pero ¿qué ocurrirá conmigo? Con nuestra pareja, en realidad –omitió plantear desde cuándo lo sabía, caía en abstracto en medio de tanta tensión.

–Te amo, lo sabes, pero necesito espacio y tiempo. Tal vez una separación de tres meses sea lo mejor.

–¿Qué dices? No quiero distancia entre nosotros, si deseas ir, te apoyo, pero eso nada tiene que ver con ganar espacio. ¿Es por lo que hablamos?

–Te amo –repitió– como nunca he amado antes, pero no quiero tener hijos. No imagino mi vida como madre –Isabella fue clara y rotunda. El problema estaba allí entre ambos una vez más.

–No lo imaginas porque aún quedan culpas en ti por el accidente –Matías se refería a un hecho del pasado en el que ella había atropellado con el auto a una mujer embarazada que había fallecido en el accidente. Isabella recordó el trágico episodio en el que su ex había tomado su lugar, asumiendo por ella la responsabilidad de los hechos, y la cadena de sucesos que habían ocurrido después, incluso su matrimonio. No quería que la vida la enredara nunca más.

–¡No! No es por eso. Me he liberado de esa culpa y lo sabes. Me ayudaste a hacerlo. Simplemente no quiero. Me parece bien que haya mujeres que sientan ese instinto maternal, pero no vive en mí, no lo tengo.

–No puedo entenderlo. Querías todo conmigo…

–Mi concepto de todo es mi vida contigo, pero no incluye ser madre, ¿es tan difícil de entender?

Lo que había comenzado como una mañana en pareja se había convertido en una escena más que repetía idénticas ideas con diferentes palabras.

–¿Por qué?

–Porque no lo siento. Cuando imagino mi vida dentro de algunos años, solo estamos tú y yo, viajando, siendo felices y progresando. Nadie más –era dura en su discurso, pero decía la verdad.

–¿Tienes miedo de que nuestros hijos no te permitan progresar? –preguntó intentando adivinar una razón que surgiera de sus propias palabras.

–¡No! Primero, no hay "nuestros hijos", y en segundo lugar, debes saber que no pienso que los hijos sean un ancla. Los niños no detienen el progreso de ninguna mujer que sepa lo que quiere y se anime a ir por ello. Mi madre es un claro ejemplo de eso, y como ella muchas más. Mi motivo es que no lo deseo para mí, ¿puedes entenderlo?

–O sea, no porque no. Es hasta caprichoso –dijo Matías levantando un poco el tono de su voz, aunque sin gritar.

–Y sí porque sí ¿qué es?

–Es lo normal. Una familia.

–¿Quién dice qué es normal? ¿Una pareja no es una familia si no tiene hijos? –preguntó Isabella acentuando la idea con su tono.

Matías la miraba como si no la reconociera. En algún punto no lo hacía. Tenían todo para ser felices. ¿En qué momento había cambiado la sintonía de ese amor?

–Una pareja es una familia incompleta. Eso creo, si no pudiéramos tener hijos sería otra cuestión, pero que te niegues sin ningún motivo no tiene sentido para mí. Cuando estabas casada tuviste un atraso, ¿recuerdas? Me lo contaste porque era tu amigo, hablaste entonces de que no era el momento para un embarazo y estuve de acuerdo, ni el momento ni el hombre para ti, pero nunca me dijiste que negabas esa posibilidad. ¿Hubieras sido madre con tu ex pero no conmigo? —había dolor y duda en la expresión de su rostro.

—Es que no terminas de entender, mi motivo es mi decisión. Es mi derecho a elegir no ser madre. Es suficiente. No necesito más —tenía ganas de llorar, pero resistió—. Esta conversación es en vano, me cambiaré para ir a trabajar. Puedes usar tú el auto, prefiero caminar —agregó. Si bien ambos trabajaban para la revista *Nosotras* y cada uno tenía su despacho, no siempre compartían el mismo horario, además, por orden de Lucía, Matías se ocupaba de tareas fuera de la oficina.

A Isabella le molestó esa pregunta, la enfrentaba a lo que hubiera ocurrido casi con certeza, porque sometida como vivía en aquel momento, seguramente hubiera continuado con el embarazo de haberse producido. Agradeció que no hubiera sido así.

Posiciones opuestas sobre un mismo tema no deberían comprometer una relación, pero eso estaba ocurriendo. No existía mitad de camino en el conflicto que los unía porque era también el motivo que los separaba. Matías nunca había creído en la distancia o el tiempo como una variable para solucionar conflictos de pareja. Isabella creía en él, pero no era capaz de convertirse en madre en nombre del amor que sentía. ¿Era ese el principio del fin?

CAPÍTULO 5

Mushotoku

Cuando mi maestro y yo caminábamos bajo la lluvia,
él me decía: no camines tan rápido,
la lluvia está en todas partes.
Frase atribuida a Shunryu Suzuki,
Japón, 1904-1971

Adrián Heredia trabajaba en el hotel desde hacía casi tres años. No había planeado ser el encargado del Mushotoku. En realidad, nada en su vida era consecuencia de un plan. Adrián era de los que creían que todo sucedía por alguna razón, que había que estar atento a las señales que las emociones enviaban. Si se enfocaba en su interior, podía ver cómo el destino las colocaba con carteles luminosos a la sombra de los pensamientos.

Para él, planear no servía. Nada salía nunca conforme lo organizado. Nadie era completamente dueño de su vida, solo de la capacidad de buscar felicidad y paz de la mejor manera. No creía en los proyectos a largo plazo. Se enrolaba en los principios del budismo zen, que era más una filosofía que una religión. A través de la meditación, y después de estudiar diferentes religiones y corrientes de pensamiento, Buda llegó a una serie de conclusiones que ayudan al ser a liberarse, que no es otra cosa que evitar el sufrimiento y ser feliz. Y ese era el propósito diario de Adrián. Era un hombre interesante, inteligente y generaba empatía con quien lo escuchaba porque su manera de hablar y el contenido de sus palabras hipnotizaban a quien fuera su oyente.

Tres años antes, su madre había muerto solo un mes después de que le diagnosticaran un cáncer de páncreas. En su lecho de muerte le había dicho: "Hijo, sé feliz. No te unas a ninguna mujer que no pueda ver lo valioso que eres. Te amo". Luego, sus ojos se habían cerrado para siempre. Adrián sabía de qué hablaba. Tristemente, su madre había sido "invisible" para su padre, siempre. Muchas veces se había planteado qué definía a una mujer ¿La suma de sus acciones? ¿El rol que ocupaba? ¿La capacidad de hacer muchas cosas bien a la vez? ¿Su apariencia? ¿Sus ideas? ¿Lo conseguido? ¿Lo perdido?

Adrián no tenía una respuesta, pero sabía lo maravillosa que era su madre, y le dolía que su padre no la valorara. Ese hombre de pocas palabras daba por sentado y había asumido como cotidiano y normal el gran esfuerzo de esa mujer que había dedicado su vida al servicio de los demás.

Mientras todo marchaba conforme las exigencias tácitas, y la mochila de esa dama resistente se hacía cada vez más pesada, su esposo no veía que crecía también la posibilidad de su derrumbe emocional y físico. Adrián, sí. De chico callaba. De adulto enfrentó a su padre muchas veces. Cuando su madre murió abandonó la que había sido su casa, y en la que permanecía a pesar de tener su propio apartamento solo por ella. Sabía que él era la razón de su vida. Las estructuras sociales arraigadas a su crianza no le habían permitido a Estela pensar en la posibilidad de dejar a su esposo, quien murió tiempo después de que ella falleciera.

Con la partida de su madre, la vida para Adrián cobró otro significado. Las prioridades cambiaron, el eje principal de atención se modificó y los latidos de su corazón dependían pura y exclusivamente de lo que tenía ganas de hacer, siempre guiado por su paz interior y la voz de su corazón. Procuraba que lo definieran hechos, sueños y entrega. Vivía la vida como se presentaba y había dejado sus viejas mochilas emocionales en algún lugar donde se transformaron en olvido.

Luego, cuando falleció su padre, Adrián pensó que quizá también había sido invisible para él, y aceptaba ese hecho como parte de un catálogo familiar que no había elegido. Su padre solo le había reprochado todo lo que no era, pero nunca había sido capaz de ver el hombre en el que se había convertido. Sus actos honestos y nobles, su esfuerzo, su generosidad.

Después de leer mucho sobre filosofía zen, Adrián había entendido que el problema no era suyo y había perdonado a su padre. Tenía cuarenta y dos años y vivía feliz su presente. Reservado, amable y muy selectivo a la hora de elegir compañía.

Pocas mujeres podían seguir el ritmo de sus convicciones y su modo de vida; por eso, luego de la última ruptura, estaba solo. Había trabajado durante años en un banco como cajero, primero, como tesorero después, pero siempre sabiendo que ese no era su lugar en el mundo. Renunció cuando Emilia Grimaldi lo entrevistó y le ofreció el puesto de encargado del hotel Mushotoku. Ese nombre era una señal; significaba dar sin buscar recibir, hacer sin esperar nada a cambio, abandonar todo sin miedo a perder, porque se supone que en la ausencia de intención es cuando se obtiene todo.

Había visto el aviso, luego de la muerte de su madre, e internamente algo lo había guiado hasta allí. No se había equivocado; llevaba casi tres años trabajando en el hotel y le encantaba lo que hacía. Casi no recordaba su vida anterior como tesorero del banco.

Ese día, cerca de las cinco de la tarde, Emilia aún no había llegado. Preocupado, Adrián la llamó.

–Hola, Emilia. Disculpa que te llame. Te aviso que todo está perfecto en el hotel, pero como no has venido, quería saber si precisas que me quede más tiempo –así era él, el "hombre de las soluciones", como ella solía decirle. Prudente. Jamás preguntaba de más y parecía siempre saberlo todo.

–Hola, Adrián… La verdad es que tuve un inconveniente –qué modo sutil de decir que su vida había estallado en mil pedazos. *Inconveniente: que no conviene. Impedimento u obstáculo para hacer algo.* Había dicho una estupidez. Debió decir *fracaso: caída o ruina de algo con estrépito y rompimiento.*

46   Eso era exacto. No lo hizo. Solía buscar definiciones en su mente, amaba hablar con propiedad. Emilia era literal.

–Estoy complicada –continuó. *Complicada: enmarañada, de difícil comprensión–*. ¿Puedes quedarte?

–Sí, por supuesto. No sé cuál sea el *inconveniente* –remarcó haciendo notar, sin decirlo, que intuía que la palabra minimizaba algo serio–, pero si puedo ayudarte, cuenta conmigo. Si es necesario me quedaré toda la noche.

Lágrimas mudas continuaban cayendo por el rostro de Emilia. Internamente agradeció la presencia de Adrián Heredia en su trabajo, en su vida. Él siempre estaba para ella. Si bien no se contaban intimidades, solían mantener conversaciones muy profundas. Hablaban en general de la vida, de los valores y de los acuerdos con la felicidad. Sin embargo, discrepaban en los planes y el tiempo. Mientras Emilia tenía su vida entera proyectada milimétricamente, Adrián había soltado todas las estructuras sin dejar de ser responsable de sí mismo y de sus acciones. Parecía que sabía vivir, disfrutar, estar para los suyos igual que para el mundo entero. Porque sabía mirar a su alrededor y, entonces, podía ver y apreciar lo que el destino ponía delante de sus ojos.

–¿Qué haría sin ti? –dijo todavía inmersa en sus pensamientos.

–Supongo que si abandonas la idea de planearlo todo, podrías hacer lo que quieras aunque yo no esté –dijo Adrián con cierto humor–. Pero considerando que no eres capaz de soltar el control de nada, es mejor que cuentes conmigo –concluyó.

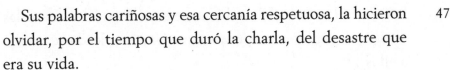

Sus palabras cariñosas y esa cercanía respetuosa, la hicieron olvidar, por el tiempo que duró la charla, del desastre que era su vida.

—Quizá tengas razón —respondió por primera vez. Adrián sonrió, sorprendido.

—¡No puedo creerlo! Toda una posibilidad que por fin consideres darme la razón.

—Ya conversaremos. No sé a qué hora voy. Luego te llamo.

—Bien. Cuídate —se despidió.

Adrián se quedó anclado en esas últimas palabras por unos instantes. Algo sucedía.

—Disculpe —una pasajera interrumpió sus pensamientos, ¿puedo merendar aquí? —preguntó refiriéndose a la maravillosa sala de estar en la que se ubicaba la recepción.

—En verdad, aquí no. Preservamos este espacio para lectura con música acorde y cuidamos el aroma cuidadosamente en beneficio de los sentidos de los pasajeros. Pero, si gusta, puedo acompañarla al lugar donde funciona la confitería y estará muy bien allí.

—Me gusta aquí —reiteró.

—Deme la oportunidad de mostrarle el lugar adecuado y verá que prefiere quedarse ahí —insistió Adrián con su encantadora sonrisa.

—Bien. Es usted muy persuasivo —agregó la pasajera que debía tener unos ochenta años de caprichos acumulados, además de mucho dinero con el cual comprarlos.

Llegaron al espacio. Sonaba la tradicional música japonesa

48 hogaku. El aroma del ambiente era perfecto, así como las mesas y las sillas con apoyabrazos. Una empleada se acercó a ellos.

–Por favor, Akira, ubica a la señora en nuestro mejor lugar, con vista al jardín –indicó Adrián–. Si está de acuerdo, claro –agregó mirando a la huésped.

La mujer, maravillada con la vista del extraordinario jardín estilo japonés que había diseñado un paisajista, no pudo disimular la sonrisa de aprobación que se dibujó en su rostro.

–Sí, estoy de acuerdo. Creo que, tal vez, usted tenga razón y este sea mejor sitio.

–Tal vez, señora Márquez. Solo *tal vez* –sonrió–. Ya me lo dirá usted después, si lo desea.

Adrián se retiró, satisfecho. Siempre lograba el mejor resultado de una manera conciliadora. Volvió a la recepción. El rostro de Emilia regresaba una y otra vez a su mente. ¿Qué estaba sucediendo? Pensó en volver a llamarla, pero lo consideró invasivo.

* * *

Dos horas después, Emilia, con lentes oscuros, entró al hotel y le indicó al empleado de la recepción que le facilitara las llaves de alguna habitación que estuviera desocupada; dormiría allí esa noche. Adrián se acercó y al mirarla comprendió que ella no estaba bien y que pretendía ocultar su angustia detrás de las gafas. Así, como leyendo su alma, le habló con ternura.

–Te cuento que me quedaré en el hotel toda la noche y no tengo intenciones de dormir; si necesitas hablar, estaré cerca –le dijo. No preguntó. No hacían falta detalles o explicaciones para percibir la gravedad de un problema que, evidentemente, había aniquilado la expresión y había alterado la exacta rutina de Emilia.

–Gracias –solo eso pudo decir. Quería encerrarse a llorar.

Entró a la habitación, cerró las cortinas y se apoyó sobre la pared de la ventana principal. Lentamente fue dejándose caer hasta desplomarse sobre el piso. Abrazada a sus rodillas liberó su agobiante angustia. En ese instante sintió que lo mejor sería morir. Pensó cómo escapar de la vida. Lo imaginó de mil modos posibles, como si, por decisión, su corazón pudiera dejar de latir, y en esa simpleza lograra terminar con el tormento que implicaba la impotencia. Coqueteó con la muerte desde las súplicas, la llamó en sollozos, la invitó a venir por ella, aunque en verdad lo que quería era matar su dolor y no dejar de vivir. Aceptar lo que ocurría no parecía una opción posible.

Había llegado al Mushotoku como alguien que está separada de su peor preocupación latente. De la peor pesadilla que suponía no poder hacer nada para evitar lo que estaba ocurriendo.

Sin darse cuenta, pretendía que la noche, el insomnio y el dolor tremendo de su alma no estuvieran allí, pero estaban. Los sentimientos gritaban sus silencios a la nada.

–Soy yo. ¿Puedo pasar? –dijo Adrián golpeando con suavidad la puerta.

Ella no respondió. Él volvió a golpear.

Emilia lo dejó entrar. Al ver sus ojos hinchados de llorar y la tristeza que había en su rostro, Adrián la abrazó. No preguntó nada. Solo la dejó llorar sobre su hombro largo rato, y cuando sintió que había alivianado un poco su angustia, le preparó un té con el set que había en cada dormitorio.

–Emilia, no sé qué sucede, pero el corazón manda, el nuestro y el de los otros, y es siempre fiel a lo que lleva dentro, el resto es solo cuestión de circunstancias. A veces, duele ver lo que no supimos mirar antes.

Ella seguía llorando. Él se sentó en el piso, a su lado, y la abrazó en silencio hasta que se durmió sobre su pecho. La tomó en brazos, la acostó sobre la cama y se sentó a su lado. Así los descubrió el amanecer.

Seguía lloviendo.

CAPÍTULO 6

Transición

El secreto del cambio es enfocar toda tu energía
no en luchar contra lo viejo sino en construir lo nuevo.

Frase atribuida a Sócrates,
Grecia, 470 a.C.-399 a.C.

BUENOS AIRES

María Paz se había quedado dormida junto a su hija bajo la luz de las estrellas de la habitación pensando en aquel cielo que la había cubierto ocho años antes en Johannesburgo. Su historia la definía. Amaba la naturaleza, los animales y ser libre. Desde pequeña había soñado con recorrer el mundo. Así, desde muy joven dedicaba todos sus ahorros para viajar a lugares exóticos. No llamaban su atención los destinos tradicionales, la atraía el magnetismo de los sitios que gritan una realidad diferente, lugares que guardan sus misterios y parte de su historia como un tesoro individual, que se ofrecen a ser conocidos pero no vulnerables.

Fue en una escala en el aeropuerto de Johannesburgo, durante un viaje con destino final en Singapur, cuando encontró el lugar que necesitaba su alma. Lo supo de inmediato. Cuando la primera impresión es tan intensa, no deja opciones para cambio alguno de opinión, y transforma los deseos en certezas.

Atraída por los colores de la gran variedad de artesanías, había ingresado a un local que la enamoró y la transportó por alquimia a donde no estaba. Una espiritualidad milenaria la envolvió y la hizo parte de lo que no conocía, pero deseaba. Comenzó a escuchar tambores que parecían hablar su propio idioma, empezó a oler la magia de una tierra de lucha, se conectó con la calidez de su gente, amó la libertad de su fauna y sintió cómo sus latidos se unían al ritmo de un país que había redefinido el concepto de paz. Recordó lo poco que sabía de Nelson Mandela. Muchos años en prisión, elegido el primer presidente negro al ser liberado, había unido una nación fragmentada al borde de una guerra civil. ¿Por qué nunca había investigado más? ¿Por qué? Quizá porque las cosas suceden cuando deben hacerlo; ni antes, ni después. Supo que ese negocio llamado El espíritu de África cambiaría su vida para siempre. Lamentó no haber planeado quedarse allí, pero entre su corazón y sus emociones la vida escribió la seguridad de cuál sería su próximo destino. Miró sobre el mostrador y vio una pila de libros. Instintivamente, como si estuviera segura de que algo decía allí para ella, tomó en sus manos un ejemplar de *Ébano* de Ryszard Kapuściński.

El vendedor del local percibió su interés y se acercó a ella.

–África es imposible de definir de una sola manera. Es un mosaico de contrastes, de vidas, diversidades, te enamorarás de ese continente –le dijo luego de saludarla.

María Paz le sonrió con cordialidad, al tiempo que abría el libro al azar y leía en el prólogo: "En la realidad, salvo por el nombre geográfico, África no existe". Leer eso dominó su atención. Quería saber más, quería saber todo. ¿Cómo que no existía? ¿Por qué?

–¿Qué puede contarme, usted? No me quedaré ahora, estoy de paso –le aclaró–, pero volveré.

–Es un continente en el que por desgracia hay muchos denominadores comunes marcados por el sufrimiento, la pobreza, las guerras, los golpes de Estado, pero créeme que decir solo eso sería ser injustamente simplista. Hay más, muchísimo más en África.

–¿Usted nació aquí?

–No, pero vivo desde hace muchos años –María Paz esperaba que continuara con su relato. El hombre lo hizo–. ¿Sabes?, es cierto que hay brujería, supersticiones como enterrar a los muertos cerca de los vivos buscando protección, cucarachas de diez centímetros, tuberculosis, oscuridad, misterios inquietantes, pero también hay música y una alegría infinita. El canto y las voces en coro son excepcionales, nunca escucharás algo igual de bonito en el mundo. Y, además, ese rasgo característico que me ha llevado tiempo comprender.

–¿Cuál?

–Una increíble capacidad de espera. Todos aguardan en paz por algo. Creo que la espiritualidad del universo vive aquí y está esperando por ser descubierta. Ese libro te dirá mucho –dijo con referencia a *Ébano*–. Lo escribió un arriesgado reportero polaco, que vivió aquí no como un turista feliz, sino como un auténtico africano.

–Lo llevo –dijo, sin dudarlo–. Es usted muy amable.

Lo había leído en el avión por primera vez. Desde ese día, Sudáfrica, conocida como la "Nación del arcoíris" por su riqueza cultural única, desde su historia y su gente, hasta hacer un safari, fueron el siguiente objetivo de María Paz. Se había informado sobre la existencia de once idiomas oficiales, uno de ellos –el *xhosa*– que se habla con sonidos onomatopéyicos. Todo lo relacionado con esa cultura despertaba su curiosidad inmediata. Quería viajar para conocer ese continente en el que convivían una increíble diversidad de costumbres, artesanías, bailes y canciones locales. Sabía que el *apartheid* había marcado una división étnica rotunda. Se había dedicado a investigar sobre el sistema de segregación que había privado del mestizaje y las uniones interraciales. A María Paz le costaba creer que todavía existieran suburbios y vecindarios diferenciados de acuerdo al color de piel de sus habitantes.

Su profesión de periodista, y su excelente manejo del idioma inglés, acompañaban sus inquietudes en todo sentido. María Paz llevaba la habilidad de conocer y saber en su ADN.

Desde esa escala en el aeropuerto de Johannesburgo, un hilo invisible la había unido a África de una manera inexplicable.

Mientras otros soñaban con conocer París, o su hermana Emilia se maravillaba con la cultura japonesa, ella continuaba anhelando ese continente. A sus treinta y seis años había viajado allí en tres oportunidades y sabía que su destino estaba ligado a la extensa sabana.

Al pensar en Sudáfrica, fue Johannesburgo el lugar que aceleró sus latidos. Sin embargo, volver allí con sus pensamientos se relacionaba con *él*. Con Obi, el padre de su hija, el amor más fuerte que había sentido jamás; su rostro era lo que acudía a su memoria cuando pensaba en ese país cuyas costas bañaba el océano Índico.

Con Obi se habían conocido de manera simple, tan casual que parecía mentira que de una pregunta que cualquiera pudo responder hubiera nacido una historia como la que los unía. En una esquina, que pudo ser otra, pero que fue la del hotel donde se alojaba, en el vecindario de Sandton, María Paz necesitó saber la hora para calcular si estaba a tiempo de tomar una excursión.

–*Excuse me. Can you tell me what time is it?* –entonces una mirada se había metido directamente en su corazón. Antes de responder, un hombre desconocido, de contextura fuerte y sonrisa dulce, la observaba, absorto–. *Are you ok?* –preguntó ella.

–*I think so.*

Y así, con un diálogo tan simple y una energía que los recorrió enteros y a la par, comenzó la historia de amor. Durante ese primer viaje, María Paz compartió todo con él. Se enamoraron, de esa manera, sin explicación ni futuro que se presentara fácil. Obi trabajaba en la cocina del hotel donde ella se hospedaba. De hecho, iba camino a su empleo cuando se produjo el encuentro. Junto a él, María Paz había descubierto la sensación de comodidad en un país objetivamente incómodo debido a las limitaciones de todo tipo; lugares, horarios, peligros, las grandes deudas internas que aún permanecen socavando en la gente, y lo más lamentable: la diferencia entre negros y blancos. Esa verdad que habita en la mirada del alma de algunas personas, como un triste filtro que las mantiene lejos del concepto de igualdad y humanidad. Para María Paz la igualdad consistía en entender que todos eran igual de únicos y diferentes. Tal vez la violencia y la avaricia, que forman parte de la convivencia de realidades tan opuestas en África, tuvieran su origen en la mirada inundada de prejuicios de la minoría.

Cuando sus ojos se detenían en Obi, veían al hombre del que se había enamorado, y sus características físicas no marcaban ninguna diferencia respecto de cualquier otro hombre del mundo. Para María Paz el amor era un sentimiento universal. Sin embargo, África era la evidencia de que esa verdad que defendía no era la de la mayoría. Muy por el contrario, todo estaba signado por el contraste de esos dos colores, en perjuicio de la mayoría. Incluso desde la palabra.

Obi tenía planes, pero los escribía en el agua o los ejecutaba desde su particular concepción del tiempo. Sin embargo, el tiempo real transcurría y África y Argentina quedaban todo lo lejos que era posible; mientras María Paz no era capaz de mudarse para allá, Obi prometía que él lo solucionaría, que había que esperar, pero lo cierto era que en los hechos nada se concretaba. Así, el amor había subido a María Paz a dos aviones más con destino a verlo, y en el último viaje él la había sorprendido con una "Star Bed": la posibilidad de dormir bajo el cielo de la sabana, en una reserva, como experiencia previa al safari que realizarían a la madrugada.

Las camas con vista a las estrellas pertenecían a un exclusivo *lodge* llamado Shepherd's Tree, y estaban diseñadas de manera espectacular: hechas a mano sobre una elevada plataforma de madera, y parcialmente cubiertas con un techo de paja y un mosquitero. La habitación elegida estaba en lo alto de un *kopje*, así se llaman las pequeñas colinas rocosas a las que se accede por una escalera para que ningún animal pueda subir.

Al llegar allí, María Paz fue feliz. No pudo pensar en nada que no fuera aferrarse a Obi como si siempre fuera ese día. Quería detener el tiempo en su sentimiento; él parecía haberlo hecho en ella. Observaron la extensa sabana desde una terraza y se amaron sin condiciones en la privacidad paradójica de un aire libre con todas las comodidades. Soñaron, rieron y se devoraron la vida a sorbos tan profundos como el amor que compartían.

Al llegar la noche, y frente a ese espectáculo africano, sin salir de la cama, María Paz elevó su mirada a ese cielo y sintió un escalofrío. Entonces, de una estrella cayó una palabra. "Sí". Llevaba tiempo pensando en sus deseos de ser madre y sabía que más allá de las dificultades que los separaban, Obi era el

58 amor de su vida, entonces le propuso no tomar precauciones y esperar esa bendición.

Escuchando los sonidos de la naturaleza en la bella y remota África, entre la nada y el universo que caía sobre ellos, en medio de una reserva natural, lejos de todo lo urbano y efímero, dos seres se amaron sin límites y concibieron la felicidad en su estado más puro.

María Paz volvió a su presente y observó el cielo inventado entre las paredes de la habitación. Era evidente que le había pedido a su niña que mirara al cielo porque en el fondo de su ser le deseaba una historia así. Al menos, el comienzo.

Besó a Makena y se fue a su dormitorio.

* * *

Necesitaba un cambio. Continuar. Hacía mucho tiempo que Obi, a fuerza de esperas eternas, parecía haberse convertido solo en el padre de su hija. Tristemente, el hombre de sus sueños no había cumplido sus promesas, y más allá de conocer a Makena por videollamadas y hablar con ella a diario, nunca había aportado ninguna ayuda económica para su crianza; y la niña, si bien sabía que era su padre, no llevaba su apellido. María Paz no lo juzgaba, entendía que la realidad de Obi era acorde a la lucha de su país y de sus ancestros. Si bien se había informado sobre la esencia de la tierra del padre de su hija y había terminado comprendiendo un poco mejor, no por eso dolía menos.

Veía un paralelo claro con la sabana: en África todo ser viviente debe ser fuerte para sobrevivir. Algo de esa verdad era parte de su vida, porque tenía una hija afro. Pero María Paz se sentía sola y ya no quería eso. No lo pensaba en términos de pareja sino de plenitud. A excepción de su pequeña, casi nada despertaba en ella gran interés. Había perdido su brillo, sus ganas de ser la que había sido. Solía pensar que entre la María Paz que amó bajo las estrellas en África y la que vivía ocho años después en Buenos Aires no había nada en común. Solo las unía la memoria. Y eso no le gustaba.

Ese presentimiento que le anunciaba angustia se mezclaba con otra sensación de vértigo. ¿Qué era lo que estaba sucediendo? No lo sabía, pero tenía claro que era importante.

A la mañana siguiente llegó al periódico; había tomado una decisión.

—Juan Pablo, necesito hablar contigo —si bien no eran amigos, la relación que los unía con el director editorial del periódico estaba basada en la alta estima de años de trabajo en común en la redacción.

—Dime, ¿en qué puedo ayudarte?

—Siento que estoy atrapada en mi escritorio. ¿Podrías tenerme en cuenta si surge algún viaje para cubrir la noticia que sea?

Su jefe se sorprendió.

—Fuiste tú, en esa misma silla, la que me pidió permanencia en la ciudad, ¿recuerdas?

—Sí. Lo recuerdo muy bien. Pero Makena ha crecido y mi

60 perspectiva es otra. En aquel tiempo, mi prioridad era la estabilidad.

–¿Y ahora quieres irte?

–Lo dejo en manos de mi destino. Estoy abierta a lo que pueda surgir.

–Bien. Solo te daré un consejo que no me pides.

–¿Cuál?

–Ten en cuenta que nuestras dudas viajan con nosotros –dijo–. No me digas nada, solo recuérdalo cuando sea el momento –agregó.

* * *

Esa transición que ocurre entre un estado y otro, ese devenir de las circunstancias que se enreda con el deseo común de la mayoría de los seres humanos, ¿acaso no debería ser una misión naturalmente posible ser feliz para los que creen que esos momentos son lo único importante que hereda la vida?

¿Por qué las dudas? ¿Por qué el vacío? ¿Por qué la distancia y el sinsabor?

CAPÍTULO 7

Amantes

Ella es impredecible.
Nunca sabes si te va a amar o te odiará,
si va a huir o te pedirá que no te vayas nunca.

Miguel Gane, 2016

BUENOS AIRES

Alejandro apoyó los brazos sobre los cerámicos blancos y permaneció así unos minutos, no supo cuántos, rememorando la manera en que había dejado a Emilia. Sentía el agua de la ducha, primero sobre su rostro, y después desvaneciéndose sobre su cuerpo cansado. Las gotas, como un recorrido inevitable y letal, seguían el camino de sus formas para morir en la superficie plana que lo sostenía. Pensó que cualquier hombre estaría aliviado y feliz por no tener que ocultar la existencia de otra mujer en sus sentimientos, ni fingir que todo estaba bien con su esposa. Cualquier hombre, pero no Alejandro Argüelles. No podía olvidar la expresión desesperada de la mujer con quien,

alguna vez, había decidido pasar el resto de su vida. Esa de quien creyó haberse enamorado. Muchas veces le había dicho "te amo" y había imaginado que era para siempre. "Te amo, Ems", entre sábanas blancas, en un parque, de viaje en Nueva York, en París, en el campo, en la playa, en la sala de guardia en la que esperaban para que le enyesaran un brazo cuando se había caído de la escalera, en Aspen, aquella inolvidable Navidad, en sus cumpleaños…, en Tokio besándola en el castillo de Yuri, y en otros tantos lugares en los que habían compartido momentos. "Te amo", le había dicho, "te amo", dos palabras que salían de sus labios naturalmente, como si no hubiera otra verdad posible, pero había.

Nunca le había mentido. No sentía que fuera un traidor. Desde que Corina Soler estaba en su vida los "te amo" habían sido reemplazados por extenuantes y culposos silencios. Solo quedaba la manera en que la llamaba, "Ems", pero vacía del sentido que la motivara la primera vez. Por eso la había dejado, porque ella merecía su honestidad por brutal que fuera. Siempre era mejor ser sincero. Así, en el cruce de un tango ya escrito, un abrupto dos por cuatro había puesto el punto final. Había cambiado dos palabras, "te amo", por cuatro bien diferentes, "se acabó el amor". Un compás que sonaba con lágrimas vivas.

La rutina, los planes exactos de Emilia, sus horarios, su compromiso ininterrumpido con su hotel, su necesidad de que todo fuera perfecto en su trabajo y en la casa. Esa obligación tácita de dar respuesta siempre. Sus estructuras y horarios

para cada actividad, incluso la ausencia de creatividad en la intimidad, esa permanente condición de saber cómo y cuándo ocurriría cada suceso lo había agotado.

Emilia controlaba pasado, presente y futuro. Era equilibrista de situaciones y nada, jamás, caía de las bandejas que llevaba sobre ambas manos con copas de cristal simbólicas, llenas de decisiones y planes, que representaban cada vínculo, responsabilidad y día en el almanaque de su existencia. Ninguna cuestión escapaba a su control. No tenía mala intención, eso era seguro, pero ¿lo hacía por ella? ¿Por los otros? ¿Por miedo? ¿Por qué?

El control incuestionable al que Emilia sometía su vida había erosionado de manera lenta el amor que los unía, hasta reducirlo a nada. Un día, ese amor se había acabado, no era un amor roto, herido o desgastado. No era un sentimiento que pudiera sanar o volver a latir. No era un amor que agonizaba. Simplemente no estaba allí; en todo caso era un amor ausente. Un amor que había partido al lugar donde se supone que van los restos de los amores perdidos en medio de los errores humanos y las señales que no fueron vistas. Había, tenía que haber, en algún lugar de la tierra, un cementerio de amores que no lo lograron. Un lugar como aquellos en los que descansan los soldados que no vuelven de la guerra. Allí estaban esparcidas las cenizas del que había sido el amor de Alejandro y Emilia. No se sentía contento por eso. No era agradable fracasar en ninguna de sus formas, pero era todavía peor permanecer en la comodidad de lo que no funciona, resignando en ese acto vano la felicidad que espera en otro sitio. Justo al lado de un amor imprevisible y vertiginoso que le devolvía vida a su cuerpo, a su alma y a sus emociones.

El matrimonio que Emilia había adoctrinado con la finalidad de que cumpliera el plan previsto y deseado había empujado los ojos de Alejandro hacia Corina, un ser que vivía la vida como se presentaba porque había aprendido, a fuerza de un gran golpe, que nadie es dueño del tiempo o de los planes. El opuesto literal y preciso de su esposa.

En ese escenario emocional, una mañana, casi seis meses antes, la había encontrado en los bosques de Palermo, muy temprano, en su jornada de *running*. Un día sucedió a otro con el mismo horario. Primero, una sonrisa a la distancia al reconocerse, luego, un saludo distante y simpático. El misterio. El paulatino interés. Y, casi de inmediato, las ganas de encontrarla. Recordar su imagen. Afeitarse y perfumarse. Pensarla. La irresistible y silenciosa atracción que, supo después, había sido recíproca. El engaño mental, ese con el que para algunos se consuma la infidelidad más peligrosa. La que tiene oportunidad de conllevar sentimientos y compromiso.

Correr a la par. Competir. Reír. Disfrutar el aire, el cielo, la vida. Charlas sobre el césped, cosas en común, placeres con los que Alejandro había fantaseado y que Corina gozaba y le hacía vivir en plenitud.

Una historia trágica, detrás de una mujer de treinta y tres años y una viudez repentina. Tres años atrás, Corina se había casado y fue feliz lo que duró su luna de miel, porque al regresar de Europa, en su primera semana de matrimonio, un accidente automovilístico se llevó la vida de Leonardo.

Corina sobrevivió al peor dolor que había tenido que enfrentar en toda su vida. Horas de psicoterapia, amigas leales, soledad, deporte, lectura y cursos. Llenaba los vacíos que otras mujeres ocultan detrás de las compras, con cursos. De lo que fuera: repostería, novela negra, inglés, italiano, zumba, fotografía. El máximo considerado desde su inutilidad, dejando a salvo que saber siempre suma y no resta, fue el de *sommelier* de té. Lena, su hermana, le decía: "Si te hace bien, hazlo, pero en todos lados te sirven un té común, ensobrado; salvo que viajes a Japón o a Londres no podrás usar esos conocimientos jamás".

Concluida la etapa de cursos y aferrada al *running* cada día más se había mudado e iniciado una nueva vida. Corina, que era psicóloga, había decidido cambiar de domicilio su consultorio. Subalquiló uno en una casa también en el vecindario de Palermo, donde atendían otras tres colegas; una de ellas, su mejor amiga, Verónica Marino.

Corina vivía el momento, llevando al máximo su capacidad de disfrutar. No tenía cuestiones pendientes con nadie dado que sabía muy bien que la fatalidad estaba acechando siempre, y le resultaba terrible imaginar la pérdida de un ser querido habiendo dicho palabras que no quería decir o cosas que no sentía, o peor aun habiendo callado lo que debía ser dicho. Por suerte, nada de eso había sucedido con Leonardo.

Sin embargo, ella era imprevisible, esa era su cicatriz. Había sellado su duelo con la íntima decisión de que haría lo que tuviera ganas y que nada se proyectaría más allá de la noche del mismo día. Era muy simbólico que esa convicción conviviera con su necesidad diaria de correr. ¿Por qué lo hacía? ¿Adónde quería llegar si creía que no había más que unas horas seguras por delante?

Alejandro era el primer hombre que le había interesado de verdad luego de la muerte de su esposo. Corina lo deseaba para sí y no le importaba el precio que hubiera que pagar. Simplemente porque para ella la felicidad valía todo lo que tenía. Cuando el destino quería algo se lo llevaba sin consideración alguna, entonces, ¿por qué no podía ella ser como el destino?

Ella llevaba la tristeza inevitable en su historia, pero no cargaba mochila alguna de sufrimiento y reía. Reía con tanta fuerza cuando algo le provocaba ganas de hacerlo, que brillaba y era imposible no pensar que definía la felicidad plena con su gesto.

Las jornadas de *running* se sucedían en los bosques de Palermo y sumaban empatía, chistes, risas, intercambio de números de celulares, roces, halagos prudentes, suspicacias y deseo contenido. Cada día los encuentros eran una cita tácita que ambos esperaban, incluso y mejor cuando llovía. Una mañana, ella fue por más.

—Alejandro, me gustas, te gusto. El juego de seducción es ya insostenible. Si no me besas en el próximo minuto, creo que no vendré más a este lugar…

El cielo se había puesto gris por completo. Antes de que

pudiera terminar, Alejandro tomó su rostro entre las manos a plena luz del día, olvidándose de quién era y la besó.

Comenzó a llover. La escena no podía ser más romántica y provocadora. Sus labios eran un elixir de atrevimiento. Las lenguas hallaron su par, y en el instante siguiente nada más importó. Se sintió tan vivo, tan intenso, que Corina creyó que su corazón iba a salir de su cuerpo para estallar libremente y organizar una fiesta.

–Vamos a mi casa –susurró ella. Y allí fueron, empapados de agitación. Se descubrieron, se desnudaron, se acariciaron, se besaron, se entregaron al todo o nada, que es la vida a veces. Fue en la piel la confirmación de lo que ambos habían sentido ya repetidas noches antes de dormirse, aunque no estuvieran juntos.

Y en la misma ducha, que ahora lo relajaba del tormento, habían hecho el amor con la lentitud que imponen las ganas de querer detener el tiempo, y la pasión de lo prohibido que se desea a perpetuidad.

El agua seguía golpeando su rostro cuando Corina, vestida con una camisa blanca y un pantalón corto, entró a la ducha y lo sacó de sus pensamientos.

–¿Estás bien, amor? –sonrió mientras la tela de la camisa, como consecuencia del agua, comenzaba a adherirse a sus pechos resaltando el sujetador también blanco.

–¿Estás loca? ¿Qué haces vestida en la ducha?

–Hago lo que quiero: besarte –respondió. Y lo hizo. Lo besó como si no hubiera un mañana.

68   Alejandro la desnudó. La subió a horcajadas y sus cuerpos se amoldaron al deseo. El agua que los recorría agudizaba sus sentidos y, juntos llegaron, sin salir de la ducha, al lugar donde vive el placer de los amantes. Algunos le dicen "paraíso". Para Corina era solo "aquí y ahora". Para Alejandro era "algo desconocido".

CAPÍTULO 8

To be me

BOGOTÁ

Isabella caminó hacia la oficina como sumergida en un trance. Pasaba de la angustia y la desolación al enojo. Sentía que daba pasos hacia atrás en su destino. Desde que se había enamorado de Matías la vida le sonreía. Porque era amor del bueno. Un ser que le daba todo lo que necesitaba para sentirse plena y a quien ella le correspondía de la misma manera. Se divertían juntos, compartían cada cosa simple de la rutina cotidiana como si fuera un plan de vida. Desde el desayuno o mirar una película hasta brindar juntos en la bañadera repletos de espuma y rodeados de velas aromáticas cuando la noche era especial. Hablaban de todo lo que les sucedía y estaban contentos de haberse encontrado.

El matrimonio de Isabella con Luciano parecía un recuerdo muy lejano, aunque habían pasado tres años, en la unidad de medida de su tiempo eso estaba a años luz de su presente. Solo había vuelto a verlo para los trámites del divorcio que ya había concluido. Él se había quedado con todo porque su ira y sus abogados no cedían a un acuerdo justo. Isabella, quien no quería discutir por dinero y necesitaba dar vuelta esa página y avanzar, había resignado lo que le correspondía. La felicidad, a veces, conlleva decisiones sostenidas en priorizar el bienestar y no bienes de valor económico. No había querido que un juez le diera la razón; aunque la tenía, había elegido la paz y la alegría junto a Matías.

Había aprendido, no sin dolor, a elegir qué batallas pelear. Sin embargo, estaba delante de una que no admitía desistir sin que eso significara hacer algo que no deseaba y que cambiaría su vida para siempre. Era tan simple, *ella no quería tener hijos, y él, sí.* Ocho palabras daban clara evidencia de una situación sin solución posible. La salida implicaba perder al amor de su vida. Por momentos, sentía que no tenía derecho a quitarle la posibilidad de ser padre y, luego, la enfurecía que no fuera suficiente con la vida preciosa que compartían.

Llegó a su despacho, encendió la computadora y se dispuso para una nueva jornada laboral. Ya había tenido la primera conversación con Lucía y ese día terminaba la semana y debía darle una respuesta.

Desde su despacho, Lucía, que había aprendido a deco- dificar las emociones de la joven con solo verla, acababa de

terminar de leer la columna de opinión "Atrapada". No le quedaban dudas. Algo serio le ocurría. Quería ayudar. La llamó por el interno y pidió café para ambas a su secretaria.

—¿Sabes algo?

—No, dime.

—Me quedé pensando en la pregunta final de "Atrapada", siempre te respondo sin meditar, pero esta vez debería decir que no lo sé. No sé de qué soy capaz por amor —señaló.

—¡Bienvenida a las dudas! —respondió Isabella con dolorosa ironía—. Déjame decirte que eso no es problema comparado con la certeza de lo que sabes que no harías, aunque significara perder ese amor.

Lucía pudo sentir su pena mezclada con indignación, y confirmó que era grave lo que ocurría con Matías, aunque no podía imaginar qué. En otro momento hubiera intentado que ella lo liberara a través de lo que escribía, pero tenían confianza.

—Isabella, no solo te has ganado mi cariño, sino que, además, de algún modo formas parte de la familia que elijo. Tu padre es el mejor amigo de mi pareja —dijo refiriéndose a Ignacio—, y tu madre es la pareja de mi hermano Rafael y una mujer extraordinaria. En definitiva, te quiero no solo por las personas que nos unen sino, más aún, por lo que tú eres. Creo poder preguntar. ¿Qué sucede?

—No necesitabas toda esa introducción, sé que me quieres y yo a ti. No me molesta que preguntes —Lucía sonrió—. No quiero tener hijos y Matías, sí. Fin del relato —agregó.

Lucía se quedó mirándola, en silencio. Ella no tenía hijos. La comprendía. Fue prudente de todas maneras.

—¿No quieres ahora? O...

—No quiero porque es mi decisión de vida. Mi derecho. No quiero ahora ni nunca. No es un tema de momentos adecuados —remarcó.

—Entiendo...

—Qué bien porque para él es chino mandarín —dijo con ironía. Lucía no pudo evitar sonreír ante su ocurrencia.

—Podría decirte que, tal vez, Matías desista para poder continuar contigo, pero no lo haré porque te conozco y, aunque así fuera, no aceptarás que viva a tu lado conformándose y que duerma entre ustedes latente el posible reproche de su paternidad negada, ¿verdad?

—¡Exacto! Tú comprendes. ¿No vas a preguntarme por qué no quiero?

—No.

—¿No?

—No. Ya lo has dicho, es tu derecho. La maternidad es una elección. Un compromiso irreductible mientras vivas, y quizá, luego de la vida, porque dudo que una madre se desentienda de los hijos después. Imagino a la mía, protegiéndome desde la eternidad.

—¿Por qué para ti es tan simple y para él imposible de entender?

—Porque yo no tengo hijos. Elegí no tenerlos. Y mi esposo, en su momento, compartía la misma idea. Además, los tiempos han cambiado. La realidad de hoy conlleva nuevos paradigmas. Las mujeres pueden elegir, y tú formas parte de esa nueva generación. En mi época, estudiabas, te graduabas, te casabas, comprabas tu casa, en fin, todo lo había planeado un mandato social silencioso. Ahora puedes simplemente viajar, no tener hijos, elegir tu profesión o ser bohemia y comer día por medio para vivir del arte.

—Es así, pero no todos tienen tu mente abierta. No quiero contarlo porque me siento juzgada de antemano. La familia, los hijos, se supone que son parte del plan de toda pareja desde que el mundo es mundo. Cuando estaba casada con Luciano tuve un atraso y entré en pánico. Entonces no tenía tan claras las cosas, pensaba que no era el momento. No era feliz en mi matrimonio, pero ahora sé que no se trata de la pareja sino de mí. Porque mi amor por Matías está fuera de debate, lo elegiría siempre otra vez. Tampoco es que piense que un hijo limitaría mi crecimiento profesional o mi vida, porque no es así. Es solo que siento que el rol de madre debe nacer del deseo, y eso a mí no me pasa.

—Comprendo —no pudo evitar pensar que era una convicción bien fundada y, al mismo tiempo, revolucionaria para las miradas aferradas a estereotipos familiares—. Todo tiene solución, solo eso puedo decirte. Quizá debas cambiar tu perspectiva, dejar ir tu enojo y simplemente ser tú.

—Yo no veo la salida. No podemos encontrarnos a mitad de camino; es sí o no.

—Es cierto, pero de los laberintos también se sale.

—Dime, ¿cómo salgo de este? Yo amo a Matías con locura. No imagino mi vida sin él, pero tampoco con un bebé.

—Leopoldo Marechal, un escritor argentino, decía que de los laberintos se sale "por arriba".

—Pues mi laberinto tiene techo —refutó.

Lucía sonrió; amaba su capacidad de crear simbolismos intensos. Un laberinto con techo, lo era sin duda alguna.

—Eres muy joven. Una cosa a la vez. Hoy es hoy. Tu presente te dice que no.

—No voy a darle falsas esperanzas, no voy a cambiar de postura. Hoy es siempre, para mí.

—Eso no lo sabes, lo supones. Cuando mi esposo murió juré que jamás volvería a amar a nadie porque no iba a exponerme a pasar por el posible dolor de la pérdida otra vez, y aquí me tienes, enamorada de Ignacio y feliz. Lo que te sugiero es que te enfoques en otra cosa, suelta este tema de momento y que sea lo que deba ser. Porque si algo puedo asegurarte es que lo mejor está previsto en el universo para ti y lo reconocerás. A veces, existen salidas desconocidas esperando por nosotros, aun en los "laberintos con techo".

Silencio de ambas.

—¿Quién se ocuparía de mi trabajo si acepto el reemplazo en Nueva York?

—Buscaré a alguien. Solo tendrías que enviar las columnas, el resto lo delegaré —las tareas de Isabella abarcaban mucho más de lo que se publicaba.

Silencio de ambas.

–Yo… –comenzó Isabella.

–Antes de que digas una palabra, sabes que puedes viajar con Matías, tiene derecho a sus vacaciones pendientes si lo desea y, por supuesto, también puedo hablar por alguna tarea temporal allá condicionada a tu viaje.

–Lo sé, pero no. Iré sola. Acepto la propuesta. Formaré parte de *To be me* por tres meses; luego, la vida irá diciendo.

–Conocía tu respuesta. Creo que es lo mejor en este momento. Solo te pido una cosa.

–Dime.

–No te vayas peleada con él. Dale una tregua al tema y toma este viaje como una oportunidad profesional.

–Lo prometo. No es mentira de todas formas. Hay algo de verdad en lo que dices.

Isabella era auténtica, solo de esa manera lograba sentirse bien, cumplir las expectativas de otros formaba parte de su pasado. Era humana y, en consecuencia, imperfecta, justo el tipo de persona que le gustaba ser. Real. Eso la liberaba de las pesadas anclas que cargan los que buscan la aceptación de los demás.

¿Un nuevo enfoque? ¿Postergar lo inevitable? ¿Las dos cosas a la vez? No importaba, solo pudo pensar: *To be me*, y no se refería al acertado nombre de su próximo desafío sino a su decisión. *Ser yo.*

CAPÍTULO 9

¿Fracaso?

Cada vez que entramos en una crisis es el absurdo total,
comprende que la dialéctica solo puede ordenar
los armarios en momentos de calma.

Julio Cortázar, 1963

BUENOS AIRES

Emilia llegó a casa de su madre intentando disimular lo que su imagen y expresión gritaban a viva voz. Estaba mal, era innegable. Beatriz lo supo al oírla por teléfono, pero su hija no había querido adelantarle nada. Quería hablar frente a frente. Le hacía falta su abrazo, sentirse hija. Protegida. Volver a su origen. El mundo fuera de su control la asustaba.

Beatriz supuso que el presentimiento de su otra hija, María Paz, estaba relacionado con Emilia. La preocupaba mucho qué era lo que podía haber afectado a su hija mayor al extremo de que la otra sintiera el aviso de esa angustia. Quizá porque Emilia era metódica y nada la tomaba desprevenida.

Emilia tenía llave, Beatriz la escuchó entrar, se puso de pie y fue a recibirla.

—Hola, mamá —saludó con los ojos desbordados de lágrimas negadas.

—¡Hola, mi amor! —respondió y la abrazó. Su instinto de madre la guiaba.

Emilia se desplomó sobre su hombro y comenzó a llorar en silencio. La contuvo sin hablar. No importaba cuánto ella quisiera saber lo que ocurría sino lo que su hija necesitaba en ese momento. Podía esperar. Podía todo, porque era su madre.

Un minuto.

Sollozos.

Otro minuto.

Abrazo más fuerte.

Otro minuto.

Beatriz contenía sus propias lágrimas.

Un minuto más.

Emilia se separó brevemente de su madre, comenzó a secar sus lágrimas con las manos que frotaban sus ojos.

—Tranquila. Te amo —dijo.

—Lo sé, mamá. Perdóname. No debí venir. No debí llorar… Me voy…

—Es el mejor lugar al que pudiste venir porque soy tu mamá. Puedes contarme lo que sea que te ha puesto así.

—Soy adulta, mamá. No es tiempo de traerte angustias.

—Dices eso porque no eres madre. Si lo fueras entenderías lo que significa "estar a perpetuidad". Preocuparme es mi trabajo –dijo acertando, sin saber, en el centro del problema. Emilia volvió a llorar. No era madre o ¿sí? No era su plan. Había concebido ese hijo en un escenario y con una idea familiar que ya no existía. ¿Lo quería estando sola? Sintió que no–. Dime ¿qué pasa? –insistió Beatriz.

–Necesito hablar contigo –respondió como pudo, evitando el nudo en la garganta que se tragaba la posibilidad de decir más.

Desde la partida de Alejandro, una semana atrás, hablaba lo indispensable con el mundo y algo más con Adrián, aunque lo mejor con él era que sostenía sus silencios sin preguntar, ni opinar, ni nada. Todavía no le había contado lo sucedido, ni la razón por la cual llevaba días durmiendo en el Mushotoku. A Alejandro se lo había tragado la tierra, ni un mensaje, ni una llamada, ni ir a buscar sus cosas a la casa, nada. Solo vacío. ¿Así terminaba un matrimonio? No podía aceptarlo y menos entenderlo. Habían estado de acuerdo en buscar un hijo. ¿Cómo era posible que, algunos meses después, solo cuatro palabras terminaran con todo? "Se acabó el amor", imaginó una lápida con esa leyenda y el amor allí, enterrado.

Había postergado su visita a la ginecóloga. No podía enfrentar esa situación.

Beatriz había preparado el café de filtro, como le gustaba a Emilia, y había comprado *croissants* salados, que eran sus preferidos, para esperarla.

–Yo… estoy mal… –dijo casi en susurros.

–Eso es evidente. Cuéntame la causa.

Beatriz ajustaba el abrazo para darle seguridad. Allí, de

pie en el recibidor, la contuvo lo necesario, sumergida en el silencio de palabras más perturbador, el que impone escuchar a una hija llorar de modo desgarrador sin saber la razón de su pena. No pudo evitar todo tipo de conjeturas. Si bien ella era de las que creían que no era sano suponer que había que preguntar, no pudo evitarlo mientras la respuesta no llegaba. Aunque estaba convencida de que no se debía dar paso a la duda afectiva, de que no había minutos para dedicarle a cuestiones que dañaran en base a presunciones, ahí estaba, considerando las variables, con música italiana suave de fondo, en un cuadro triste y desolador. ¿Será el Mushotoku? ¿Algún problema con los huéspedes? No. Eso no tenía entidad para semejante angustia. ¿Problemas de dinero? No. Emilia era muy buena administradora de sus ingresos. ¿Pelea con Alejandro? ¿Alejandro? Dudó, pero no creía que fuera para llorar tanto. ¿Su salud? De pronto se alarmó, eso podía ser. Tal vez Emilia estaba enferma de gravedad. Sus suposiciones fueron por más y sintió que se descomponía de miedo… Sí, tenía que venir por ahí el asunto. Con lentitud y mucho cariño, fue separando el abrazo para llevarla a la cocina a tomar el café.

–Perdón, mami –repitió.

–Nada que perdonar. Dime de una vez qué sucede –pidió.

Emilia la miró directo al corazón y se calmó. Su madre le acercó un vaso con agua. Ella lo bebió. Beatriz intentaba reconocer signos. ¿Estaba pálida? ¿Más delgada? Buscaba algo que le anticipara una respuesta.

–Mamá, ¿soy una persona valiosa?

–Por supuesto que sí. ¿Por qué preguntas eso? Tus acciones, tu vida son un ejemplo de valor y virtudes.

–Fracasé –dijo Emilia de modo rotundo.

–No hay fracaso o éxito, son momentos. Oportunidades. Aprendizaje.

–Fracasé –repitió–. Y es definitivo –agregó.

–¿Por qué te juzgas así? –interrogó Beatriz, confundida.

–Mi matrimonio. Alejandro se fue –ya no lloraba. Sus ojos estaban hinchados.

Beatriz no podía reaccionar.

–¿Adónde se fue?

–No lo sé. Me dejó hace una semana. Se fue con otra mujer.

Silencio.

Silencio.

Proceso de análisis.

Búsqueda de palabras.

Cálculo de los daños.

¿Planificación de un futuro? No. Nada podía hacerse tan rápido.

–Pero ¿ustedes estaban mal y no me dijiste?

–No. Bueno, parece que sí y yo no lo sabía.

–¿Hablaste con él? ¿Qué te dijo? Debe tener solución, los matrimonios atraviesan crisis –supuso una vez más.

–No. Casi no hablamos, llegué a casa en un horario en el que se supone que nunca regreso y estaba armando un bolso. Lo sorprendí, creí que viajaría por trabajo, pero no. Me evitó todo lo que pudo, ni siquiera me miraba –recordó–, luego

solo dijo: "Se acabó el amor" y se fue sin mirar atrás. Una rubia lo esperaba al volante de su auto en marcha, en la puerta de casa.

Silencio.

–¿Se acabó el amor? ¿Así, nada más?

–Sí.

–¿Cuándo pasó esto?

–Hace una semana –coincidía con la alerta de María Paz. Sus hijas eran muy unidas–. Me dijiste que había viajado… –recordó.

–No pude decirte la verdad. Estuve muy mal… Estoy peor que al comienzo, en realidad.

Sus mecanismos de análisis fueron a parar al fondo de lo injusto que era todo. Un lugar de *mierda: inmundicia. Excremento o situación que repugna.*

Se reacomodó en el lugar que le tocaba y priorizó a su hija. Intentó aconsejarla. Por dentro, la indignación y la sorpresa se adueñaban de todo su ser.

–Hija, primero debes calmarte. No puedes enfrentar nada así.

–No puedo calmarme.

–Deberás hacerlo. Sabes bien que en todos nuestros logros y en lo que aprendimos de nuestros malos momentos, hubo algo común, "nunca nos resignamos y seguimos", pero con calma –repitió–. Enfócate en eso. Esto se va a solucionar y él volverá –dijo sin pensar. ¿Era eso una opción? No tenía seguridad, otra vez suponía. Gran error–. Y si no lo hace, es él quien te pierde –agregó por las dudas.

–No es tan fácil, mamá...

–No dije que fuera fácil, digo que es la única salida. Cuando avanzas a pesar de los problemas, no hay horarios ni límites, solo existe entrega y honestidad. Jamás te rindes o desistes.

–¿Por qué no te rendiste cuando murió papá?

–Porque ustedes eran más importantes que mi dolor. Con el tiempo entendí que la vida decide y nunca debemos depender de nadie más. Yo sé que tu padre me espera en la eternidad, pero ustedes eran mi presente y me necesitaban. No pude desistir, rendirme, darme el lujo de una depresión. ¿Entiendes?

–Sí... –otra vez la maternidad primero. Vencedora.

–Tienes un negocio maravilloso, eres joven, inteligente, emprendedora, independiente. No serás ni la primera ni la última mujer que enfrente una crisis de pareja –afirmó. Internamente quería asesinar a Alejandro y después resucitarlo para escuchar la explicación que nunca había dado, y volverlo a matar, pero prefirió no nombrarlo, no ocuparse de él en ese momento.

–No tengo suerte, mamá. Hice todo bien y todo me salió mal justo ahora.

–¿Qué es la suerte, hija? El camino fácil que se le atribuye a la ilusión del éxito a cambio del cual nada se ha dado... No es así. Lo tuyo son logros, no suerte. La suerte no existe. Debes tranquilizarte para poder pensar, hablar con él, tomar decisiones y superar lo que te ocurre.

–Sí, existe –cuestionó sin escuchar lo demás–. Hay mujeres

que no trabajan, que no se ocupan de la casa ni de su esposo,
ni de nada y viven felices, les va bien.

—¿Cómo sabes que les va bien?

—Porque siguen casadas.

—La vida no pasa por una pareja —comenzó a decir Beatriz.

—Debería cuando te enteras de que estás embarazada porque has buscado con tu pareja ese hijo y tu esposo se va con una rubia justo el día que regresas temprano para darle la noticia.

Golpe bajo: acción de dar con violencia un cuerpo contra otro, de puño cerrado, en el estómago.

—No puede ser —alcanzó a decir Beatriz, sin aire.

Pero era.

CAPÍTULO 10

Muro

Convierte tu muro en un peldaño.

Frase atribuida a Rainer Maria Rilke,
República Checa, 1875-1926

BOGOTÁ

Matías sentía un gran vacío que afectaba su vida cotidiana. El amor que lo unía a Isabella era tan grande y fuerte que el hecho de no estar de acuerdo en algo tan importante como el proyecto familiar le dolía todo el tiempo. No podía entenderlo. Estaba seguro de que Isabella lo amaba; sin embargo, miles de dudas lo perseguían de día y le quitaban el sueño de noche.

Siempre desde diferentes lugares, la maternidad había marcado la vida de Bella y no de la mejor manera. Primero con ese accidente fatal en el que había fallecido una mujer embarazada. Complicando aún más el escenario, había aceptado que su entonces novio, Luciano, respondiera por ese hecho para protegerla. Tiempo después, había permitido que convertido en su esposo la presionara para tener un hijo. Por ese entonces, Isabella no ponía límites a su culpa y permitía lo que no era justo. En aquel tiempo, Matías era su amigo, estaba enamorado de ella, pero no se animaba a confesarlo por miedo a perderla. Recordó su indignación y sus consejos. No quería que tuviera un hijo con su esposo. Hizo una pausa en su memoria. No quería que tuviera un hijo si no lo deseaba. Le había dicho que eso era una decisión de dos. ¿En qué lugar lo ubicaban sus palabras de entonces? ¿Acaso él también la estaba presionando?

Sin pretenderlo, un diálogo del pasado se repitió en sus recuerdos:

—*Intento hacerte sentir lo que es el verdadero amor. Lo que tú necesitas puede no coincidir con lo que yo deseo, pero entre ambas cosas elijo que te sientas segura.*

—*¿Eres real?*

—*Tú dime.*

—*No lo creo. No conozco ese modo generoso de amor.*

—*Pues lo que conoces no es amor. No hay modo generoso y modo egoísta. Hay amor y eso significa que el otro es lo primero en tu vida. Su felicidad es la tuya.*

Ese día habían ido a tomar las fotografías de Isabella luego de saber que sus columnas irían a primera página de la revista *Nosotras* con su imagen. Habían hecho el amor por segunda vez y se habían mezclado en cuerpo y alma para siempre. Lo sorprendió una sonrisa al recordar. Tres años después pensaba lo mismo: *Hay amor y eso significa que el otro es lo primero en tu vida. Su felicidad es la tuya.* Entonces, ¿por qué Isabella no podía comprender que su felicidad era tener un hijo con ella? Ver en un niño o una niña la manera en que el amor podía crear un ser que fuera el testimonio maravilloso de vida más allá de ellos mismos. Sintió que no era esclavo de sus palabras, sino que las había interpretado al revés.

Un minuto después pensó que Isabella no tardaría en utilizarlas como argumento y que serían igual de válidas para defender su no deseo de ser madre. ¿Lo serían?

Indudablemente, el desacuerdo que él había minimizado no era pequeño y podía ser definitivo. Quizá fuera como *Alicia en el país de las maravillas.* Tal vez no fuera un real "sinsentido" todo lo que ella decía que los separaba. Había leído la columna de Isabella y se preguntó de qué era capaz por amor. Le hubiera gustado que la respuesta fuera "soy capaz de todo, incluso de renunciar a ser padre", pero no lo fue.

En ese momento, sonó su celular. Era Gina, quien parecía tener un GPS para detectar cuando algo andaba mal.

—¡Hola, Matías! Bella no responde su celular. ¿Cómo están? ¿Todo está bien?

—Estaba reunida con Lucía. Sí, todo perfecto —mintió.

—Bueno, dile que me llame luego. He soñado con ella toda la noche.

—Le diré.

Matías vio la señal con claridad. Su madre la soñaba, él se
cuestionaba. Nada estaba bien.

* * *

Esa tarde coincidieron en la oficina en el horario de salida y volvieron juntos en el auto hablando de temas triviales. Lo que no se decía ocupaba cada vez más espacio entre los dos.

De pronto, ella tomó una decisión. Le dolía su amor por todas partes porque conocía el lugar al que los llevarían sus palabras. La verdad tomó protagonismo.

—Me voy.

Matías se quedó mudo y detuvo el vehículo.

—¿Qué dices? —preguntó mirándola a los ojos.

—He aceptado la propuesta de Lucía. Creo que es lo mejor en este momento.

Matías sentía avanzar su enojo e impotencia. Aceleró y sin decir una palabra llegaron a la casa. Isabella intentaba calmarse para poder hablar sin discutir.

—¿No vas a decir nada? —había preguntado ya en la sala.

—Buen viaje —respondió él con ironía.

—¡Te desconozco! —gritó Isabella conteniendo las lágrimas.

—Estamos igual.

De pronto, un muro helado los separaba. Los dos tenían ganas de pelear, de decir cosas sin pensar, de gritar sus motivos y su rabia por darse cuenta de que el gran amor del inicio ya no se manifestaba de la misma manera, aunque seguía creciendo.

–Toda esta indiferencia es porque no quiero ser madre, ¿verdad?

–Tu viaje es porque quiero tener un hijo contigo, ¿verdad? –cuestionó Matías casi con sus mismas palabras, pero desde su deseo.

–¡No! Es porque ya rechacé una oportunidad de ir a Nueva York a trabajar y no volveré a hacerlo.

–Mientes.

–Nunca te he mentido, por eso estamos discutiendo.

–Mientes, porque si fuera por trabajo querrías que viaje contigo y, claramente, no me incluyes en tus planes. Tu amor no es suficiente para comprender y compartir lo que me haría feliz.

–Y el tuyo no alcanza para comprender que eso que tú quieres me haría infeliz. ¿Por qué no entiendes? A las mujeres que deciden ser madres nadie las cuestiona. Sin embargo, tú me señalas como lo hará la mayoría cuando se entere.

–Y eso ¿qué te dice?

–Que no es justo.

–No. Debería decirte que es lo normal, la familia lo es todo. Los hijos son un sueño a cumplir cuando se ama como yo te amo.

–Mi familia eres tú. Deberías enterarte de que existe la posibilidad de familia sin hijos y lo es todo también. No te amo menos por eso.

–Bella, por favor. Debemos resolver esto juntos, iré contigo a Nueva York, sé que Lucía puede intervenir y puedo

trabajar allá un tiempo. Te amo –dijo y se acercó. Intentaba bajar el nivel de conflicto.

Isabella contenía las lágrimas. Lo besó sin pensar. Por un instante, ambos sintieron el amor que los unía.

–Perdóname, pero quiero ir sola –respondió.

Matías sintió una puntada en el alma.

–Necesito aire –dijo para salir de allí y que ella no lo viera llorar.

Después de haber dicho lo que pensaban, ¿volverían progresivamente a ser lo que ya no eran? ¿Era ese el motivo por el que muchas historias de amor en los libros o en el cine terminan con la pareja unida y feliz y no dan cuenta del después?

Luego de haber sostenido irónicas verdades entre guerras y milagros, la pregunta es: ¿Hay siempre un después del después o ese momento solo conjuga finales?

CAPÍTULO 11

Madrugada

No supongas. No des nada por supuesto.
Si tienes dudas, acláralas. Si sospechas, pregunta.

Miguel Ruiz, 1997

La tristeza de Emilia no cedía y la incondicionalidad de Adrián sostenía no solo su negocio sino también su alma rota. Él, fiel a su idea de que había un momento para todo y de que las cosas sucedían en el exacto tiempo en que debían ocurrir, ni antes ni después, no preguntaba. Esperaba que naturalmente una confesión le diera las razones de tanta tristeza. Aunque no le gustaba conjeturar, era evidente que la cuestión se relacionaba con el matrimonio ya que ella dormía en el Mushotoku desde la fatídica tarde en la que había ingresado a la recepción con lentes oscuros ocultando su angustia, y desde ese momento Alejandro no había ido más

al hotel. Habían pasado varios días desde esa primera noche

en la que ella había llorado sobre su hombro sin decir nada.

Algo lo empujaba a pensarla continuamente. Suponía que la causa podía ser que estaba a cargo del hotel y tomaba muchas decisiones de las que siempre se ocupaba ella, pero ¿por qué a la noche? ¿Por qué la recordaba y pensaba el modo de ayudarla a superar su problema justo cuando debía descansar y no tenía obligación de hacer nada? Siempre la había admirado y respetado, ninguna de esas dos cosas explicaba lo que sentía.

Eran las tres de la madrugada cuando se dirigía al dormitorio que él ocupaba a veces, cuando se le hacía muy tarde para regresar a su casa, y volvió a escucharla llorar. Golpeó con suavidad la puerta de su habitación. Del otro lado, Emilia llevaba largo rato observando la nada. En ese lugar cerrado donde habitaba su soledad no necesitaba disimular. Le había hecho bien conversar con su madre; aunque le había trasladado una gran preocupación, también significaba que a partir de que Beatriz sabía, Emilia podría ir a su casa y, simplemente, desplomarse en su hombro o compartir largos silencios que se parecían, por instantes, a la paz que necesitaba.

Alejandro la había llamado solo una vez, pero ella no había respondido. No tenía fuerzas, y él no había insistido. Evidentemente, la comunicación era por culpa, no por algo concreto.

Supo que era Adrián quien golpeaba. Le abrió, enfundada en un pijama azul con la angustia como señal en su mirada verde. Sonrió levemente. Casi una mueca que desentonaba con el resto de su rostro.

–¿Qué haces aún despierto? –sabía que había un ingreso en un horario fuera del habitual, pero creía que habían pasado horas. Sumida en su dolor, no reconocía la dinámica del tiempo.

–Una última recorrida. Por excepción, aceptamos el *check in* de unos pasajeros que llegarían de madrugada. ¿Recuerdas? Vienen justamente de Japón.

–Sí, es que estoy algo desorientada con la hora –justificó–. ¿Les gustó su habitación?

–Sí, mucho.

–Me alegro –respondió.

La noche estaba agradable. Sin ponerse de acuerdo se habían sentado en los sillones enfrentados ubicados en el balcón; ella, en el de doble cuerpo; él, en uno individual.

–Ya es tiempo –dijo Adrián de pronto.

–Es lógico. Te debo una explicación. Trabajaste por ti y por mí, todos estos días. Lo reconoceré en tu paga, pero supongo que sí, que ya es tiempo de que te cuente lo que me sucede.

–No. No quiero más paga de la que hemos convenido, y cuando digo "ya es tiempo" no me refiero a que llegó el momento de que me cuentes lo que te pasa. Eso sucederá o no, según tus sentimientos.

–Entonces ¿ya es tiempo de qué?

–Es tiempo de que enfrentes el tema, de que hagas las preguntas necesarias y obtengas las respuestas. Que dejes de encerrarte en suposiciones, porque eso haces, ¿verdad?

Emilia pensó un instante. Estaba confundida.

—No lo sé. No… Creo que todo es muy claro, no hace falta suponer.

—Ya es tiempo de que busques la explicación adecuada para poder hacer lo que corresponda y seguir adelante.

—¿Por qué supones que no tengo respuestas?

—Porque te has mudado a una habitación en tu hotel, lloras a escondidas y estás hablando conmigo, aquí, de madrugada. Eso es tristeza, y siempre hay interrogantes en torno a ella. Acaso no te has preguntado ¿por qué a ti?

—Eso sí —reconoció—. ¿Y qué es para ti una *explicación adecuada* cuando todo es muy evidente?

—No todo es lo que parece, Emilia. Menos aun cuando las emociones están en un extremo casi fuera de control. Una explicación adecuada es la que llega con la calma. Cuando es posible dialogar, cuando se puede pactar sinceridad, sin rencores ni crueldades innecesarias. Si vives aquí, el conflicto es con tu esposo; debes hablar con él.

Emilia se quedó reflexionando sobre eso. La única respuesta que tenía era *se acabó el amor* y la imagen de Alejandro subiendo a su auto, conducido por una mujer rubia. Así, breve, sin gritos ni cuestionamientos. Luego, largos días de ausencia y silencio. Ni siquiera se había ocupado de buscar sus cosas o pedirle la mitad de todo, nada. ¿Había más para interrogar? ¿Había mayor calma posible que esa? ¿Cuál era el "momento de calma" en ese escenario de absoluta y rotunda indiferencia?

—Yo creo que las cosas son lo que son, Adrián, no parecen nada, son... —silencio. Era su modo de invitarla a continuar—. Me da mucha vergüenza lo ocurrido —*vergüenza: turbación del ánimo ocasionada por la conciencia de alguna falta cometida, o por alguna acción humillante. Frecuentemente supone un freno para expresarse.* Nada más perfecto que esa definición para explicar el modo en que se sentía.

—¿Vergüenza? "Vergüenza es robar" decía mi madre. Aquí se trata de tener el valor para enfrentar las situaciones sin buscar atajos o excusas. Tú no eres capaz de nada que sea una *vergüenza* —repitió la palabra haciendo énfasis en ella. Emilia buscó en su memoria el significado literal de lo que sabía que no hacía. *Enfrentar: hacer que alguien se mantenga en actitud de oposición ante un problema o situación difícil, sin eludirlos, asumiendo el esfuerzo que suponen y luchando de acuerdo a las exigencias.*

—Dicho así... Eres tan vehemente —agregó. Era cierto. Lo miró. Sus ojos celestes, su paz. Su espalda ancha, sus hombros bien torneados, un hombre que no era lindo pero atraía como un talismán. Seducía su energía. Tomó de su mirada algo de ese valor del que le hablaba, como si Adrián hubiera hecho una ofrenda con su expresión. La de siempre, de entrega absoluta, pero esa noche, más profunda todavía—. Alejandro me dejó —dijo por fin. Esperaba una reacción que nunca llegó—. ¿No vas a decir nada?

—Te escucho, supongo que eso no será todo.

—¿Te parece poco? Acabo de decirte que me abandonó. ¡Se fue!

—Entendí muy bien.

—¿Por qué no dices nada entonces?

—Porque todavía no me contaste las razones.

—Ah… eso —respondió con ironía—. Es una sola, muy corta por cierto: "Se acabó el amor". Eso dijo.

Adrián continuaba observándola. Emilia estaba enojada, herida, y por mucho que hubiera llorado, toda su furia permanecía intacta junto a la frustración adentro de su cuerpo en el que podía adivinar infinitas lágrimas todavía.

—Y ahora, ¿no vas a decir nada?

—Creo que el amor no se acaba de un día para otro.

—Parece que sí, porque estábamos bien y cuando regresé aquel mediodía estaba armando su bolso en un horario en el que se suponía que yo no volvería a la casa. O sea, de no haber llegado, ni esa diminuta explicación habría tenido, supongo.

—¿Estaban bien? —hizo una pausa invitándola a repensar la pregunta—. Te lo dijo de la noche a la mañana, pero tuvo que haber señales, indicadores de que ese amor enfermó, que agonizaba o que había muerto en él. ¿O vas a decirme que se acabó así nada más? ¿Que ni tú ni él lo vieron apagarse?

—Sí, estábamos bien —*negadora: que niega*. Ella misma había pensado en las señales que nunca vio. Adrián tenía razón y no merecía que iniciara con él una batalla verbal que debió, en todo caso, tener con Alejandro—. No sé… yo creía que estábamos bien. Nunca se quejó de nada.

—¿Estás segura? Piensa.

—Viajaba mucho. La empresa le exigió de pronto eso.

–Eso pudo ser una señal. Sus ausencias más prolongadas que lo habitual –omitió decir que eso podía ser a causa de no querer regresar con ella o de querer estar con alguien más–. ¿Alguna otra?

–Realmente no sé. Yo me ocupaba de todo. La casa estaba en orden siempre, la cena preparada de acuerdo a sus gustos, los almuerzos listos en el *freezer*, los vencimientos pagos. Los cumpleaños, las vacaciones, la casa, los autos, cada cosa que una familia sueña la teníamos. Como mujer siempre estoy atenta a mi aspecto y cuidados.

–¿Qué soñaba él, Emi? –preguntó con toda la ternura de la que fue capaz, intuía la causa.

Silencio.

Silencio.

Dudas.

Dudas.

Miedo repentino.

Miedo fatal.

Recuerdo de sus palabras, una y otra vez. Se habían grabado en la memoria como el padrenuestro.

Me voy de la casa. Se terminó.

Se acabó el amor. Ya no te amo. Tengo cuarenta años y quiero ser feliz. Por eso me voy. No quiero más esta vida.

Hace tiempo que estamos mal, solo que tú no quieres verlo porque tus planes son el matrimonio feliz, hijos, una casa, dos autos, tal vez, un perro. Ahorros. Viajes al exterior, milimétricamente planeados. Vacaciones en la costa, almuerzos familiares y bodas de oro. Pero ese es "tu plan" –había remarcado–, no el mío. Nunca lo fue.

Nunca estuve tan seguro de algo en mi vida. Lo siento, no quiero lastimarte, pero es mejor que seguir con esta farsa. No tenemos hijos y eso lo hace más fácil. Es una suerte que no hayas quedado embarazada.

Al revivirlas en su mente todas juntas sintió que no eran solo cuatro palabras. *Se acabó el amor* era la síntesis. Como si hubiera corrido el telón del escenario de una vida que no parecía propia, en ese instante pudo ver todas las señales en su discurso que no había advertido nunca antes.

Llanto inevitable.

Derrumbe emocional.

Mujer rota.

–Siempre supuse que queríamos lo mismo…

Lágrimas. Millones de ellas.

¿Cómo podría la furia reprochar a las decisiones el tiempo perdido en imaginar malogrados planes? ¿Por qué la vida tenía el poder de desintegrarse en una realidad inesperada, en una traición imprevisible, en el sinsabor de una estocada en el centro del alma?

Adrián tomó su mano y la apretó con fuerza dándole valor. No hacían falta palabras.

–¿Podrías, quizá, abrazarme? –pidió ella completamente indefensa.

Adrián se puso de pie, se acercó al sillón doble, se sentó a su lado y la abrazó con ternura. Una vez más, Emilia se desahogó sobre su pecho. Sin que se diera cuenta, su protección llenó cada espacio de las infinitas grietas de su corazón, y su olor seguro como un refugio se grabó en sus sentidos. Cuando se quedó dormida, agotada de llorar, Adrián la tomó en brazos, la acostó sobre la cama y permaneció allí mirándola y perdiendo la noción del tiempo que se devoró la madrugada.

Emilia despertó muy temprano, con el sonido de la fuerte lluvia. Adrián no estaba allí; en su lugar, un día igual al que Alejandro la había abandonado. Gris, lluvioso, inesperado.

Era una de esas mañanas que amanecen cargando en su mochila más preguntas que respuestas. Hay días en los que es difícil creer o encontrar razones. Días en que, además, y por si hiciera falta agregar tremendismo a los hechos, llueve. Llueve intensamente. Como un método diseñado por el destino para asegurarse de que los hechos ocurridos con ese marco climático volverán a la memoria de quien corresponda cada vez que llueva. Cuando los ecos de la lluvia rememoran lo sucedido, una y otra vez, porque el sonido conduce al recuerdo por asociación, y este, al irremediable dolor. Cuando la memoria trae el pasado al escenario presente, entonces la soledad se convierte en un abrazo helado que recuerda las ausencias, las heridas, y lastima.

CAPÍTULO 12

Estrellas

Cuando miras el cielo y fijas una estrella,
si sientes escalofríos bajo la piel,
no te abrigues, no busques calor, no es frío, es solo amor.

Frase atribuida a Kahlil Gibran,
Líbano, 1833-1931

BUENOS AIRES

María Paz ya estaba al tanto por su madre de lo ocurrido a su hermana Emilia, quien no había querido hablar del tema. Al principio, solo algunas llamadas, y días después le había pedido que se vieran al siguiente.

Cuando tenía esa alerta de sensación de angustia que era un presagio, el vértigo terminaba al momento de reconocer la causa. Sin embargo, y por muy grave que fuera lo de su hermana, la sensación de una mano que oprimía su estómago y le avisaba algo permanecía allí. Estaba segura de que se trataba de otro tema.

Pensaba en su historia. Buscar desesperadamente, insistir

hasta el insomnio. Caer, levantarse, poner la otra mejilla, esperar, perder, recordar, comprender, intentar. Ir adonde no estaba y quedarse en el lugar del que había partido. Creer, viajar, sentir, volver, llorar. Todo eso a la vez, en el exacto momento en que descubría en el espejo la única realidad y la miraba a los ojos para gritarle que ya era suficiente. Seguir peleando con la memoria de las promesas y enlazar los latidos a la desesperanza. Negar, estallar, morir. Renacer como si fuera posible escapar de la soledad al sentir el agotamiento físico de no llegar a ninguna parte.

¿Cómo reconocer la señal posible cuando no escampa el sentimiento de angustia que gobierna cada espacio del corazón y cada tramo del alma?

Makena. África. Obi. Soltar. Ser feliz. ¿Cómo? Parecía que estaba encerrada entre los muros que esas personas y esas palabras significaban.

Se sentía muy nerviosa. El vértigo continuaba oprimiendo su estómago y golpeaba las puertas de su razón.

En ese momento, sonó el interno de su despacho. Su editor la llamaba y le pedía que acudiera a su oficina.

—Dime, Juan Pablo, ¿qué necesitas? —dijo María Paz una vez dentro del despacho de su jefe.

—Nada en realidad, quiero hablarte de Bogotá.

—No entiendo.

—Me pediste un viaje… —comenzó a decir.

—¡Genial! ¿Surgió alguna noticia para cubrir en Colombia? —se anticipó. Sonaba entusiasmada.

–No exactamente. Tengo una amiga que es directora editorial de una revista allí, y su mano derecha, una joven brillante, viajará a capacitarse a Nueva York y le gustaría alguien de confianza en quien delegar algunas tareas. Fue un comentario al pasar. Ella iba a buscar alguien en su país, pero yo pensé en ti de inmediato y se lo sugerí. Le pareció algo disparatado al principio, luego dijo que quiere conocerte. Pero en caso de que Lucía Juárez diera su conformidad y tú aceptaras, deberías mudar allí e instalarte, de tres meses a un año máximo. No es un viaje corto. Trabajarías para la revista *Nosotras* y serías corresponsal del periódico allí –una inusitada tranquilidad, ausente durante los últimos días, la invadió y lo supo. Esa era la alerta. Se trataba de ella misma. De una decisión que podía ser la respuesta a sus deseos–. ¿Quieres que organice una videoconferencia?

La intuición gritaba que sí, la razón dudaba, la palabra, desde el conflicto, se hacía inaudible. ¿Makena? ¿La escuela? ¿Su vida? Todos eran interrogantes.

–Déjame pensarlo –pudo decir al fin.

–Entiendo que necesites evaluarlo, aunque te aconsejo que tomes la entrevista para poder hablar directamente con quien sería tu editora.

María Paz lo meditó un instante. Era razonable.

–Bien, hazlo. Cuanto antes mejor –respondió guiada por su intuición.

–Lo haré.

–Gracias, más allá de lo que suceda, por tenerme presente.

Juan Pablo solo le guiñó un ojo. Le alegraba que alguien tuviera ilusiones; su momento personal distaba mucho de eso. Un divorcio conllevaba demasiados sueños rotos.

* * *

Makena estaba en el cumpleaños de una compañera del colegio, así que esa tarde, al salir de su trabajo, María Paz había acordado con su hermana Emilia pasar a verla por el Mushotoku. Necesitaba conversar con alguien y ella era la persona ideal, porque no juzgaba. Era cierto que transitaba por un mal momento, pero seguramente encontraría las palabras adecuadas para responder a todo su debate interno. Solían pensar muy diferente, pero el respeto que las unía siempre les aportaba una visión importante a sus opiniones.

Al llegar, fue directo a la mesa que solían ocupar con vista al jardín. Esperaba verla peor, que se le notara su tristeza. Sin embargo, no fue así y eso la preocupó. Lo que no se exterioriza lastima por dentro, lo sabía bien.

Se abrazaron. El silencio de las dos les puso medida a sus preocupaciones.

—¿Qué pasó, Emilia? Mamá me contó, pero no puedo creerlo. ¿Hay algo más que ella no sepa? —preguntó pensando que, quizá, su hermana habría omitido algo.

—No, María Paz, así de simple y tremendo ha sido. Me dejó. Se acabó el amor y eso es todo lo que dijo —pausa—. Perdón, dijo algunas cosas más, pero ese es el resumen.

–¿Qué más?

–Que mis planes no son los suyos, que no es feliz, que hace tiempo estamos mal...

–¿Y es verdad?

–Yo no me di cuenta; si era así, lo disimuló muy bien.

–¿Puedo preguntarte algo sin que lo tomes a mal?

–Claro.

–¿Acaso tú sola decidiste el embarazo?

–¿Te volviste loca?

–No, bueno, disculpa, pero tienes el hábito de organizar todo a tu criterio.

–No puedo negar eso, pero jamás hubiera hecho algo así. Los dos soñamos con formar una familia, y hace meses que dejé de cuidarme. Hasta este mes no había pasado nada y justo cuando logramos el embarazo... –se le caían las lágrimas.

–Tranquilízate. Quizá las cosas se arreglen cuando él se entere.

–No. Fue muy claro. Es más, entre las pocas palabras que usó destacó que era más fácil porque no había hijos.

–¿Y no le dijiste? –agregó María Paz imaginando la escena.

–Hubiera sido denigrarme más todavía, si fuera posible. Como sabes, una rubia lo esperaba en la puerta en un horario en el que se suponía yo no regresaría a la casa, y conducía su auto. Humillante por donde se mire –insistió.

–¡Qué desgraciado! Me resulta increíble viniendo de él.

–Pues así es. Créelo.

–Sé que es difícil. Lo sé mejor que nadie, quizá, pero no serás la primera mujer que tenga un bebé sola.

104   Emilia la miró, muy seria.

–Ese es exactamente el punto. No sé si quiero a este bebé sin mi matrimonio.

–¿Qué dices?

–Digo que he pensado en interrumpir el embarazo. No puedo conectarme con mi estado. Mi realidad no era lo planeado –María Paz se quedó callada–. ¿Me juzgas?

–Intento no hacerlo, pero…

–No lo hagas, entonces.

–No puedo ponerme en tu lugar. Makena vino a mi vida sin que lo dudara un instante. Sin embargo, como bien sabes, su padre nunca estuvo a mi lado de la manera que imaginé. Además, es infantil que no hables con Alejandro y se lo digas, tiene derecho a saber –dijo pensando que tal vez esa verdad lo hiciera reaccionar.

–Hasta aquí llegamos con tus consejos. Necesito mi espacio para decidir –Emilia puso un claro límite a la posibilidad de que su hermana opinara más allá de lo dicho. María Paz se sentía mal de solo imaginar en los hechos la idea que rondaba por la cabeza de su hermana, pero sabía perfectamente que era en vano tratar de persuadirla. Además, la vida le había enseñado que había que dejar enfriar las situaciones para poder hablar con claridad y decidir en consecuencia.

–¿Cuántas semanas de embarazo tienes?

–No lo sé. He cancelado ya dos veces la visita a Mandy –dijo con referencia a su médica–. Te repito, no avances con tu opinión. Será mi decisión cualquiera que sea.

–Entiendo. Quieres que me calle.

–No, quiero que me cuentes qué te sucede a ti. Te quiero, pero no permitiré que nadie pueda influir en mí. Solo yo sé cómo me siento.

–Está bien, no es fácil lo que me pides, se trata de tu hijo y mi sobrino o sobrina… Solo ve a la consulta. El tiempo cuenta.

–¡Basta! No le des entidad de persona. No la tiene –dijo duramente–, si no puedes evitar el tema y tus convicciones en ese sentido será mejor que no conversemos más –no agregó nada respecto de ir a la consulta médica, sabía que su hermana tenía razón.

–Perdóname, es difícil, pero lo intentaré.

–Ahora dime qué te sucede –insistió. María Paz decidió priorizar su realidad frente a la firmeza de su hermana. Si hubiera sido por ella, hablar sobre la decisión que Emilia estaba por tomar para que comprendiera era lo más importante. Se trataba de una vida, pero supo que no era el momento de insistir. Entonces, cambió de tema y le contó.

–Siento que lo único que me motiva en esta vida es mi hija. No sé si sigo enamorada de su padre o si solo es una ilusión, pero tengo muy claro que necesito un cambio. Estoy ahogándome en un vacío rutinario.

–Un cambio… ¿De qué tipo?

–No lo sé; de aire, creo. Pedí en el trabajo que se me tenga en cuenta para volver a viajar y apareció algo, solo que no es por algunos días como para recuperar el movimiento –dijo refiriéndose a una estadía breve–. Existe la posibilidad de ir a Bogotá de tres meses a un año, surgió un reemplazo en una revista. Sería una buena experiencia, algo diferente. Supongo que la idea de Juan Pablo, mi editor, tiene que ver con incluirme en la revista del periódico a mi regreso. No tengo práctica en eso –explicó lo que se le había ocurrido pensando en el tema–. Me darían vivienda y viáticos si es que me seleccionan. Tendré una entrevista virtual en breve.

–¿Y Makena?

–Vendría conmigo, por supuesto. Puedo tramitar el pase a un colegio allá. ¿Qué piensas?

–Que es una locura. Mudarte de país no cambiará las cosas, el vacío viajará contigo. No puedes exponer a la niña a cambios repentinos solo pensando en ti y…

–Usaré tus palabras: Hasta aquí llegamos con tus consejos. Necesito mi espacio para decidir –la interrumpió.

–Pero María Paz, estarías sola en otro país –Emilia intentó que su hermana reflexionara.

–Estaría con mi hija y comunicada con mami y contigo. Es tiempo de que me anime a lo que deseo.

–¿Y qué es lo que deseas? ¿Ir a Bogotá? –preguntó con ironía–. Nunca has hablado de Colombia.

–Deseo ser feliz y cambiar mi presente de manera radical.

–Radical sería, sin dudas –agregó Emilia sin pensar–. Supongo que el destino se divierte con nosotras al mismo tiempo. Te respeto, pero quisiera que no lo hagas –y allí se detuvo no por no tener más nada que decir sino por la necesidad de que

María Paz no volviera al tema de su embarazo. Era un pacto tácito de límites.

–Tengo un presentimiento. Siento que me irá bien en la entrevista y que debo ir –María Paz miró la hora y se despidió de su hermana. Emilia prefirió no decir nada más frente a lo que se presentaba como una decisión completamente equivocada para ella. La acompañó hasta la puerta; ya había oscurecido. Ambas miraron el cielo al mismo tiempo sin proponérselo. Estaba lleno de estrellas, cada una fijó la mirada en una diferente y, por un instante, las recorrió el mismo escalofrío. Era posible que Kahlil Gibran tuviera razón. ¿Era amor lo que se anunciaba?

CAPÍTULO 13

Enfrentar

En asuntos de amor siempre pierde el mejor.
De la canción *Seis tequilas*, de Joaquín Sabina,
Pancho Varona y Antonio García de Diego, 2005

BUENOS AIRES

Alejandro sabía que tenía que enfrentar la situación. Hablar con Emilia, decidir los términos del divorcio, retirar sus cosas de la casa, hacer todo lo necesario para cerrar el capítulo de su vida anterior. Debía poner fin a las ataduras legales y emocionales que lo mantenían unido a su pasado para ser capaz de comenzar una nueva historia junto a Corina de manera plena.

Era cierto que ya vivían juntos, pero parte de él aún estaba enredada entre la culpa y las palabras no dichas. Era una buena persona que había tomado una decisión; hasta ahí, estaba en su derecho. Lo reprochable era que la había ejecutado de acuerdo al proceder de su nueva pareja y sin considerar que

Emilia merecía otra cosa. Sentía que él no hubiera sido capaz, simplemente, de llevarse sus cosas cuando ella no estaba si no hubiera sido por la presión de Corina, que era implacable. El imprevisto de que su esposa –¿o debía decir exesposa?– hubiera aparecido inesperadamente había sido un hecho frente al que no había sabido cómo actuar. Además, cuando Corina la había visto llegar, adrede lo había llamado insistentemente a su celular para que saliera de allí lo más rápido posible, y eso había influenciado sobre las circunstancias imponiendo una cruel celeridad y la falta de explicaciones que tendría que haber dado.

Esa mañana, cuando regresaron de correr por los bosques de Palermo, y mientras desayunaban antes de irse a trabajar, él prefirió iniciar la conversación.

–Amor, hoy voy a llamar a Emilia. Es necesario, ya pasaron muchos días –dijo esperando una reacción.

–¿Y?

–¿Cómo que "y"?

–Sí, ¿y? –insistió–. ¿Qué cambia que hayan pasado muchos días? ¿Me amas menos?

–No, claro que no –de inmediato se preguntó si la amaba. Supuso que sí.

–¿Te arrepentiste de algo?

–No.

–¿Entonces para qué vas a llamarla? ¿Para escucharla suplicar que regreses?

–¿Por qué lo haría? No me ha llamado nunca desde que

me fui. Además, tú no la conoces. Es demasiado orgullosa. Nunca haría algo así –omitió referirse al llamado que él sí había hecho para saber cómo estaba y que Emilia nunca había respondido.

–Lo hizo en la puerta de su casa, la vi rogarte y aunque no podía escucharla, tú mismo me lo contaste luego. ¿Te acuerdas? Además, aunque no lo hubieras hecho, ella lloraba y desde lo gestual era innegable la súplica –agregó más técnicamente.

–Sí… –lamentó habérselo confirmado, había sido un modo innecesario de denigrar a Emilia que después de todo era la víctima. ¿Era la víctima? No lo supo. Al menos era la abandonada, eso seguro–. Más allá de eso, hay cosas en la casa que debo ir a buscar –agregó.

–¿Qué cosas? Podemos comprar lo que necesites –era evidente que Corina no quería asumir el riesgo de que Alejandro, al ver a su esposa, cambiara en algo su realidad.

–Corina, hay cosas mías en esa casa que no son reemplazables. Son casi diez años –insistió.

–No te creo –dijo ella poniéndose seria–. La verdad no es esa.

–Es completamente cierto –se defendió–. Mis libros, mi ropa, algunas cosas que eran de mis padres. Todo tiene un valor afectivo que tienes que entender.

–Hermoso discurso, pero no es la razón. Te conozco –se le notaba el enojo.

–No es discurso, Cori. No lo es –trató de suavizar el diálogo que anticipaba difícil.

–¿Son?

–¿Son qué?

–¿Son casi diez años?

–Sí –respondió sin advertir la sutileza. La pelea estaba iniciada, y una Corina que nunca había visto desplazó a la hermosa, interesante e irresistible rubia por la que había dejado todo.

–Te lo diré muy claramente. No son casi diez años. ¡Fueron casi diez años! Que se terminaron en el mismo momento en el que la engañaste por primera vez y después otra, y otra durante seis meses en los que lo único que deseabas era lo que hoy tenemos. Fueron diez años que dejaste atrás el mismo día que decidiste venir a vivir conmigo. Te sientes culpable. Es eso –afirmó.

Alejandro se quedó perplejo frente a su reacción.

–No puedes ser tan posesiva, yo te elegí a ti, pero debes entender que antes de conocerte existí como ser humano y tuve una vida.

–¡Me da igual esa vida que ya no existe, yo defiendo la nuestra! –dijo Corina elevando el tono.

–Es mejor que te tranquilices –comenzó.

–¡No me digas lo que tengo que hacer!

–Tú tampoco –agregó Alejandro con un tono tranquilo que sostenía su verdad–. Corina, lo último que quiero es discutir contigo. Yo te elegí, estoy aquí, vivimos juntos, pero tuve una vida antes, conocí personas, asumí compromisos y debo enfrentar mi decisión de dejarlo todo –insistió sobre su argumento.

–Te sientes culpable. Estoy segura.

112   –No. No de la decisión, pero reconozco que la forma en que hice las cosas no me enorgullece –admitió–. Solo enfrentando mi pasado, a mi manera, me sentiré bien.

–No quiero.

–¿Por qué?

–Porque la felicidad que logramos juntos es todo para mí. Cualquier cosa podría suceder que me la quite.

–Nada va a suceder que te quite nada –intentó tranquilizarla–. Solo debo actuar como un adulto y ocuparme de lo que tengo que hacer –tomó su mano sobre la mesa. Ella se quedó inmóvil reteniendo las lágrimas que sentía en el alma, pero no permitía que sus ojos liberaran.

–No me gusta que regreses allí. Intuyo que ocurrirá algo que va a dolerme y no quiero –dijo con un hilo de voz.

–Te prometo que solo voy a llamarla para ir a buscar mis cosas –apretó con firmeza su mano. Ella lo soltó–. Empezaré por eso –agregó.

–¿Vas a pedirle el divorcio?

–Sí. Pero no sé si lo haré enseguida. Buscaré el momento.

–Solo quiero saber si estás decidido. En verdad ni me importa un trámite que lleva más tiempo del que muchas personas tienen de vida por delante –dijo. Su pasado siempre le marcaba la relatividad del tiempo y el modo en que un minuto puede derrumbar una vida por completo.

–Creo que sí te importa y que tu coraza se rompió. Ya nada es *carpe diem* o "aquí y ahora" como cuando nos conocimos –la contradijo de una manera dulce pero firme.

Esas palabras fueron peor que una bofetada. La hicieron reaccionar. Era cierto. ¿Cuándo había cambiado la unidad de medida de su vida de viuda? ¿Por qué tenía tanto temor a perderlo? La cicatriz que le impedía proyectar algo más allá de la noche del día que vivía, el tatuaje invisible de su duelo comenzaba a abrirse para cambiar de forma y dar paso al color negro de su miedo. Pensaba como psicóloga, como si ella fuera su paciente, y era tan clara la escena que no pudo evitar llorar. Su fantasma, la pérdida irreversible la obligaba, una vez más, a observar sangrar su herida y sentir dolor en cada rincón de su cuerpo. Estaba enamorada de Alejandro Argüelles y tenía miedo de perderlo.

Había comenzado a recorrer un camino de ida en el que no le importaba qué obstáculo debía derribar para continuar.

Alejandro corrió hacia un lado la silla y le hizo señas. Ella se sentó sobre sus piernas y enjugó sus lágrimas.

—Cori, nada va a pasar, y si bien me enamoré de tu capacidad de disfrutar y de vivir al día sin planes, somos adultos, vivimos juntos y hay mucho que proyectar —quiso darle tranquilidad.

—No quiero proyectos. Nunca sabré si tendré la posibilidad de concretarlos. Te quiero a ti, ahora.

La besó intensamente. Estaba loco por ella, pero ¿era capaz de vivir al límite de no planear nada? Pensó en Emilia. Supo que había cambiado de extremo, pero ¿cómo quería vivir él? La respuesta no llegó a tiempo. Quizá no lo tenía claro. La discusión terminó hallando su fin entre las sábanas, el lugar

donde los problemas se postergan, las palabras se olvidan y las promesas tienen el sabor a eternidad que se devora la ducha o el cigarrillo que no tarda en llegar.

* * *

Alejandro subió a su auto y se dirigió a la agencia de venta de vehículos en la que trabajaba, también ubicada en Palermo, con sucursales en otros lugares, que le habían permitido mentir sobre sus viajes. Estacionó. Respiró hondo y llamó a Emilia. Esta vez, ella respondió.

–Hola…

–Hola, Emilia –silencio incómodo. Distancia–. ¿Cómo estás?

–¿Lo preguntas en serio?

–Sí.

Pensó en decirle "embarazada", "hecha pedazos", "tratando de armar mi corazón roto", "viviendo en el Mushotoku", pero no lo hizo. Su orgullo pudo más.

–¿Qué quieres?

–Debemos hablar.

–¿De qué?

–Ems, han sido diez años.

–¡No me llames así! –sintió dolor en el alma al darse cuenta de que hablaba en pasado–. Supongo que quieres tus cosas. Estaré en la casa el sábado –respondió y cortó. Faltaban tres días para eso. Alejandro no insistió; le daba tiempo para tomar valor.

CAPÍTULO 14

Libre

Soy la mujer que piensa.
Algún día mis ojos encenderán luciérnagas.
Del poema *Estoy viva como fruta madura,*
de Gioconda Belli

BOGOTÁ

Isabella había tomado una decisión convencida de estar haciendo lo mejor, pero se sentía mal todo el tiempo. Matías era su persona en el mundo y el hecho de tener posturas opuestas respecto de la posibilidad de tener hijos no cambiaba para nada el sentimiento que la unía a él. Desde que se había planteado el tema vivían en permanentes treguas. Podía entregarse al placer sin pensar o llamarlo para contarle cosas o simplemente mirarlo con ese amor único que su mirada sostenía como una señal. Sin embargo, era el reloj de Cenicienta pasada la medianoche cada vez que recordaba su peor diferencia. Era la caída dentro del pozo de *Alicia en el país de las maravillas* cada vez que confirmaba que no había

salida, solo que en su situación no había tantas sorpresas en el camino; además, lo que cambiaba no era el tamaño de su cuerpo sino de sus dudas. Había releído y recordado cuánto había amado esa historia. Realizaba paralelos, quizá, porque los simbolismos le daban oxígeno para seguir. En ese momento pensó que sus argumentos no eran tan difíciles de comprender como las cartas que Lewis Carroll escribía al revés para que los lectores tuvieran que sostenerlas delante del espejo para poder descifrarlas, pero ¡parecía que sí!

¿Cómo resolvería la Mujer Maravilla su dilema? La protagonista del cómic que amaba la observaba desde la pared, pero no arrojaba respuestas. La Virgen de Guadalupe parecía querer darle tranquilidad. Era un regalo de Gina traído desde México.

Esa tarde, regresaba a su casa caminando, pero deseando no haber elegido volver sola. Entonces, lo llamó. La Isabella completamente enamorada de él ocupó su cuerpo y su espíritu, olvidando todo lo demás.

–*Amore, come stai?* –dijo en italiano.

–*Sorpreso* –respondió Matías.

–Entiendo que estés sorprendido. No quiero estar peleada contigo, te amo. Ven a buscarme –dijo y le indicó su ubicación–. Sé que no te gusta que viaje sola, pero te pido, por favor, que creas en mí; necesito pensar y reencontrarme conmigo para poder resolver lo que hoy nos aleja. Pero no será hoy. Hoy… solo ven por mí.

Matías también sostenía intacta la bandera de su amor por Isabella. Ella era la mujer de su vida, no tenía dudas sobre eso. Pero sí las tenía acerca de la manera de continuar. No todos los hombres podían quedarse por siempre con quien amaban, tampoco las mujeres. ¿O sí? ¿Acaso amar conllevaba ceder al extremo de renunciar a los sueños? Todo era confusión para él, menos sus sentimientos. No entendía el punto de Isabella, el no por el no mismo. No comprendía tampoco el hecho de que no hubiera en ella instinto maternal. No era un hijo lo que rechazaba, era un hijo con él. Y eso le dolía como un fuerte y permanente golpe en el alma. Por momentos, elegía pensar que su postura tenía relación con el pasado, con el accidente y la culpa por haber atropellado a esa mujer embarazada que perdió la vida junto a su bebé. Sin embargo, en el rincón más sincero de su ser, sabía que esa era simplemente la salida más esperanzadora. Isabella ya no era la mujer sumisa casada con Luciano, su exesposo. Ella era la mujer libre y segura que había decidido tomar las decisiones en su vida y vivir cada momento con plenitud. La pregunta obligada ocupó un lugar en su corazón ¿Quién era él? No estaba seguro. ¿De qué era capaz por amor? Le hubiera gustado responder que era capaz de todo pero, por segunda vez, no fue así. De inmediato y frente a la conflictiva respuesta tomó una determinación. Mientras estuvieran juntos iba a intentar hacer que el amor fuera más fuerte. Entonces, fue a buscarla. Durante el trayecto se preguntó: ¿Tener un hijo con ella era su sueño? ¿O ella era su sueño?

* * *

118   Luego de caricias mudas, de un diálogo entre sus cuerpos que susurraban un pedido de auxilio en favor de ese amor que sabían eterno, pero que no implicaba estar juntos por siempre, se amaron con desesperación. En los latidos de su entrega sonaba el ritmo de sus dudas, de su furia, de su desacuerdo. Y, paradójicamente, estaban haciendo lo único que podía concebir una vida entre los dos, pero Isabella tomaba sus recaudos y eso no ocurriría.

–Te extrañaba –dijo ella todavía agitada.

–Nunca me he ido de ti, cariño… Te amo.

–Lo sé, pero creo que ya no estamos tan solos y, recién pude sentir que sí.

–No te entiendo.

–No quiero hablar de ello ahora. Solo me refiero al tema que nos separa. Siento que nos acompaña.

–Yo solo quiero que estés completa, pero no es un buen momento para retomar esa charla. Ven aquí –dijo mientras acercaba su boca a los labios de ella y la besaba degustando el sabor de amarla. Ella lo dejó hacer. La pasión ganó la pulseada a las diferencias y permanecieron en la cama, sintiéndose uno hasta quedarse dormidos.

Un rato después, Isabella, abrió los ojos, de repente. ¿Completa? ¿Esa era la idea del hombre que amaba? Dejó atrás la tibieza de las sábanas, un rompecabezas se había armado en un instante urgente. Una idea la impulsó a levantarse rápido y en silencio. Necesitaba escribir. Las palabras aparecían desbocadas y ruidosas. Una imagen la invadió. Sonrió por lo

paradójico del simbolismo. Imaginó que las palabras eran
niños en un recreo de colegio y un timbre los llamaba a formar filas. Lo hacían de manera desordenada. ¿Acaso el timbre era el mismo que la había despertado minutos antes?

Completa.

¿Completa?

Frases hechas.

Dependencia.

Otras mujeres.

Muchas mujeres.

Sororidad.

Respeto.

Pensar.

Pensar diferente.

Instinto maternal.

¿Instinto?

Óvulos.

Egoísmo.

Mandato.

Libertad.

¿Opción?

¿Obligación?

Opción.

Deseo.

Pobre, no tuvo hijos.

¿Quién te va a cuidar?

De pronto, las ideas se ordenaron, *los niños entraron al salón,*

120 pensó. Ordenó silencio a la imagen que quedó enmudecida y guardada en su mente. Estaba lista para escribir su nueva columna y lo hizo.

Incompleta

Acabo de darme cuenta de que, desde hace un tiempo, estoy cometiendo un error. Hoy tengo la necesidad de compartirlo no solo para alejarme de él y sostener la bandera de mis ideas con el orgullo con que se comparte un fundamento válido; sino porque estoy segura de que no soy la única. Las mujeres pensamos diferente unas de otras y eso está muy bien. Celebro la pluralidad de voces, pero no a todas nos va de la misma manera al momento de enfrentar una sociedad prejuiciosa o de dejar atrás mandatos encriptados en la mente de personas que no pueden comprender los cambios de paradigmas. Seré más clara: Cuando una de nosotras decide tener hijos, nadie se detiene ni opina respecto de la normalidad de esa decisión. Yo misma celebro los nacimientos y soy una tía orgullosa y feliz. Sin embargo, debo decirles que no sucede lo mismo cuando otra de nosotras dice que elige no tener hijos. En ese exacto momento la igualdad con que debemos ser tratadas desaparece y, en su lugar, ese grupo minoritario (que crece cada día, lo sé) es señalado, cuestionado y destinatario de frases hechas tales como "te vas a quedar sola", "nunca estarás completa", "congela tus óvulos. Te arrepentirás sino lo haces", "se te pasará la hora", y en el mejor de los casos, una visión generalizada: "No tiene hijos, pobre, es rara". Y yo me lo creí por mucho tiempo. Hoy hago público mi error y comparto mis convicciones en este sentido. No me quedaré sola. No tengo nada que congelar. No me corre ningún reloj. No soy pobre y no soy rara. He dejado el "nunca estarás completa" para el final, porque eso sí es cierto. Nunca estaré completa pero no porque elijo no ser madre sino porque el motor de mi vida es "el deseo", siempre estoy evolucionando, mis desafíos son diferentes y voy hacia algún lugar, lo cual indica que algo me falta: ¡Lo que busco en mí o afuera! Por eso la "completitud" no existe, ninguna mujer está completa jamás, aunque la maternidad la defina, porque siempre deseará mientras esté viva, algo más o distinto para ella o para los seres que ama.

He vivido la dependencia; no fue fácil soltarla. No volveré a recibirla en mí, en ninguna de sus formas, porque soy una mujer libre y amo serlo. Ese es mi instinto incompleto, el que me guía a defender mi opinión, a respetar la de mis pares y, sobre todo, a no juzgar. La maternidad no es una obligación colectiva sino una elección de cada una.

Tú, ¿eres libremente incompleta?

Isabella López Rivera

Terminó de escribir y suspiró. Se sentía más liviana porque había podido ponerle palabras a su deseo. De pronto, vivió como un presagio la sensación que le provocarían los comentarios a esa columna. Aun así, estaba decidida a publicarla en favor de cada mujer, madre o no. ¿Qué diría Lucía? ¿Y Gina, su madre? ¿Le importaba la opinión de ellas? ¿Y la pública?

CAPÍTULO 15

Correr

Es curioso el sentido inverso del destino.
Siempre se llega a alguna parte y se deja algo atrás
¿De qué lado de la distancia preferimos mirar?
¿Qué es lo más importante? ¿Por qué corremos?

Laura G. Miranda

BUENOS AIRES

C orina se sentía completamente fuera de control. Todas las teorías que había logrado aplicar con mucho esfuerzo estaban pendiendo de un delgado hilo que no llevaba su nombre. ¿En qué momento le había concedido a Alejandro el poder de gobernar sus miedos y de hacerla pensar en el futuro?

Ella sabía mejor que nadie que mientras no existiera poder humano capaz de dominar el destino, lo cual era imposible, resultaba en vano planear nada por la sencilla razón de que nadie es dueño del tiempo. La vida termina, se acaba, se va o es robada en un instante y a la vez, y hace pedazos de manera irreversible los proyectos. Los estalla, los rompe, los

desintegra. Fin. No hay más sueños cuando un ser humano se
enfrenta a una tumba. Lo sabía por experiencia. A los veinte
años, sus padres. A los treinta, su esposo. Recordó el momento en que se había enterado de la muerte de Leonardo,
era joven y feliz antes de atender el celular y se convirtió en
viuda en un instante. En el mismo momento murieron también los proyectos que habían soñado juntos. Sin despedidas,
sin la posibilidad de comprender la razón. Entonces, ¿por
qué no disfrutaba de su presente junto a Alejandro? ¿Por qué
saber que su exesposa existía se convertía en una amenaza?

Necesitaba correr. Llamó al consultorio, reprogramó las
dos entrevistas de esa mañana, se cambió y sintió cómo la recorría una adrenalina voraz al colocarse el calzado deportivo.
Se sintió sola desde su sangre. Una hermana menor era una
familia mínima. Un linaje breve. Dos mujeres con el mismo
apellido. Ni padre ni madre para recurrir en busca de un consuelo. Llegó trotando a los bosques de Palermo con lágrimas
en los ojos. ¿Le dolía amar otra vez? No. Definitivamente no
era dolor, era miedo a una nueva pérdida. Ese sentimiento
agobiante al que echaba cada día de su vida. Solía pensar que
era mejor no tener a nadie porque de esa manera no había
riesgo de sufrir partidas injustas. Seguía corriendo y volviendo sobre viejas heridas y temores. Pensamientos que había
olvidado regresaban a molestarla. Se sintió emocionalmente
débil. Aceleró el ritmo del trote, controlaba su respiración y
no sentía cansancio físico, quizá porque su peor adversaria
era su alma. Allí sí sentía agotamiento y angustia. Miraba

124   sus pies, sentía el rebote. Pensó en no lesionarse. Comenzó a disminuir la velocidad. Miró hacia adelante.

Diez kilómetros después, se detuvo. Caminó a buen ritmo un tramo más y se sentó sobre el césped para estirar los músculos. Su celular sonó.

—Hola, Lena, ¿qué sucede?

—¿Dónde estás?

—En Palermo. Decidí correr para evitar enloquecer. ¿Por qué? —preguntó.

Lena sabía que no podía postergar más la conversación.

—Debo hablar contigo —dijo y agregó—: Hoy —*o cada vez me costará más*, pensó.

—¿Por qué la urgencia? —preguntó Corina, sorprendida.

—Porque debí hacerlo hace un tiempo y no lo hice.

—¿Debo preocuparme?

—¡Claro que no! Solo quiero compartir algo contigo —Lena estaba tan enfocada en su tema que no preguntó por qué su hermana corría para no enloquecer.

—Debo preocuparme —afirmó—. Ven a casa en una hora.

—Allí estaré.

* * *

Un rato después, ambas conversaban en la sala de la casa de Corina, quien se había dado una ducha y se había cambiado de ropa para recibirla y luego ir a trabajar. Lena era su única familia. Tenían épocas en las que se llevaban muy bien, y otras, no tanto. A Corina le costaba aceptar ciertas decisiones que había tomado su hermana. Lena tampoco pensaba en el futuro, y aunque pudiera parecer que las unían las mismas convicciones, no era así. Mientras que Corina era responsable, su hermana menor no lo era. Corina sostenía que no creía en el futuro ni en los planes porque la vida le había demostrado que eso podía desintegrarse en un instante. Sin embargo, eso de ninguna manera se relacionaba con la inestabilidad laboral o con los apremios económicos o las aventuras en las que se asumían más riesgos de los necesarios.

Lena, en cambio, no tomaba previsiones. La vida era el día a día, generalmente los problemas la encontraban sin herramientas para enfrentarlos, no se tomaba nada demasiado en serio. Era más joven y eso no ayudaba, veinticinco años delegando todo en el destino. Desafiando la vida y sus reveses. Así, era Corina quien la rescataba y solucionaba todo tipo de inconvenientes. Ese día no estaba de humor para los temas de Lena. Intentó disimularlo ofreciéndole café y hablando trivialidades por unos minutos, pero sus propias urgencias la habían vuelto intolerante con las causas inmaduras de su hermana.

—¿De qué quieres hablar con tanta premura?

—Me voy a trabajar unos meses a Nueva York —dijo Lena de manera directa.

Corina inspiró profundo. Solo eso le faltaba, que los problemas que le trajera Lena en adelante fueran en dólares y a larga distancia.

126 —¿Cómo se supone que harás eso? —preguntó inventando paciencia para no discutir al inicio de la conversación.

—Conocí a alguien.

—¿Y? Te he recomendado en el trabajo que tienes hoy y hace solo tres meses que estás allí —le recordó—. No puedes renunciar —comenzaba a sentirse hostil.

—Sí, lo sé, por eso es que debí decírtelo antes, pero no quería que te enfadaras conmigo.

—¿Antes cuándo?

—Cuando Thiago me lo propuso.

—¿Thiago?

—Estamos saliendo desde hace un mes. Te conté…

—Me dijiste que no era nada serio —la interrumpió.

—Me equivoqué. Tenemos mucho en común, creemos en las mismas cosas y él quiere ir a Nueva York. Tiene un amigo que trabaja en un McDonald's como encargado y allí vive su padre.

—¿Un McDonald's? ¿En serio? —preguntó de manera retórica atravesada por la ira. Respetaba el trabajo honrado, pero asociaba esa empresa a empleados temporales y jóvenes.

—Cori, quiero calidad de vida, seguridad, ser feliz. No me importa vender hamburguesas en un país donde todo funciona.

—¡Dios! No es posible. Tú crees que la vida es una fiesta, ¿verdad? Pues no es así…

—¡Espera! —la interrumpió—. Sé perfectamente que no es una fiesta. ¿Recuerdas que los padres que perdiste en un accidente eran también los míos? ¿Y que yo tenía apenas doce años?

—Lena, no asumas ese rol de víctima. Ha pasado mucho tiempo. Eres una mujer y sigues comportándote como una adolescente.

—¿Porque hago lo que quiero? Hasta donde sé tú también —la provocó—. Te has quedado con un hombre casado.

—¡No cambies de tema! No se trata de hacer lo que quieres sino de hacerte cargo de las consecuencias.

—Esa es la idea, Cori, me iré a Nueva York y ya no tendrás que preocuparte por mí.

—Te equivocas, tendré que hacerlo más y peor. La distancia no es fácil. Nunca has salido del país. Casi no conoces al tal Thiago. La convivencia es difícil… y puedo seguir enumerando las contras de esta locura.

—¡Claro que conozco a Thiago! ¡Estoy enamorada de él! Hace una semana que vivimos juntos. No me he mudado, pero me quedo en su apartamento. No es una locura, es lo que deseo —afirmó.

Corina no sabía por dónde continuar. Conocía lo suficiente a su hermana como para saber que la decisión estaba tomada y que nada de lo que le dijera la haría cambiar de idea. Sin embargo, no podía consentir ese disparate ¿o sí? ¿Por qué además de sus propios conflictos tenía que cargar con una nueva preocupación de semejantes características?

—Escucha, Lena, te pido que pienses. Hace un mes que están saliendo, son treinta días, nada más, y tres meses que trabajas en un consultorio como secretaria con un buen sueldo donde te tratan muy bien.

128 —Es verdad y te agradezco que me lo consiguieras, pero quiero este cambio.

—Volverás y será muy difícil encontrar otro empleo como ese. Lo sabes. Perderás todo por un capricho. Tienes mucho que perder —insistió.

—O todo que ganar —retrucó.

—¿Qué hace él?

—No tiene trabajo por ahora. Lo despidieron hace seis meses por reducción de personal. Era empleado en una gasolinera. Está viviendo con la indemnización. Está cansado de este país, se quiere ir.

Corina se preocupaba más con cada palabra, y aunque lamentaba la suerte de Thiago, solo podía pensar en Lena. Al descubrir que lo pensaba por su nombre se dio cuenta de que su intuición lo había incorporado. Esta nueva aventura de su hermana, mal que le pesara, no terminaría pronto.

—No tienes papeles, no podrás quedarte en Estados Unidos más que como turista un tiempo. A tu regreso no tendrás nada aquí, y él tampoco.

—Thiago nació en Lafayette, en Luisiana. Su padre, argentino, es geólogo y había aceptado una propuesta de trabajo allá. Pero al nacer él, su madre extrañaba a su familia y regresaron a la Argentina. Muchos años después se separaron y su padre volvió a irse. Todavía vive allí. Él puede quedarse lo que guste, y yo podría conseguir un permiso o buscar el modo si decido quedarme.

Corina no podía reaccionar.

—Esa es su historia no la tuya —agregó.

—Debes soltarme, Corina. No soy tu responsabilidad, ya no —pidió, cambiando el sentido de la conversación.

—Soy todo lo que tienes ¿y me pides que te suelte?

—Me tengo a mí misma y es tiempo de que haga algo con eso. ¿Sabes por qué nunca he pasado hambre o me quedé sin techo o aprendí a resolver mis problemas?

—Tú dímelo.

—Porque siempre me has rescatado. Eres la mejor hermana que alguien puede tener, pero es mi tiempo de ser y arriesgar y también el tuyo.

—¿A qué te refieres con que también el mío? —de pronto, sintió que Lena había madurado.

—¿Has pensado por qué corres tanto?

—¿Qué tiene que ver eso con esta conversación?

—Solo dime ¿por qué tienes tanta necesidad de correr? ¿Lo sabes?

—Porque me hace bien, me gusta. Es liberador. Lo disfruto.

—¿Y lo simbólico? —preguntó Lena con sagacidad.

Corina pensó un momento. Su hermana era profunda cuando lo deseaba. Ella también se había hecho esa pregunta.

—Porque deseo llegar a mi destino.

—Te equivocas, no corres para arribar a una línea de llegada sino para alejarte del punto de partida. Justo allí es donde tuviste que hacerte cargo de mí. Sé que no soy un ejemplo de constancia y de seriedad, pero lo he pensado. Todo tiene que ver con lo que somos y lo que decidimos ser. Me iré y nos hará bien a ambas. Puedes enojarte y hacer que me vaya sin despedirme, o invitarme a cenar con Thiago, así lo conoces y formas parte de nuestros planes. ¿Qué decides? –silencio. Lágrimas en los ojos de Corina. Recuerdos. Lena había crecido. Dolía el futuro inmediato–. Corina, dime algo –insistió.

–Supongo que puedo recibirlos la semana que viene –susurró.

Era mucha información para procesar. Durante el tiempo que había durado la conversación Corina no había pensado en Alejandro ni en su exesposa, pero de pronto su vida se le vino encima en imágenes. La confusión y la realidad se peleaban por ocupar sus pensamientos. En el medio, la pregunta que se había instalado en el centro de su ser: ¿Por qué corría? ¿O era acaso la respuesta de su hermana lo que la había sacudido de sentido? No era lo mismo llegar a destino que alejarse de él, ¿o acaso era una paradoja y encontraría su destino justo al tomar distancia de su origen? ¿Qué hecho marcaba en su vida el punto de partida que necesitaba soltar?

CAPÍTULO 16

Intuición

La intuición es un tipo de inteligencia
que está más allá de la mente racional.

Deepak Chopra, 2011

Lucía terminó de leer la columna "Incompleta". Se quitó los lentes, suspiró y comprendió que la decisión de Isabella de ir a Nueva York era acertada, pero intuyó que también implicaría un tsunami en su vida. Esa joven, a quien había aprendido a querer mucho, le recordaba su ímpetu de otro tiempo, y reconocía en ella un talento auténtico. ¿La columna? Sería literalmente una bomba editorial. De esas que generan un debate profundo y hacen que muchas mujeres tomen una postura de apoyo y otras tantas, quizá, la juzguen o no la comprendan. Pero ¿cuál sería la mayoría? ¿Se entendería el nuevo paradigma que planteaba? Se mezclaba su

vida personal en cada línea, y eso le daba el realismo necesario para generar reflexión. No era un tema abstracto, era muy concreto. Sin duda, el prejuicio social gritaría "¡presente!". Le pareció de una actualidad incuestionable y, en consecuencia, era un reto, un desafío, apoyarla. Lo haría. Su sexto sentido le indicaba avanzar en esa dirección. De pronto, confirmó una de sus convicciones: ni Bella, ni ella, ni nadie, eran dueños de las circunstancias, pero sí eran libres de tomar decisiones respecto de ellas.

Un pensamiento la conectaba con otro y su agenda señalaba la videoconferencia con la joven argentina que su amigo, Juan Pablo Aráoz, le había recomendado. Su razón le decía que era algo inusual, como mínimo, llevar a alguien desde tan lejos a su revista, pero sus convicciones respecto de que nada es casualidad y que todo sucede por algo la impulsaron a conocerla. Por otra parte, reemplazar a Isabella no sería sencillo, necesitaba una mujer distinta. Quizá el sincrodestino le diera la solución.

A la hora prevista, María Paz Grimaldi se presentaba ante ella, a través de la pantalla de su monitor. Su aspecto era poco convencional. No vestía formal pero su estilo era magnético. Una sencilla blusa blanca y un collar con una piedra anaranjada que no podía dejar de mirar. Pensó que se trataba de una artesanía de algún lugar especial. Nunca había visto algo parecido. La desconcentraba. Volvió la atención a la conversación.

—Me interesa el empleo… —decía María Paz cuando Lucía la interrumpió.

–Tienes treinta y seis años, una hija y excelentes referencias laborales –comentó pues había leído sus antecedentes–, ¿por qué te interesa viajar a otro país por un nuevo empleo con todo lo que eso implica?

–Porque algo en mí me dice que debo hacerlo. Y he decidido escucharme –respondió sabiendo que sus palabras carecían de todo enfoque laboral. Se vio a sí misma sosteniendo una verdad casi espiritual. A esa altura, sabía que su presentimiento tenía relación directa con ese viaje o con algo que allí sucedería.

Lucía se sorprendió gratamente con la respuesta y, a la vez, muchos interrogantes atropellaron sus ideas. ¿Acaso había algo en común entre esa joven y su Isabella?

–Comprendo… ¿Significa eso que no te has escuchado antes?

–Lo he hecho en todos los momentos importantes de mi vida, aunque últimamente me he abandonado un poco a rutinas que no sé si elijo. Y este trabajo despertó en mí una sensación de deseo de avanzar que había perdido. Disculpe, quizá no deba hablar de cuestiones personales… es que…

–No te disculpes. Soy de las que creen que lo personal no siempre puede separarse de lo laboral.

–Yo también.

–Tu currículum y la recomendación de tu jefe no me dejan dudas respecto de lo que eres capaz, pero ¿puedo preguntar lo que en este momento me interesa saber?

–Por supuesto –le gustaba esa mujer, era directa y segura.

–¿Qué opinas de la maternidad por elección?

134   María Paz no pudo evitar que la sorpresa se instalara en su expresión. ¿Era una señal? Para ella, Makena era quien daba sentido a su vida, y la preocupaba su hermana embarazada que dudaba sobre su futuro. Sin duda, la maternidad desde distintos lugares era el tema de ese momento en sus pensamientos. Supo que su respuesta, cualquiera que fuera, iba a definir su suerte. No entendía por qué, pero estaba segura de eso. Pura intuición. Eligió decir la verdad.

—No viste venir esta pregunta, supongo, y no entiendes a cuenta de qué la hago, ¿verdad? —continuó Lucía.

—Honestamente, no la hubiera adivinado jamás. No cambia nada el motivo por el que la ha hecho, infiero que es importante para usted conocer mi manera de pensar.

—Lo es —respondió mientras en su mente una idea crecía con entusiasmo.

—Seré completamente honesta. Tengo una hija afro. Se llama Makena y es la razón de mi vida. Decidí concebirla luego de ver cómo una palabra caía desde una estrella sobre mí, en medio de una historia de amor única, bajo el cielo de la sabana. Sabía que no sería fácil, pero no me importó. Su padre estuvo de acuerdo desde el primer momento. Elijo la maternidad cada día de mi vida con más ganas.

Lucía sintió mucha curiosidad por esa historia. No solo tenía una hija, tenía una hija deseada al extremo de toda adversidad premonitoria.

—Y, dime, ¿qué piensas de las mujeres que no eligen eso?

—Que se pierden algo maravilloso, pero no las juzgo.

–¿Por qué?

–Porque no veo diferencias. Son decisiones –pensó en Emilia. Aunque eso era distinto porque ya estaba embarazada, no sería una elección previa… Prefirió alejar esa idea.

Lucía se sintió satisfecha, ya había decidido contratarla. No se lo dijo. Fue por más.

–Bien… Voy a pedirte algo antes de decidir. Tengo un proyecto para la revista que consiste en una reflexión semanal de entre cien y ciento veinte palabras que relacione posturas opuestas –¡justo un cuarto de las columnas de Isabella! Seguía siendo exigente–. Escribe una en la que puedas reflejar lo que me has dicho de manera general y envíamela por correo electrónico. ¿Puedes hacerlo? –adrede no le puso plazo; quería evaluar su sentido de la urgencia.

–Claro. Esta noche la tendrá en su casilla.

–Perfecto. Una pregunta más.

–Sí…

–¿Adónde dirías que perteneces?

–Pertenezco al lugar en el que mi hija y yo seamos felices –respondió de inmediato.

–¿Y cuál es ese lugar?

–Intento descubrirlo –confesó sinceramente.

Otra vez su respuesta en una breve conversación le indicaba a Lucía que su intuición era correcta. María Paz Grimaldi era especial.

–Ha sido un gusto conocerte, espero tu correo y me comunicaré –le dijo de manera formal.

136   –Gracias –fue todo lo que le salió decir. María Paz cortó la conexión y se quedó perpleja. ¿Qué había sido eso? Claramente no se había desarrollado como una entrevista laboral–. Dioses –invocó en voz alta–, ayúdenme, sé que es una buena oportunidad para nosotras.

Lucía, por su parte, sonrió y llamó a Isabella a su despacho.

* * *

Isabella se sentó frente a ella con la mirada en alto y un brillo inusual en los ojos.

–¿Sabes a ciencia cierta lo que has escrito? –preguntó con referencia a la columna "Incompleta".

–Diría "completamente", pero no quiero sonar irónica –esbozó una leve sonrisa–. Sí, lo sé –agregó de inmediato dispuesta a defender sus palabras.

–Me preocupas.

–¿Por qué?

–Porque me veo en ti hace muchos años. Tus batallas pueden causarte heridas, incluso pérdidas.

–Lucía, elijo mis batallas y sé bien los riesgos que implica la que estoy peleando. No es solo mía, estoy segura. ¿La publicarás? –preguntó.

–Soy "libremente incompleta" –citó, dando respuesta a la pregunta final–. Lo haré. Sin correcciones.

–¿Pero?

–No hay pero, solo un consejo que no me pides. Busca un

equilibrio. Estás entre la euforia y la angustia. Puedo ver en lo que escribiste el orgullo con el que sostienes tu bandera, pero el brillo de tus ojos me permite adivinar lágrimas que te prohíbes. ¿No es así?

Isabella mordió su labio inferior mientras una lágrima rodaba por su rostro.

—Estoy enojada. ¿Por qué el amor duele?

—Porque es verdadero.

—Dime algo que no sepa.

—Tensarás tanto la cuerda que llegarás a dudar de eso si Matías no cede. Lo sé. Por eso te aconsejo que no olvides que junto a ese hombre has vuelto a sonreír, a creer en el amor, a ser libre, a ser feliz.

—No quiero perderlo.

—No puedo decirte que no lo harás. El riesgo existe. No gana siempre el amor. No sé lo que sucederá, pero tu viaje sumará distancia en medio de un conflicto importante. ¿Estás segura de poder soportarlo?

—No. Pero lo haré de todas maneras. Necesito otra perspectiva.

En ese momento, una notificación de su correo electrónico le indicaba un envío de María Paz Grimaldi. Miró el reloj, había pasado media hora desde que se había despedido de ella. Antes de abrirlo, miró a Isabella. Luego, leyó:

Las diferencias han marcado mi ser. De color, de país, de ideas, de promesas, de seres únicos. Me duelen, aunque tengo

una hija que las ha desplazado a todas. La miro y veo la vida en su mejor expresión. Volvería a ser su madre, siempre. Sin embargo, no juzgo a quienes no identifican su plenitud con la maternidad, porque toda decisión que nace en el deseo incuestionable de una mujer que sabe lo que quiere, no solo debe ser respetada, sino que se impone apoyarla más allá de nuestra verdad. Cada mujer, y su historia, es una nueva verdad por descubrir. Cada elección es, o debería ser, una diferencia que no cause dolor.

María Paz Grimaldi

Lucía seleccionó el texto para contar las palabras: ciento trece. Exactas. Rotundas. Un reflejo de la charla. Se sintió satisfecha. Faltaba lo último.

–Escucha, Isabella –dijo y leyó la columna en voz alta–. ¿Qué te parece? –preguntó al terminar.

–Parece escrita para mí. Me gusta, es vehemente en pocas palabras y respeta la pluralidad de voces. ¿Quién la escribió?

–Espero que tu reemplazo. Tiene potencial.

–¿Reemplazo?

–Tu puesto no corre riesgo alguno –aclaró–. Solo incorporaré a alguien para que se ocupe de tus tareas, a excepción de tu columna, y para llevar adelante un proyecto. Una columna de entre cien o ciento veinte palabras que refleje opuestos.

–No lo decía por mi empleo, sino porque parece el perfil de mujer que *Nosotras* necesita de manera permanente.

–Creo lo mismo, pero paso a paso.

–Gracias... –dijo Isabella. No era necesario decir la razón.
El apoyo de Lucía era incondicional.

–Estoy aquí para ti, lo sabes –se puso de pie y la abrazó.
Pensó que de haber tenido una hija le hubiera dado mucho
orgullo que fuera como Isabella. La joven se fue del despacho al
borde las lágrimas. Su sensibilidad estaba a flor de piel.

La decisión estaba tomada. María Paz Grimaldi formaría
parte de su equipo editorial. Lucía creía en los presentimientos que hacen que algo salga de la nada. La nada se transforma
en el todo cuando se sigue la intuición. Allí, en su interior,
conectaba con la esencia de su ser y atraía lo mejor según sus
buenas intenciones. El "azar" o "casualidad" no existían para
ella. Lo que tenía que ser, simplemente, era.

CAPÍTULO 17

No

No. ¿Es la vida negando la realidad
o es su modo de ofrecer una nueva oportunidad?
Laura G. Miranda

BUENOS AIRES

Emilia había pasado la noche del viernes en la casa que fuera su hogar. Todo le recordaba su pasado. No había podido dormir en la cama matrimonial. Su habitación era un grito de abandono que no callaba. No solo por los recuerdos de intimidad sino, y quizá peor, por la última escena compartida allí con Alejandro. Él iría a buscar sus cosas ese sábado. No sabía a qué hora. Se arrepintió de haberle cortado la llamada solo diciéndole que estaría allí sin establecer un horario. No quería esperarlo. No quería verlo. No quería saber. No quería estar embarazada. No. Todo era negativo y comenzaba con un no. No era feliz. No sabía el modo de continuar. No quería hablar. No quería sentir.

Se acercó a la ventana; el sonido del viento silbaba melodías rotas como sus ilusiones. Con angustia observó una lluvia repentina que iniciaba su paso, y las gotas como sueños frágiles se juntaban sobre el vidrio. Otra vez la lluvia signándolo todo en su vida. Pensó que, tal vez, ya nunca sería capaz de ver llover y disfrutar el abrigo de su casa o la seguridad de una vida como la que había imaginado para siempre. Nunca tendría una mirada de poeta frente a la lluvia. No sería nunca romántica ni mucho menos inspiradora. De pronto, escuchó sonar su celular. La canción de su banda favorita, The Beatles, le sonó a ironía irreversible. *All you need is love*, claramente, era verdad, no le gustó confirmar eso. Todo lo que necesitaba era amor, pero no lo tenía.

Nota mental: cambiar el tono de llamada por Help!, *aunque ¿a quién podía pedirle auxilio?*

Miró la pantalla y era Alejandro. Atendió, pero no lo saludó. Permaneció callada esperando que él hablara.

–Hola… ¿Hola? –preguntó él frente al silencio.

–Dime –respondió con una firmeza inventada.

–Ems, yo… –comenzó a decir.

–No vuelvas a llamarme de esa manera –lo interrumpió. La enfurecía que utilizara ese apodo íntimo en ese nuevo contexto. Ya no era "Ems".

–Puedo ir a la casa en una hora. Llamo para saber si estarás allí, quiero hablar contigo.

–Ya te he dicho que estaría –respondió tajante. Estaba confundida, no sabía qué decir o qué callar. Que Alejandro

estuviera al otro lado del teléfono era tener la oportunidad de desquitar su desdicha, de pedir explicaciones, de gritar su indignación. Sin embargo, sus palabras estaban aplastadas bajo su dolor, y lo que sentía como un fracaso irreversible.

–Sí, dijiste sábado, pero no el horario, por eso quiero avisarte para que te organices.

–¡Qué gentil! Ahora quieres darme margen para que me organice –dijo levantando el tono, indignada–. Hubiera preferido esa consideración a la hora de avisarme que me abandonabas por tu amante –se daba cuenta de que no hablaba ella sino su enojo. ¿O acaso el abandono había encarcelado sus posibilidades de planteos y le daba solo la opción de furia?

–Ems… –antes de continuar supo que había sido muy desatinado llamarla así–. Emilia –corrigió–, las cosas no son lo que parecen.

–¡No me digas! ¿Y cómo son? –de pronto tuvo ganas de pelear, de agredirlo, de ser capaz de decirle todas las palabras que su conciencia guardaba, pero él no la dejó.

–Hablaremos en un rato –dijo y cortó.

La lluvia era intensa y la rabia no la dejaba escuchar su propia voz interior. Su cuerpo le enviaba señales de inquietud física y emocional. Estaba incómoda. Alterada. No podía ver con claridad ni hacia adentro ni hacia afuera. El futuro se presentaba insoportable, tanto el inminente como el que se proyectaba. No lograba solo silencio en sus pensamientos como para poder tranquilizarse y seguir su intuición. Había imágenes turbias y ruido. Mucho ruido y confusión interfiriendo entre su ser, su razón y su capacidad de sentir. No podía escucharse ni reconocerse. El afuera y su realidad inesperada se habían devorado su capacidad de valorarse, su conexión con la vida que gestaba y su paz interior. Lo que más odiaba era su reacción, porque sentía que si lo escuchaba, Alejandro diría cosas que podían ser ciertas. Estaba negando sus posibles errores aun sabiendo que ninguno de ellos justificaba la manera en que él se había comportado con ella. Sintió náuseas, corrió al retrete donde vomitó su amarga ira y lloró.

Pasados algunos minutos, su celular volvió a sonar y The Beatles le recordaron que lo único que necesitaba era amor. Decidió cambiar el tono de llamada, pero no eligió *Help!* sino *Can't buy me love*, le gustaba, la alegraba y eso le hacía falta. Era Adrián. Lo atendió.

–¡Hola, Emilia! ¿Cómo estás?

–Bien –mintió. Adrián decodificaba el sonido de su voz y se daba cuenta de que sus palabras no decían la verdad.

–No te creo. No pido que me cuentes solo que recuerdes quién eres y que todo tiene solución –la animó.

Emilia pensó: *¿Quién soy?*, y enseguida: *Nada de lo que me sucede tiene solución*.

–Agradezco tu apoyo, pero solo dime qué necesitas; no es un buen momento para mí –confesó.

–No necesito nada. Solo pensaba en ti porque al llegar supe que anoche no dormiste en el Mushotoku. Esperaba tu llegada, pero luego algunas señales me indicaron que debía llamarte.

–¿Qué señales?

–Bueno, llegó una pasajera y se registró con tu nombre, Emilia. Luego, un amigo me avisó que había nacido su hija, lo felicité y pregunté como la llamarían y respondió "Emilia"… Todo me llevaba a ti aunque no quería ser invasivo.

–No sabía que eras tan supersticioso. Y, dime, ¿por qué has llamado al fin? –preguntó con curiosidad. Él le transmitía una inusitada calma. Le causaban gracia sus asociaciones. Se sentía culpable por no haberle contado sobre su embarazo. Pensó que eso debía ser personalmente y en otro momento.

–Porque acaba de irse un niño que vendía estampitas, a quien le compré una al azar, y al mirarla era Santa Emilia de Vialar, religiosa francesa, fundadora de una congregación y una luchadora dotada de una dulzura inigualable. En fin, todo me llevó a comunicarme contigo.

–¿Tú sabes quién es Santa Emilia de Vialar?

–No tengo ni idea. Lo leí en la misma estampita, pero sé quién eres tú.

–Bien por ti, porque yo no lo sé –dijo sin pensar–. Alejandro viene hacia aquí… quiere hablar.

–Eso es bueno.

–No lo es. No quiero verlo, ni escucharlo.

–Emilia, solo haz lo que debes hacer.

–¿Qué?

–Enfrentar la situación para poder avanzar.

Avanzar: ir hacia adelante. ¿Cómo?, pensó ella.

–Hay más que lo que te he contado… –confesó.

–Lo sé. De todas maneras, debes enfrentar la situación para no estancarte en tu angustia.

Hablaron por unos minutos más y Emilia cortó la comunicación algo reconfortada pero muy triste. Hablaría con él. Quizá su punto de vista pudiera sumar a las ideas que rondaban su mente.

Se miró en el espejo, decidió darse una ducha y mejorar su aspecto. No deseaba que Alejandro la viera hecha un desastre, aunque así se sintiera. Cuando estuvo lista, miró su celular y tenía llamadas perdidas de su madre y de su hermana, no las devolvió. No tenía ganas de hablar.

* * *

Alejandro aparcó el auto frente a la puerta de la casa. La observó con detenimiento, a la par de las idas y vueltas de su memoria. Recordó cuando la habían visto por primera vez. Se tomó unos minutos antes de bajar del vehículo. No estaba muy seguro de qué iba a decir, pero tenía toda la intención de enmendar el nivel de frialdad de su partida.

Sin tocar timbre, quiso abrir la puerta de entrada, pero estaba cerrada por dentro. Sin pensar, ingresó con su llave. Del otro lado de la puerta, Emilia escuchó los sonidos con los que durante años reconocía que Alejandro estaba de regreso. Tuvo ganas de llorar, pero no lo hizo. En su lugar, enfureció. ¿Cómo se atrevía a ingresar con su llave? Ya no vivía allí.

–Ems... Emilia –dijo con suavidad.

146   –No me digas Ems y devuélveme la llave de mi casa. ¿Quién te crees que eres para entrar como si nada hubiera sucedido?

Al escucharla, Alejandro se dio cuenta de que había actuado por costumbre sin medir las circunstancias.

–Disculpa. Es todavía mi casa, también. De todas maneras, lo siento –agregó refiriéndose al hecho puntual de haber usado su llave.

–¡Ah, es eso! –exclamó–. Vienes a pedirme tu mitad… –después de decirlo se arrepintió. Sabía que no se trataba de la propiedad y seguramente tampoco de dinero. Además todo se complicaba porque esperaba un hijo suyo, todo se mezclaba, pero no lograba expresar lo que quería, sus palabras tenían una identidad propia, y era otra, diferente a la suya. Estaba viviendo una pesadilla.

–Emilia, he venido a buscar mis cosas, pero también a hablar contigo.

–Está todo dicho. Busca tus pertenencias y vete lo antes posible.

–No, no está todo dicho. Yo te quiero, hemos compartido muchos años juntos y …

–¿Y qué? No utilices clichés, por favor. Por querer, yo entiendo otra cosa.

–Déjame terminar. Me arrepiento de nuestra última conversación aquí, no quise lastimarte.

–¿Te arrepientes de tu decisión? –preguntó directamente. Era eso lo único que podía cambiar el rumbo de los hechos.

—No —pausa—. Pero sí de la manera en que hice las cosas.
Me enamoré de otra persona, también pudo pasarte. Eso no
me convierte en un monstruo. Simplemente sucedió. No fue
algo en contra de ti, no fue personal.

—Yo lo veo bastante personal —se le caían las lágrimas y la
enojaba aún más verse débil ante él. Lo amaba. ¿Lo amaba? Al
menos, había cedido un poco y podía escucharlo. De pronto,
recordó a Adrián diciéndole que hiciera lo que debía hacer
para poder avanzar—. ¿Por qué? ¿Cuándo? —preguntó.

—Porque se acabó el amor. En su lugar solo vivía días repetidos. Estaba aburrido, Emilia. Nuestro matrimonio era
rutina absoluta. No importa cuándo ocurrió, pero me sentí
vivo, más joven, más vital y quiero eso para siempre.

—Nunca me lo dijiste, nunca intentaste ni propusiste un
cambio. ¡No es justo!

—Tienes razón, pero tampoco es justo decir "no" a la oportunidad de ser feliz porque la persona que amaste tiene todo
planeado y es buena. Perdóname —no quería ser cruel, pero
era la verdad. En los oídos de Emilia el tiempo pasado del
verbo amar la sumergía en los ecos de lo que parecía un dolor
interminable.

—Estábamos buscando un hijo y tú te acostabas con otra.
No te reconozco —sentenció.

—Es cierto, pero ese hijo no llegó y es mejor así.

—No.

—¿No qué?

—No es verdad lo que dices.

148   –Sí, Emilia, es mejor así. La felicidad es otra cosa y tú también tienes derecho a ella –¿hablaba como un amigo?

Silencio. Emilia medía las consecuencias de lo que iba a decir.

–No es verdad que ese hijo no llegó, pero no te preocupes, no lo quiero. No puedo continuar.

No: se utiliza como respuesta negativa a una pregunta, como expresión de rechazo o inconformidad, para indicar la no realización de una acción.

Alejandro miró directo al abdomen de Emilia como si fuera posible advertir un embarazo, pero no. Sintió instalarse una puntada en su corazón. Todos sus planes se derrumbaron y se mezclaron en el suelo con los trozos de sueños destrozados de Emilia que habían quedado allí tirados desde que la había dejado. No podía creerlo. No sabía qué decir, qué hacer. La imagen de Corina y sus miedos invadieron su memoria y comenzó a sonar en sus oídos el latido de un pequeño corazón. Se aceleró su respiración. No podía hablar. ¿Emilia no quería un hijo de ambos?

No, no lo quería.

CAPÍTULO 18

¿Juzgar?

Si nosotros somos tan dados a juzgar a los demás,
es debido a que temblamos por nosotros mismos.

Frase atribuida a Oscar Wilde,
Irlanda, 1854-1900

BOGOTÁ

Matías caminó sin rumbo durante un largo rato. Él y su deseo. Pensó en las columnas de Isabella; ella las escribía para las mujeres, pero él consideraba que aplicaban a hombres sensibles que conectaban con sus emociones. Eran muchos también. Se sentía triste. ¿Por qué dolía el amor? No sabía que Isabella se había hecho exactamente la misma pregunta. ¿Era capaz de perderla? ¿Podía imaginar una vida sin ella? Más extremo aún, ¿un hijo era su sueño si tuviera que tenerlo con otra mujer? Otra vez se preguntó si su sueño era un hijo o era Isabella. Escapó al interrogante.

La idea de otro amor le provocó un escalofrío. Él había elegido a Isabella para siempre; era el amor de su vida. Recordó la frase de *Alicia en el país de las maravillas*: "¿Cuánto tiempo es para siempre? A veces, solo un segundo"; le dio vértigo la profundidad de esa afirmación. Hasta ese momento, siempre era siempre; al repensar la frase, siempre era como la verdad de cada uno, tenía infinitas acepciones. Incluso y por mucho que doliera siempre era, o podía ser, el final. El día que su madre murió había entendido el alcance de la palabra "nunca", porque nunca más volvería a abrazarla. Por oposición reflexionó que siempre la amaría, pero la había perdido. Se sentó en la banca de una plaza y lloró en silencio. Isabella se iría a Nueva York, por trabajo, pero lo dejaría solo. Eligiendo estar separados, así eran para él los principios de los finales. ¿Qué debía hacer? Entonces, se puso de pie y fue en busca de un abrazo y de las palabras justas. Llamó a Gina.

–Hola, suegra. ¿Tienes tiempo de un rico café conmigo?

–¡Hola, Matías! ¿Ahora?

–Si puedes…

Gina supo que algo no estaba bien. Siempre conversaban, sin embargo, esa llamada era un pedido de auxilio. Estaba trabajando, le quedaban cosas por hacer, pero no tenía clientes citados; recuperaría el tiempo yendo más temprano al día siguiente.

–Por supuesto. ¿Quieres que nos veamos en la casa?

–Sí. Estoy cerca –respondió Matías.

Gina vivía sola, aunque eso no garantizaba privacidad porque todos iban a la casa, que era como una "sede familiar" abierta todos los días a cualquier hora. Solo había una regla: si el letrero "No molestar", impreso en letras blancas sobre fondo rojo, estaba colgado en la pared del hall, había que irse por el mismo camino por el que se había llegado. La realidad era que ese mismo letrero, del otro lado, decía "Bienvenidos siempre" sobre un fondo azul. Al regresar de su viaje, luego de separarse de Francisco, Gina, en su hábito de organizar todo, incluso su independencia, había puesto al tanto a la familia de las dos caras del letrero. Era un límite abstracto, creía Matías, porque nunca lo había visto del lado que invitaba a partir.

Un rato después, Gina había preparado el café; lo hacía como su padre le había enseñado. Había logrado trasladar ese lindo hábito a su hogar, aunque nunca sería como su padre. Su dureza y preconceptos no la definían. Había decidido no repetir ese patrón con sus hijos. Entonces, se quedó con lo mejor de sus conversaciones dolorosas: el aroma y el sabor del café, porque a pesar de todo era su padre y lo amaba.

–Gina, ¿has hablado con Bella? ¿Sabes lo que nos sucede?

–Hablé, sí, puedo darme cuenta de que algo pasa, pero no me lo ha dicho –comentó, preocupada. Si su yerno estaba allí, quizá fuera más grave de lo que se había imaginado. También pensó que tal vez era la juventud que le daba a los problemas un tamaño que no tenían. Pero se trataba de su amada hija y quería saber todo con la mayor celeridad posible. Sin embargo, no se convertiría en una suegra invasiva. No preguntaría. Hizo una pausa esperando que las ganas o la necesidad de Matías hicieran el resto.

152   —Bueno, yo no sé si está bien que hable contigo, entonces. Es ella quien debe contarte.

—¿Es algo que los afecta a ambos o a ella sola?

—A ambos.

—Pues, entonces, tú puedes hablar por lo que a ti respecta —dijo con sabiduría salomónica.

—Quiero tener un hijo.

Gina se quedó perpleja con su expresión dramática. No veía el problema.

—Es natural. No veo el conflicto —respondió con honestidad. Ni cerca estaba de imaginar lo que vendría después.

—Bella no quiere —agregó, rotundo.

—Bueno, dale tiempo. Las mujeres solemos pensar que el momento nunca es oportuno cuando lo analizamos. Queremos lo mejor para nuestros hijos, empezando por tener el tiempo y poder darles todas las comodidades. Luego, cuando llegan y los vemos, nos damos cuenta de que ese era el tiempo perfecto. Los hijos nos definen —dijo con nostalgia—. Volvería a tener a mis tres hijos, más allá de todo —agregó.

—No me he explicado bien, Gina. Bella *no quiere hijos* ni ahora ni nunca.

—¿Cómo que no quiere hijos ni ahora ni nunca? —repitió para tratar de procesar la información.

—Así, como lo escuchas. Bella dice que cuando proyecta su vida no la ve con niños, asegura que no desea ser madre.

—Pero… ama a Aitana —dijo con referencia a su nieta, la hija de Diego y Ángeles—. Le encanta estar con la niña. Tú lo sabes.

—Claro que la ama, es su sobrina. Es más, le gustan mucho
los niños, pero no quiere los propios. Dice que ser madre es
otra cosa.

—Bueno, eso es cierto. El vínculo con un hijo es para siempre. No es la misma demanda ser tía que madre, pero…
dime, ¿piensas que puede no haber resuelto lo del accidente?
—preguntó con una esperanza casi nula. Conocía bien a la
nueva Bella, y no era no.

—Yo pensé lo mismo al principio, pero lo hemos hablado
y no es eso. Está convencida de su postura. Me habla de su
derecho a elegir y ahora, además, se irá… —la angustia no lo
dejó continuar. Se le hizo un nudo en la garganta. Hablarlo
con alguien que no fuera Isabella era ponerle palabras hacia
afuera de la pareja. Entonces, la grieta era más real. La diferencia era más amarga. La distancia entre ellos cobraba un
inusitado poder y dolía.

Gina pensaba mil palabras por segundo. ¿Adónde se iría?
Se había quedado con lo último en primer lugar. Las ideas
y los sentimientos se mezclaban, se peleaban, gritaban unos
sobre otros. ¿Qué debía decir? Peor aún, ¿qué pensaba al
respecto? Nunca se había detenido frente a esa posibilidad
al momento de su maternidad, pero tampoco después. El
caso de Ángeles con su primer embarazo había sido muy distinto. El atraso de Bella cuando estaba casada con Luciano,
también. No era el amor de su vida y un hombre como él, tan
machista, quería un hijo desde otro lugar, que se hubiera
tragado, probablemente, la plenitud laboral de su hija. Pero

154 además, ¿irse? Acaso su Bella se había perdido y esa era la única forma de encontrarse. ¿Emprendería su hija un viaje como el que a ella misma le había cambiado la vida? Si así era ¿podía detenerla? ¿Debía? Se corrigió mentalmente. No eran las preguntas correctas. ¿La juzgaría llegado el caso? Sintió frío en el cuerpo.

En medio de sus pensamientos, el rostro de Matías la trajo de regreso.

—Matías, querido… Es complicado lo que planteas. Comenzaré por el final. ¿Adónde quiere irse?

—A Nueva York. Le ofrecieron un trabajo como directora editorial en reemplazo de alguien que pidió licencia por maternidad. ¿No es irónico?

—Sí, lo es —Gina pensó que su hija no diría dos veces que no a Nueva York recordando la oportunidad anterior, aunque las circunstancias eran otras—. Y dime, ¿tú no quieres ir con ella?

—¡Claro que quiero! Es ella la que quiere espacio, distancia; y yo sé que es porque no podemos ponernos de acuerdo. Yo sueño con un hijo nuestro, la amo, es todo para mí. Es la mujer que elegí para formar una familia.

—¿Cuánto tiempo hace que hablan sobre este tema?

—Dos meses, más o menos. Al principio, pensé que era cuestión de tiempo, pero ahora estoy muy confundido. No quiero perderla, pero tampoco renunciar a lo que deseo. Sé que es tu hija y también sé que nos quieres a los dos. Necesito un consejo. Te lo pido como si yo fuera también tu hijo. Piensa si se tratara de Andrés o Diego, ¿qué les dirías?

Gina sintió que un poder invisible le apretaba el corazón mientras su razón le exigía que fuera objetiva.

—Primero debes saber que te quiero como a un hijo. Te has ganado ese lugar. Nunca diría nada que no piense solo porque Isabella es mi hija. Dicho esto, no te mentiré. No he hablado con ella, pero es un panorama complicado. Conozco a mi hija. Tú lo has dicho: no es no desde que soltó su pasado. Pero no es menos cierto que lo hizo con tu apoyo. Creo que debes dejarla ir. Debes dejar al tiempo hacer su trabajo.

—No podré vivir sin ella.

—Si continúan insistiendo cada uno en su postura tampoco podrás vivir con ella. El amor es verdadero. Confía en eso. Te lo dice alguien que lo aprendió no hace mucho y a quien todavía le cuesta hacerlo; intenta no planear, no controlar, no querer saber cómo y cuándo sucederán las cosas porque de esto puedes estar seguro: si algo dentro de ti quiere un lugar, te lo exigirá.

—Lo único que hay dentro de mí es amor por Isabella. La quiero a ella.

—No, no es así. Debes escuchar tu propia voz y priorizarte. Tu misión es ser feliz. Solo debes descubrir si es de la manera que tú lo imaginas o si la vida tiene otros planes.

—Mi plan es Isabella, Gina.

—Te equivocas. Tu plan eres tú. Solo así podrás amarla más y mejor o decidir alejarte.

—¿Dices que tal vez quiera dejarla? Es imposible.

—Digo que si tu deseo es ser padre no estaría bien que renuncies a eso.

156   Se hizo un silencio estruendoso en la sala. Unos segundos de realidad condensada envolvieron ese diálogo sincero y lo arrojaron contra sus corazones. Los dos querían llorar. Ninguno lo hizo.

–Gracias –dijo Matías y se acercó a ella. Gina lo abrazó fuerte como si con eso pudiera suplir a su madre o quitarle su dolor–. Por tomar partido solo en favor de lo que es mejor para todos sin juzgar.

* * *

Cuando Matías se fue, Gina fue directo al letrero y lo dio vuelta. Un "No molestar" sobre fondo rojo imponía su necesidad de estar sola y pensar. Había dicho lo que pensaba. Sin embargo, no estaba tan segura de no juzgar. ¿Por qué Isabella estaría dispuesta a perder esa relación a cambio de sostener una postura que ella no podía entender?

Buscando una respuesta, leyó la columna "Mamushkas" de Isabella, que tenía en su mesa de noche; ese había sido el momento del gran cambio interior de su hija. Quizá entre líneas ya hubiera algo escrito respecto de lo que estaba sucediendo.

Mamushkas

Al contrario de la creencia popular, cada pieza de origen ruso no está relacionada con ese país. Cada mamushka nos representa. Es una pieza tan universal como los sentimientos. Cada mujer en cualquier país es una de ellas. Porque el mundo la ve incompleta. Porque deja ver la imagen que desea mostrar. Porque hay en su interior una parte de sí misma que busca algo, y otra que lo ha perdido. Una que se arrepiente, y otra que no lo hace. Una que se arriesga, y otra que se somete. Parecen iguales, pero no es así. No se completan, se confunden. Las marea reconocerse en una única unidad. La de la historia de hoy busca desesperadamente el perdón y no puede desentenderse de la culpa. Perdón y culpa. Definitivamente nuestro ser reclama que nos perdonemos algo cuando el remordimiento nos quita el aliento. ¿Es negociable el perdón? ¿Te perdono y entonces, tú deberás perdonarme? ¿Hasta qué momento quedamos en deuda cuando nos perdonan un error?

Quizá encontremos las respuestas al abrir un conjunto de mamushkas. Nos sentimos más pequeñas cuanto más profundizamos en nuestro interior. A medida que deseamos tomar distancia de la equivocación, nos cobijamos en un mundo silencioso que nos habita, nos juzga y nos limita. Pero al desarmarnos por completo de todo enlace con la identidad pública, cuando una a una abrimos las mamushkas que somos y nos permitimos las emociones que cada una guarda, nos acercamos a ese anhelado perdón. Transitamos lágrimas, recuerdos, miedos, crisis, alegrías y nostalgias a la sombra de esa culpa por la que no podemos ser libres. La buena noticia es que, ya completamente desunidas las partes de nuestro ser sobre la mesa, comienza el proceso de juntar nuestras propias partes y reconstruirnos. En ese momento sagrado nos damos cuenta de que hemos sido víctimas de mandatos sociales que nos han enseñado a guardar

silencio como ejemplo de buena educación, a resistir lo que pudo no gustarnos, a enmudecer cada tramo de nuestros errores y hacer posible que remordimientos y sinsabores se devoren nuestra fortaleza. Entonces, algo profundo sucede. La última muñeca nos mira y en palabras escritas en el aire expresa que ha sido suficiente. El perdón no es una transacción comercial y no existen deudas morales eternas. No hay reglas que impongan hacer o soportar lo que es voluntad rechazar. Al final del camino liberarse de viejas anclas emocionales, perdonarnos y perdonar, son las únicas acciones que nos empoderan frente al mundo y nos posibilitan elegir la felicidad como única opción.

Tú, ¿cuántas mamushkas llevas dentro de ti?

Isabella López Rivera

—*No hay reglas que impongan hacer o soportar lo que es voluntad rechazar* —repitió en voz alta. Era verdad, pero para Gina los hijos salían de todo contexto general. No se trataba de reglas sino de vínculos únicos a perpetuidad.

No le gustó reconocer que en su propia actitud había semejanzas con las de su padre cuando le había dicho que se iba a separar de Francisco. Estaba juzgando desde el pensamiento o desde algún lugar que no era "coherente" con su manera de actuar cuando se trataba de ella misma.

CAPÍTULO 19

Reacciones

El arte más poderoso de la vida
es hacer del dolor un talismán que cura.
Frase atribuida a Frida Kahlo,
México, 1907-1954

BUENOS AIRES

Emilia había dado por terminada la conversación con Alejandro, luego de haberle revelado su embarazo. Pues solo había agregado que se llevara todas sus pertenencias ese día porque no quería verlo allí cuando regresara.

A partir de ese hecho, por más que Alejandro había intentado por todos los medios hablar con ella, no lo había logrado. Para Emilia no tenía ningún sentido escucharlo porque nada que él pudiera decir cambiaría el hecho concreto de "que no se arrepentía de haberla dejado, que se había acabado el amor, que vivía días repetidos, que estaba aburrido, que describía el matrimonio de ambos como una rutina absoluta, que se había vuelto a enamorar y se sentía más joven, más vital y más feliz y que quería eso para siempre". Sus palabras se habían grabado en su memoria y se repetían una y otra vez. Eso había sido antes de saber del embarazo; lo que dijera después no importaba. Por más que tuviera derecho por ser el padre, ella no se dejaría presionar con eso. Haría lo que decidiera con absoluta independencia de los deseos de Alejandro. Quería arrancarlo de su vida, y tener un hijo suyo solo los mantendría unidos mientras vivieran. No quería pensar en ello, pero sabía que debía tomar una determinación. El tiempo apremiaba.

Esa tarde, finalmente, tenía consulta con su ginecóloga, Mandy Quiroga. La había postergado tres veces antes de ese día como un modo de no enfrentar la realidad. No podía creer que la entrevista con la que había soñado meses antes se había convertido en la antesala helada de su presente. No se sorprendió que poco antes de llegar comenzara a llover, fuerte. Hasta el clima la abandonaba a su suerte. Pudo estacionar a dos cuadras del consultorio. No tenía paraguas. Llegó empapada, molesta y con ganas de llorar. Trató de no observar, pero apenas entró a la sala de espera fue inevitable ver a esas mujeres sonrientes, orgullosas con sus vientres abultados y sus parejas al lado. En otro momento, la misma imagen le había provocado empatía y deseos de ocupar ese lugar. Pero ahora tuvo ganas de vomitar. De hecho, se apresuró y logró volcar en el retrete todo su rechazo. Era evidente que su cuerpo no aceptaba su estado. ¿Era eso natural, o ella misma lo provocaba? Por un instante sintió pena por esa vida

indefensa. El sabor amargo en su boca la hizo pensar en tomar agua y arrojar al vacío su sensibilidad.

Estaba ausente de sí misma. La formalidad del saludo, el momento en que le dieron las indicaciones y un camisolín, hasta estar ubicada en la camilla, habían transcurrido en unos minutos que no registró.

Sabía que le harían una ecografía. Fue el gel frío sobre su piel lo que la hizo conectar con lo que estaba sucediendo. Ella miraba para el lado opuesto al monitor.

—¿Te sientes bien? —preguntó la médica.

—No, en realidad no —respondió sin girar la cabeza.

—¿Quieres mirar?

—No.

—Entiendo —respondió Mandy, que rondaba los sesenta años—. Tienes un embarazo de doce semanas —agregó mientras limpiaba los restos de gel de su vientre y le indicaba que podía vestirse procurando disimular su reacción. Sus propias emociones eran tan fuertes que necesitaba todo su autocontrol.

Emilia solo podía pensar que apenas un tiempo antes era la esposa de Alejandro y que juntos habían concebido esa vida, mientras, con seguridad, él ya pensaba en la otra mujer. Otra vez sintió náuseas. ¿Acaso le habría hecho el amor a ella motivado por la otra?

—Voy a indicarte los controles de rutina y...

—Espera. Quiero saber mis alternativas —pidió.

—¿Perdón?

—No estoy segura de querer continuar con este embarazo.

—Emilia, hace meses viniste aquí porque tu esposo y tú habían decidido buscar un embarazo. Te indiqué ácido fólico, bajas dosis de aspirina, y dejaste de tomar tus pastillas. Luego, como eso no sucedió de inmediato, regresaste y te expliqué que no podrías controlar cuándo ocurriría; te aconsejé que intentaras no estar pendiente. Hoy llegas a consulta con un embarazo de doce semanas, luego de cancelar la cita tres veces, no has mirado ni una vez el saco gestacional ¿y me hablas de opciones? ¿Qué te sucede?

—Discúlpame, Mandy. Mi realidad no es la misma que la de hace unos meses. Mi esposo, mi exesposo —corrigió— me dejó. Se enamoró de otra mujer y yo no sé lo que quiero. He postergado la consulta por ese motivo —explicó y se puso a llorar.

—Emilia, un hijo no es un viaje que puedes planear y luego cancelar. No se desecha la vida sin más porque resulta que ahora no quieres ser madre. No serás ni la primera ni la última mujer que pase por esto sola. Supongo que te ha dicho que no lo quiere…

—No me ha dicho nada. No quise escucharlo. No me ama. Ya vive con la otra mujer. No lo quiero conmigo por mi estado, y no es mi realidad la que imaginé cuando decidí ser madre.

—¿Sabes?, mi trabajo me tiene en contacto permanente con la vida y también con la muerte. Aquí, las personas no siempre pueden decidir vivir o dejar de hacerlo.

—No quiero sermones. Quiero que me informes mis opciones —reaccionó a la defensiva frente a un comentario bien intencionado.

–Puedes dar el bebé en adopción. No hay otra opción aquí.

–¿Y si quiero interrumpir el embarazo?

–Tú puedes tomar la decisión que quieras, pero no continuaré siendo la profesional que te atienda. En ese caso, haré una derivación.

–¿Por qué? Eres mi médica de toda la vida.

–Lo siento, Emilia. No podré ayudarte en ese caso. Es mi decisión, tan respetable como la tuya, llegado el momento –dijo. Escribió algunas indicaciones y se las entregó–. Piénsalo, y si regresas que sea con estos análisis realizados y la voluntad de continuar. Quizá debas consultar con un terapeuta –agregó con lágrimas en los ojos.

Luego de guardar las órdenes en su bolso, Emilia salió de allí, sin mirar atrás. Estaba tan encerrada en su propio conflicto que no advirtió que Mandy, a quien de verdad apreciaba, no estaba bien. No tenía idea de cómo seguir. Necesitaba hablar con alguien que no la juzgara. Estaba sola con sus dudas y su dolor. Sentada en el auto esperaba una señal, una reacción que no fuera sentirse vacía y abandonada. Tomó su celular y respiró hondo.

* * *

Corina no dejaba de hablarle a Alejandro de su hermana Lena y de su decisión de renunciar al trabajo e irse a vivir a Nueva York con el tal Thiago con el que salía desde hacía un mes. La preocupación por su hermana había desplazado, al menos temporalmente, sus temores respecto de la amenaza que podía significar la exesposa de Alejandro. Además, todas sus pertenencias ya estaban en la casa que compartían, por lo que se había relajado un poco en ese sentido. Aunque lo notaba algo distante, había decidido no lanzar sobre él todos sus miedos como misiles. Quizá, solo se estaba adaptando a su nueva vida.

De pronto lo miró, esperando una respuesta y se dio cuenta de que él no estaba allí. Su mente estaba focalizada muy lejos de su conversación. Una alerta roja disparó la alarma de sus emociones. Olvidó a Lena y toda la cuestión de su viaje y lo increpó, indignada.

—¡¿Me estás escuchando?!

—La verdad, no —Alejandro ya no quería el peso de ocultar lo que sucedía sobre su espalda.

Corina se sorprendió ante su franqueza.

—¿Qué es lo que no me has dicho? —adivinó.

—Ven, cariño, siéntate. Tenemos que hablar —el corazón de Corina sintió la angustia como un presagio. Se acercó, en silencio. En esos momentos la vida le daba pánico—. Hay algo que debo decirte. No encontré el momento ni la forma. No estoy seguro tampoco que ahora lo sea. Primero debes saber que…

—Por favor, sé que esto no va a gustarme. Omite tanta introducción y ve directo al punto —exigió soltando la mano que él acababa de tomarle.

—Bueno, Emilia está embarazada —dijo sin vacilar. No midió el alcance de sus palabras. Escucharse lo conmovió.

Corina le dio una bofetada. No lo pensó. La violencia no era su estilo. Nunca lo había sido, pero algo más grande que sus convicciones se había apoderado de ella sin tiempo para razonar la reacción. Se sorprendió de sí misma. No podía llorar, ni responder, solo se sentía testigo de otra pérdida. Sin tumba, pero igual de definitiva. Otra vez el dolor anidaba en su ser. Quiso irse de ella misma. No ser, no sentir, no proyectar. No haberlo conocido.

Las personas con intensidad emocional alta sienten y expresan sus emociones con más vehemencia y fervor que otras. Esto convierte en un desafío mayor la capacidad de manejar sus reacciones cuando se sienten frustradas, furiosas o molestas. Esa tarde, para Corina cualquier esfuerzo o práctica aconsejada en su consultorio a sus pacientes más intensos se había convertido en pura teoría olvidada. Era incapaz de manejar su ira, se habían desatado sentimientos destructivos y no quería enfrentar su peor yo. No era dueña de su conducta. Se había tensado su expresión, sus músculos y los nervios habían devorado su voz. Luego de la bofetada solo podía pensar y repetir mentalmente: *Que no nazca, que no nazca.* Frente a esas palabras no dichas solo pudo mirar sus pies para esconder sus lágrimas y se fue tan rápido como pudo. Minutos después, corría hacia la nada. Había abandonado su casa, sin pensar. Su calzado y ropa deportiva le facilitaron la única salida posible: correr. Huir. Escapar.

Alejandro no la siguió. Su celular mostraba en la pantalla una llamada de Emilia. La prioridad fue inherente a su ser.

CAPÍTULO 20

Movimiento

Lo que niegas te somete, lo que aceptas te transforma.

Frase atribuida a Carl Gustav Jung,

Suiza, 1875-1961

BUENOS AIRES

María Paz y Makena disfrutaban en la casa el hecho de estar juntas. Eran muy compañeras. Se divertían. No había nada que María Paz no hiciera por su hija, incluso bailar. La pequeña era muy talentosa tanto a la hora de cantar como de mover su cuerpo al ritmo de la música. Además, sus clases de danza y canto potenciaban sus dones. No así su madre, quien por más que se esforzara solo lograba acompañar y generar momentos inolvidables desde la risa que compartían.

Esa tarde, María Paz intentaba seguir a su niña en una coreografía del tema *Baby one more time* de Britney Spears. Makena cantaba feliz. Sus ojos almendrados y la frescura

desinhibida de todo su ser colmaban ese hogar de una energía única. Hacía frío y ambas tenían esos pijamas enteritos que parecen más un disfraz que ropa de dormir. El de Makena era rosa, un unicornio en su capucha, con un gran corazón en color fucsia que ocupaba todo su torso y tenía alas del mismo tono en su espalda. El de María Paz era gris y blanco, simulaba un koala.

Cuando terminaron de bailar y estaban todavía agitadas María Paz supo que era el momento.

–Maki, debo hablar contigo –se sentó en el suelo, cruzando las piernas, en posición de indio; la niña hizo lo mismo frente a ella.

–¿Qué pasa, ma?

–Existe la posibilidad de un viaje por trabajo –comenzó.

–¿Me dejarás con la abuela? ¿Cuántos días? –imaginó.

–No, hija. No es ese tipo de viaje. No es solo por unos días. Es a Colombia, a una ciudad llamada Bogotá. Hablan nuestro idioma y se trata de mudarnos allí durante algunos meses.

–¿Y mi escuela y mis amigas?

–Irías a otra escuela allá y, por supuesto, tendrías amigas nuevas. No perderías contacto con tus compañeras de aquí. No es algo seguro, me responderán pronto, pero quiero saber si cuento contigo. Será un cambio, una aventura para nosotras.

–No lo sé –dijo pensativa–. ¿Y mis cosas? –preguntó.

–Te llevarías algunas de ellas y otras quedarían aquí. La casa es nuestra.

Makena permaneció unos segundos, vacilante; luego simplemente sonrió.

168   –¿Cuándo nos vamos? Pregunto así no hago la tarea para mañana –dijo con picardía. María Paz la abrazó y terminaron intercambiando cosquillas sobre el suelo.

De pronto, una llamada en su celular interrumpió el juego.

–¿María Paz Grimaldi?

–Sí.

–La comunico con Lucía Juárez, editora de la revista *Nosotras* –indicó una voz femenina–. Por favor, aguarde en línea –agregó y la dejó en espera con música.

–Sí, claro –respondió y le hizo señas a Makena para que no hablara.

–Hola, María Paz. ¿Cómo estás?

–Bien, gracias por preguntar.

–He decidido que te incorpores a *Nosotras*. ¿Resulta posible que en quince días estén aquí? –incluía a su niña en la pregunta.

–¡Sí! –mientras respondía, una idea que alegraría a Makena se le ocurrió al mismo tiempo que la recorría una energía vital, espontánea y feliz.

–Bien, entonces te pondré en comunicación con las áreas correspondientes para que no queden dudas respecto a tu salario, vivienda y demás cuestiones. Te ofrecerán opciones de colegios y todo lo que necesites para que puedan viajar tranquilas. Te darán también mi número para que me llames directamente si me necesitas. ¿Estás de acuerdo?

–Sí. Gracias. Perdón, estoy muy emocionada. No me salen las palabras –dijo al tiempo que una inusitada tranquilidad ocupaba el lugar en su estómago donde antes había vértigo.

–Eso es bueno. Me alegro.

La comunicación terminó y Makena la observaba. Había entusiasmo en su mirada. Se había dado cuenta, al escuchar, que alguien quería a su mamá trabajando en ese país, Colombia.

–Hija, ¡me aceptaron!

–Ya oí. Entonces ¡no hago la tarea! –insistió.

–¡Claro que vas a hacerla! Pero no ahora, tengo que decirte algo.

–¿Qué?

–Gracias por ser así tan generosa. Si hubieras dicho que no nos hubiésemos quedado y, la verdad, desde el principio siento que debemos ir.

–¿Te lo dijo una estrella? –preguntó Makena desde su inocencia.

–Sí, la misma que me dijo lo primero que haremos al llegar una vez que nos instalemos.

–¿Qué?

–Iremos a un refugio y adoptaremos un perro, ¡el que tú quieras! –Makena abrazó a su mamá. Estaba contenta–. Quizá nos cueste un poco, al principio, pero verás que seremos muy felices. Te gustará viajar.

–¿Colombia es cerca de África?

–No, no lo es –María Paz sintió un escalofrío. ¿Era justo lo que estaba haciendo? ¿Por qué nunca le había ofrecido viajar a ver a su padre?–. Pero ¿sabes?, prometo llevarte a África antes de lo que imaginas –al escucharse se sorprendió de sus propias palabras. ¿Otra vez un presagio?

A partir de ese momento, Makena no dejó de preguntar hasta que se durmió extenuada por la ansiedad.

* * *

Al día siguiente, luego de mantener las conversaciones con la administración de *Nosotras* y recibir toda la información, incluidos colegios y viviendas, María Paz sentía la certeza de que la decisión tomada no solo era la correcta, sino que formaba parte de su propósito. Durante el último tiempo, en muchas oportunidades se había preguntado: "¿Qué quiero?" y no había podido encontrar una respuesta. Solo sabía que no quería continuar como estaba. Entonces supo que ese cambio era lo que deseaba, escuchaba con claridad su voz, venía desde su corazón y la acompañaba una sensación de paz y deseos por vivir que le indicaban a su intuición que una experiencia fantástica se anunciaba.

Al salir del trabajo, luego de contarle a su jefe, Juan Pablo, quien se puso muy contento, fue a casa de su madre.

Cuando llegó la abrazó fuerte. Estaba tan contenta que Beatriz lo advirtió de inmediato.

–Cariño, ¿qué ha ocurrido? Se te ve feliz –dijo con una sonrisa.

María Paz le contó todo. Había tanto entusiasmo en su relato y en su proyecto que Beatriz priorizó escucharla por sobre la angustia que le provocaba pensar en la distancia que la separaría de su hija y de su nieta.

–¿No dirás nada? –preguntó María Paz.

–Bueno, claramente no has venido por un consejo. Ya todo está decidido. Desde que eras muy joven supe que viajar estaba en tu destino. No será fácil para mí ahora que me acostumbré a tenerlas a ambas cerca.

–¡Podrás viajar a visitarnos!

–Quizá… Creo que Makena se adaptará con facilidad. Ella es muy extrovertida y tiene tus genes. Por otra parte, lo del cachorro ha sido algo muy genial de tu parte.

–Se me ocurrió mientras hablaba con la editora. Había pensado en darle ese gusto aquí, pero por alguna razón no lo había hecho todavía. Mejor; será un buen inicio.

–Sí… coincido –dijo Beatriz con los ojos vidriosos.

–Estaremos bien; es lo que deseo, mamá –le dijo María Paz mientras volvía a abrazarla.

–Lo sé. No te aflijas por mí. Soy vieja y la sensibilidad no es algo que controle con facilidad en este tiempo, pero quédate tranquila. Hay algo que tengo muy claro.

–¿Qué?

–Quiero hijas felices y acepto lo que sea si ese es el fin. Te veo radiante, has vuelto a brillar y aún no estás allí. Las extrañaré horrores, pero las quiero felices, aunque signifique distancia.

–Gracias, mamá, por entender.

–Es mi trabajo entender. Soy mamá, y a propósito de eso, estoy muy preocupada por Emilia.

–También yo. ¿Te dijo que está pensando en no tener al bebé?

–No. Pero me lo imaginé. Niega su embarazo. La veo mal.

–¿Qué piensas de eso?

–No estoy de acuerdo para nada. Me da miedo y angustia. No puedo aceptarlo, aunque no la dejaré sola. Vendrá en un rato. Fue a hacerse el control. Está de doce semanas. Debo hablar con ella.

–No puedo evitar pensar en que es su sangre, y lo que peor me hace es que estoy segura de que la verdadera Emilia quiere a su hijo. Desde mi punto de vista, es su crisis y el abandono lo que la tienen confundida. Intenté aconsejarla, hablarle de lo maravilloso que es ser madre a pesar de la adversidad, pero puso un claro límite a mi opinión y decidí callarme.

–Entiendo, pero yo no puedo callarme. Lo que sea que decida no tiene vuelta atrás. Tiene que pensar en todo y hacerlo desde su corazón, no desde el dolor. Te juro, quiero asesinar a Alejandro. Ahora lo sabe, y si bien insiste en llamarla ella no lo atiende.

–Pero ¿acaso Alejandro le dijo que no quiere al bebé?

–Emilia no lo dejó hablar después de decírselo. Le hizo saber que ella no lo desea y le ordenó que se llevara sus cosas –dijo Beatriz.

–¿Y qué hizo él?

–Se las llevó. Vive con la otra y solo intenta comunicarse por teléfono.

–No entiendo nada. Siempre creí que era un buen hombre y que amaba a mi hermana.

–Quizá eso fue así, pero ya no lo es. Se aburrió y se enamoró

de otra. La vida es movimiento continuo. Las circunstancias cambian. No quiero juzgarlo, pero no puedo evitarlo.

–Dicho así, también tengo ganas de matarlo –María Paz hizo una pausa–. Es verdad, la vida es movimiento continuo. Solo que creo que hay que indagar y pensar antes de mover las piezas del presente.

–Si tú lo dices, me tranquiliza. Significa que Colombia no es una decisión guiada solo por un impulso.

–No. No lo es. Estoy convencida.

En ese momento, ambas escucharon que Emilia entraba a la casa.

Vivir es estar en movimiento. Cada día, a cada segundo algo se mueve, cambia, se transforma; a veces, de manera radical, y otras, a pequeña escala. Eso ocurre nos demos cuenta o no. Es inevitable, ineludible. Es filosofía, ciertas cosas llamadas efectos son producidas por otras denominadas causas. Cada ser tiene la facultad de elegir a voluntad su siguiente movimiento. ¿A dónde llevarían los siguientes pasos a María Paz y a Emilia? ¿Cuáles eran las causas del presente? ¿Y los efectos de los movimientos guiados por cada una? ¿Es moverse un modo de crecer?

CAPÍTULO 21

Ser

Ser o no ser, esa es la cuestión.
William Shakespeare, 1603

BOGOTÁ

Los días pasaban en medio de la confusión en que se había convertido la vida de Isabella. Toda ella era una gran duda que cumplía con sus obligaciones, avanzaba en sus proyectos, lloraba y reía con igual fervor, como si estuviera un poco loca. Lo que la gente llamaría "inestable emocionalmente". Sin embargo, bajo la lupa de su honestidad vital, era locura. Así lo sentía. La certeza también enloquece y se convierte en una masa insoportable de sueños agonizando que no permite descansar ni ser una misma del todo. Entonces, la paradoja: ¿Por qué era "una gran duda" viviente si sabía con exactitud lo que deseaba y lo que no? Justamente por ese motivo. La seguridad de convicciones firmes la hacía

dudar sobre su capacidad de soportar las consecuencias.
Había descubierto que amar no es suficiente. Amar duele.
Amar enreda. Amar ahoga. El amor puede ser la prisión futura
de la libertad o la muerte pasada de la entrega.

Esa mañana se había quedado en su casa. Había coordinado con Lucía que le enviaría la columna por e-mail porque
necesitaba espacio y silencio. Antes de que Matías se fuera a
trabajar, desayunaron juntos. Una Isabella callada, sumergida
en sus propios planes y pensamientos provocó la reacción
que quería evitar.

—¿Hasta cuándo, Bella? —preguntó Matías en un tono neutral, pero de esos que anuncian una discusión según lo que
se responda.

—¿Hasta cuándo qué?

—¿Hasta cuándo piensas seguir con tus misterios y tus silencios? Sigo siendo yo, el hombre que te ama, y me has colocado
en un lugar que no puedo resistir.

—¿Cuál?

—El de tu indiferencia.

—¡No es cierto!

—¡¿Estás segura?! —la increpó. Isabella sabía que, en parte,
tenía razón—. Ayer me enteré de casualidad, y por un tercero,
de que ya compraron tu pasaje a Nueva York. El tesorero de
la revista me felicitó por ti, dijo que debía estar muy orgulloso.
Te irás en quince días y no me lo dijiste.

—Lo siento. No quise que lo supieras de ese modo.

—¿Y qué hiciste para que no suceda? —era un reproche justo—.

176 ¡Nada! Anoche hicimos el amor, me he vaciado en ti, como siempre. Te lo doy todo porque no sé amarte a medias, y luego esperé que me lo contaras... No sucedió.

—Matías, no quiero discutir contigo. Tienes razón, pero yo también la tengo. Me voy en quince días, es cierto, pero también lo es que te amo con todo mi ser. Por favor, no dudes de eso –pidió–. Estoy aturdida. No logro un equilibrio. Necesito escucharme con claridad. Me he convertido en un impulso viviente.

—¿Significa que tu posición ha sido un impulso? –preguntó él con cierta ilusión.

—No, no en ese punto. No quiero tener hijos, pero darme cuenta de eso ha convertido en un caos el resto de los órdenes de mi vida. Cambio de humor en un abrir y cerrar de ojos y, ¿sabes?, no canto desde hace más de un mes.

—No cantas... Isabella, mientras tú no cantas yo siento que muero un poco cada día. Indudablemente algo no está funcionando en nuestras prioridades y preocupaciones–. Matías estaba molesto. No lograba entender el alcance de lo que ella decía.

—No es literal, amor. No es que importe que no cante desde hace un mes, es que eso significa que dejé de vivir y de disfrutar el hoy. Casi no me río. Y no quiero perderme justo cuando no tengo dudas sobre quién soy y qué quiero. ¿Puedes entenderlo?

Hubo un silencio helado que se convirtió en distancia, después en miedo, luego en soledad y, finalmente, murió de un golpe seco contra la respuesta de Matías.

–No –silencio que intenta renacer unos segundos. Recordó
el consejo de Gina: "Tu misión es ser feliz. Solo debes descubrir si es de la manera que tú lo imaginas o si la vida tiene
otros planes. Tu plan eres tú. Solo así podrás amarla más y
mejor o decidir alejarte"–. Te amo, pero ya no hay un "nosotros" invencible, debo ser mi propio plan. No hablaré más
de este tema. Puedes irte tranquila. Veremos si estoy aquí
cuando regreses –dijo Matías y se fue.

Isabella no lo siguió. Ni siquiera le respondió una palabra.
Se sentó enfrente de su computadora, miró la imagen de la
Mujer Maravilla colgada en la pared y pensó en el lazo de
la verdad del cómic. Luego, abrió al azar el libro de *Alicia*
y leyó: "Cuando alguien te diga: 'No eres lo que esperaba'
sonríe y dile: 'No, porque yo soy más de lo que buscabas'". El
Sombrerero de la ficción no estaba para nada loco.

Lloró. Mucho. Seguía cayendo al fondo del pozo. Matías
había reaccionado, era lógico, pero no estaba preparada para
eso. Lo amaba. No respondió el llamado de Gina y eligió hacer
lo único que la aliviaba en momentos como ese: escribir.

Ser.

Ser yo.

Nosotros.

Invencible.

Juntos.

Amar.

Amor.

Separados.

Plan.

Mi plan.

Su plan.

¿Nuestro plan?

Expectativas.

Todas.

Ninguna.

Perderlo.

Perderme.

¿Perder?

Laberinto.

Salida.

Arriba.

Techo.

Laberinto.

Avión.

Verdad.

Las ideas, una vez más, comenzaban a ocupar espacio en su interior y un lugar en palabras sueltas que eran el ayudamemoria de sus pensamientos desordenados. Pensar en la vida sin Matías era como si vaciaran el mundo y ella, sola, quedara en él. Una soledad infinita sería la respuesta final. ¿Sería?

Ser

Esencia o naturaleza. Modo de existir. El término "ser" se refiere, en filosofía, a la esencia de las cosas. El estudio de por qué existen cosas y por qué esas cosas cambian. Hoy quiero

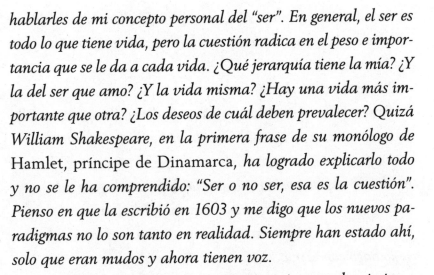

hablarles de mi concepto personal del "ser". En general, el ser es todo lo que tiene vida, pero la cuestión radica en el peso e importancia que se le da a cada vida. ¿Qué jerarquía tiene la mía? ¿Y la del ser que amo? ¿Y la vida misma? ¿Hay una vida más importante que otra? ¿Los deseos de cuál deben prevalecer? Quizá William Shakespeare, en la primera frase de su monólogo de Hamlet, príncipe de Dinamarca, *ha logrado explicarlo todo y no se le ha comprendido: "Ser o no ser, esa es la cuestión". Pienso en que la escribió en 1603 y me digo que los nuevos paradigmas no lo son tanto en realidad. Siempre han estado ahí, solo que eran mudos y ahora tienen voz.*

Miro por mi ventana y veo mujeres caminar, andar, ir, irse o llegar a algún sitio. No puedo saber qué piensan, qué sienten, quiénes son; sin embargo, estoy segura de que mucho de ellas me habita, y otro tanto de lo que hoy siento vive en ellas. Porque somos. Quizá eso sea lo único que hoy tengo claro. "Somos mujeres" con la infinidad de interrogantes que eso supone. ¿Es una cuestión de género? Tal vez, sí. Estoy atribulada frente a las tensiones que se producen entre mi voluntad y la realidad, de tal manera que no puedo ver opciones a considerar. Vuelvo a Shakespeare, a la frase, convertida en una referencia universal de la literatura y el arte dramático, que invita a preguntarse: ¿Cuál es el significado profundo que esconde? Pues para mí el ser es aquello en lo que las diferentes personas coinciden y en lo que, a su vez, se distinguen. Entonces, el concepto opuesto a ser es aquí la nada, ya que nada puede estar fuera del ser. Me aferro al verbo. Me pregunto: ¿Quién soy? Mi alma susurra como si tuviera

miedo de gritar. ¿Quién soy?, me repito. El silencio envuelve de claridad mi cuestionamiento. No hay respuesta incorrecta para ese interrogante.

Me tranquilizo. Lo sé.

Soy Isabella. Auténtica. Soy aquí y ahora. Soy para ser feliz. Es mi misión. ¿Soy egoísta? Decido que eso no me define.

Doy vueltas, me agito, me enojo, me detengo ante el ritual mudo del respeto por mis ideas y la respuesta llega a mí.

Soy mi más profundo deseo. Soy mi verdad interior.

Presto atención y te invito a conectar con tu destino mientras yo lo hago con el mío.

Tú, ¿sabes quién eres?

Isabella López Rivera

CAPÍTULO 22

¿Revancha?

Si vas a intentarlo, ve hasta el final.
No hay otro sentimiento como ese.
Del poema *Lanzar los dados*,
de Charles Bukowski

BUENOS AIRES

Emilia llevaba días desde la consulta con su médica sin saber qué hacer. Su sensibilidad estaba empoderada. Todo la afectaba más de lo habitual. Lo bueno y lo malo la llevaban a derramar lágrimas. Suponía que se trataba del gran desorden hormonal que provocaba su estado. Aunque no era lo único desordenado en su vida. Alejandro insistía en llamarla y ella continuaba sin atenderlo. Esa tarde, luego de trabajar en el Mushotoku, se dio una ducha, preparó un té en su habitación y lo tomaba de a sorbos observando por su ventana cuando golpearon su puerta.

–Adrián, ¿eres tú? –preguntó sabiendo que nadie más podía ser.

–Sí.

–Adelante, puedes pasar –Adrián la miró; a pesar de estar demacrada, sin maquillaje y envuelta en su bata, algo llamaba su atención desde otro lugar–. ¿Qué sucede? –preguntó al tiempo que su mirada la hizo pensar en cómo sería la mujer dueña de su interés.

–Lamento interrumpirte, pero abajo está Alejandro y dijo que no se irá de aquí sin verte. Que subirá y te buscará en cada habitación si es necesario.

–¡No lo dejes subir! –suplicó.

–Ya lo calmé. Le dije que te avisaría y que lo atenderías.

–No quiero verlo.

–Emi, puedes enojarte conmigo si lo deseas, pero tu actitud es infantil.

–Yo no podría enojarme contigo. Eres lo mejor que me ha sucedido en este tiempo. Ya hablé con él. No se arrepiente de lo que hizo, solo de la manera. Está enamorado de otra mujer y es feliz. Me dijo que se siente "más vital y más joven". No quiero escucharlo otra vez –agregó con ironía.

–Pues yo diría, por cómo lo he visto, que algo más sucede. No parece estar aquí por nada… No tienes que contarme, pero debes atenderlo. Eso creo.

Emilia sintió que el momento había llegado. Su secreto no tenía sentido frente al único hombre que solo quería ayudarla. Lo miró y lo vio diferente. Tuvo ganas de sentirlo cerca, o quizá de echar a empujones a su triste soledad. Por un breve espacio de tiempo tuvo el deseo de abrazarlo y lo hizo.

Él, algo confundido, respondió al abrazo en silencio. No quería malinterpretar la situación. Unos segundos después, apoyó su mano en la espalda de Emilia deslizando una caricia. Ella había apoyado el rostro sobre su hombro. Podía oler el perfume de su jabón de jazmines.

–Adrián, estoy embarazada y no sé si quiero continuar –listo. Lo había dicho. Se sintió más liviana. Como si al decírselo sus pulmones se hubieran despejado y el aire más puro le diera la posibilidad de respirar mejor.

Él disimuló la sorpresa que la confesión le provocaba. No podía pensar con claridad. Ella se apartó de su hombro y enfrentó su mirada azul, esperando ser juzgada. Entonces sucedió. Ese instante en que las palabras quedan atrás, los ojos ven diferente, el corazón reconoce y el cuerpo desea. Adrián la besó en los labios. No pudo evitarlo. Eran suaves, con sabor a lo que se sueña despierto. Antes de que pudiera arrepentirse, ella respondió abriendo su boca. Sus lenguas hicieron el resto en medio de una danza sin música que guiaba los movimientos de sus cuerpos al ritmo del verbo *sentir*.

El tiempo se detuvo. No había prejuicios ni cuestionamientos. Las caricias se devoraron las dudas, y como las agujas del reloj se habían detenido, el futuro no amenazaba con sus planteos. Antes de avanzar, Adrián puso llave a la puerta sin dejar de besarla. Luego ella trepó a horcajadas de él mientras la boca de ese hombre desbordaba la piel de su cuello escribiendo mensajes de placer. La recostó sobre la cama y recién allí pudo hablar.

–¿Estás segura de esto?

–Completamente –respondió–. ¿Y tú? –él le abrió la bata y observó su desnudez. Despacio, a pesar de su excitación, la recorrió entera con besos. ¿Era eso hacer el amor? Su corazón latía desbocado y hubiera vuelto a tomar cada decisión que lo había llevado a ese momento junto a ella–. ¿Y tú? –repitió entre sonidos de placer.

–Yo no sé si puedo desearte más –respondió al tiempo que sus cuerpos se unieron en un balance perfecto entre ese ahora que los consumía de éxtasis y la plenitud de un instante que los encontró como si supiera que estaban buscándose, aunque no era así.

¿Qué estaba ocurriendo? ¿Era solo sexo? ¿Eran demandas hormonales de una mujer embarazada? ¿Era un hombre frente al verdadero amor? ¿Era una mujer que por primera vez en su vida se entregaba al destino sin planes previos ni control sobre nada?

Quizá era todo eso al mismo tiempo o nada que pudiera explicarse con palabras. Pero era algo importante. De eso no había dudas.

Ella alcanzó su límite dos veces antes de que Adrián se hiciera uno con la experiencia más física y sensorial que hubiera vivido jamás.

¿Cómo se volvía de algo así? ¿Se volvía?

Todavía agitados, él la abrazó fuerte sobre su pecho. Entonces, los golpes en la puerta de la habitación dieron voz alta a la realidad que gritaba su exigencia.

–¡Emilia! ¡Abre la puerta! La empleada me dijo que estás aquí –exigía la voz de Alejando–. Tenemos que hablar.

–No me dejes con él, por favor –le pidió.

Fue en ese momento que Adrián supo que no podía negarle nada a esa mujer. Pero ¿cómo seguir? Rápidamente analizó sus opciones. Estaba desnudo, en la cama de una mujer embarazada de otro hombre. El mismo que reclamaba detrás de la puerta un diálogo, suponía, en favor de la vida de ese hijo, ya que ella había dicho no estar segura de querer continuar con su estado. Emilia lo miraba con absoluta dependencia, claramente había dejado en sus manos los siguientes hechos. No podía reaccionar, pero debía.

Los objetos de la habitación parecían temblar de los nervios. Un presagio pesaba sobre el aire y el aroma del placer se escondía entre las sábanas arrugadas.

Emilia solo pensaba en lo que acaba de suceder, los gritos de su esposo no le importaban. ¿Acaso vivir sin planear era eso? No se reconocía, pero por primera vez desde que Alejandro la había abandonado tuvo ganas de ser ella misma. Quería más de lo que acaba de vivir. Algo se subvirtió en su interior, y justo cuando Adrián se incorporaba lo detuvo.

–No. Déjame a mí. Debo enfrentar la situación –dijo con tono seguro. Se puso de pie y se colocó la bata. Luego se acercó a la puerta–. No tengo nada que hablar contigo, Alejandro. Vete de aquí –sus palabras sonaban diferentes.

–Ems, por favor, abre la puerta.

–Vete, por favor –insistió.

–Ems, déjame hablar contigo. Las cosas han cambiado.

¿Por qué insistía en llamarla Ems? Claro que las cosas habían cambiado, frente a esas palabras Emilia tuvo un impulso más fuerte que su personalidad. *Revancha: compensación o venganza por un daño o perjuicio recibido.* Primera acepción que vino a su mente. *Posibilidad de recuperar lo perdido o de ganar en un juego o competición en que se había perdido.* Otra definición llegó a sus pensamientos. Pausa momentánea. Miró a Adrián, quien estaba descalzo y tenía el torso desnudo, pero se había puesto los pantalones. Estaba a su lado, como siempre. Él adivinó su intención.

–Emi, piensa lo que estás por hacer –dijo tomando su rostro entre las manos y dándole un beso suave–. Yo estoy aquí, pero piensa. Hazlo por ti.

–Ems, ¡abre la puerta! –pidió una vez más Alejandro.

Emilia quitó la llave y junto a ese sonido de la cerradura escuchó a Alejandro agregar:

–Dejaré todo por ti y por el bebé…

Al terminar de pronunciar esas palabras la puerta se había abierto, aunque nada era lo que esperaba ver. Cada rincón de la habitación dejaba ver su verdad. Alejandro miró la cama, las evidencias irrefutables de lo que acaba de ocurrir lo señalaban desde las sábanas, pero no significaban nada comparadas con la energía que lo separaba de ellos y la adrenalina que los unía a los tres por distintas causas. Las caras de Emilia y Adrián eran una señal que mostraba cuánto les había gustado estar juntos.

–¿Qué es esto? ¿Qué has hecho? –preguntó Alejandro, indignado, sumido en una mezcla de desilusión y enojo.

Adrián se puso delante de Emilia como un escudo protector. Ella se acercó y lo tomó por la cintura.

–Me siento viva. *Más joven, más vital y más feliz.* Supongo que tú entiendes bien eso, ¿verdad?

Afuera oscurecía y la lluvia golpeaba gotas como caricias contra la ventana. Emilia sintió que podía ser grato ver llover a pesar de todo.

¿Era una revancha por definición a la que el clima se unía en fervoroso desquite?

CAPÍTULO 23

Amistad

La amistad no es menos misteriosa que el amor
o que cualquiera de las otras fases
de esta confusión que es la vida.

Jorge Luis Borges, 1970

BUENOS AIRES

Cuando Corina regresó a su casa luego de haberse enterado de que la ex de Alejandro estaba embarazada, él había intentado continuar con la conversación, pero ella no había querido ni escucharlo ni opinar. Solo había levantado un muro helado entre ellos y le había dicho que hiciera lo que tuviera que hacer. Sus ganas de vivir, de reír, de pelear por él se habían ido de ella. No sabía si era un sentimiento temporal, si se trataba de un mecanismo de defensa que funcionaba a la perfección hasta que él decidiera algo, o sí, por el contrario, su experiencia como psicóloga le aseguraba la imposibilidad de competir con el hijo de otra persona, le daban la certeza de que todo estaba terminado, y actuaba, en consecuencia, para preservarse. ¿Por qué no lo había echado? Porque, a pesar de todo, no quería que se fuera.

Había conocido a Thiago, el novio de Lena. Los había invitado a cenar afuera para evitar compartir espacio con Alejandro. Claramente, su cabeza estaba enfocada en otro tema. Intentaba acostumbrarse a volver a ser la que había sido, la que no necesitaba ni dependía de nadie. El amor la debilitaba. No podía dejar de amarlo, pero era capaz de abandonar el sentimiento a su suerte, mientras, desde la razón, se ocupaba de lo único de que tenía en la vida: su hermana.

Thiago Santibañez tenía veintisiete años, era amable, más serio de lo que Corina había imaginado y hablaba de Estados Unidos con admiración. Le encantaba ese país, y al quedarse sin empleo en Buenos Aires, ya por tercera vez desde que había terminado sus estudios secundarios, había decidido irse a vivir allá. En el camino había conocido a Lena y se había enamorado, según sus propias palabras, y de ahí el proyecto de irse juntos. Corina lo había escuchado con atención mientras lo analizaba de principio a fin, no solo desde su discurso, sino desde sus gestos. Ese joven no pensaba volver. Lo de los tres meses le sonó a un recurso para suavizar una decisión que estaba tomada. ¿O serían sus miedos los que la hacían pensar eso? Sin embargo, al observarlos pudo ver también la manera en que Lena lo miraba. Sus ojos brillaban. Había sueños compartidos en el aire que los separaba. Los vio ilusionados. Seguía pensando que todo era una locura, un trabajo en un local de comida rápida en modo alguno parecía un futuro estable y prometedor. Entonces algo en ella le recordó que el futuro era ese día. Pensarlo a largo plazo era una quimera. No estaba de acuerdo con nada de lo que planeaban, pero los ayudaría. ¿Cómo saber si al final del camino no serían más felices los arriesgados e imprevisores que los estructurados y responsables? Imposible.

Esa mañana, llegó al consultorio; allí se encontró con su amiga y colega Verónica Marino, con quien compartían el espacio. Escuchó cómo se despedía de su paciente y la esperó.

–¡Hola, Cori! –se conocían muy bien, por lo que con solo mirarla Verónica adivinó su estado de ánimo. Además, estaba al tanto de todo lo que ocurría–. Sabes que soy tu amiga, no puedo ser tu psicóloga, pero déjame decirte que no puedes seguir así.

–Lo sé. Estoy paralizada en mi enojo. Lo peor es que no puedo llorar, ni hablar del tema con él, ni tomar una decisión. Además Lena y su viaje que es un hecho. Me siento terrible –confesó.

–¡Se te nota! –dijo Verónica con humor, haciendo referencia a su expresión–. Eres muy tremendista. Separemos los temas. ¿Cuál es el problema con que tenga un hijo?

–Que me dejará. Es el tipo de hombre que carga culpas que no existen. No será un divorciado con un hijo, será el que vuelve con la mujer.

–¡Creo que te has tragado toda la fatalidad que había por la calle hoy! –bromeó.

–Puede ser –admitió Corina con una sonrisa.

–¿Por qué piensas eso? ¿Te lo ha dicho?

–No.

–¿Entonces, por qué le das poder a tus miedos? –el tema era serio, pero su forma de hablarle siempre la invitaba a disfrutar el momento a pesar de lo que fuera que sucediera.

–No les doy poder. Mis miedos son poderosos por sí mismos, porque saben a lo que se enfrentan. No quiero perder a nadie más en mi vida, amiga, y siento que ese parece ser mi destino.

–Nadie ha muerto aquí, Corina. No hay ninguna pérdida que lamentar. Exageras.

–Me quedaré sola.

–Ese es tu fantasma. Además, la soledad no es necesariamente una condena, aunque no sea este el caso.

–Me enamoré. No es lo mismo cuando amas a alguien. Peor aún, no es para nada lo mismo cuando vuelves a amar después del amor. Perderlo sería insoportable. Al margen de eso, me preocupa y me afecta que Lena se vaya tan lejos.

–Pues lo que yo veo es que Alejandro solo arrastra con la consecuencia de la doble vida que mantuvo hasta que se fue a vivir contigo; eso no implica el final de tu relación y Lena solo hará su vida. ¡Está bien! Debes soltarla. No es tu hija, es tu hermana menor, pero ya es adulta. Aunque quiera ir a trabajar a un local de comida rápida en Estados Unidos –dijo con ironía. Ambas rieron. Solían reír de lo absurda que la realidad se presentaba a veces.

–Te juro que lo pienso y no lo puedo creer. ¿Cómo es

192 posible que todo suceda a la vez justo cuando me sentía viva y contenta?

—Por eso. Porque estás viva.

—No diré que preferiría no estarlo porque eso no es una opción para mí, aunque la verdad, llevaría con gusto mis quejas al mostrador de atención al cliente de esta vida que se divierte enredando destinos.

—*Mostrador de atención al cliente de esta vida* —repitió y estalló en una carcajada—. Y, dime, ¿no crees que tendrías mucha gente adelante en la fila? Lo digo porque hay muchos con más motivos para reclamar que tú y a ti no te gusta esperar —se burló.

—Bueno, creo que haría una excepción, solo para poder darme el gusto de mandar a la mierda a quien dirige las variables de mi suerte —bromeó.

—No es suerte, Corina. Peor que tú, y no me odies por lo que voy a decir, está la exesposa. No la quiere, lo sabemos.

—Eso es verdad. Quizá esté adelante mío en la fila —volvió a reír. Su ánimo había cambiado. Podía reírse de sí misma—. Me molesta ver todo tan negro.

—Bueno… Quédate con lo positivo, es un color que combina con todo —bromeó.

—¡Eres terrible!

—Debes hablar con Alejandro, después de todo, además de una bofetada, no le diste oportunidad de decir qué piensa al respecto.

—Tienes razón.

–Suelo tenerla.

–Gracias. Me haces bien. Siempre puedo reír contigo.

–Somos amigas, de eso se trata.

–¿Y tú cómo estás?

–Bueno, ya sabes. Soy psicóloga, pero quería ser policía, me casé con un hombre, pero me siento atraída por una mujer, gasto más dinero del que gano porque comprar me hace feliz, engordé cinco kilos en el último mes, me hice un tatuaje a los cuarenta años porque nunca antes me había animado, aunque me encantaban. Me estoy divorciando y mi abogada dice que nada de lo que tenemos me corresponde porque todo lo compró él antes de nuestro matrimonio, y con lo que me gustan los perros, he adoptado una gata que se instaló en mi casa. ¡Diría que vivir de acuerdo a mis deseos no me estaría saliendo bien! Creo que tengo motivos para ir al mostrador de atención al cliente que mencionas, pero ¿sabes? no tengo ganas de perder un solo minuto de mi vida en quejarme.

–Eres genial, Verónica. Te aplaudo de pie –dijo Corina riendo–. Tú sola puedes cambiarle el día a cualquiera que esté angustiado.

–Si tú lo dices, será –pausa y risa–. Bueno, no me haré la modesta, sí soy genial. Mi vida es un desastre, pero no dejaré de divertirme por ese motivo –afirmó–. Además, a pesar de todo eso, las personas me pagan una consulta para que las aconseje.

–Eres una excelente profesional. Les aconsejas muy bien.

–Doy lo mejor. Cuando se trata de otros, funciona –agregó Verónica, convencida. Tomó su celular y puso a reproducir

194   una canción: *I feel good* de James Brown sonó llenando de buena energía el ambiente. Estaban solas. De todas formas, Verónica detestaba con ganas la música de consultorio. Era innovadora en eso, aunque todavía no se había atrevido a poner esa música para esperar pacientes. Parecería una broma de mal gusto, nadie que se siente completamente bien va a la psicóloga.

La amistad define quiénes somos. Nuestras batallas, cada fracaso y las victorias forman parte de esa empatía poco habitual a través de la que logramos ser el otro. Es ese lugar de reciprocidad en el que siempre hay espacio para una lágrima o una sonrisa más. Donde siempre hay tiempo. Porque ese ser que tiene el poder de hacerte reír cuando quieres llorar, vive en ti mientras tú refugias el alma, muchas veces rota, en su corazón. Es esa mezcla tan única como irresistible con que el universo premia a los elegidos.

Corina y Verónica eran amigas, y solo eso justificaba sus vidas enteras, aún con sus reveses. Eran sinónimo de lealtad anclada en todos los puertos.

CAPÍTULO 24

Quizá

Si esperas las condiciones ideales, nunca se darán.

Nelson Mandela, 1994

JOHANNESBURGO, SUDÁFRICA

O bi Chidozié era un buen hombre. Ser africano lo definía. Le gustaba serlo. Se sentía protagonista de una historia de lucha que merecía ser conocida por el mundo. De familia humilde, muy honesto y trabajador, siempre estaba de buen humor. Era un soñador que se convencía de sus propias ilusiones al extremo de creerlas convertidas en realidad, a fuerza de insistir en imaginarlas, mientras esperaba. Luego, la vida lo golpeaba contra la inexorable verdad que suele interponerse entre los grandes sueños y los soñadores.

Obi tenía una marcada escala interior de valores y unos principios claros y honrados por los que estaba dispuesto a sacrificarse; era musulmán. Vivía absolutamente convencido de que Dios todo lo veía, y bajo su mirada se sentía protegido y guiado. Era muy considerado con los demás y hacía mucho por ayudarlos. Rezar era parte de su ser; se hacía uno con cada plegaria. María Paz y Makena siempre eran puestas ante su Dios desde el pensamiento, para que las protegiera. Era un ser espiritual que tenía su propia percepción del tiempo.

En el libro *Ébano*, que María Paz había comprado en aquel aeropuerto, su autor, Ryszard Kapuściński, lo explica con claridad: "El tiempo es una categoría mucho más holgada, abierta, elástica y subjetiva. Es el hombre el que influye sobre la horma del tiempo, sobre su ritmo y su transcurso (...). Es una materia que bajo nuestra influencia siempre puede resucitar, pero que se sumirá en estado de hibernación, e incluso en la nada, si no le prestamos nuestra energía. El tiempo es una realidad pasiva y, sobre todo, dependiente del hombre"[1].

María Paz había aprendido que para los africanos el tiempo y lo que sucede depende exclusivamente de cada uno y de su creencia. Dicho de otro modo, mientras algunos deciden hacer y activar las agujas del reloj, otros pueden pasar la vida esperando una señal de sus dioses, que puede no llegar nunca o correr el riesgo de no ser advertida.

Muchas veces ella se preguntaba si este concepto arraigado en Obi era, o podía ser, la causa de que no estuvieran juntos. ¿Acaso él estaba hecho de una energía distinta que le indicaba cuándo poner en marcha su tiempo para crear una situación?

1 Kapuściński, R. (2000). Camino de Kumasi. En *Ébano* (p. 11). Anagrama.

No lo sabía y, de ser así, no podía entenderlo; para ella el tiempo era real, objetivo, existía y transcurría fuera de cada persona, y obligaba a aceptar su ritmo exacto. El tiempo hacía lo que tenía ganas; el que se tenía y el que no.

Un poco, tal vez por esas concepciones diferentes, la vida personal de Obi estaba signada por lo que no podía ser. Se había enamorado de María Paz Grimaldi, una mujer argentina, que lo había mirado como nadie lo había hecho antes, y juntos tenían una hija, llamada Makena, a la que nunca había podido abrazar. Viajar a la Argentina era muy difícil para él, no solo desde el punto de vista económico, sino porque no quería dejar a su familia atrás. Sus padres, hermanos y sobrinos eran muy importantes para él. Mucho menos pensar en radicarse allí, como había deseado en algún momento. María Paz había ido a verlo a su país tres veces, pero no había regresado desde el nacimiento de la niña.

Ocho años después del inicio de esa historia de amor, Obi seguía creyendo que, algún día, los tres vivirían juntos y serían, lo que eran, a pesar de todo: "una familia", su Dios así lo había dispuesto al llevar a María Paz a África, su plan era perfecto. Rezar lo hacía sentir esa convicción. Era un acto de fe individual, que podía unir millones de personas, literalmente, pero que a él lo fortalecía desde sí mismo. La cuestión era ¿cómo?

Makena se comunicaba a diario con él, conversaban, bailaban y se reían a través de internet. En ese sentido, María Paz jamás le había negado contacto con su hija. Sin embargo, las promesas rotas la habían llevado a pedirle que omitiera las palabras de amor que sentía perdidas en el tiempo. Ella solo se limitaba a intermediar para que padre e hija se comunicaran y nada más. Al menos, eso creía.

Aquella mañana fue diferente a todas las demás porque al despertar, todavía agitado y lleno de miedo, la pesadilla seguía acechándolo. Makena lo llamaba y estiraba su mano para alcanzarlo con desesperación. Él no podía moverse y sus palabras no lograban salir de su boca. Alguien, a quien no podía ver, le arrebataba a la pequeña sin que pudiera evitarlo. Makena lloraba. Abrió los ojos y era tan real que también tuvo ganas de llorar. Observó las estrellas de su habitación, iguales a las que su niña tenía en la suya, y sintió a su conciencia reclamarle sobre sus acciones. ¿Por qué no se había esforzado para ir a conocerla? ¿Por qué nunca le había enviado dinero a María Paz para ayudarla? ¿Por qué estaba solo en su casa? ¿Por qué permitía que todo lo que soñaba se esfumara entre la distancia y el tiempo? ¿Sus antepasados lo guiaban? Permaneció callado y se concentró en su espíritu. Respiró hondo hasta alcanzar la calma deseada y rezó. Rezó fervorosamente en favor de la vida de las mujeres que amaba y le agradeció a Dios esa revelación durante su descanso. ¿Había llegado el momento de poner en movimiento su tiempo?

Luego, decidió llamarla.

* * *

María Paz y Makena estaban ilusionadas con el viaje a Bogotá. La niña no solo por la aventura de viajar por primera vez en avión, sino también porque finalmente tendría su mascota. El ánimo de María Paz había cambiado. Sonreía a diario y una nueva ilusión se había apoderado de todo su ser. La sensación de una mano que apretaba su estómago y anunciaba un presagio había cesado porque no era Emilia, ni su bebé; ni su madre, era por fin y de manera principal ella misma. Por supuesto que todo su entorno le importaba y la preocupaba también, pero por primera vez en mucho tiempo se sintió viva y con ganas de ir por lo desconocido, sumergida en el presentimiento de que era bueno todo lo que el futuro tenía preparado para ella y para su hija.

Veía el mundo más lindo, aunque fuera el mismo. Su actitud había modificado su mirada y, en consecuencia, podía ver lo que siempre había estado ahí, pero no habían alcanzado sus ojos ni sus deseos. Es que tener un proyecto con fecha cierta puede ser la solución a la angustia. Tener un plan es un antídoto contra esa ancla poderosa del ser que a veces provoca la quietud de la emoción, otras, el estancamiento del alma, y en los peores casos, todo eso a la vez unido a un vacío que reseca los sueños. Proyectar es una caricia sanadora que libera al espíritu enredado en sí mismo.

Makena copiaba movimientos de un video de YouTube que miraba en la pantalla del televisor. Era tan alegre la música

y tan intensa la energía que irradiaba que María Paz sintió deseos de sumarse. Así, juntas se hicieron uno con la canción *Jerusalema* del artista sudafricano Master KG, acompañado de la talentosísima Nomcebo Zikode, también originaria de Sudáfrica. Con más de sesenta millones de visitas, el video se había hecho viral.

Para María Paz resultaba inevitable no pensar en Obi, en África, en ese tiempo de amor bajo las estrellas, y no solo por el ritmo vital sino porque Makena era el resultado de esa historia única que la había unido a su padre.

Y así, riendo, improvisando tambores sobre la mesa, bailando y compartiendo la vida misma, las dos eran parte de África. En el video, niños, jóvenes y seres de todas las edades se entregaban a la música, a la felicidad de ser quienes eran, descalzos, mirando al cielo, conectados con la naturaleza de la tierra, el aire, el sol, y también unidos a la esencia que no sabe de colores, de riqueza o de diferencias al momento de concebir el amor por ser uno mismo. Los tambores eran una voz más que se mezclaba con ellos en medio de ese ritual de entrega perfecto que sonaba a pertenencia, a caminar juntos, a no abandonarse, a guardarse un lugar en el centro del corazón de los sentimientos verdaderos. Los ancestros aplaudían de pie y se sumaban a esa segunda voz del instrumento, a veces, más poderosa que la real. Era un eco que tenía siempre algo para decir, incluso mediante algún grito en medio de la danza.

Makena bailaba por toda la casa, María Paz la seguía y estaban bajo las estrellas de la habitación de la niña cuando

el celular en el bolsillo de María Paz comenzó a vibrar, lo miró sin dejar de moverse. Era una videollamada de Obi. La aceptó sin pensar.

La magia de lo imprevisible los abrazó a los tres. Y *Jerusalema* hizo el resto.

Unos segundos después, los tres estaban cerca, seguían riendo; Obi tocaba su *dundun*, un tambor parlante en forma de reloj de arena con una correa, y los tres bailaban transmitiendo mensajes desde la percusión del alma que creaban a la par. María Paz sintió que a pesar de todo lo que los separaba, volvería a elegir a Obi. Cuando la canción concluyó, Makena conversó brevemente con su padre y dejó la llamada a su mamá.

–Ha sido lindo lo de recién –dijo María Paz.

–Ha sido una señal. Estaremos juntos.

–Por favor, Obi, no comiences. Ya no es tiempo de promesas. No quiero escucharlas.

–No es una promesa. Es una decisión. Algo ha cambiado en mí. Las necesito, la vida es juntos los tres. No lo digo yo, es lo que Dios ve al mirarnos, una familia.

–No seas infantil. No te levantas un día, después de ocho años y decides lo que nunca antes fuiste capaz, y Dios no ve de repente lo que siempre estuvo ahí.

–Él todo lo ve y decide cuándo lo vemos los demás –dijo Obi, convencido–. Soñé que las perdía y fue horrible.

–Te has tomado tu tiempo –dijo con ironía; no discutiría sobre su fe, la entendía.

–A veces hay que esperar, y otras, hacer.

202 —Si te refieres a venir a Buenos Aires –supuso– no lo hagas. He aceptado un trabajo nuevo en Bogotá. Nos vamos a Colombia en pocos días.

Obi sintió que si no hacía algo su pesadilla se convertiría en realidad.

–¿Estás con alguien?

–No tienes derecho a preguntarme eso.

–Solo dímelo.

–Sí –mintió.

–Es juntos –repitió–. Colombia, o los confines del mundo no cambiarán nuestro destino. Esa es otra verdad en la que debes creer.

–Creo en las verdades que veo desde hace muchos años, Obi. Makena será siempre tu hija.

–¿Y tú?

–Yo dejé de ser tu mujer cuando dejé de creer en ti.

–Merezco lo que me dices, pero el tiempo dirá.

–No le prometas a Makena lo que no cumplirás.

–No lo haré.

La conversación terminó y, por un instante, María Paz sintió el sabor de una posibilidad. Luego lo desechó. Era más de lo mismo. No permitiría que esas palabras cambiaran nada. Por supuesto, no le dijo nada a su hija.

Bogotá era su objetivo. Su proyecto. Elevó la mirada y de una estrella cayó una palabra: "Quizá". Solo pudo suspirar. ¿Era una posibilidad? ¿Era o podía ser cierto?

Quizá.

CAPÍTULO 25

Caminos

BOGOTÁ

La distancia entre Isabella y Matías crecía de manera inversa a la que se acercaba la fecha del viaje de ella a Nueva York. Lucía había leído la columna "Ser", y aunque captaba su profundidad, también notaba que no era el estilo fresco que fluía en la lectura. Era un texto complejo, por momentos confuso, que obligaba a volver a leer. Le gustaba, pero no podía pasar por alto que el nivel de conflicto de Isabella con ella misma ocupaba cada vez más espacio en su trabajo. El problema no era la columna, era su resistencia a aceptar que sus convicciones tenían consecuencias. Concretamente podía perder el amor de su vida. Por mucha vehemencia con que escribiera sus ideas, por más que su bandera fuera sostenida con el apoyo de muchas mujeres o se entendiera como un justo derecho, lo cierto era que esa joven estaba rota. Y eso la preocupaba. Rota y lejos, no era la mejor combinación de circunstancias.

Lucía no lo había hablado con Ignacio; él, además de su pareja era íntimo amigo de Francisco López, el padre de Isabella, y no deseaba que la situación llegara a sus oídos por otra vía que no fuera su propia hija. Tenía muy claro que para Ignacio la amistad era prioridad. No era justo contarle para luego pedirle que guardara silencio. No ubicaría al hombre que amaba en ese lugar, por eso solo se tenía a ella misma para pensar en la manera de apoyar a la joven.

Deseaba de corazón hacer algo para ayudarla; mientras meditaba sobre la cuestión, Matías entró a su oficina.

–¡Hola, Lucía! ¿Tienes un minuto? Necesito hablar contigo.

–¡Claro! Siéntate. ¿En qué puedo ayudarte?

–Quiero saber si puedo contar con algunos días de licencia.

–Bueno, tienes pendientes días de vacaciones. No hay problema –Lucía quería preguntar, saber por qué los pedía. ¿Acaso iría detrás de Isabella? Contuvo sus ganas de interrogarlo, no era apropiado–. ¿A partir de cuándo? –preguntó sin sobrepasar los límites de su intimidad, pero buscando alguna pista.

–De mañana.

–¿Mañana? –no pudo evitar su sorpresa.

–Sí, mañana –confirmó sin agregar nada más.

–Bien. Completa tu solicitud en la oficina de personal y

que me la hagan llegar. Hoy mismo la firmaré. ¿Diez días son suficientes? –preguntó.

–Sí –respondió, calculando que en ese plazo Isabella ya habría partido–. Gracias –todo lo que no dijo desbordaba su mirada y su jefa creyó adivinarlo.

El joven salió de su despacho y Lucía sintió pena por ambos. Sabía que se amaban, pero no estaba segura de si ese amor era capaz de resistir las diferencias.

Matías tomó su celular y envió un mensaje de confirmación. Estaba hecho.

* * *

Isabella llegó a casa de su madre. El cuadro del recibidor le daba la bienvenida. Aunque se decepcionó al oír voces en la sala. Rafael y Gina conversaban. Tuvo deseos de irse por donde había llegado, pero no pudo porque Gina se acercó al escuchar la puerta.

–¡Cariño, hola! –la abrazó. Al hacerlo sintió cómo el cuerpo de su hija se aflojaba sobre ella y sus brazos la rodeaban con fuerza. Se apartó lo suficiente como para ver las lágrimas contenidas en sus ojos–. Aquí estoy. Espera un minuto –agregó–. Ve a tu dormitorio, ya subo.

Sin decir una palabra, Bella subió las escaleras. Gina regresó a la sala, miró a Rafael y no hizo falta que dijera nada.

–¿Cuál de ellos es, amor? –preguntó.

–Es Bella. Está mal. Lo siento, sé que teníamos otros planes.

–No te preocupes. Es lo que debe ser. Llámame luego. Estaré en casa.

–Te amo.

–Y yo a ti –dijo besándola en los labios.

–Hazme un favor. Gira el cuadro al salir, sospecho que quiere estar sola conmigo.

–Lo haré –respondió. Se puso su abrigo y partió.

Gina sintió que era muy afortunada por tener a un hombre como él a su lado. Subió las escaleras y entró al que fuera el dormitorio de Isabella. Ella lloraba sentada en su cama. Se ubicó a su lado y la abrazó en silencio.

–Estoy furiosa, mamá –dijo finalmente.

–Yo diría que estás muy triste –agregó sin preguntar nada.

–¿No vas a preguntarme qué sucede?

–No quiero mentirte, algo sé. Matías vino a verme.

–¡Solo eso me faltaba!

–¿Qué? Sabes que conversa mucho conmigo.

–Tomarás partido por él. Claro, es obvio, tú tienes tres hijos –dirigía su enojo hacia Gina como si tuviera algún modo de culpa.

–Bella, no he tomado una posición al respecto. Solo hablé con él como si fuera mi hijo, porque lo quiero mucho.

–¿Y qué le dijiste?

–Lo que pienso, pero ¿por qué no me dices tú lo que sucede?

–No quiero tener hijos, él sí. No respeta mi deseo y, además, he decidido irme a Nueva York, sola, a trabajar un tiempo. Eso es lo que sucede.

—Creo que lo simplificas al máximo. No son temas menores —intentaba mantener su rostro inexpresivo.

—¿Cuál es el problema con que yo no proyecte mi vida con hijos?

—Ninguno. ¿Y cuál es problema de que Matías proyecte la suya con hijos? —intentó hacerla reaccionar.

—¡Que soy su pareja, vive conmigo! Ese es el problema. Me eligió. Juró amarme. Hizo que lo ame con locura y, ahora, no me entiende.

—¿Y tú lo entiendes a él?

—¿De qué lado estás?

—De ninguno. Intento que comprendas que así como tu deseo es válido, también lo es el de él. ¿Quién tiene razón? No lo sé. Yo tuve tres hijos y volvería a tenerlos. Ustedes son mi vida.

—También tuviste tus momentos. No puedes negarlo. En algún punto, dejamos de ser tan importantes. Un día te fuiste de viaje y aunque nos pasaba de todo a los tres, nada te detuvo. No quiero eso —reprochó.

—En primer lugar, han pasado tres años desde mi viaje. Eres injusta, hija. No se trata de mí sino de ti. Es verdad que un día me sentí perdida y salí a buscarme, pero eso no me convierte en una mujer que no ama sus hijos o que se arrepiente de haberlos tenido. Me ausenté un mes; en más de veinte años de entrega no parece un plazo exagerado. Considerando que solo buscaba ser yo misma, para amarlos mejor.

—No me hables de ti, mamá.

–Tú me has puesto bajo la lupa, Bella. Seré clara. Si viniste por un consejo, te lo daré, como siempre. Si viniste a llorar, tienes mi hombro, pero si viniste a pelear conmigo porque no sabes hacia quién dirigir tu enojo, solo dilo y me iré, dejándote tu propio espacio.

Isabella la escuchó y supo que tenía razón. No se disculpó.

–¿Qué debo hacer?

–Primero, respetar su deseo tal y como exiges que se respete el tuyo. Hablar con él, pensar entre los dos si el amor que sienten es suficiente para enfrentar el tema. Tratar de buscar alternativas. Siempre las hay. Esperar. Dejar que el tiempo haga su trabajo.

–No hay opciones, ¿no lo entiendes? No puedo hablar con él. No comprende.

–Está dolido. Tu viaje sola suma malestar al conflicto.

–Quiero irme de él. No quiero necesitarlo, mamá.

–La distancia no resolverá eso –hizo una pausa–. ¿Estás dispuesta a perderlo?

–No. No puedo imaginar mi vida sin Matías.

–Ve a buscarlo. Intenta hablar, dale tus razones sin estar furiosa. Sin lastimarlo. No olvides quién es. Es el hombre que te devolvió el deseo de ser tu misma, que te liberó de culpas, que te enseñó a creer en ti. Tú me lo has dicho. Aprendí que los comienzos dan miedo, los finales, angustia, y que lo único que importa es el camino, hija. ¿Quieres a Matías en tu camino? Sí –respondió ella misma–. Haz algo entonces –agregó.

–¿Cuál es mi camino?

–No lo sé, pero eres dueña de tus pasos. No lo olvides.

De pronto, Isabella tuvo ganas de abrazar a Matías, de decirle que lo amaba, de pedirle una tregua. De olvidar la cuestión de los hijos. Sintió temor al recordar la última conversación.

–Mamá, ¿tú me apoyas?

Gina se sintió presionada por la pregunta. Ella no la entendía. Respiró profundo. Quería ser honesta.

–No te comprendo. Entendería que quisieras esperar para tener un hijo, pero no comparto esa idea definitiva de negarte. Sin embargo, te apoyo porque eres mi hija y estaré aquí para ti, siempre. Solo te pido que pienses muy bien si eres capaz de soportar las consecuencias, Bella.

–No lo sé. No sé de lo que soy capaz. Estoy mal. No puedo conectar con nada. Me siento sola con mi deseo. Quiero irme lejos y, a la vez, no sé de qué manera partir. Por momentos, miro a Matías y lo amo tanto que me duele. Quiero volver el tiempo atrás. Después, me enfurece la situación. Necesito una tranquilidad que no logro encontrar en ningún sitio.

Gina la abrazó. La entendía, se había sentido así antes. Hubiera dado cualquier cosa a cambio de evitarle a su hija ese momento, pero no se podía. Eso era crecer, transitar la propia experiencia.

–Te daré un consejo, esa tranquilidad de la que hablas, la estás buscando fuera de ti. No es ahí. Lo que necesitas es paz interior para luego poder avanzar en el sentido que decidas.

–¿Cómo la logro?

–Eso, hija, solo tú lo sabes. Empieza por aquietar tus

210   demonios. Nadie está en contra de ti. Solo hay quienes
piensan diferente. Tienes todo para ser feliz y no lo eres.
La causa de tu presente vive en ti. Nadie tiene la culpa. Comienza por descubrir eso, mi amor.

Un rato después, Bella se iba de casa de Gina más tranquila.
Con las mismas ideas y nuevas variables.

Gina volvió a girar el cuadro, suspiró y llamó a Rafael.

* * *

Isabella llegó a su casa y Matías no estaba. Vio una nota arriba
de la cama. De puño y letra. Calculó unas cien palabras. Era
breve. Tuvo miedo de leer. La imagen de dos senderos se le
vino encima junto al pasaje de *Alicia* en que ella no sabe cuál
es el camino correcto.

Los dos habían dado un paso ese día. Sin saberlo, la diferencia que los separaba había tomado vida propia y buscaba
un rumbo. Las decisiones de ese día ¿iban hacía direcciones
opuestas? ¿Había un final común? ¿Harían esquina? ¿O, por
el contrario, el amor de cada uno huía por rutas paralelas?

¿Dónde va el amor de los seres que no pueden vivir separados cuando el desacuerdo construye un muro infranqueable
entre ellos?

CAPÍTULO 26

Más

Nada más caótico que encontrar el veneno, el antídoto,

la herida y la espina, en la misma persona.

Frase atribuida a Joaquín Sabina,

España, 1949

BUENOS AIRES

Luego de que no le quedaran dudas acerca de la magistral revancha de Emilia, Alejandro se había ido furioso del hotel. ¿Era necesario que usara sus mismas palabras? "Más joven, más vital, más feliz", al oírlas de su boca en esas circunstancias pudo sentir en su propio ser lo bestial de su actitud. Emilia las había escuchado y estaba embarazada de un hijo suyo. Detestó la situación. Como si pudiera excluirse a sí mismo de lo dicho, como si él no fuera el único responsable de los términos que había elegido.

Al subir a su automóvil, sintió cómo latía su vena yugular; parecía que le iba a explotar en el cuello. Maldecía, como si tuviera algún derecho a hacerlo. El protagonismo inverso de

212　la infidelidad le causaba ira. Aunque si era honesto, Emilia era libre, ante él y ante el mundo, no le estaba siendo infiel a nadie. Más rabia le daba pensarlo así. Su corazón latía acelerado por la impotencia. ¿Cómo tan pronto? ¿Lo había olvidado? ¿Y el embarazo?

–¡Mierda, mierda, mierda! –repetía mientras golpeaba el volante del vehículo. Tomó su celular y la llamó. Le respondió el buzón de voz.

–Esto no termina aquí. Es mi hijo y te acuestes con tu empleado o con quien quieras, nada cambiará eso. Ten cuidado con lo que haces, soy el padre amenazó.

Lanzó el celular contra el piso del auto y por el impacto pudo imaginar cómo se partía la pantalla táctil. En ese momento, el teléfono sonó como una burla manifiesta. *Funciona*, pensó. Al tomarlo para responder vio que estaba tan roto como él. La forma del daño parecía un sol de vidrio estallado en un imaginario pozo central que se proyectaba en rayos agrietados hacia todas las direcciones, impidiéndole ver con claridad el menú de opciones. No obstante, podía leerse: "Corina llamando" y la foto de ella.

–Hola –dijo sin ser capaz de disimular su mal humor, aunque lo intentó.

–Hola… sé que me he comportado mal contigo. He conversado con Verónica… En fin, perdóname. Estoy lista para hablar.

–No es un buen momento para mí. Quizá en la noche. Debo trabajar –respondió y le cortó.

Corina volvió a llamarlo y entró el buzón de voz. Lo hubiera insultado con ganas; en lugar de eso, indignada por su reacción llamó a su amiga y le contó. Verónica la escuchó con atención y solo dijo:

–Tú has hecho tu parte. Ahora deja que él se haga cargo de la suya. Es su hijo no el tuyo.

–¡Me cortó! Estaba enojado ¿Puedes creerlo? ¡Enojado, él!

–Entiendo perfectamente. No solo te cortó, sino que, luego, no te respondió.

–¡No hace falta que me lo remarques!

–Cori, toma la extensión de su tarjeta de crédito, esa que te dio en pleno romance, ve al centro comercial y cómprate lo que se te dé la gana. Indemnízate el mal momento. Luego, sal a correr y regresa lo más tarde posible. No le atiendas el celular. Deja que la cuestión se enfríe un poco.

–¿Me hablas en serio?

–Absolutamente. No te aconsejo nada que yo no haría o haya hecho –agregó.

–¡Pero tus cuentas están al rojo vivo! Y yo tengo mi propia tarjeta, no necesito la suya –agregó.

–¡Pero esa la pagas tú! La idea es indemnizarte por lo que te hizo, que él pague con sus billetes el daño que te ha hecho. Además, no es robar, él gentilmente te la dio –bromeó–. Anda, solo es dinero. Cómprate el mejor calzado deportivo que exista y todo un equipo de *running*. Verás que te sentirás mejor. Ve por "más" placer urbano. Olvida el mostrador de la vida. Deja de quejarte.

–Vero, tú y tus consejos. ¿Más? Nada cambiará el hecho de que me cortó, luego no me atendió y de que su ex está embarazada.

–Es cierto. Pero soportar todo eso con ropa nueva, que él te regalará, será mucho "más" satisfactorio. ¿No lo crees?

Ambas rieron.

–Tienes razón.

–Suelo tenerla, lo sabes. ¿Es lo mismo estar triste en París cenando frente a la Torre Eiffel que hacerlo en un pasillo de hospital?

–No, claro que no.

–Bueno, esto es lo mismo, a menor escala. Mejora el escenario, que los hechos ya no dependen de ti.

–Eso es verdad. Lo intentaré.

Una vez más la amistad rescataba a Corina de sí misma y le obsequiaba una sonrisa cuando tenía ganas de llorar de indignación. Al cortar la comunicación, confirmó lo divertida que era su amiga, esa comparación fuera de todo contexto era provocadora. Su manera de ir por "más placer urbano", era tan Verónica. Agradeció tenerla en su vida.

* * *

Emilia había cerrado la puerta detrás de Alejandro y se sentía como Máximo Décimo Meridio, leal servidor del verdadero emperador Marco Aurelio, el personaje protagonizado por Russell Crowe en la película *El gladiador*, cuando es aclamado por todo el coliseo romano. Pensó que, al menos una vez en la vida, todas las personas tenían que tener la oportunidad de sentir ese sabor en el alma. ¿Victoria? ¿Revancha? ¿Venganza? ¿Placer? Ninguna definición llegaba a su mente. Quizá porque solo se trataba de justicia terrenal. Esa que obedece al dicho de que "el que las hace las paga" y al que su madre agregaba: "y las paga al contado y en este mundo".

Tratándose de ella, cualquiera fuera el precio de esa jugada, de ese paso que había dado fuera de todo hecho previsible o planeado, al margen de cualquier control sobre sí misma, lo pagaría con gusto, aunque si Dios era justo consideraba que aún tenía crédito a su favor. Sin embargo, lo cierto era que una mirada azul esperaba escuchar algo de su boca. Adrián continuaba allí. Solo observándola y no merecía ser moneda de cambio en ese pago simbólico.

Ella no podía regresar del hechizo al que estaba atada. ¿Sus hormonas dominaban su ser? ¿O una nueva Emilia luchaba por sentirse bien de la manera que fuera posible? Mirar a Adrián le daba deseos de volver a la cama con él, no de hablar. *¿Por qué no?*, se dijo.

Se acercó a él y lo besó en el cuello.

–Sé que debemos hablar. No puedo explicar lo que ha sucedido aquí, pero tampoco quiero hacerlo ahora –susurró en su oído.

–¿Qué quieres, Emi? –preguntó de manera sincera. No era un juego de seducción para él.

–Quiero "más" de ti…

Adrián no salía de su asombro. Todo parecía irreal. Desde que había golpeado la puerta de la habitación, con solo mirarla supo que esa mujer podía causarle mucho dolor. Pensó en resistirse, en ser claro, pero no pudo. Algo que nunca había sentido antes lo empujó a sus brazos y tampoco quiso hablar en ese momento. Habría tiempo después ¿o no? No le importaba. No respondió con palabras. Abrió su bata una vez más. Acarició sus hombros desnudos y la atrajo hacia él para girarla y besar despacio su nuca. Continuó dejando huellas en su espalda mientras la conducía lentamente hacia la cama.

Ella temblaba al sentir la suavidad de sus labios. Se volvió hacia él y se besaron como si no hubiera una realidad esperando por respuestas, como si no los separara una explicación pendiente, como si Emilia no tuviera que tomar una decisión más allá de su propio deseo. Así, entre más besos, sus lenguas mezcladas y confundidas desafiaron sus sentidos. Se desplomaron sobre las sábanas que todavía olían a ellos.

Se gustaban. Se tocaban. Se descubrían. Se disfrutaban. Simplemente eran lo que sus cuerpos tenían ganas de hacer y lo hacían. Sin límites, porque no los tenían. Entregados al momento, ninguno de los dos pensaba en nada que no fuera lo que estaban compartiendo. Habían construido su propio nirvana. Fue más y mejor que la primera vez, un rato antes, y fue, también, más la euforia del después.

A veces sobran las palabras, y un instante más tarde resulta necesario que las mismas suenen y den certezas para alejar las dudas. Se impone que se diga algo que tenga sentido y

permita la posibilidad de perpetuarse en ese beso, en la boca de la felicidad, donde, sin dudarlo, cualquier ser viviría para siempre.

Había algo en el aire. Un detalle interminable que ocupaba cada espacio. Ni Emilia ni Adrián pudieron pronunciar palabra alguna porque la necesidad de volver a besarse fue más fuerte que la de pretender sentirse seguros ante lo que les ocurría juntos.

CAPÍTULO 27

¿Por qué irse?

Las personas se van mucho antes de irse.
Se van en el momento en que desean estar en otros sitios.
Frase atribuida a Zab G. Andrade

Los días transcurrían a una velocidad inusitada. ¿Cómo era posible que a la luz de un proyecto la unidad de medida del tiempo les ganara a los relojes del mundo? ¿Acaso el destino era o podía ser tan ansioso como las personas? Mientras más cerca estaban del avión, más preguntas sin respuesta se acomodaban en el equipaje, metidas allí, entre las grietas de las prendas y los objetos, iban coladas las dudas que nadie había invitado. Irse no implica en modo alguno dejar atrás el pasado, porque no se puede gobernar la memoria cuando las huellas son heridas abiertas, tampoco dirigir el olvido cuando las cicatrices son marcas que, a diario, recuerdan lo que ha sido. Sin embargo, las personas suelen

partir en busca de aires nuevos, de cambios, de una porción de felicidad que se quede a vivir con ellas para convertirse en ese lugar al que regresarán, con los ojos cerrados, cuando no soporten estar donde la vida los ubica.

¿Por qué viajan los que buscan establecerse en otro sitio?

Por cada persona que se va, hay otras que se quedan, porque no pueden marcharse, porque no tienen interés. Quizá, porque prefieren las certezas, aunque no les agraden del todo, antes que enfrentar lo desconocido, por sentido de pertenencia, por causa de otros seres que no quieren tener lejos o porque les da pereza volver a empezar. Tal vez varios de esos motivos en simultáneo. Entonces, ocurre lo inevitable, el corazón se divide y se soporta amar a la distancia. Se sueña, se reza, se mira el mismo cielo con nostalgia, se extraña, se supone, se utilizan los medios de comunicación que la tecnología ofrece, pero nada se compara al abrazo que no puede ser.

Vivir es estar, ser, y es, también, cambiar de lugar en busca de otras perspectivas. Es despedirse y es quedarse y convivir con la ausencia física.

¿Se traslada también el mundo al terreno de la incertidumbre al elucubrar movimientos imprevisibles que todo pueden detenerlo?

A veces, la vida determina la misma distancia entre huir y permanecer para siempre. ¿Hay que irse sin despedidas porque quedarse significa ir demasiado lejos? Tal vez.

Más allá de todo, las personas se van y no lo hacen por las circunstancias, sino porque desean hacerlo.

CAPÍTULO 28

Hermanas

*Lejos y cerca son cosas relativas
y dependen de muy distintas circunstancias.*

Jane Austen, 1813

BUENOS AIRES

Obi se había comunicado con María Paz cada día desde la videollamada, pero no lo hacía solo para hablar con su hija. La buscaba a ella. Quería recuperarla. El común de las personas podía considerarlo raro, casi lindaba con lo increíble que alguien pretendiera regresar de la nada, tantos años después. Sin embargo, para un espíritu africano, no. El "estado de inerte espera" al que se refería Kapuściński, en el que se subsumían en ese país, entre rezos, rituales y tambores hasta que Dios les revelaba lo trascendente, transcurría mudo, sin prisas terrenales. Eso le había sucedido a Obi, para quien no habían pasado ocho años, sino solo tiempo detenido antes de que fuera el momento de reunir a su familia.

María Paz estaba confundida. En lo más íntimo de su ser sabía que no le era indiferente, pero había decidido negarse a ese sentimiento. Sostenía que tenía una pareja y que lo único que los unía era Makena. Él parecía no escucharla y le hablaba de la vida que soñaba para los tres y le anunciaba que la sorprendería.

María Paz no podía creerle, eso ya había sucedido antes, aunque sonaba más vehemente y serio, seguía siendo Obi, el hombre que la había amado como nadie y que también la había perdido sin luchar por ella. A las palabras, en África y en cualquier lugar del mundo, se las devoran los hechos. Decir sin hacer, para María Paz era mentir. Y esa era una verdad universal.

A pesar de sus convicciones y del gran entusiasmo que le provocaba la inmediatez de su viaje, no era menos cierto que su autoestima estaba por las nubes al oír a Obi hablarle de su amor y escucharlo decir todo lo que veía en ella, palabras que la convertían en la mujer ideal y en la mejor madre del mundo.

Esa mañana se dirigió al Mushotoku, allí compartiría un desayuno con su hermana.

Llegó al hotel y Adrián la recibió con la misma amabilidad de siempre. Le pidió que se ubicara en la mesa frente al jardín japonés y fue a avisarle a Emilia. Al llegar a la puerta de la habitación, se detuvo. ¿Debía golpear? ¿No era eso ridículo después de todo lo que habían compartido? Todavía no habían hablado sobre lo que estaba sucediendo porque durante esos días les ganaba el momento y Emilia le pedía solo tiempo

222   para ordenar sus ideas, lo que claramente no iba a ocurrir si no se detenían a conversar sobre el presente, vestidos, y a una distancia que nos les diera la posibilidad de contacto físico. Finalmente golpeó.

–Adrián ¿eres tú?

–Sí. María Paz te espera –respondió él sin entrar.

Emilia abrió la puerta, estaba recién duchada y olía a jazmines. Amaba esa flor. Llevaba puesto un jean, una camiseta blanca con una estampa de Frida Kahlo, botas y un jersey de lana color rosa. *Es divina*, fue lo único que él pudo pensar.

–¿Por qué no entraste? –preguntó con cierta complicidad.

–Porque ya no quiero hacerlo hasta que hablemos como adultos.

–No lo arruines, por favor. Eres lo mejor que me ha sucedido en este último tiempo.

–Lo sé, pero no soy lo único y hay otras cosas que debemos hablar.

–Tienes razón. Será pronto –postergó el tema–. Dile a mi hermana que ya bajo, por favor –pidió.

–Te espera en la mesa de siempre.

Adrián se sintió mejor, había controlado, al menos durante unos minutos, el deseo de besarla y sentirla. Desde hacía una semana, Emilia era un pensamiento constante. Una imagen repetida en su memoria, un aroma a jazmín que se quedaba en su ropa para recordarle que el amor no tenía edad ni le importaban los estados civiles o físicos. Había rechazado a la mujer con la que solía verse, pidiéndole que no lo llamara

más, y se sorprendía pensando en un "nosotros" junto a Emilia y su hijo. No la sentía cerca, era mucho más que eso, ella parecía estar instalada adentro de su ser.

Por su parte, Emilia solo se había entregado a vivir esos días como si fuera una espectadora lejana de un embarazo que estaba allí, en imaginaria pausa, anidando en su cuerpo, mientras ella se sentía más dueña que nunca de su deseo. No obstante, sabía que el tiempo apremiaba, que no podía seguir evitando a Alejandro y que Adrián merecía que ella definiera qué lugar le daba en su vida.

* * *

Un rato después, conversaba con María Paz.

—Te veo radiante. No estoy de acuerdo con este viaje, lo sabes, pero debo admitir que el proyecto te sienta bien. Se te ve más viva que nunca.

María Paz no podía dejar de observarla. ¿Era la misma que la semana anterior? ¿Por qué no la veía angustiada? Por un momento, la preocupó pensar que su hermana hubiera terminado con el embarazo sin decir nada al respecto.

—Dime, ¿has hecho algo que yo no sepa? —preguntó con temor a escuchar lo que no quería oír.

—Pues sí y no me arrepiento —dijo pensando en Adrián.

María Paz se puso pálida.

—¿Interrumpiste tu embarazo sin darte la oportunidad de una conversación madura con Alejandro?

–¡No! No me refiero a eso. No lo he resuelto aún. Fui a la consulta y realicé los análisis de rutina. Los retiré, pero no he vuelto a ver a Mandy.

–¿Por qué?

–Porque ella fue muy clara, solo me espera para continuar el embarazo. Fue lapidaria, no cuento con ella para otra opción. Y yo, bueno, vengo posponiendo esa decisión. Estoy enfocada en otra cosa.

–¿Y qué puede ser más importante que eso? ¿En qué te has enfocado?

–¿Vivir? –respondió con otra pregunta.

–Me alegra que ese bebé siga creciendo en ti –dijo María Paz, aliviada–. Sin embargo, no te entiendo. ¿Vivir? ¿Qué has hecho que yo no sepa, entonces? –insistió.

–Por primera vez en mi vida me dejé llevar por mis ganas, sin saber adónde. Sin planes. Sin garantías de resultado. Simplemente lo hice. Y ¿sabes?, funcionó –omitió hablar del bebé, aunque en ese momento no sintió rechazo. ¿Acaso su inconsciente dejaba pasar el tiempo a propósito porque lo estaba aceptando?

–¿Puedes ir directo al punto?

–Me acosté con Adrián –María Paz se atragantó con el té–. No una vez, varias –aclaró hasta con orgullo. Para ella era una hazaña, considerando que nunca se le hubiera cruzado esa posibilidad.

–Creo que me he perdido de algo. ¿Adrián, tu mano derecha aquí en el Mushotoku?

–El mismo. Siempre está para mí. Desde que mi vida se
derrumbó he contado con él incondicionalmente.

–Eso lo sé, pero de ahí a la cama *muchas veces* –enfatizó–,
me está faltando información.

–Todo fue inesperado y a la vez como si estuviera esperando el momento de ser. Como sabes solo fui a casa el día
que Alejandro fue a buscar sus cosas, allí me repitió que se
acabó el amor, que vivía conmigo días repetidos. Agregó que
estaba aburrido de un matrimonio que era rutina absoluta. Y
agregó, sin querer decirme desde cuándo, que junto a la otra
mujer se siente más vivo, más joven, más vital y más feliz,
que quiere eso para siempre. Lo que digo es textual.

–¡Que desgraciado! ¿Dijo eso luego de que le dijiste del
embarazo?

–No. Antes. Luego remató con que por suerte no había
hijos y en ese momento se lo dije.

–Y te ha llamado desde entonces –completó la cronología
de los hechos según la conocía.

–Y vino al hotel. Hace unos días…

–¿Hablaron?

–No exactamente. Bueno, sí. Él se anunció diciendo que
golpearía cada puerta hasta encontrarme. Adrián lo tranqui-
lizó y subió a avisarme. Luego, no sé cómo sucedió, pero
Adrián y yo, bueno tú sabes…

María Paz no podía creer lo que escuchaba, no porque no
fuera posible que dos personas se desearan inesperadamente,
sino porque nunca había considerado la posibilidad de que

algo así pudiera ocurrirle a su hermana, quien no hacía nada que no fuera correcto y previamente analizado.

—¿Me estás diciendo que te acostaste con Adrián mientras Alejandro esperaba abajo por ti?

—Dicho así, suena terrible, pero es lo que ocurrió.

—¿Lo hiciste para vengarte? —preguntó aún más atónita frente a esa posibilidad. ¿Era Emilia capaz de venganza?

—¡No! Ni siquiera sabía que iba a hacerlo. Lo vi allí, lo abracé para no enfrentar la realidad y, luego, simplemente tuve ganas de más y me lo permití.

—Parece que no fueras tú.

—Decididamente no fui mi yo de siempre. Además, eso no fue todo.

—¿Hay más?

—Sí. Luego de que Adrián y yo estuvimos juntos, y yo obviamente no bajé, Alejandro, ante mi demora, subió y amenazó con comenzar a golpear las puertas. Ante eso, una de las empleadas se asustó y le dijo el número de mi habitación para evitar un escándalo y que molestara a los pasajeros. Decía que las cosas habían cambiado y pedía que le abriera. Mientras me levanté alcancé a escuchar que dejaría todo por mí y por el bebé. Adrián, parado a mi lado, llevaba pantalones, pero estaba descalzo y su torso descubierto. La intimidad entre nosotros era evidente. Entonces, abrí.

—Puedo imaginar el resto.

—No, ¡no puedes!

—Emilia, hasta aquí es una locura. ¿Qué hizo Alejandro?

–Dijo: "¿Qué es esto? ¿Qué has hecho?". Entonces, Adrián se puso delante de mí como un escudo protector. Yo me acerqué, pasé mi brazo por su cintura para que no quedaran dudas y respondí: "Me siento más joven, más vital y más feliz. Supongo que tú entiendes bien eso, ¿verdad?". ¿Y sabes? Fui feliz.

Ambas rieron.

–¿En serio? –no podía creer lo que acababa de escuchar.

–Absolutamente.

Luego de algunas bromas, María Paz habló sinceramente.

–Emilia, me alegra que ya no llores y también que te hayas animado a hacer lo que tenías ganas, pero todo esto es mucho más serio que una revancha ganada. Estás embarazada y Adrián es un buen hombre. No quiero desintegrar tu burbuja, ni le resto valor a esa pequeña gran venganza; por cierto, fue genial que le dieras de su propia medicina, pero debes avanzar. Aceptar tu estado y, luego, descubrir qué sientes.

–Lo sé. No fue venganza.

–¿No? Se parece bastante.

Emilia pensó antes de responder. *Justicia: dar a cada uno lo que le corresponde.*

–Fue un gran acto de justicia que el destino puso a mi disposición –María Paz sonrió. Era mejor definirlo así. Permaneció esperando una respuesta–. Alejandro me ha dejado mensajes. Quiere el niño, me ha amenazado –continuó Emilia–. Sé que debo hablar con él y también con Adrián. Lo haré, lo prometo. Solo me estoy permitiendo unos días de libertad, sin planear ni pensar. Solo quiero sentir.

228   –Prométeme que lo harás esta semana.

–Lo prometo, te doy mi palabra.

–Bien.

–Pero dejemos mi situación, cuéntame de ti; ya están con un pie en Bogotá. ¿Cómo te sientes? ¿Tienes miedo?

–No. Estamos muy ilusionadas. Aunque debo contarte que Obi me ha llamado cada día desde hace una semana y dice que va a sorprendernos. Es como si el tiempo no hubiera pasado para él.

–Dime, por favor, que no le creíste –pidió.

–No le creo, le he mentido diciéndole que estoy en pareja, pero no voy a engañarte, me gustaría que fuera verdad.

–¡María Paz!

–No me juzgues, yo no lo hice contigo.

–Es cierto, perdóname –su hermana tenía razón.

–¿Qué harás con el embarazo? –no pudo evitar esa pregunta.

–No lo sé.

–Por favor, dale una oportunidad, es parte de ti y será lo mejor que te haya ocurrido jamás –suplicó.

–Te quiero. Serás la primera en saber mi decisión, pero no aceptaré presiones.

La conversación continuó por una hora más, en la que no faltaron consejos, bromas con ironía y, por sobre todo, el amor que sentían una por la otra. Al despedirse estuvieron seguras de que había otras verdades por descubrir en sus vidas; ser hermanas ya no sería estar juntas. Por un tiempo se convertiría en el desafío de estar separadas y más unidas que nunca.

CAPÍTULO 29

Razones

La razón siempre ha existido,
pero no siempre en una forma razonable.

Karl Marx, 1843

BUENOS AIRES

Beatriz compartía el último día con su nieta Makena. Realmente le encantaba estar con ella. No se cansaba de mirarla, de escucharla, y reían mucho juntas.

Beatriz Shantal de Grimaldi sabía muy bien lo que era ser madre; Emilia y María Paz habían sido, y eran, su razón de vivir. A fuerza de mucha tristeza había aprendido lo que era ser viuda, pero claramente no tenía idea de lo que era ser abuela hasta que lo fue. Antes de Makena, eso era para ella un parentesco; luego de verla, el día de su nacimiento, había aprendido que era un vínculo muy distinto a todo que no se comprende hasta que se vive.

Al nacer sus hijas, su esposo y ella habían tenido un solo

objetivo: darles lo mejor que tenían y todo aquello a su alcance. Luego, la fatalidad la había dejado sola para cumplir ese propósito. La cuestión era que desde que Makena estaba en su vida, se había dado cuenta de que había vivido tan preocupada por darles todo a sus hijas que, tal vez, se había perdido lo mejor. Más amor, más abrazos, más tiempo para compartir y más paciencia.

Para Beatriz el tiempo no estaba bien distribuido, porque las madres claramente necesitan más, para multiplicarse y cumplir con todas las demandas de sus hijos. Sin embargo, cuando son pequeños es la época de trabajar sin descanso para proporcionarles el mejor futuro. Por aquel entonces, Beatriz como tantas mujeres regresaba a la casa cansada, con preocupaciones y sin ganas de mucho. Con muy poco margen para los juegos y menos aún para ejercitar la paciencia. Eran épocas de "no, porque lo digo yo" y fin del tema. Sin embargo, en su presente como abuela todo lo que podía ser sí, lo era, y lo que no, tenía un abanico de argumentos para que Makena comprendiera. Su nieta era muy exigente para su edad, siempre quería saber la razón de las cosas. Los tiempos de todos habían cambiado, en algún sentido para mejor, y en otros, no tanto. Para Beatriz, lo que no se había modificado era la importancia que para ella tenía ser madre y lo valioso del tiempo compartido con los hijos. María Paz era diferente. Tenía siempre una reserva de buen humor, tiempo y tolerancia para su hija. Aunque su madre creía que eso era así pagando el alto precio de postergar su propia vida como mujer.

–¿Estás contenta con el viaje? –preguntó Beatriz mientras cada una disfrutaba de un helado.

–¡Sí! Me gusta la idea de viajar en avión, tener casa nueva y, además, ¡un perro! ¡Mi perro!

–Eres muy buena niña, otra en tu lugar quizá hubiera lamentado el cambio de colegio y dejar sus actividades. Estoy muy orgullosa de que acompañes a tu mamá.

–Bueno, al principio dudé un poco. La idea de cambiar de escuela, ya sabes, aquí todas mis amigas me conocen y ya ninguna quiere tocar mi pelo –dijo con referencia a la curiosidad que despertaba su cabello diferente al resto–. Pero mamá me dijo que estarán aquí cuando regresemos, que podré comunicarme con ellas por videollamada y que conoceré otras amigas. Entonces, ¿por qué no?

–Te amo, lo sabes.

–Sí, también yo. Abu, ¿puedo preguntarte algo?

–Claro, mi cielo, dime.

–¿Tú piensas que alguna vez mi papá vivirá en Argentina o nosotras en África?

–Cariño, la verdad es que no lo sé. La distancia entre ambos países es mucha y en la vida adulta no es sencillo mudarse tan lejos.

–Mamá y yo nos mudaremos a Colombia. No parece tan complicado –agregó.

–Colombia es más cerca, ustedes viajan por trabajo de tu mamá y es solo por un tiempo. Es otra situación. ¿Por qué me lo preguntas? –interrogó, aunque era evidente.

232   —Porque me gustaría poder ver a Obi de verdad y no por una pantalla. El otro día llamó justo cuando estábamos bailando con mami y bailamos los tres, ¡fue divertido!

—Mi cielo, ¿sabes por qué eres tan especial?

—¿Porque soy afro? —dijo Makena con humor.

—No. Eres especial porque tus padres lo son. Porque has heredado mucho de ambos y porque perteneces a dos tierras hermosas del mundo. No debes preocuparte por mudarte allá o porque tu padre venga aquí. Deja que sea lo que deba ser. Piensa que cuando crezcas, tú decidirás dónde vivir y podrás viajar como tu madre lo hacía antes de ti.

—Ojalá.

—¿Qué nombre le pondrás a tu perrito? —preguntó, cambiando de tema.

—No lo sé. Primero tengo que ver cara de qué tiene.

—Tiene sentido. ¿Cómo lo imaginas?

—Mío, abu. No sé cómo será, pero me imagino que me está esperando.

—Seguro que sí —aunque hablaban del perrito, Beatriz se había quedado pensando en la necesidad de su nieta de tener a Obi cerca. Solía pensar también que Makena tenía que viajar a África y, así, darle la posibilidad de conocer a su familia paterna, pero era un tema sobre el que María Paz no permitía opiniones. ¿Por qué? Sospechaba que su hija evadía otras verdades.

* * *

Esa tarde, María Paz se había despedido de sus compañeros de trabajo, y Juan Pablo, su editor, se había ofrecido a llevarla a su casa.

—¿Estás contenta?

—Muy feliz. Me encanta la idea y te lo debo a ti. Te lo agradezco mucho —dijo con sinceridad.

—Es bueno que alguien sea feliz... —dijo sin pensar.

—¿Por qué lo dices? ¿Te sucede algo?

—Lo digo porque es lo que siento. Siempre suceden cosas en el escenario de un divorcio.

María Paz sabía que estaba en medio de ese proceso, pero desconocía los detalles. Había visto a la que fuera su esposa solo algunas veces en la redacción.

—Sé que no somos íntimos amigos, pero puedes contar conmigo.

—Lo sé. No estoy preparado para contarle a nadie lo que ha ocurrido. Tú disfruta de tu viaje.

—Lo haré. Puedes llamarme si cambias de idea.

Juan Pablo la miró con cariño.

—Dime, ¿por qué no me casé con una mujer como tú? —la pregunta sacó a María Paz de contexto ¿Cómo debía interpretarla? Nunca había mirado a Juan Pablo como hombre. Sin embargo, ahí estaba frente a ella y podía perfectamente ser una posible pareja. Inteligente, generoso, divertido y muy interesante.

—No sé bien que sería "una mujer como yo", pero supongo que no lo hiciste porque te casaste con tu esposa. ¿No lo

234   crees? —dijo con humor, saliendo ilesa de la pregunta sin decir demasiado en concreto. No necesitaba una declaración de nada en ese momento y menos de la persona que la había recomendado en su nuevo trabajo. Tampoco estaba muy segura de que se tratara de eso.

—Una mujer como tú es una mujer auténtica. Tú eres leal a ti misma y a tu entorno desde que te conozco. Disculpa, he pensado en voz alta. Mi exesposa no es quien yo creí que era. Duele perder, pero más duele en los términos en que me ha sucedido. A eso me refería. Si ella hubiera sido como tú, nada de lo que hoy sucede me estaría ocurriendo porque nunca nos habríamos casado.

—Lo siento. Supongo que en cuestiones de amor nada es lo que parece —respondió segura de que no era una insinuación como hombre sino una confesión como compañero de trabajo.

—No, nada.

—De todos modos, intenta no juzgar. Para casi todas las cosas hay una razón —aconsejó.

—No hay razón que justifique fingir ser quienes no somos. ¿No lo crees?

—Tal vez en ese caso, juzgar sea algo inherente a cada persona. Insisto, no preguntaré de qué se trata, pero estaré para ti, si deseas hablar, cuando quieras —ofreció con honestidad. Lo apreciaba.

—Te lo agradezco. Seguiremos comunicados. Lucía será genial contigo, pero si tienes alguna inquietud o simplemente

me necesitas, solo llama –la saludó con un beso en la mejilla
y le deseó lo mejor.

* * *

Al entrar a su casa, seguía pensando en Juan Pablo. Tenía curiosidad por saber con claridad a qué se refería, solo para ayudarlo. Era generosa y buena, y él había hecho posible su presente promisorio. Soltó de inmediato el pensamiento al chocar la mirada con el equipaje casi listo, las maletas abiertas sobre los sillones esperando que llegara el momento de cerrarlas para marcharse, lo que sucedería en pocos días, y no pudo evitar sentir vértigo. Al entrar a la habitación de Makena, la niña y su abuela conversaban animadamente con Obi a través de una videollamada. Su instinto fue enojarse, pero su reacción fue observarlo en la pantalla y preguntarse ¿por qué?

CAPÍTULO 30

Sushi

Plato típico de origen japonés,
pero también un remedio maravilloso para el alma,
con destellos mágicos.
Laura G. Miranda

Buenos Aires

Siguiendo el consejo de su amiga, Corina había hecho estragos con la tarjeta de crédito de Alejandro en un comercio de ropa deportiva, no porque hubiera comprado tanto, sino porque los precios de esa marca eran caros siempre. Dos flamantes equipos de *running* completos, uno en tonos de negro y cobre, y el otro igual, pero en blanco y dorado.

De regreso en su casa, Alejandro no estaba, por lo que había estrenado su ropa nueva de color negro —era el tono apropiado para su ánimo— y había salido a correr. Quince kilómetros fueron suficientes para que se sintiera más liviana de preocupación. Mientras miraba al frente, al ritmo constante de su trote, no podía evitar preguntarse *¿adónde voy?*

¿Tengo prisa? ¿Estar estancada en mis fantasmas es lo que me obliga a avanzar con los pies hacia el lugar donde mi corazón no se atreve a ir? A veces se sentía vacía, y otras, llena de miedo. A veces era su pasado y los recuerdos con Leonardo, otras, era el futuro soñado junto a Alejandro. De repente, su hermana Lena y Thiago ocupaban todos sus pensamientos, y la memoria de sus padres le sacudía los lazos de sangre que desde hacía años se traducían en ausencia. Había compartido una merienda más con los chicos, así llamaba a su hermana y al novio; él le caía bien. No porque le diera seguridad en cuanto al proyecto del viaje, sino porque la miraba a Lena con amor verdadero. De pronto, esa fue la única certeza que él le daba y se dio cuenta de que no necesitaba otra en ese momento. Todo estaba listo para la partida de ambos. Había separado unos dólares que tenía ahorrados para dárselos a su hermana en el aeropuerto. La asustaba pensar que sin Lena un gran espacio vacío quedaría en su tiempo cotidiano. ¿Por qué todos los caminos la llevaban al verbo extrañar? No era justo. Aunque lograra resolver sus diferencias con Alejandro, si él se convertía en padre, echaría de menos al otro, al que solo compartía el presente con ella, porque, claramente, un hijo modificaría radicalmente la realidad de los dos.

Al volver a su casa, Alejandro no había regresado aún. Se dio una ducha, se cambió de ropa y se puso a llorar. Entonces llamó a Verónica.

—Hola, amiga, ya sé todo lo que me dirás, pero estoy llorando.

238 –¡Dios! Aquí vas otra vez. ¿Hiciste lo que te dije?

–Todo, pero solo funcionó por un rato.

Verónica pensó un momento.

–Hay algo que no falla, ven a casa. Cenar sushi es siempre una solución –la invitó.

–¿Por qué para ti todo se resuelve con consumismo? –preguntó riendo a pesar de su angustia.

–Resolverse no diría, pero es un gran paliativo. Además, yo no soy consumista, soy un ser solidario que apoya a los emprendedores.

Corina ya reía con más ganas. Su amiga era muy ocurrente. Siempre cambiaba su estado de ánimo para mejor. Era como una película que había visto, no recordaba cuál, en la que una mujer le decía a su par deprimida: "Siempre, terraza, terraza. Sótano, nunca", como un modo de estar arriba y no permitir que la vida la llevara al fondo.

–Así es que ayudas emprendedores… –repitió con ironía–. Me haces reír, con esa definición de ti misma yo diría que podrías sostener, sin miedo a equivocarte, que has salvado la economía de muchísimos de ellos.

–Bueno, al menos dejaste de llorar sin sentido. ¿Vienes? ¿Pido el sushi?

–Sí, voy.

–Apúrate que ya me hiciste dar ganas de comer rico.

* * *

Un rato después, conversaban en la cocina del apartamento de Verónica. En verdad era un monoambiente que pertenecía a su madre. Se había mudado allí cuando su divorcio se precipitó. Esperaba poder comprarse una vivienda pequeña, con la disolución de la sociedad conyugal, pero el juicio no solo iba lento, sino que no fluía a su favor.

Verónica era un ser feliz. Confundida un poco, tal vez, pero sin duda alguna se quedaba con lo mejor de lo peor. Era buena amiga, por sobre todas las cosas, y decía que la vida no le había jugado un partido con reglas claras sino hasta los treinta y ocho años. En verdad, su gran tema era haberse dado cuenta de que sentía atracción por las mujeres desde siempre, solo que lo había negado. Quizá por los prejuicios, por temor al qué dirán o por su familia, no lo tenía muy claro todavía. Sin embargo, y por fortuna, la sociedad planteaba nuevos paradigmas, y los mandatos de otrora habían perdido la fuerza de sus orígenes. Hija única, educada en colegio religioso y bajo la mirada rigurosa de un padre conservador qué, además, era juez en materia de derecho de familia, era evidente que la única opción había sido rechazar sus instintos de manera absoluta.

Pero el tiempo siempre hace su trabajo, y casada con un buen hombre y su vida en aparente normalidad, alguien había aparecido para dinamitar sus sentidos y "sacarla del closet", como se dice en algunos casos. No había salido del todo, pero se había animado a confesarle la verdad a quien fuera su esposo, quien lejos de comprenderla y valorar su honestidad, se sintió humillado y traicionado. No lograba entender que

240 no era personal y que, a su manera, le quería, solo que ya era tiempo de permitirse el amor siendo sincera con quién ella era. Estaba en pleno proceso de divorcio, pero también de aceptación personal. No había llegado a la intimidad real con Kim –ese era su sobrenombre, se llamaba Karina Imbaldi–, porque no quería apresurarse. Tampoco desde que descubriera su deseo y hasta que se fuera de su casa había engañado a su ex. No soportaba la mentira; bastante culpable se sentía por haber ignorado sus sentimientos y por haber desnaturalizado su propia verdad a la sombra de su negación.

Conversaban con Corina cuando el *delivery* de sushi llegó.

La mesa puesta para ambas, de forma improvisada, invitaba al placer del sabor. Sonaba música disco de los años ochenta, y Verónica movía su cuerpo al ritmo de los viejos hits, aún sentada, mientras que con los palitos japoneses elegía una pieza perfecta y deliciosa con salmón. Sonaba *What a felling* de Irene Cara.

–¡Esto es vida! El sushi es como un elixir mágico.

–Es riquísimo. Costosísimo también, pero ¿por qué "elixir mágico"?

–Porque te olvidas de todo, te enfocas en la próxima pieza que comerás, en la sorpresa del sabor en tu paladar. Todo un descubrimiento que te hace no pensar en nada más. ¡Comer sushi es una experiencia sensorial!

–Bueno, creo que exageras un poco. Me encanta, pero no estaría funcionando conmigo. Pienso en Alejandro, en Lena. Me acuerdo de Leonardo, he pensado en mis padres...

–¡Definitivamente, tú eres capaz de arruinar cualquier "elixir"! Y la magia derrapa entre la mesa y el sillón. ¡Por dios! Falta que me preguntes por Kim, justo cuando voy a dar el bocado –dijo con énfasis para que no quedaran dudas, desde la ironía, de que Corina debía cambiar de actitud–, y así haces pedazos mi "experiencia sensorial" –repitió.

–Ay, perdóname. No quiero arruinar el ritual del sushi. Tienes razón, me estoy comportando como los pacientes a quienes ayudo a cambiar el modo de encarar sus conflictos.

–¿Y eso qué te dice?

–¿Que soy una idiota?

–En este momento no lo negaré. Verás, yo también me hago mucho problema por demasiadas cosas, y no solo me preocupan mis asuntos sino en general los del prójimo. Soy solidaria. Lo sabes… –la carcajada espontánea de Corina no la dejó continuar. Le contagió la risa, y aunque no sabía la razón, se sumó al buen instante.

A Corina, de manera inexplicable, se le caían las lágrimas, no podía hablar porque estaba tentada de la risa. Luego de unos minutos reveló la causa.

–Ay, perdón, amiga. ¡Es que ha sido muy fuerte! De pronto te miro y comiendo un manjar carísimo me dices que no solo te preocupan tus cosas sino en general el prójimo. ¿Sabes cuántos pueden comer una digna cena con lo que tú has pagado por esta "experiencia sensorial" o elixir mágico o como quieras llamarle? Me has hecho reír con ganas.

–Bueno –dijo Verónica, y se puso seria–, dicho así parece

242 que soy una insensible, además de ese tipo de personas que hablan del hambre en el mundo desde su yate, pero bueno. Yo no miento, ¡te juro que me preocupan! Si pudiera hacer que todas comieran sushi, lo haría.

—Mejor no aclares que oscurece. La verdad, ya nunca podré sumergirme en la gastronomía japonesa conocida internacionalmente, sin recordar este momento. Después de todo, tienes razón, algo de magia hay. Aunque el sushi tenga su efecto, tú completas la definición.

—Soy genial. Ya sabes.

—Igual, creo que también podrían ser pizzas, la cuestión es tu actitud.

—Podrían… pero tienen más calorías —bromeó.

Y así, la memoria de ninguna recordó que, al apoyar la cabeza en la almohada, el amor volvería a ocupar ese lugar incómodo que quita el sueño cuando falta reciprocidad en lo que se desea.

CAPÍTULO 31

Silencio

El amor es el silencio más fino,
el más tembloroso, el más insoportable.
Del poema *Los amorosos*,
de Jaime Sabines

Nada hubiera podido preparar a Isabella para lo que iba a sentir esa noche. Llegó a su casa sumida en los ecos de las palabras de su mamá. Gina era buena consejera, y por más que hubiera pretendido poner en tela de juicio su entrega como madre al referirse a su viaje, Gina había encontrado la forma de defender ese momento y de hacerle entender que había temas en los que todos podían tener razón, aún, pensando en sentidos opuestos. Tanto que había tenido una urgente necesidad de abrazar a Matías y pedirle una tregua.

Fue parte del silencio de su casa vacía y miró, otra vez, la nota sobre la cama. Sintió frío y miedo. Pensó que, en tiempos de celulares, WhatsApp, e-mails y todo tipo de mensajes

244   inmediatos, una nota escrita de puño y letra le daba un sentido
de protocolo y gravedad a su contenido. Lo escrito en papel no
se elimina ni se borra. Trasciende. Escribir en el papel era un
modo de interponer distancia y no dejar espacio a la posibilidad de un arrepentimiento. Matías no había querido que se
enterara lo que quería decir enseguida, sino que había previsto
que fuera después. Lo que era lo mismo que no querer ser
testigo de una reacción.

Recordó las palabras de Lucía, a quien admiraba, y todo
la conducía a la sensación premonitoria de que la posibilidad
de perder a Matías se había convertido en un hecho concreto. Esas líneas sabían la respuesta. Caminó despacio hacia
la cama. Reconoció la letra de Matías, cuidadosa, inclinada
levemente hacia la derecha, escrita con tinta azul. Sonrió al
recordar que no le gustaba el color negro ni para los bolígra-
fos. ¿Cuántas personas sabían tanto de su pareja? Ella conocía
todo de él. Era una hoja, mitad blanca y mitad incertidumbre. ¿Un destino? ¿Un final? ¿Una esperanza? ¿Todo? ¿Nada?
No podía leer. En ese momento, un mensaje de su celular la
distrajo; quiso que fuera él, pero era Lucía. No lo leyó. Se fijó
si Matías estaba en línea. No. Lo llamó. No respondió. Volvió
a dejar la hoja escrita encima de la cama, apoyó el celular en
la mesa de noche y salió de la habitación.

Escapar.

Postergar.

Evitar.

Sentir.

Llorar.

Partir.

¿Ver partir?

Nota.

Dolor.

Una nueva columna nacía en las palabras sueltas que hilaba su pensamiento sin que ella se diera cuenta. Encendió el televisor, no para mirarlo, sino para que su sonido le diera vida y cierto calor a la casa. Una quimera. Simular que nada había cambiado. Entonces, reconoció la película de Freddie Mercury, pero no era cualquier escena; como una señal despiadada, cantaba *Love of my life*. Corrió al dormitorio al ritmo de la primera lágrima, tomó la hoja sin más rodeos y leyó:

Isabella:

Jamás imaginé que llegaría un día como hoy o que yo sería capaz de la decisión que he tomado. Tú necesitas espacio y tiempo. Yo no quiero verte partir... Entonces, soy yo quien se va. Me alejo primero, sin despedidas, ni planteos. Necesito encontrarme, porque me he perdido en ti. Creía que mi plan en esta vida eras tú, alguien me dijo que no era así. Tal vez tenga razón, y mi plan sea, o deba ser, yo mismo. Solo lamento que la última vez que estuvimos juntos no sabía que era la última. Te hubiera besado más. Que sea lo que deba ser. No me llames, no atenderé. Buen viaje.

Matías

246   Desde la sala sonaba:

Love of my life, you've hurt me.
You've broken my heart, and now you leave me.
Love of my life, can't you see?[2]

Sin pretenderlo, la traducción se pegaba a su angustia:

Amor de mi vida, me has hecho daño.
Has roto mi corazón, y ahora me abandonas.
Amor de mi vida, ¿no lo entiendes?

El tiempo se detuvo.

Releyó la nota tantas veces que se grabó en su memoria. ¿Cómo era posible que Matías se hubiera ido sin decir adiós ni adónde? ¿Cómo podía no haber respondido a su llamada? ¿Y el amor? ¿Dónde estaba su amor por ella? En el mismo lugar que su amor por él, le respondió al interrogante una parte insolente de su ser que ella no había invitado. ¿Dónde era ese lugar? Solo silencio como respuesta.

¿Matías le aplicaría la ley del silencio? Recordó la prisión de Alcatraz y su historia. No era una norma legislativa como tal, pero sí un procedimiento carcelario usado como un método de tortura psicológica. Los reclusos tenían que estar callados durante las veinticuatro horas del día y no podían dialogar entre ellos. ¿Era capaz Matías de saber que sufría y dejarla así, sin posibilidad de hablar con él?

2   Queen (1979). Love of My Life [Canción]. En *A Night at the Opera*. EMI. Compositor: Mercury, F.

No pudo llorar. El dolor era tan grande e intenso que había aletargado su tristeza al extremo de reducirla a la expresión sorda y muda de sus sentimientos.

Abrió el ejemplar de *Alicia*, que tenía a su lado y leyó las frases que había marcado la noche anterior. Nada era azar.

"Parece que mi invencible maquinaria es... en verdad... vencible".

"¿Tiempo? Jovencita, yo soy el tiempo. El infinito, el eterno, el inmortal, el inconmensurable; al menos, claro, que tengas un reloj".

"Él está en mí y yo estoy en él. Y en todo lo que es, fue y será. Yo mismo escribí ese poema".

"Todos eventualmente se separan de lo que más aman, querida".

Le parecía que las marcas las había hecho su inconsciente que, en realidad, ya estaba al tanto de lo que le sucedería. La próxima vez que señalara un texto pensaría antes en su presente y en lo que deseaba. Se sentía unida al sinsentido de la novela; daba igual para ella ser Alicia, el Sombrerero Loco, la Liebre o el Gato, porque algo de cada uno la habitaba en ese momento. Seguía cayendo más al fondo del pozo.

La madrugada la encontró dormida con ropa, el libro a su derecha y el celular apagado por haberse agotado su batería, su alma rota de ausencia y desacuerdo.

Al despertar, por la mañana, le dolía la vida. Estaba sola. Y no había sido su peor pesadilla, era la realidad delineada con angustia. Recordó cada palabra de la nota. Se levantó de la

cama, buscó fuerza para empujar el dolor, se bañó, se vistió con ropa cómoda y fue a la revista, escribiría allí la columna que latía en su interior. Faltaban dos días para su vuelo a Nueva York.

* * *

BUENOS AIRES

En ese mismo momento, un avión aterrizaba en Buenos Aires. Una media hora después, Matías había retirado su equipaje de la cinta y atravesaba las puertas de la zona de arribos del Aeropuerto Internacional de Ezeiza. Su amigo Gabriel Dupre lo esperaba. Se abrazaron fuerte como si el tiempo sin verse hubiera podido recuperarse en ese momento.

–Bienvenido. ¡Qué bueno que estés aquí!

–Gracias. No estoy contento, pero me alegra verte y haber dejado Colombia por unos días.

–Créeme, no es tan grave tu situación –lo animó–. Nadie muere de amor.

–Lo sé, pero no duele menos por eso.

–Claro que no, pero recuerda que todo tiene solución.

–¿La tiene?

–Mientras hay vida, sí –respondió, convencido.

Conversaron sin detenerse hasta llegar el vehículo, y luego mientras Gabriel conducía hasta su apartamento en el vecindario de Palermo, se pusieron al día con todo lo que les faltaba. Matías se instaló en la habitación preparada para él, volvió a mirar la llamada perdida de Isabella, pensó en ella y la extrañó con desesperación. Sentía que la había abandonado a su suerte, aunque no fuera así. Alejó de sus pensamientos esa idea y concluyó que solo le estaba dando lo que ella quería, espacio y tiempo. Solo había impuesto a la decisión una regla propia. Al espacio y al tiempo le había agregado silencio. ¿Escucharía con más facilidad su propia voz?

El silencio es la ausencia total del sonido. Parecido a la nada, a la eternidad o, quizá, a la indiferencia. También significa abstención de hablar en el ámbito de las relaciones humanas. Y, sin embargo, que no haya sonido alguno no siempre quiere decir que no haya comunicación. El silencio ayuda en pausas reflexivas que sirven para tener más claridad, que conectan con la esencia de los actos, que desnudan convicciones y que enfrentan a las consecuencias.

Matías pensó que, en el ámbito de la música, el silencio es un signo que indica la duración de una pausa. Imaginó que las personas eran notas en la vida. En esa inteligencia, todas las notas musicales tienen su propio silencio, cuyos valores corresponden a su duración. Entonces, ¿era posible definir el silencio como una nota que no se ejecuta o una persona que está detenida esperando que el ruido de la verdad encuentre su lugar definitivo?

CAPÍTULO 32

Podio

Lugar simbólico de la vida donde se ubican los que sienten
un dolor exclusivo que creen superior a todos los demás.

Laura G. Miranda

Gabriel Dupre tenía veintinueve años, era abogado y conocía a Matías desde la infancia. Su padre había sido embajador argentino en Colombia, designado durante diferentes períodos de su vida, por lo que su familia se había mudado y vivido en Bogotá durante mucho tiempo. Estaban acostumbrados a los cambios. El último, y quizá el que más había dejado huella en Gabriel había sido durante su adolescencia, época en la que con Matías se habían vuelto amigos inseparables y confidentes. Luego de eso y al concluir la etapa de la escuela secundaria, mientras Matías inició la carrera profesional de Diseño, Gabriel eligió estudiar Leyes.

Por ese entonces, el embajador murió de cáncer y su madre decidió regresar a la Argentina donde vivía el resto de su familia. Gabriel tuvo ganas de quedarse en Bogotá, pero siendo hijo único sintió que debía acompañar a su madre. Lo hizo y de esa manera la amistad conoció y venció las fronteras. Nunca perdieron comunicación. Fue en Buenos Aires donde Gabriel se convirtió en abogado y comenzó a trabajar. Eran esas amistades que no reconocían en la distancia o el paso del tiempo sin hablar ninguna diferencia porque cuando se llamaban siempre contaban con el otro. Se comprendían, reían y opinaban libremente a pesar de no estar de acuerdo en todos los casos. Cuando Gabriel se enteró del mal momento que estaba atravesando Matías, en relación a su radical diferencia de proyecto de vida con Isabella, sin dudarlo, lo había invitado a la Argentina a pasar unos días; si bien ya lo había hecho en otras oportunidades, y su amigo no necesitaba invitación, Gabriel percibió que algo de su crisis actual marcaba la urgencia de un cambio de aire. Matías no había aceptado de inmediato. Sin embargo, luego de mucho pensar y darse cuenta de que no sería capaz de ver partir a Isabella a Nueva York, le había confirmado que viajaría. Luego de una conversación telefónica, en menos de dos horas, los pasajes aéreos estaban comprados y la fecha de viaje se había fijado para el día siguiente. Gabriel era en extremo eficiente y se había ocupado de todo.

Si bien Matías extrañaba a Isabella al extremo del dolor físico, se sentía seguro de haber tomado la decisión correcta, tranquilo en ese aspecto, e incluso contento de compartir tiempo con su amigo. Ya en el apartamento del vecindario de Palermo tomaban un trago y escuchaban música.

–Matías, nadie muere de amor. Ni de pareja, ni de ningún tipo. Mi madre estaba muy mal cuando falleció papá, y ahora se reúne con sus amigas, viaja. Diría que es feliz. Incluso cuando tu ex te dejó por otro estabas angustiado y no dejabas de nombrarla, luego apareció Isabella, y ya ni recuerdas su nombre.

–¡Llevo tres años con Bella! En parte es verdad lo que dices, pero ahora es diferente.

–No conozco a nadie enamorado, con dificultades de pareja, que no diga "esto es distinto". Todos creen que su problema es más serio, grave y definitivo que el de nadie. Me pregunto ¿por qué los que sufren quieren exclusividad y podio en su dolor? –hablaba en serio, pero lo decía con cierto sarcasmo agradable. Era un modo de provocar a su amigo para que reaccionara.

–Te juro por lo que más amo, que es ella, que no deseo "ni exclusividad ni podio para mi dolor", solo quiero una solución que me permita seguir mi vida a su lado hasta el último día.

–¡No seas tan dramático! ¿No te habrás creído un alcance general de ese famoso "hasta que la muerte los separe"?

Matías no pudo evitar reír. La forma de decir las cosas de Gabriel les daba a las verdades otra visión. En su boca, las palabras eran otras verdades. ¿Cuántas verdades había? Infinitas.

Porque hablar de verdad no es referirse a datos objetivos de
la realidad, sino a la voz interior de cada ser sobre su mirada de los hechos, esa que emerge con naturalidad en medio del mejor silencio, y deja a la vista las posibilidades. La verdad del corazón cuando elige es siempre cierta.

–¡Me haces reír! Nunca lo había pensado así, pero tratándose de Isabella es tanto lo que la amo que supongo que quiero que nada nos separe.

–Y si es tan así ¿por qué no renuncias a tener un hijo y terminas con todo esto?

Matías se quedó callado un momento.

–Porque no puedo. Tengo veintinueve años, amo a mi pareja y quiero una familia con ella. Deseo ser padre.

–Debo decirte que "una familia" no tiene que ser conformada necesariamente por una pareja e hijos. Mírame a mí, solo yo y mi fiel amigo Rocky Balboa –dijo mientras el pequeño perro Jack Russell reconocía su nombre, daba un salto y se sentaba a su lado en el sillón.

–Me encantan los perros, pero tú lo dices porque no te has enamorado.

–Es posible. Igual puedo asegurarte que si me enamorara de una mujer que me dijera que no quiere perros la dejaría de inmediato. Rocky es mi compañero desde hace cinco años.

–Entiendo lo que dices, pero no es lo mismo. Cualquier mujer que llegara a tu vida te encontraría con él y debería aceptarlo. En cambio, un hijo viene a completar el amor, después. Ya estás enamorado y dentro de la pareja.

254   —Matías, con ese criterio, Isabella podría decirte que tú la conociste sin hijos y deberías aceptarlo.

—¡Es diferente!

—Otra vez "la exclusividad y el podio" —bromeó—. Sé que es distinto, solo intento que pienses las cosas desde otro lugar. Cambia tu perspectiva.

En ese momento del diálogo el celular de Gabriel sonó. Habló unos minutos, mientras Matías se había quedado pensando.

—Dame un minuto y te aviso —dijo Gabriel a su interlocutor de la llamada, y luego dirigiéndose a Matías agregó—: Un amigo me invita a cenar afuera. Le dije que estabas tú y dice que vayamos ambos.

—No creo ser buena compañía o estar para sociales.

Gabriel rio con ganas.

—Lo dices porque no conoces su historia. Estoy tramitando su divorcio y puedo asegurarte que la vida le dio un golpe bajo. Quizá podamos reírnos un poco de tanta historia de amor difícil.

—¿Eso crees? —miró su celular que vibraba y vio que Isabella lo estaba llamando. Rechazó la comunicación sin pensar demasiado. Gabriel fue testigo y esperó su reacción—. Bien, dile que vamos.

Más tarde, los tres hombres sentados en un restaurante ubicado en la zona de Puerto Madero, conversaban, intentado que sus propias historias no fueran un drama que arruinara la cena sino un motivo para conocerse. Enseguida entraron

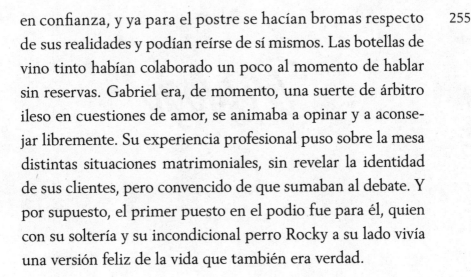

en confianza, y ya para el postre se hacían bromas respecto de sus realidades y podían reírse de sí mismos. Las botellas de vino tinto habían colaborado un poco al momento de hablar sin reservas. Gabriel era, de momento, una suerte de árbitro ileso en cuestiones de amor, se animaba a opinar y a aconsejar libremente. Su experiencia profesional puso sobre la mesa distintas situaciones matrimoniales, sin revelar la identidad de sus clientes, pero convencido de que sumaban al debate. Y por supuesto, el primer puesto en el podio fue para él, quien con su soltería y su incondicional perro Rocky a su lado vivía una versión feliz de la vida que también era verdad.

CAPÍTULO 33

Diálogo

Si nunca nos damos la oportunidad de experimentar el silencio,
esto crea una turbulencia en nuestro diálogo interno.

Deepak Chopra, 1994

BUENOS AIRES

Emilia dormía junto a Adrián, y él no podía dejar de observarla. Su expresión era de plenitud y descanso. ¿Qué iba a hacer con esa mujer? Sin duda, todo lo que ella estuviera de acuerdo, el problema no era ese sino ¿qué planes tenía ella con el hombre en que lo había convertido? De pronto, ella se movió y de algún modo inexplicable su rostro comenzó a transmitir nerviosismo. ¿Estaba soñando o tenía una pesadilla? Adrián supuso que hasta que no resolviera la cuestión de su embarazo y acomodara el estante de sus deseos y prioridades con el cuidado que exige ser uno mismo, no lograría tranquilidad. Debía hacerlo sin impactar en el propósito de su vida con acciones equivocadas.

La besó con suavidad en la frente y le susurró que él estaba allí. Emilia abrió los ojos, algo confundida, y lo abrazó fuerte. Tuvo ganas de llorar, pero se contuvo.

—Emilia, ha sido un mal sueño. ¿Quieres contarme? —dijo Adrián con cariño.

—Yo venía conduciendo en una ruta con mucho tránsito, iba de un carril a otro tratando de adelantar y cada vez era más difícil y, además, a mi lado, Alejandro no cesaba de hablar —relató enseguida. Necesita sacar esa horrible sensación que todavía la habitaba.

—¿Y qué te decía? —preguntó imaginando que su conflicto interior había llegado a manifestarse de un modo inconsciente.

—No lo sé, pero eran reclamos. Me cansaba oírlo. Estaba atascada en medio del tránsito, aunque avanzaba rápido, a pesar de reconocer los riesgos de un accidente. Sentía que iba a colisionar, a cada momento, contra algún vehículo mientras cambiaba de senda, pero no quería detenerme. Todo lo contrario.

—Creo que el mensaje es bastante claro.

—No he terminado.

—¿Qué más sucedía? —preguntó Adrián con curiosidad ya que para él, hasta ahí, era simple la interpretación.

—En una ruta paralela que yo podía ver venías tú, en otro automóvil, pero tu vía estaba libre. Avanzabas sin esfuerzo.

Adrián recordó una meditación de Deepak Chopra, de una serie llamada *Destino extraordinario* que explicaba una situación muy parecida. La buscó en su memoria para rescatar cada enseñanza y poder transmitírsela.

–Emilia, en tu sueño solo has visto la diferencia entre tú y yo. Al menos entre la tú de antes y yo.

–¿La de antes en qué aspecto?

–La que planeaba todo y se ajustaba a ese plan sin la más mínima posibilidad de alterarlo. Llegabas siempre a tu destino, a tu resultado deseado, pero forzabas acciones o evitabas ver que otros, en ese plan, querían otra cosa. No quiero que te enojes, pero eso fue lo que sucedió con Alejandro según lo que él dijo y tú me has contado.

–No podría enojarme. Algo de verdad hay en eso. ¿Cuál crees que es la diferencia contigo?

–Yo busco mis momentos de silencio y escucho mis emociones. Percibo lo que las señales me muestran. Las que guían mi camino y me indican cómo navegar por la vida. Si me hacen sentir bien es que son auténticas y nacen en mi corazón, no estoy forzando nada, pero si tengo dudas, miedo o incomodidad, entonces espero.

–Yo nunca creí en mi intuición, es inseguro vivir así. Y cuando tienes el control rara vez llega el silencio. Todo el tiempo estás pensando en algo.

–No estoy de acuerdo con eso. No creo que sea posible controlar nada de esa manera.

–Tal vez tengas razón. Mi vida estaría siendo un buen ejemplo –agregó Emilia con cierta ironía.

–Puedes cambiar ese punto. Solo debes saber que el silencio es importante y aceptar que vivir no es seguro, desde ningún punto de vista. Por la simple razón de que no sabemos qué espera por nosotros. El imaginario control es la causa de lo que no te gusta de tu presente –la relación que compartían quedaba afuera de esa afirmación. Con él, Emilia Grimaldi era libre.

–No me agrada mi viejo yo, pero no sé cómo dejarlo atrás. Sus consecuencias están en mí y se proyectan –reflexionó. Adrián la ayudaba a entenderse y a no ser dura con ella misma.

–Tú has vivido tomando decisiones y las has ejecutado para obtener lo que deseabas. Ignoraste las señales que cada dificultad ponía delante de ti, y en lugar de hacer una pausa diste batalla forzando resultados. Aceleraste. Concretamente, querías ser madre, pero no fuiste capaz de ver en ese camino que algo no estaba bien –dijo sacando el tema más importante sobre el que debían hablar. Emilia lo miró, desconcertada. ¿Cómo era posible que pudiera desatar los nudos de sus dudas con tanta facilidad?–. ¿Podemos conversar sobre eso? –agregó.

Ella sabía que debía hacerlo con alguien que no pretendiera influenciarla; confiaba en Adrián.

Forzar: aplicar fuerza física para que algo deje de resistirse. ¿Era esa su verdad? ¿Había forzado su embarazo y la continuidad de su matrimonio al límite?

–Sí –respondió Emilia con tono apesadumbrado.

–Dime, ¿por qué si has buscado la maternidad ahora intentas negarla?

–No intento negarla. Solo que no puedo conectar con el bebé sin pensar que me unirá de por vida a la persona que más me ha dañado y traicionado.

–Entonces, lo que no quieres es la relación con Alejandro como padre –afirmó.

–No, no la quiero. No quiero saber más nada de él. No quiero verlo más.

–¿Y en qué lugar deja eso ubicado a tu bebé? Porque es parte de ti también, no solo de él –cuando Emilia se dispuso a responder, Adrián apoyó la mano sobre su boca–. Espera, no respondas de manera apresurada. Respira, piensa. Escucha tus sentimientos verdaderos, despojados de tu rabia. Intenta el silencio del que te hablo. Dale una oportunidad a tu intuición –ella cerró los ojos y permaneció callada, tratando de no pensar en nada, solo de sentir, durante unos minutos. Al abrirlos, algunas lágrimas rodaban por sus mejillas–. Ahora, sí. Dime.

–Sé que el bebé no tiene la culpa. Hay momentos en que siento que debo continuar y asumir que fui yo la que creyó en un matrimonio para siempre, fue mi error, pero luego pienso en el trato cotidiano con Alejandro… en ti… y entonces me paralizo.

–¿En mí?

–Sí, en ti. Me gusta la mujer que soy cuando estoy contigo. Estoy descubriendo que no proyectarlo todo, que simplemente dejarme llevar por lo que deseo, puede hacerme muy feliz. Y otra vez el bebé y Alejandro, en medio, me enojan.

–No es el bebé lo que te enoja, es que él no está aquí de la manera que tú imaginaste –no estaba seguro sobre qué debía decir sobre sí mismo. Era muy pronto, sus señales no eran claras en ese sentido. Adrián sabía lo que sentía, pero Emilia debía decidir por sí misma, no por lo que él pudiera decir o prometer, aunque estuviera seguro de cumplir–. Emi, piénsalo. Yo estoy aquí, pero no debo ayudarte más que a obtener una versión objetiva de la realidad. Eres tú la que debe confiar y entender que todo lo que implique futuro es incertidumbre porque es desconocido. Solo pon atención a tu corazón. Confía en su sabiduría, que es la del universo. Es momento de llevar tu atención hacia adentro y de dejar ir todos tus pensamientos, porque son suposiciones. Además, estoy seguro de que algo de estos conceptos te habita, solo que por alguna razón no los dejas ser.

–¿Por qué lo dices?

–Porque el hotel se llama Mushotoku y esa palabra significa dar sin buscar recibir, hacer sin esperar nada a cambio, abandonar todo sin miedo a perder, porque se supone que en la ausencia de intención es cuando se obtiene todo. Tú amas Japón y, por ende, no eres indiferente a la sabiduría milenaria de ese país. No pusiste ese nombre a tu negocio por casualidad –afirmó.

–No –Emilia hizo una pausa–. Nunca lo hablamos, pero ha sido la gran contradicción en mí. Sentir que hay una verdad superior, pero imaginarla como algo de imposible práctica y hacer exactamente lo contrario –Adrián la miró esperando que le explicara–. Sé que soy responsable de mí misma, ningún salvador vendrá a resolver mis problemas, mi liberación está en mí; así como sé que tampoco debo centrar mi vida

262 en apegos obsesivos o enfocar mi felicidad en lo que otros hagan o dejen de hacer; es importante vivir aquí y ahora, no aferrarse al pasado o al futuro; y sé que tropezaré con las mismos errores hasta que aprenda de ellos, hasta que focalice adecuadamente el problema, aplicando la acción correcta. En teoría, soy buena –concluyó con reticencia.

Adrián la observaba, perplejo.

–Acabas de mencionar cuatro claves del budismo.

–Lo sé.

–Y, entonces, ¿por qué en nuestras conversaciones nunca me dabas del todo la razón?

–Porque hasta ahora creí que eso era pura espiritualidad. Pensaba que no es posible la vida terrenal en un marco de tanta incertidumbre. Yo necesitaba saber, evitar imprevistos y, ya ves, la vida me sacudió fuerte para mostrarme que eso es imposible hasta para alguien como yo. Recién ahora empiezo a sentir la fuerza de esas otras verdades en mí.

–Pues que sea esa tu influencia para decidir. Y que todo lo que ha sucedido y sucederá te ayude a no repetir errores. Yo entiendo que tengas miedo y que has vivido planeando tus días milimétricamente, pero ya no podrás hacerlo. Esto que estamos viviendo no ha sido planeado –afirmó.

–Lo sé y me hace bien, te lo he dicho. ¿Qué harías tú en mi lugar?

–Escuchar a mi corazón y seguir mis sentimientos. Tomar el carril despejado.

–No tengo esa opción.

–Ningún atasco de tránsito dura toda la vida. A veces,
tomarse el tiempo hasta ver como se despeja puede ser la
salida.

–Eres casi poético, pero mi pregunta era otra, hablaba del
bebé.

–Solo diré que la naturaleza es sabia. Jamás forzaría sus
designios.

Emilia entendió perfectamente la respuesta que Adrián
no dijo en forma directa.

–¿Aún sigues siendo el hombre que no juzga? –preguntó.

–Aún sigo siendo las cosas en las que creo. Eso define al
hombre que soy. ¿Y tú, aún sigues siendo la mujer que quiere
certezas y planes con resultados seguros?

–Mi realidad espantó de mi vida a esa mujer.

–¿Y entonces quién eres?

–Creo que en este momento soy el proceso de la mujer
que decida ser. ¿Puedes besarme?

–Siempre –respondió. Lo hizo de manera intensa, aunque
no era deseo sexual sino la necesidad muda de unirse a ella
desde las ideas. Había mucho para asimilar de esa conversación. A ambos los pudo el silencio por un rato.

CAPÍTULO 34

Obi

Me enamoré de ella cuando estábamos juntos,
y luego caí más profundamente enamorado de ella
en los años que estuvimos separados.
Frase atribuida a Nicholas Sparks,
Estados Unidos, 1965

BUENOS AIRES

María Paz se despertó a la madrugada y ya no pudo volver a dormirse. Faltaban pocos días para el viaje, y si bien ya no iba más a trabajar, respondía llamadas y correos electrónicos al compañero que la reemplazaba respecto de las dudas que le surgían. Además, tenía muchas cosas personales que resolver antes de partir. Estaba ansiosa por viajar. Muy feliz y segura de haber tomado esa decisión. Ninguna de esas cuestiones le quitaba el sueño; sí, en cambio, pensar en Obi. La realidad era que por más que se había inventado una relación para alejarlo, por otro lado le daba toda la información que él pedía respecto de su viaje, vuelos, lugar en el que vivirían en Bogotá y todo dato de interés en el itinerario. Sin embargo, siendo honesta consigo misma, le gustaba imaginar que él aparecería en algún lugar y abrazaría a su hija de forma imprevista. Le dibujaba una sonrisa pensar en la felicidad de Makena. Pero ¿y ella? ¿Lo amaba todavía o solo era por lo que había sido? ¿Podría perdonarle ocho años de distancia física y volver a proyectar una vida en común? ¿Era su soledad una respuesta implícita?

Al darse cuenta del lugar adonde la llevaban sus introspecciones se enojó con todo su ser. No podía creer que en el rincón más sincero de sí misma algo parecía gritarle que nunca había dejado de esperarlo. Las estrellas de la sabana iluminaban sus mejores recuerdos, mientras desde su ventana, veía brillar solo una en medio de la noche. Miró la hora, el reloj marcaba las cinco de la mañana. Calculó que Johannesburgo está cinco horas por delante de Buenos Aires, entonces, allá, eran las diez de la mañana. En ese instante, un mensaje vibró en su celular.

Obi
¿Duermes?

Sorprendida, María Paz sintió ese vértigo premonitorio en su estómago. En sus mejores momentos juntos esas cosas sucedían todo el tiempo. Se presentían a diario. Sin embargo, eso había dejado de suceder hasta esa videollamada que lo había cambiado todo. Habían bailado como una familia, y los reproches pendientes habían quedado fuera de toda la

266   escena. Tomó el celular en sus manos y sus ganas respondieron burlando su razón.

María Paz

No.

Obi

¿Puedo llamarte?

María Paz

Sí.

Otra vez la respuesta nació en sus emociones.

Obi no dudó un instante en llamarla.

–¿Por qué estás despierta a esta hora? ¿Sucede algo?

–No. Supongo que me he desvelado por la inminencia de nuestro viaje.

–¿Y tu novio?

–Ese no es asunto tuyo –le molestaba la pregunta porque no era buena para mentir y nada cierto podía decir respecto de alguien y de una relación que no existía.

–¿Cómo se lleva con Makena?

–No lo conoce.

–¿Cuánto hace que estás con él?

–Obi, hace tiempo que no tengo que darte ninguna explicación. Si me has llamado a la madrugada, supongo que no será para interrogarme –se enojó.

—Me gustas cuando te enojas —silencio y suspiro contenido de María Paz—. No. Estaba rezando por ustedes y sentí que me necesitabas. Te llamé porque sé que pensabas en mí y yo en ti. Dime ¿por qué estamos separados? Algo está muy mal con eso.

—Obi, tú nunca cumpliste tus promesas, yo me cansé de esperar. Fin de la historia. Por eso tú vives en África y yo aquí, con mi hija.

—Lo sé, pero algo ha cambiado en mí. Llegó el momento en el que todo es claro. Sabía que mi tiempo tenía la respuesta. Haré que funcione, somos una familia, siempre lo hemos sido.

—No me digas, ¿y cómo lo harás? —preguntó fastidiada porque le gustaba que lo dijera. Era una suerte de "miénteme que me gusta" al que caía rendida sin voluntad de hacerlo.

—Así, como en este momento en que estoy seguro de que quisieras estar conmigo, aunque no tanto como yo contigo —era dulce y simple. María Paz sabía que decía la verdad. Algo que abrigaba su presencia desde la ausencia y no permitía que ella se enojara para siempre con él era su sinceridad. Las promesas incumplidas no habían sido mentiras sino su manera de entender la adversidad y de actuar conforme su fe, su concepción del tiempo dentro de sí mismo. Su familia, el apego a su tierra y, tal vez, el miedo a vivir en un país con una cultura tan distinta. Nunca lo había dicho, pero María Paz solía pensar que no sería fácil para él. Pero ¿por qué no había ido ella a África si amaba ese continente? La preguntaba regresaba con fuerza cuando al escucharlo su corazón iba abriéndose una vez más.

268   –Obi… ¿Por qué haces esto? –preguntó con honestidad. Quería saber hasta dónde estaba dispuesto a llegar.

–Porque te amo.

–Obi, nadie abandona a su suerte el ser amado durante tantos años.

–Yo nunca te abandoné. En mi corazón, en mis plegarias y en mis sueños solo estás tú. Yo no inventé la distancia, María Paz. Así sucedió. Los años no existen fuera de nosotros, han sido los cimientos para lo que vendrá.

–Pues para mí han existido, estuve sola con mi hija y fueron muy reales. No hables de más. África sigue ubicada en el mismo lugar del mundo que cuando nos conocimos.

–Es verdad, pero yo he cambiado. Necesito a mi niña conmigo y a ti. No diré qué planes tengo, pero debes saber que nos encontramos. Tenemos una hija porque era nuestro destino, como lo es ser una familia –insistió.

–Ver para creer –dijo María Paz sin pensar. Al escucharse se dio cuenta de que esa frase la colocaba en un lugar desleal, como mínimo, respecto de su pareja inventada–. No estoy sola y lo sabes –agregó.

–Pues lo siento por él, porque nada que sea, haga o diga podrá ser más fuerte que nuestra historia.

–Estoy cansada, Obi. Debo intentar dormir –respondió evadiendo sus palabras. Su cuerpo recordaba sus caricias a pesar de la resistencia de su razón.

–Pondré música para ti. Solo deja tu celular sobre la almohada, acuéstate y cierra los ojos –pidió.

—Bien, lo haré —cedió.

Unos minutos después, tambores y cuerdas africanas muy suaves sonaban con un compás relajante y le hablaban con la voz del destino que se mezclaba entre sus sonidos. Se sumergió en un ritual hipnótico que la llevaba adonde quería estar. Un instante antes de dormirse, escuchó a Obi susurrar:

—Te amo. Pronto dormiré a tu lado. Descansa.

Saya de Sona Jobarteh, la mujer que ha roto paradigmas tocando un instrumento denominado *kora*, reservado por mucho tiempo a los hombres, llenaba la habitación cuando Makena entró y se acostó junto a su madre para seguir durmiendo allí, sumida en ese encanto de ecos y asonancias que pertenecía a su hermosa esencia.

La distancia física puede producir alejamiento, sentimientos de ausencia o de estar viviendo en otras realidades, además de las diferencias horarias y los ritmos vitales de cada país. Es posible que las dificultades aumenten y la intensidad de sentimientos de soledad, lejanía y desapego se intensifiquen. En teoría es, o puede ser, así. Sin embargo, ¿qué influencia pueden tener esas cuestiones sobre un sentimiento que no conoce divergencia alguna al mirarse? ¿Tienen la distancia y los hábitos distintos la fuerza suficiente para derrotar un amor verdadero?

CAPÍTULO 35

¡¿Ahora?!

Los monstruos y los fantasmas son reales:
viven dentro de nosotros y, a veces, ganan.
Frase atribuida a Stephen King,
Estados Unidos, 1947

Pasada la medianoche, después de cenar sushi con Verónica, Corina regresó a su casa, y Alejandro estaba acostado, aunque despierto. Pensó que no era buena idea hablar en ese momento. Todavía la enojaba que le hubiera cortado la comunicación. Él la observaba. Había algo que su mirada quería decir, pero su boca callaba. Pudo presentirlo con claridad.

–¿De dónde vienes? –preguntó. Su voz sonaba a una mezcla de culpa con reclamo.

–De cenar sushi con Verónica –respondió en un tono que evidenciaba que estaba ofendida y que no quería escucharlo.

–Preparé la cena y te dejé una porción en el refrigerador

por sí tenías hambre al llegar –intentaba acercarse desde la palabra.

Si pensaba que con un plato de comida reemplazaba una disculpa, estaba equivocado. Corina evaluó sus opciones. Podía ceder, conversar y, probablemente, terminarían haciendo el amor. O, por el contrario, elegir sostener su enojo, arrojar sobre la cama algunas indirectas y discutir mucho, para luego, dormirse triste. En cualquier caso, nada cambiaría que la ex del hombre que amaba esperaba un hijo con él. ¿Qué sentía? Que lo odiaba con todo su amor. ¿Qué quería? Estar con él, pero ¿era capaz en ese escenario? No.

–La verdad, no deberías preocuparte por mi apetito sino más bien por los últimos hechos… –inició la batalla.

–No quiero pelear –dijo Alejandro poniéndose de pie.

–Ah, ¿no? ¿Y qué quieres?

–A ti.

–Pues no es tan simple. No soy el tipo de mujer que permite que le corten una comunicación justo después de poner su felicidad en riesgo embarazando a otra –continuó. Escucharse la impulsaba a decir más y peor, guiada por sus sentimientos y su rabia. Recordó a su amiga aconsejándole que lo dejara decir qué pensaba sobre el tema.

–No es otra, es mi exesposa.

–Estabas conmigo jurándome amor eterno cuando sucedió.

–No mentí y lo sabes –se defendió–. Te amo.

–Y dime, ¿en qué momento se te olvidó eso? ¿Mientras tenías sexo con ella sin protección sabiendo que no se cuidaba?

272　¿O cuándo tuviste un orgasmo? ¿O fue después, justo cuando ella te dijo que te amaba? ¿O acaso tú se lo dijiste a ella? –su imaginación se había convertido en un monstruo que la hostigaba con sus imágenes.

–Basta, Corina –pidió.

–¡¿Basta?! Yo me callo cuando se me da la gana, porque resulta que tengo motivos y esta es mi casa –dijo con firmeza–. Perdón, cierto que tu ex era muy previsible en la cama, quizá ya sabías cuando ocurriría –sus sombras internas no la soltaban.

–¡Corina, dije que basta! ¿No puedes parar? Sé adulta. Emilia no es el punto aquí –gritó.

–¡Pues yo diría que sí, que es justo ella quien está en medio de nosotros, ella y su embarazo! –gritó más alto que él.

Alejandro giró para no verla, estiró sus brazos y apoyó sus palmas sobre la pared. Tenía el torso desnudo. Respiró hondo. Corina no esperaba esa reacción. Quería abrazarlo sin mirarlo a la cara, se acercó y lo hizo. Sus sentidos saborearon el olor de su piel. Su mejilla acarició su espalda al tiempo que cerraba los ojos con fuerza y sus brazos lo rodeaban por detrás.

Todo era raro. Resulta que el deseo tiene personalidad propia. Puede llegar sin ser invitado, incluso cuando desear es lo último que se desea. Más allá de todo, allí estaba interponiéndose entre el contacto de sus cuerpos, en medio de la furia, el miedo y las dudas. Un deseo insolente y atrevido que no mide el alcance de los riesgos que conlleva. Él no pudo evitar besarla con intensidad. Corina sabía que no era el camino para destruir sus sombríos fantasmas sino que más bien se trataba de un atajo para empoderarlos. Sin embargo, abrió su boca para fundirse en el placer que pedía más.

Desnudos fueron mejores que sus palabras, no dejaron espacio entre las sábanas para pensar en nada más. Se tocaron, se sintieron y patearon juntos, hacia adelante, la indefectible verdad que habían sacado, por la fuerza, fuera de la habitación al escuchar sus instintos y desoír la razón.

Pero los momentos no son eternos, el tiempo hace lo que quiere y es el dueño de su velocidad. Ya acostados, habiendo recuperado sus latidos normales, en silencio, cada uno de su lado de la cama, mirando el techo, sentían cómo el placer había cedido su lugar a lo que los separaba sin importar lo que acababan de compartir.

—Corina, tenemos que hablar —dijo Alejandro por fin.

—Lo sé, pero, por alguna razón no quiero hacerlo.

Él sabía que iba a lastimarla, pero no podía evitarlo.

—No quiero lastimarte, te amo —comenzó.

—Pero lo harás… —adivinó.

—Tal vez… He hablado con Emilia —continuó—. No quiere al niño —agregó.

Por un instante, Corina se sintió esperanzada y algo mala también. No le importó.

—No atendía mis llamadas, ni respondía mis mensajes, entonces fui al Mushotoku.

—¿La has estado persiguiendo?

—Se trata de mi hijo…

274   –¿No te das cuenta de que lo hace adrede? Quiere llamar tu atención para recuperarte –agregó.

–Te equivocas. No solo no quiere al niño, sino que, además, se acuesta con su empleado.

Corina no pudo evitar su asombro.

–¿Qué dices? ¿Cómo lo sabes?

–Porque los vi.

–Explícate. ¿Cómo que los viste? –exigió, sentada sobre la cama. Él se había puesto de pie.

–Llegué al hotel, me anuncié y Adrián, su empleado, fue a buscarla. Demoraba mucho. Entonces, subí a la planta superior, una empleada me informó en cuál estaba, y cuando abrió la puerta, él estaba a su lado con el torso desnudo y un pantalón, ella en bata, la cama revuelta… –omitió decirle que él le había dicho que dejaría todo por ella justo en ese momento.

–¡No era tan previsible y ordenada después de todo! –dijo Corina con cinismo.

–Parece que no y hasta usó mis propias palabras. Dijo que se sentía "más joven, más vital y más feliz".

–¿Tú dijiste eso? –preguntó, sorprendida.

–Sí, cuando me fui de casa. Es lo que siento contigo.

Corina estaba muy confundida, si Emilia no quería el embarazo y se acostaba tan pronto con su empleado y, además, era lo suficientemente inteligente como para devolverle tan rápido a Alejandro sus mismas palabras, mal que le pesara reconocer, ¿cuál era el problema?

–Y si es así ¿por qué tienes esa cara?

–Porque yo sí quiero ese bebé.

–No hablas en serio –dijo, indignada. Comenzaba a darse cuenta de lo que se anunciaba.

–Soy el padre. Es mi responsabilidad.

–Tu responsabilidad era tomar recaudos. Sabías que ibas a dejarla –reprochó–. Además, no puedes obligarla a continuar con su estado si no lo desea y, claramente, no lo criaré yo.

–No hace falta que seas egoísta o cruel. Es una vida inocente, y si debo volver con ella para que nazca, lo haré –Corina recibió el balazo verbal en el centro de sus sueños. El estruendo la dejó sorda. Nunca supo qué dijo él después de eso. El amor que había en sus ojos cuando lo miraba ya no estaba allí. Un gran vacío tomaba una extraña forma. Oscura, sangrante y mal intencionada. Se dio cuenta de que se había convertido en odio profundo, latente y poderoso–. Perdóname, eres psicóloga, tú tienes que entenderme –agregó Alejandro. Alcanzó a escucharlo como si fuera una testigo callada en la escena. Su yo, la mujer que era y la habitaba no estaba allí, se había ido corriendo a algún lugar donde la calma le aplacara la agonía de sentir que, con un plan más perverso, el destino convertía en soledad su segunda oportunidad de amar. Podía odiar mientras escapaba.

Odio tridimensional. Odio por toda la habitación. Odio negro. Odio condensado. Odio espeso. Odio insoportable contra el miserable designio de su mala suerte. Gritos sordos de odio. Injusticia. Pérdida. Cementerio de amor. Tumba.

Cambio amargo y agotador.

No podía llorar frente a esa lápida que veía con claridad.

Una Corina herida, fría y decepcionada se levantó de la cama, mientras la otra seguía corriendo sin parar en su mente. Lo miró directo a los ojos y pronunció siete palabras, al tiempo que la otra llevaba la velocidad al límite de su resistencia.

–Quiero que te vayas de mi casa –pudo decir su versión paralizada, aturdida y oscura.

–Amor, por favor, tienes que ayudarme –respondió él.

La que había hablado no podía creer que le pidiera ayuda, la que corría se detuvo abruptamente. Las dos volvieron a unirse en una sola idea.

–¡Ahora! –gritó furiosa y fueron ocho palabras.

Los ecos definitivos de ese "ahora" se convirtieron en la unidad de medida del dolor.

CAPÍTULO 36

Partir

Hay que aprender a resistir.
Ni a irse ni a quedarse, a resistir,
aunque es seguro que habrá más penas y olvido.

Juan Gelman, 1962

BOGOTÁ

Isabella llegó temprano a las oficinas de la revista *Nosotras*. Su inconsciente la guiaba. En presencia de tanto dolor, pensar era un esfuerzo. Solo era capaz de sentir. No quería estar en su casa. La ausencia de Matías ocupaba todos los espacios. Las palabras de la noche anterior se repetían y se sumaban otras.

Escapar.

Postergar.

Evitar.

Sentir.

Llorar.

Partir.

¿Ver partir?

Nota.

Dolor.

Vacío.

Duda.

Imposible.

Verdad.

Otras verdades.

Escribir.

Contar.

Otras mujeres ¿qué harían?

Llegar a él.

¿Cómo?

Se encontró en el ascensor con Lucía, pero no fue hasta que su editora le habló que pudo verla.

—Hola, Bella… ¿Qué pasó?

—¿Por qué lo preguntas? ¿Es tan obvio? —sabía que su expresión era incuestionable para los que la conocían bien, aunque su imagen pareciera la de siempre.

—Cariño, ¿no leíste mi mensaje? —en ese momento Isabella recordó el instante en que había vibrado su celular y había deseado que fuera Matías, pero no había sido él.

—Discúlpame, no llegó en buen momento, y luego me olvidé.

—Te avisaba que él había pedido una licencia de diez días, sin dar explicaciones.

—¡Mira qué bien ha ordenado su agenda emocional! —dijo Isabella con ironía. Lucía no respondió esperando que le

explicara algo–. Se ha ido, no sé adónde, pero está claro que regresará cuando yo ya no esté en Bogotá.

–Pero… ¿Lo has llamado?

–Sí, pero tal y como avisó en su nota no respondió y no lo hará. Dijo que yo necesitaba espacio y tiempo, y que él no quería verme partir. Entonces, se alejaba primero sin reclamos ni planteos.

–¿Cuándo te lo dijo? ¿No pudiste detenerlo?

–No hablamos personalmente. Dejó una nota sobre nuestra cama –pausa–. Creo que es mi cama ahora…

–Anímate un poco para entrar. Que no se te note la angustia, Bella –quería protegerla de los comentarios que de todas maneras haría el personal de la revista.

El ascensor se detuvo y caminaron juntas hasta el despacho de Lucía. En el trayecto saludaron a todos como cada día. Lucía no tenía la menor intención de dar motivos para que otros opinaran sobre la vida privada de Isabella. Aunque era un hecho que, de todas maneras, se hablaría demasiado a sus espaldas. ¿Por qué la gente se nutre de cuestiones ajenas? ¿Por qué pierden tiempo y energía en asuntos de los que no forman parte? Detestaba ese lado de muchos seres humanos; en esos momentos, deseaba que la filosofía oriental fuera lectura obligatoria en escuelas y universidades. Esas verdades eran sanas y justas.

Ya en su despacho, conversaron unos minutos más.

–¿Qué piensas, Bella? ¿Dónde puede haber ido?

–No lo sé. A donde quiera, supongo, o podría estar en la ciudad. No cambia nada. No quiere verme ni escucharme.

280   Lucía pensó un instante.

–Isabella, lo hecho no puede cambiarse. Debes enfocarte
en ti –dijo–. *Ho'oponopono* –agregó.

Isabella sonrió.

–¿Qué leen Ignacio y tú, ahora? –preguntó. Él y ella elegían los mismos libros sin consultarse. Se divertían entrando
juntos a una librería. El desafío era ir al mismo sector en
diferente momento y encontrarse en la caja. Confirmaban
que eran el uno para el otro de formas muy ocurrentes. De
hecho, así se habían conocido.

–Tú me conoces bien. El *Ho'oponopono* es un método que
ayuda a enfrentar todo problema con cuatro frases funda-
mentales. Este arte, pronunciado *ho-o-pono-pono*, es una técnica
milenaria nacida en Hawái y practicada en diversas zonas de
la Polinesia, que se basa en la resolución de problemas mediante la reconciliación y el perdón.

–Pues veo bien difícil, por no decir imposible, la reconciliación con Matías –respondió Isabella.

–No me refiero a él, sino a ti. Debes reconciliarte contigo.
Ya te lo he dicho, estás fuera de tu eje y eso no es bueno. No
puedes hacer nada bien si no te enfocas en tu ser. Me refiero
a la forma de corregir tu vida. Entendiendo corregir por vivir
mejor, no es que hayas hecho algo mal.

–No lo sé, Lucía. Supongo que no soy tan espiritual como
tú. Estoy enojada.

–"Lo siento, perdóname, gracias, te amo", repite eso dentro
de ti hasta que naturalmente puedas sentir su esencia. La

premisa básica del *Ho'oponopono* afirma que el amor cura y sostiene que todo pasa dentro de ti, así que tú puedes resolverlo asumiendo tu responsabilidad. Es por eso que no se buscan culpables, sino una limpieza de la mente y la memoria inconsciente de emociones negativas. Te prometo que algo impensado sucederá y volverás a ser feliz.

–¿Esa promesa lo incluye a Matías? –preguntó con cierto humor y cariño. Confiaba en Lucía y seguiría su consejo. La soledad le permitiría leer sobre la técnica milenaria de Hawái. Después de todo, ella amaba a Stich y su *Ohana*.

–No lo sé, pero juntos o separados ambos merecen ser felices. A veces, hay que creer que es posible.

Isabella pensó en la novela de *Alicia* y en la frase: "Esto es imposible, solo si tú crees que lo es".

–Prometo intentarlo –la miró con gratitud–. Te quiero mucho –agregó–. Iré a escribir mi columna, para empezar; es mi mejor medicina para el dolor –Antes repitió mentalmente la frase varias veces como un mantra. No resolvió nada pero le dio algo de tranquilidad–.

Se sentó delante de su computadora. Miró la foto de ella junto a Matías, que la observaba desde el escritorio, y su primer pensamiento fue darla vuelta. Luego de un instante, la tomó en sus manos y recordó ese día, y de pronto, supo cómo llegar a él sin llamarlo. Le haría saber lo que tuviera ganas porque lo conocía y él no dejaría de leer sus columnas.

Partir.

Irse.

282   Dejar atrás.

Silencio.

¿Indiferencia?

Ho'oponopono.

Enfocarse.

Sus dedos comenzaron a bailar sobre el teclado a una velocidad rítmica.

Partir

¿Qué es partir? ¿Nos vamos realmente cuando decidimos dejar algo atrás? ¿Cuando subimos a un avión? ¿Cuando nos escapamos hacia el silencio? Me pregunto si existe alguna persona que pueda atravesar incólume esta palabra y sus implicancias. "Partir". Puedo sentir que muchas de ustedes asocian el término a una despedida temporal, o peor aún, definitiva. Entonces pienso en los besos en los aeropuertos, en los recuerdos atrevidos que regresan a la memoria y dan ganas de volver el tiempo atrás, en aquella última vez… En las miradas a una estrella, en ese momento en que imaginamos la eternidad como el lugar donde hallaremos a quienes se les terminó la vida. Lo cual es, muchas veces, más temprano de lo que juzgamos justo. Entonces, vuelvo a mi concepto de que siempre es ahora.

Irse es un modo de partir, pero no es su única acepción. La palabra "partir" es también dividir, fraccionar, fragmentar, romper. ¿Qué hacer cuando una decisión parte a la mitad el amor eterno? ¿Pensar distinto puede desmembrar el destino? ¿Sobreviven las mujeres a ese corte perfecto que una pareja puede

ejecutar con la contundencia de un grito de auxilio inesperado?
Y hablo de mujeres porque es lo que soy, y en la empatía que
suele unirnos, las mujeres luchamos mucho, antes de destrozar
en partes una relación. Damos vueltas, pensamos, hablamos
con amigas, empezamos a creer con desesperación en aquellas
ideas que son inverificables, aunque no nos guste hacerlo porque
somos también racionales. Se llama fe y nos alcanza cuando
queremos evitar lo que se anuncia inevitable. Por eso, le hago
planteos a Dios, al universo y a cualquier responsable de lo que
es y, desde mí, estoy segura de que no debe ser. Sin embargo, las
respuestas no llegan y es por eso que vuelvo a ustedes, porque
somos, en buena medida, esa otra mujer a quien le arrancaron
la mitad de la vida, con la acción del verbo partir en tercera per-
sona o con el filo agudo de un cuchillo imaginario que dividió
lo que estaba destinado a permanecer unido.

Tú, ¿has tenido que ver partir el amor cuando sentías que era
para siempre? ¿Qué hiciste para continuar?
Isabella López Rivera

Releyó. Se sintió completamente satisfecha y más aliviada.
Lo envió a Lucía por e-mail. Fue al *office* y se preparó un café. Lo
tomaba en su escritorio cuando una mano apretó su hombro.

—Sí. La respuesta es sí y lo que hice fue creer —le susurró
Lucía al oído respondiendo las preguntas finales del texto,
como hacía desde el comienzo, solo que en ese momento las
unía la confianza y un infinito cariño.

284   Isabella mordió su labio inferior, giró y mirándola solo pudo decir:

–Gracias.

En su pantalla, el buscador la había llevado a leer:

"Ho'oponopono significa 'corregir un error' o 'hacer lo correcto'. Y su objetivo es traer paz y equilibrio a nuestra mente, mediante la limpieza mental, el arrepentimiento, el perdón y la aceptación, dejando partir los rencores y problemas que nos causan desequilibrio".

Lucía sonrió.

CAPÍTULO 37

Honestidad

Creer en algo y no vivirlo es deshonesto.
Frase atribuida a Mahatma Gandhi,
India, 1869-1948

BUENOS AIRES

Esa mañana, Matías despertó temprano, se dio una ducha y fue a la cocina a desayunar con su amigo antes de que se fuera a Tribunales. Si bien Gabriel había postergado todo el trabajo posible en favor de pasar tiempo con su amigo, había audiencias ya previstas a las que debía asistir. Eran horas libres en una ciudad que Matías deseaba conocer. Sin embargo, ese día no era como cualquier otro, no solo porque extrañaba a Isabella muchísimo, sino porque era la fecha de su partida a Nueva York. No dejaba de preguntarse si esa separación era definitiva, porque ella, luego de que él no le atendiera la llamada, no había vuelto a comunicarse.

Hecho que, en sí mismo, era una mala señal. ¿Qué significaba? ¿Lo dejaría atrás en su camino? ¿Lo olvidaría? ¿Era posible que se convirtiera en un recuerdo? Se había fijado, muchas veces, desde que estaba en Buenos Aires y el WhatsApp de ella la mostraba en línea. Sin embargo, no se comunicaba con él. El otro lado del silencio dolía. Se había impuesto una regla muy difícil de cumplir.

—¡Buen día, Mati! ¡Qué cara traes, amigo! —lo saludó Gabriel.

—No descansé muy bien, ya sabes, ella viaja en unas horas y no ha intentado hablarme por ningún medio.

—Tú le dijiste que no la atenderías. Llamó y cumpliste. ¿De verdad crees que es el tipo de mujer que le gusta sentirse rechazada?

—No, claro que no. Me siento culpable.

—¿De qué?

—Pienso que este viaje es una gran oportunidad en su trabajo, y yo la dejé sola.

—¿Hay algo que no sea capaz de resolver?

Matías pensó un instante.

—No, claro que no. Bella puede con todo. Es brillante.

—Concretamente ¿te comprometiste a algo en particular vinculado a su viaje que no hiciste?

—¡No! No es eso.

—¿Entonces?

—Me refiero a estar, compartir, disfrutar a su lado de sus logros. Me hice a un lado, la dejé sola —repitió.

—Déjame decirte que ella te apartó primero al no querer

que la acompañes. No es personal, no estoy criticándola, pero las cosas son como son. No viven su mejor momento, y ella decidió priorizarse y estar sola. Te pidió tiempo y espacio. Tú se lo diste. Ahora, suerte loca.

—¿Suerte loca?

—Claro, al que le toca, le toca. Lo bueno y también lo malo.

—¿Y si la llamo? —preguntó con dudas.

—Eso solo puedes decidirlo tú.

—¿Tú qué harías en mi lugar?

—Bueno… —Rocky se había sentado sobre su pie debajo de la mesa y movía su cola sin detenerse. Lo miró con amor—. Nunca estuve enamorado, pero en líneas generales cuando hago un esfuerzo por algo, lo sostengo. Es decir, por ejemplo, Rocky, al principio, me rompió dos sillones y un edredón, pero yo quería tenerlo conmigo. No lo regalé, me esforcé por enseñarle y acá estamos —sonrió—. Todavía se porta mal, muchas veces, pero ya no ha vuelto a romper cosas importantes. Intento enseñarle que no debe morderlo todo para jugar.

—Es diferente.

—No lo es en el fondo del asunto. Si tomas una decisión, con proyección en el tiempo, por una buena causa y te cuesta trabajo, no retrocedes. Lo que digo es que si has viajado hasta aquí para no verla partir, es casi absurdo que la llames antes de que suba al avión. Sentirás deseos de estar con ella y te arrepentirás de todo lo que has intentado hasta ahora para que lo de ustedes funcione —pausa—, suponiendo que te responda, cosa que no creo, honestamente, que ocurra —dijo.

288   –Tienes razón, amigo. No lo haré –pudo ver con claridad–. Intentaré concentrarme en otra cosa. Pero, dime ¿en serio piensas que no me atenderá?

–Sí. Y no la juzgo, yo tampoco lo haría. Más allá de todo, amigo, no sabe ni dónde estás.

–Supongo que fue algo impulsivo. Hice lo que me salió.

–Está bien lo que hiciste –lo veía con dudas. Trató de animarlo, de sugerirle algo para sacarlo un rato de su problema–. Ve a los bosques de Palermo, puedes usar mi bicicleta, el día está lindo –al pronunciar la palabra Palermo Rocky comenzó a saltar y miraba su correa colgada cerca de la puerta. Ladraba de manera insistente y fuerte–. No, Rocky, no puedo. No hablaba contigo. Debo ir a trabajar. Luego te llevo.

–¿Hablas con Rocky?

–¡Obvio! Él entiende todo. Sabe que "Palermo" es su salida preferida. Siempre lo llevo a pasear ahí. Por eso enloqueció –dijo riendo. Rocky saltaba cada vez más alto; parecía un resorte que se elevaba repetida y constantemente desde el suelo sin dejar de ladrar. Pasaba la altura de la mesa. A Matías le causó gracia cómo se hacía entender.

–Que me acompañe –dijo–. Caminaré y otro día usaré la bicicleta.

–¡Perfecto!

Unos minutos después se despidieron en la puerta. Matías se había reído mucho con el pequeño Rocky Balboa, quien en su desesperación por salir, saltaba, giraba sobre sí mismo,

y se acostaba patas arriba como una tortuga dada vuelta para expresar su alegría, cosa que dificultaba ponerle la correa.

Gabriel se fue contento; confiaba en que Rocky cambiaba el ánimo de las personas y sería muy buena compañía.

* * *

Matías sabía que los bosques de Palermo eran un excelente lugar para la vida al aire libre. Como era un día de semana y aún era temprano imaginó que no habría tanta gente. Necesitaba un poco de los sonidos de la naturaleza. Pensó que esos bosques eran exactamente como el Central Park; había leído que tenían las mismas dimensiones. No pudo evitar pensar en Isabella, sola en Nueva York.

Rocky caminaba a ritmo ligero y cada tanto se detenía, giraba y lo miraba como si estuviera verificando que Matías estaba bien. El sonido de sus patitas cortas al hacer contacto con el suelo parecía música.

Caminaron durante largo rato, el hombre y el perro, una particular alianza entre especies que puede encontrar la manera de comunicarse sin hablar. Matías pensaba en eso y lo miraba con cariño. Era cortito, parecía de juguete, y su expresión era genial. Su cabeza y orejas de color marrón, una línea blanca entre sus ojos y el hocico del mismo color. Su cuerpo blanco con pocas manchas, típico de la raza. No creía estar volviéndose loco si advertía en su mirada entrega y gratitud. El sol de frente le provocó malestar y se puso los

lentes de sol. En ese momento, Rocky jaló hacia el costado la correa, y cuando miró hacia él, una mujer estaba sentada en el césped, llorando, y Rocky, en dos patas, intentaba lamer sus lágrimas y emitía sonidos. En su idioma expresaba solidaridad. Por un momento, no supo cómo reaccionar.

—Tú sí que eres bueno —dijo ella mientras lo acariciaba.

Matías se acercó. Rocky aceptaba mimos y daba lengüetazos en igual medida. Era muy tierno.

—Disculpa, es algo invasivo, supongo.

—No te preocupes, creo que es justo lo que necesito. Alguien que sepa que estoy y no me hable de mis asuntos —dijo con honestidad.

—Por el mismo motivo estamos paseando él y yo. Soy Matías —agregó.

—Hola —la mujer ya no lloraba—. Pensé que quienes tenían perro salían siempre con ellos, no solo en momentos así.

—No es mío, es de mi mejor amigo y yo no soy de aquí, estoy... En fin, como tú, no quiero hablar de mis asuntos —dijo con simpatía.

—¿Podrías quedarte un rato aquí para que esta belleza me acompañe un poco más? —dijo la mujer refiriéndose a Rocky.

—Podría —respondió y se sentó sobre el césped. Para su sorpresa, ella se colocó los auriculares, abrazó a Rocky quien se quedó quieto a su lado y se recostó sobre el césped. El perro apoyó la cabeza sobre su abdomen. Luego, los dos cerraron los ojos. Parecía que tomaban sol. Matías estaba algo desconcertado y no soltaba la correa. Unos minutos después, ella, sin hablar, le ofreció uno de sus auriculares, como eran inalámbricos solo tuvo que colocárselo y escuchar. Entonces, sintió que lo invadía una tremenda nostalgia. La memoria del sonido lo llevó a Isabella y a la tarde en que habían estado juntos por primera vez.

Sonaba Rod Stewart, su tema *Sailing* finalizaba. Luego, *I don t want to talk about it.*

Cuando la canción terminó, él tenía los ojos vidriosos y el corazón roto. Le devolvió el auricular. Ella se incorporó. Rocky se sentó entre ambos y los miraba alternadamente como si observara la pelota en un partido de tenis.

–Debo irme –dijo él y se puso de pie.

–¿Estás bien? –preguntó ella amablemente. Había descubierto la tristeza en su mirada.

–Honestamente, casi tan bien como tú cuando Rocky te vio –respondió. Era una manera de decir que no.

La honestidad es más que decir la verdad. Se trata de ser real con uno mismo y con los demás acerca de cómo te sientes, quién eres, qué quieres y qué necesitas para vivir una vida más auténtica. Como dice la canción de Billy Joel: "Honestidad es una palabra solitaria".

–Entiendo. Diría que todo pasa, pero la verdad hoy no estoy convencida de eso –él solo sonrió–. Adiós –agregó, y el encuentro llegó a su fin.

Rocky y Matías desaparecieron entre el verde bosque; la mujer los miró partir.

* * *

Ya en el apartamento, Matías pensaba en ese extraño encuentro. Casi no habían hablado, no sabía el nombre de la mujer y dudaba que ella hubiera escuchado el de él; sin embargo, se habían comunicado desde el dolor. Esa debía ser la magia de Buenos Aires, el alma del tango y sus pesares caían sobre su gente en forma silenciosa y los empapaba de nostalgia.

Repitió su pensamiento: *Se habían comunicado desde el dolor*. Hizo una pausa. Volvió a pensar en lo mismo. Tuvo una corazonada. Tomó su celular y buscó apresurado la columna semanal de Isabella en la revista *Nosotras* que tenía, además del papel, formato digital. Leyó el título: "Partir". Supo de inmediato que esa era la razón por la que no le había hablado más, ni lo haría de la manera convencional. Bella le hablaba desde su columna, y él lo había presentido.

Rocky estaba sentado a su lado en el sillón, pegado a su cuerpo y miraba con atención la pantalla del celular como si pudiera leer. Ese animal no era humano por un cromosoma o dos.

Leyó una vez.

Otra.

Una vez más.

Otra.

¿Qué es partir? ¿Nos vamos realmente cuando decidimos dejar algo atrás? ¿Cuando subimos a un avión? ¿Cuando nos escapamos hacia el silencio? Me pregunto si existe alguna persona que pueda atravesar incólume esta palabra y sus implicancias.

Matías se respondía mientras releía. A pesar de haber partido, él no se había ido de ella. El amor que le tenía había viajado en la butaca de al lado en su vuelo. No había silencio que no le susurrara su voz, ni recuerdo que no volviera por un lugar de nostalgia. Él también deseaba volver el tiempo atrás, al "siempre de ellos juntos", pero Bella tenía razón "siempre era ese ahora" o podía serlo, y olía a definitivo. La diferencia que los separaba tenía la mirada de los lugares sin salida, de esos conflictos que gritan "no", que se alejan del acuerdo a medida que se acercan a los detalles. ¿Quién ganaría? ¿O tal vez perderían los dos?

Irse es un modo de partir, pero no es su única acepción.

Matías pensó en su propio concepto de irse y se enfrentó a la cobardía de no haber sido capaz de verla partir. Se sintió egoísta y hasta un poco cruel al sumarle silencio al espacio y la distancia que ella le había impuesto. Para él, partir era sinónimo de ausencia y de miedo a perderla. Releyó:

¿Qué hacer cuando una decisión parte a la mitad el amor eterno? ¿Pensar distinto puede desmembrar el destino?

No tenía respuesta. Su estado de ánimo oscilaba entre la angustia, el enojo y la impotencia de amarla sin límites. Lo enfurecía que no quisiera tener un hijo con él. Su orgullo estaba herido. Isabella no deseaba ser madre ni de un hijo suyo

ni de nadie, pero lo que más dolía era que tanto amor no la hiciera pensar diferente tratándose de él. Pero pensaban muy distinto, ahí estaba la cuestión. ¿Quedaba alguna posibilidad de continuar juntos? ¿Cómo? ¿Cuál era el plan que la vida tenía para ese amor?

Resistió las ganas de llorar cuando Rocky le lamió las manos y lo observaba con ojos de entrega absoluta, como si comprendiera todo. De un salto, el perro se acomodó en sus brazos. Lo acarició al tiempo que le hacía planteos a Dios, al universo o a cualquier responsable de lo que estaba sucediendo. Sin embargo, era tiempo de dudas y de falta de respuestas. ¿Acaso un final así sin despedidas sería todo?

Leyó las preguntas finales que interpelaban a los lectores y definían el estilo de Isabella:

Tú, ¿has tenido que ver partir el amor cuando sentías que era para siempre? ¿Qué hiciste para continuar?

Sintió que le faltaba el aire. Las frases no eran palabras, eran su manera de hacerle saber que su amor estaba partido, roto, agonizando, que sufría y que no sabía cómo continuar. Esa columna era su propio grito de auxilio inesperado.

La llamó. La aplicación de WhatsApp no le permitía comunicarse. Miró la hora. Calculó la diferencia horaria y supo que era tarde. Isabella estaba en vuelo hacia Nueva York.

CAPÍTULO 38

El día previo

Incluso si supiera que mañana el mundo se haría añicos,

aún plantaría mi manzano.

Frase atribuida a Martin Luther King,

Estados Unidos, 1929-1968

Todos vivían o habían vivido el día previo. Quizá el gran error fuera justo ese, pensar que cada día es previo y que siempre continuará otro, pero no es así. Y no hace falta morir, literalmente hablando. La finitud no solo es vital, existe un final para cada situación y, sobre todo, parece que el destino se empecina en escribir "fin" luego de esos momentos que a todo ser le gustaría eternizar.

La conclusión, el término de lo que era. ¿Cómo reconocer el día previo? ¿Con qué objetivo?

Y así, andando el camino, algunos cierran su equipaje con candado y suspiran. Otros, toman una decisión, los más arriesgados se van sin despedidas mientras que el amor proyecta

llegadas sin aviso para los que no saben con exactitud cuál día viven en su almanaque emocional. Y la comodidad es una opción que define a aquellos que eligen permanecer en donde no quieren estar. Y la lista sigue de acuerdo a quien la realiza.

Lo cierto y común a cada uno es que por el resto de su vida recordarán cada detalle de esa mañana.

Cada persona es un poco el mapa de un mundo parecido al real. En el medio de la confusión, incluso cuando hay certezas, la mayoría de los mortales alojan una dosis mínima de miedo. ¿Qué sucederá? Sienten que son capaces de sostener su plan, pero ¿lo son? ¿Qué rol ocupan los imprevistos? ¿Y los sentimientos? ¿Cómo se llevan las emociones con la distancia?

En todas las circunstancias la noche se adueña del descanso y se lo lleva al lugar al que deberían ir los pensamientos, pero no lo hace. ¿Por qué la noche es aliada de la preocupación? ¿Por qué cada noche es la antesala del día previo?

Definitivamente, no es posible coincidir, a veces, con personas talentosas. Woody Allen dijo: "Me interesa el futuro porque es el sitio donde voy a pasar el resto de mi vida". Nunca comprendió que mañana es hoy. Y hoy no necesariamente es el día anterior porque todo puede terminar sin permiso.

Es mejor no reconocer ese día previo, no tiene utilidad alguna vivir pensando en un eventual mañana. Sin embargo, el universo siempre envía una señal, un faro que grita la alerta, que conduce, que intenta ayudar avisando que la tormenta

está cerca. Los cambios son lluvias radicales inevitables.
Entonces, suceden las variables humanas, y mientras algunos deciden ver, otros cierran los ojos, al tiempo que el mismo universo se ocupa de poner en hora el reloj que hará salir el sol. La cuestión es ¿tendremos oportunidad cuando amanezca?

CAPÍTULO 39

Llegar

Solo se pierde lo que no está destinado a permanecer,
no siempre llega quien esperamos,
y definitivamente hay opciones que pueden sorprendernos.

Laura G. Miranda

BOGOTÁ

Isabella, sentada en la butaca de primera clase del vuelo que había pagado la revista *To be me*, miraba la copa de champagne de bienvenida que acaba de aceptarle a la azafata. ¿Por qué lo había hecho? ¿Por qué aceptaba una bebida que simbólicamente se asociaba con una celebración?

Había llegado al Aeropuerto Internacional El Dorado de Bogotá, solo acompañada por su madre. No había querido una cena familiar. No estaba de humor. Se había despedido de sus hermanos previamente, visitándolos. Había besado a su sobrina Aitana en casa de Diego y Ángeles con todo el amor del que era capaz. Sabía que crecía muy rápido y se perdería, por lo menos, tres meses de su preciosa vida. Luego, Andrés y

Josefina la habían recibido y conversado con ella deseándole
lo mejor. En determinado momento, Josefina, que era muy
generosa y sabía la relación que unía a los hermanos, se había
ido al estudio jurídico, con la excusa de que debía trabajar,
para dejarlos solos.

Andrés la había escuchado una vez más. Estaba preocupado
por ella, la entendía de principio a fin, aunque no compartía
su modo de pensar. Él pensaba más parecido a Matías, y en su
fuero interno agradeció que el amor de su vida deseara una
familia tanto como él, para no tener que enfrentar semejante
cuestión. Sin embargo, desde su calidez humana, le había dicho a Isabella que debía creer en el amor que sentían y tener
fe en algo superior al problema. Tenía que existir una solución,
más allá de ellos dos, él no sabía cuál, pero sí podía asegurarle
de que en momentos terribles de su vida, creer había sido la
respuesta. Se refería al cáncer que Josefina había vencido con
su tratamiento.

Por supuesto, Isabella había ido a despedirse también de
su padre. Francisco vivía con Amalia desde hacía casi tres
años. Era una buena mujer. Ella y sus hermanos la querían,
se había ganado un lugar en sus vidas. Gina la respetaba,
y aunque la trataba solo lo necesario, no había asperezas ni
cuestiones oscuras entre ambas vinculadas al mismo hombre
importante en sus vidas.

Amalia, muy ubicada, solo se había quedado un rato y luego
había dicho que la necesitaban en la guardia del hospital,
partiendo de inmediato.

Isabella, aún sin estar segura si era verdad o simplemente una excusa para darles espacio, agradecía eso, pero a la vez le había molestado. Había sentido que tanto ella como Josefina suponían que "algo grave le sucedía a la pobre Bella por la expresión que tenía y porque no mencionaba a Matías". No le contó a su padre con exactitud qué ocurría, solo dijo que Matías y ella estaban en una tregua y pidió que no preguntara más. Francisco reconocía en ella mucho de Gina, y no pudo evitar pensar que con un viaje a Nueva York de su exesposa, parecido al que su hija haría, había comenzado el principio del fin. Aunque también la chance de segundas oportunidades para todos. ¿Acaso la historia se repetiría? No lo sabía. Lamentaba que la relación de ambos estuviera en crisis porque claramente llamar tregua a esa separación era minimizar algo mucho más serio, sabiendo cuánto se amaban. Matías se había convertido en otro hijo para él. En la conversación con su hija, Francisco solo le había aconsejado que no tomara decisiones definitivas con un estado de ánimo pasajero, que escuchara su propia voz e intentara pensar que para todo había una solución.

Isabella volvió a su copa burbujeante, mientras seguía recordándolos a todos. Hasta María Dolores, la amiga de su madre, la había llamado para desearle lo mejor. Vivía sola con su hija de tres años, a quien simbólicamente había llamado Mía. Era el nombre justo luego de todo lo que había vivido cuando su exesposo Manuel le había confesado que la amaba, pero que también amaba a otra mujer. Isabella no

pudo evitar reír al recordar esa desopilante confesión que había terminado con una esfera del Coliseo Romano contra el rostro del osado hombre que vivía, desde entonces, con la otra mujer amada.

Pensando en la vida y en los seres queridos que dejaba atrás se sintió fuerte. Era la ventaja de saber que, aunque no pidiera ayuda, estaban todos ahí, pendientes de ella, esperando su llamada. No estaba sola.

Sin embargo, Matías era la única respuesta que quería. ¿Habría leído su columna? Lucía la había publicado sin modificaciones. Ya en la sala de embarque vio que miles de lectoras habían escrito comentarios. Muchas le contaban lo que habían hecho para continuar; eso la hizo pensar en la posibilidad de que todas las mujeres, al menos una vez en su vida, habían visto partir al ser que amaban, creyendo que se trataba de algo definitivo, dividiendo sus vidas a la mitad.

Finalmente, bebió un sorbo y pensó que, a pesar de todo, debía celebrar. ¿Celebrar qué? Que era libre. Aún con todo el dolor que le causaba pensar diferente, no había en ella rastros de la Isabella que, casada con su ex Luciano, soportaba todo por culpa. Ella era quien decidía ser. Estaba desordenada en su interior, no conseguía calma, pero era ella misma. Con sus perfectas imperfecciones. "Por mí" pensó al beber a modo de brindis privado, y "por ser yo" fueron las palabras en su mente al instante del segundo sorbo.

En el asiento del otro lado del pasillo, observó con disimulo a una mujer con el vientre abultado, que buscaba una

posición cómoda. Puso los ojos en blanco. ¿Acaso había más embarazadas que nunca en el mundo? ¿O solo a ella le parecía porque en ese momento las veía, cuando antes le pasaban desapercibidas? Recordó la oportunidad en la que compró su auto nuevo. Casi no lo había visto en la calle, pero cuando decidió comprarlo, veía ese modelo por todas partes. No era la mejor comparación, pero fue lo que vino a su cóctel de ideas.

No durmió nada durante el vuelo. Tampoco se dio cuenta del tiempo, que transcurría estaba en una imaginaria pausa. Cuando el comandante anunció la llegada al Aeropuerto Internacional John F. Kennedy y les dio la bienvenida Isabella sintió que ese era un día que recordaría en detalle durante toda su vida. ¿Acaso sería el anuncio de un cambio diferente a todos lo que podía imaginar?

* * *

NUEVA YORK, ESTADOS UNIDOS

Llevaba la maleta verde esmeralda pequeña con ella y retiró de la cinta la mediana que le prestara su madre. Con ambas, se dirigió hacia la salida. No había nadie de *To be me* con un cartel aguardando por ella. La sorprendió. Mientras buscaba con atención, pensando a quién llamar, detrás de ella una voz conocida dijo con énfasis y cierta alegría:

–*Welcome, my darling! My Little Princess, darling!*

Isabella giró y allí estaba Paul Bottomley, el amigo de su

madre. Lo conocía porque él las había visitado en Bogotá. En pocos días se habían vuelto muy compañeros. Entendió las palabras de su madre al despedirse. "Solo sé tú, cariño. Date tu espacio, siente lo que realmente deseas y confía en los ángeles que puedan aparecer en tu camino".

–*My god!* No sabía que estabas en Nueva York –dijo mitad en inglés y mitad en castellano mientras se fundía en un abrazo con él.

–No estaba. Vine por ti –respondió–. ¿O creías que tu madre te soltaría en la Gran Manzana sin un ángel? Sabes que ha mejorado, pero sigue siendo Gina Rivera, la notaria que todo lo controla –agregó con humor.

–Supongo que mamá es mamá y punto final.

–¡Exacto, *Little Princess*! *She is the Queen!* Y te ama. Vamos, te llevaré a tu apartamento.

–¿Y cómo sabes tú adónde voy a vivir? –preguntó Isabella, sorprendida.

–Porque soy amigo de todos aquí, y el gerente de *To be me*, bueno, él y yo tenemos un pasado… y me ha permitido, en honor a ese tiempo, venir por ti y participar de algunas elecciones en tu beneficio, luego de saber que soy muy amigo de tu madre.

Isabella sonreía, no imaginó de qué elecciones hablaba, porque estaba prestando atención a sus emociones. Nueva York la había sorprendido con un recibimiento que jamás pudo imaginar. ¿Acaso era posible que la vida hiciera lo mismo? ¿Qué la asombrara con una solución imprevisible?

CAPÍTULO 40

Causalidad

Nada sucede por casualidad, en el fondo, las cosas tienen
su plan secreto, aunque nosotros no lo entendamos.

Carlos Ruiz Zafón, 2010

BUENOS AIRES

Cuando Gabriel regresó al apartamento, después de celebrar a Rocky y saludarlo con todo tipo de palabras y sobrenombres, de reír con sus saltos y ladridos, y de ser parte activa de todo su acto de bienvenida, observó la sala y no vio a su amigo.

—Rocky ¿dónde está Matías? —el animal corrió ladrando hasta la habitación y saltó a la cama, sentándose sobre la almohada, pegando su cuerpo al rostro de Matías que estaba allí, recostado.

—Parece que Balboa se cree que soy su Mickey Goldmill —dijo Matías, con relación al apego de Stallone a su entrenador en el film, por quien el perro llevaba su nombre.

–No creo que tú puedas darle demasiados consejos como el viejo Mickey lo hacía con el Rocky del cine, pero digamos que me alegra que el mío se lleve bien contigo. ¿Cómo fue el paseo? –preguntó. No le hablaría de Isabella. Por su expresión, era evidente que habían sido más horas del mismo silencio.

Matías se levantó, y Rocky, le apoyaba sus patas delanteras sobre la pierna y emitía sonidos que no eran ladridos, pidiendo algo. Parecía que quería hablar.

–Quiere que lo levantes –explicó Gabriel.

–Es broma ¿no?

–No. No lo es –Matías lo levantó y el animal se acomodó como un niño en sus brazos–. Te dije –agregó.

–En serio que es divino este perro –dijo.

–Lo es. Cuéntame ¿Cómo les ha ido?

–Diría que bien. Hasta que tú llegaste Rocky dormía a mi lado. Caminamos bastante y supongo que se cansó porque tomó mucha agua al regresar. En los bosques él hizo que conociera a una mujer y…

–¡Explícame mejor esa parte! –dijo Gabriel, ansioso y orgulloso de Rocky.

–Había una mujer llorando sentada en el césped, y tu casi humano perro se fue a lamerle las lágrimas. Ella lo acarició de inmediato. Yo no sabía qué hacer. Entonces, ella dijo algo así como que necesitaba exactamente lo que Rocky le daba.

–¿Y qué era eso? –preguntó con curiosidad.

–Cariño sin hablar de sus asuntos. Entonces me pidió si

podía quedarme un rato ahí para tener a Rocky un tiempo más. Accedí.

–¿Y?

–Y tu perro y ella se acostaron en el césped a tomar sol como si se conocieran de toda la vida. Rocky le apoyó la cabeza sobre el abdomen. Ella escuchaba música con sus auriculares y los dos cerraron los ojos. Yo sobraba, pero me senté allí y por las dudas no solté la correa, solo me faltaba que me lo quisieran robar.

–¿Era linda?

–No lo sé. Era rubia –recordó–. Eso no es todo, sin hablar me ofreció un auricular. Lo acepté y escuchaba Rod Stewart, las mismas canciones que me recuerdan la primera vez y muchas otras con Isabella.

–Dime que no se lo dijiste –Gabriel expresó su deseo sincero de que no hubiera hablado de su pareja con una mujer desconocida.

–¡No! Pero salí eyectado de allí.

–¿Cómo se llamaba?

–No lo sé.

–Bueno, al menos caminaron mucho porque en ese encuentro, amigo, literalmente arruinaste todo el esfuerzo de Rocky por animarte.

–Gabriel, Rocky lo hizo por ella. Te juro que parecía que lo angustiaba verla llorar. ¿No me dirás que piensas que lo hizo por mí?

–Bueno, puede que lo interprete por demás, pero es un genio mi perro.

Ambos rieron. Rocky seguía en brazos de Matías, luego se dirigieron hacia los sillones de la sala y el perro se sentó literalmente en su falda. Parecía portátil. Era una permanente foto. Así como era eléctrico por momentos, en otros parecía muy relajado. Definitivamente, era divertido y energizante.

–Mira. Lee esto –Matías le extendió el celular a su amigo. Luego de terminar de leer, Gabriel le devolvió el teléfono sin decir nada–. Está mal ¿no lo crees? –preguntó refiriéndose a Isabella.

–Creo que escribe bien. Que está mal es de esperarse, pero no has venido aquí para estar pendiente de ella a la distancia sino para darle espacio y no verla partir. Deja de seguirle los pasos por unos días. Que sienta que puede perderte, que viva sin la seguridad de saber de ti. Solo así, si existe alguna posibilidad de reconciliación, ella podrá valorarla.

–Supongo que tienes razón. Pero es que me habla a mí, desde sus columnas, por eso no me ha llamado más.

–Lo que sea, Matías. Si quieres leer lo que escribe como un mártir, hazlo, pero solo eso y, por supuesto, que ella no lo sepa –aconsejó–. Suéltala. Solo así sabrás si es capaz de volver a ti. Vamos, te invito a almorzar afuera –cambió de tema–. Luego me acompañas al estudio que la ex de Juan Pablo debe venir a traer una documentación de una propiedad, y de allí nos vamos al club a jugar al paddle. ¿Qué te parece?

–No traje mi paleta, ¿tienes dos? –preguntó. No era que su ánimo hubiera cambiado, pero sí su actitud. No podía ser

una carga que hablaba siempre de lo mismo con su amigo. No era justo. Además, lo que Gabriel decía era verdad.

—¡Claro! Te daré un bolso y ropa deportiva.

—Algo traje.

—Perfecto. Dejemos todo listo.

* * *

Luego de almorzar en un coqueto restaurant de la zona de plaza Serrano, conversaron largo rato de sobremesa. Los recuerdos hicieron su trabajo y Matías no pensó en Isabella. Ella no existía en esos años de su pasado. Luego fueron a la oficina de Gabriel. Tomaban un café en su despacho cuando sonó el timbre. La secretaria no estaba.

—Yo abro y hago pasar a la señora —dijo Matías levantando las tazas.

—Gracias. No tardaré.

Dejó la vajilla en el *office* y abrió la puerta. Entonces se quedó mudo. No podía creer que esa mujer fuera la ex de Juan Pablo. La historia que conocía sobre las razones por las que lo había dejado habían llevado a su mente a imaginarla de otra manera. ¿Serían sus prejuicios? ¿Cómo era posible? Estaba sumido en sus vacilaciones cuando ella habló.

—¿Puedo pasar?

—Sí, claro. Adelante.

—Resulta que tú eres el abogado despiadado —pudo decir. *Nada es lo que parece*, pensó.

−No, no soy el abogado. Es mi amigo −explicó. Omitió decir que solo hacía su trabajo y que ella le había dado motivos a su ex para actuar de esa manera.

−Buenas tardes. ¿En qué puedo ayudarla? Yo soy el abogado −preguntó Gabriel quien había escuchado todo y, al acercarse, vio que no era la exesposa de Juan Pablo a quien conocía de algunas audiencias previas.

−He quedado en encontrarme aquí con mi amiga Verónica Marino. Veo que no ha llegado.

−Puede esperarla, si lo desea −dijo Gabriel, a quien por supuesto le había caído mal que lo llamara despiadado.

−Disculpa y tú eres… −preguntó Matías guiado por un impulso. Necesitaba saber.

−Mi nombre es Corina Soler.

Matías no podía dejar de mirarla. ¿Por qué lloraba en los bosques de Palermo la amiga de la ex de Juan Pablo? ¿Por qué volvía a encontrarla, otra vez, durante el mismo día? La miró con detenimiento, además de rubia, era interesante, linda y evidentemente tenía su carácter. *¿Era Gabriel despiadado?*, pensó.

Un minuto después, el timbre volvió a sonar y Verónica Marino se hizo presente.

¿Existen las casualidades, esa combinación de circunstancias que no pueden preverse ni evitarse y que caracterizan a los acontecimientos imprevistos? ¿O se trata continuamente de causalidades y todo es la relación entre una causa y su efecto o resultado?

En Buenos Aires, y en cada lugar del planeta, la vida está

310   repleta de encuentros con los demás; sin embargo, pocas veces los seres se detienen a reflexionar sobre la naturaleza y riqueza de esos contactos, ya sea un pequeño instante, como largas horas conversando. No debería ser así. Cada persona es un misterio, con sus experiencias pasadas, su carácter, su presente, sus logros y sus heridas. Sus dudas y sus certezas. Las relaciones con los demás, por lo tanto, son un enigma. Sería más rápida la evolución de cada uno, si ante cada palabra, frase, gesto o silencio del otro, las personas supieran que nada es azar, y que hay una señal en cada interacción. Una lección emocional. Una posibilidad de darse cuenta dónde erran, cómo aciertan, qué enseñan o aprenden, siendo capaces de apreciar la posibilidad de compartir.

CAPÍTULO 41

Soho

Todos los viajes tienen destinos secretos
sobre los que el viajero nada sabe.
Frase atribuida a Martin Buber,
Austria, 1878-1965

Isabella y Paul conversaron durante todo el camino. Paul había rentado una limusina con chofer, pues le estresaba conducir en Nueva York.

Las calles, los taxis amarillos, la gente. Ese sonido cosmopolita, y a la vez tan norteamericano, se metía entre la piel y el ánimo de ambos. Llegar al corazón de la Gran Manzana era una experiencia inolvidable que, paradójicamente, hacía olvidar todo lo demás.

–*Little Princess*, debes saber que he intervenido, un poco, en la elección de tu vivienda –comenzó a decir Paul.

–Paul… ¿Qué es intervenir un poco? Te conozco, tu "poco" suele ser todo según mamá –afirmó Bella y recordó

312   la conversación en el aeropuerto en la que Paul le había dicho que había sido parte de algunas elecciones en su favor o algo así.

–Como te dije, tu jefe y yo nos conocemos *mucho* –remarcó–. Le he pedido que me deje participar para elegir tu vivienda.

–O sea, que la elegiste tú –dijo ella, convencida.

–Bueno… Sí, pero con fundamento –confesó Paul, divertido.

–¡Eres terrible! Confío en tu gusto, plenamente –agregó, contenta, porque era cierto–. Pero antes de que me cuentes dónde viviré y las razones, por favor, deja de decirme *Little Princess*, no soy una pequeña princesa, créeme que mi vida es todo un lío. No me va bien ese apodo.

–Cariño, tú eres mi *Little Princess*; pequeña, porque podría ser tu padre, y princesa, porque eres hija de la reina, mi amiga Gina. Puede que no estés en ejercicio en este momento, pero ya volverás a brillar. Digamos que eres Cenicienta después de la medianoche –bromeó.

–Tú sí que entiendes. Solo que veo difícil el temita este de que el príncipe venga a buscarme, además, en vez de corona, creo que necesito una armadura –dijo con ironía.

–Te la traeré, si es lo que quieres –rio Paul.

–Deberías.

–La vida te está poniendo a prueba, tú solo encárgate de demostrar de qué estás hecha, yo traeré tu armadura –dijo él dándole seguridad–. Pero no te olvides de que entre mis muy variados talentos cuento con el de ser justo lo que las mujeres Rivera necesitan. Confía en mí.

–Lo hago. ¿Sabes lo que me sucede? Imagino que sí.

–No te mentiré, conozco todo el conflicto que te ha separado del bello Matías.

–Bello –repitió–. Ninguna palabra lo definiría mejor –dijo con nostalgia pensando en que, además de amarlo, le gustaba todo de él–. Mami me apoya, aunque no comparte mi forma de pensar –agregó.

–Tu madre te entiende y eso es suficiente. No tiene que pensar como tú, alcanza con que no te presione. Hay otras madres que ya te habrían pedido nietos a esta altura.

–Es verdad. Y, dime, ¿cómo sabes tanto de eso?

–Mi querida, como sabes, soy gay. Y por si hiciera falta, hijo único. No fue fácil lidiar con mi madre, que en paz descanse, quien quería ser abuela como si esa fuera su misión en la tierra. Situación que se agravó notablemente cada vez que fue tía, y aun peor cuando quedó viuda. Siempre fue evidente que no estaban dadas las condiciones –dijo y se señaló con ambas manos riendo de sí mismo–. Así es que sé muy bien lo molesto que puede ser ese mandato de continuar el linaje que tiene como objetivo satisfacer sus propias necesidades.

–Es insoportable sentir que todo el mundo opina, aunque estén callados. Te juro que escucho lo que piensan e imagino lo que dirán. ¿En serio te presionaba tu madre?

–Presionar suena sutil comparado con sus exigencias. Ella quería ser abuela y solo eso importaba. Que yo no quisiera ser padre, porque no me gustan las mujeres, era un dato menor. La he pasado peor que tú.

314   Isabella le creyó. Pudo imaginar de inmediato a la madre reclamando por el heredero que no sería. ¡Pobre Paul! Lo miró y sintió deseos de agradecerle. Aunque recién había llegado, se sentía acompañada. Lo valoraba mucho.

–Gracias por ir a buscarme, Paul. ¿Te lo pidió mamá?

–No hizo falta. Ella me contó todo lo que sucedía con ustedes en Bogotá, y yo organicé el viaje de inmediato. Tenía que venir de todos modos, solo lo adelanté un poco.

De pronto, la limusina se detuvo. Habían llegado. Isabella miró hacia afuera de la ventana, y le gustó lo que veía del vecindario.

–¿Dónde estamos? –preguntó ella.

–*My Little Princess*, ¡bienvenida al Soho!

Isabella no podía creer estar allí. Había leído que esa zona se había hecho famosa como un vecindario de artistas, durante los años sesenta y setenta, cuando los espacios eran baratos debido a que las antiguas fábricas eran convertidas en *lofts* y estudios. Le encantaba ese estilo de apartamentos con escaleras a la vista que unían balcones.

–¿Por qué el Soho?

–Primero, porque la central de *To be me* está ubicada muy cerca de aquí. Segundo, porque tiene todo que ver contigo.

–No te entiendo.

–El Soho es el resultado de lo que se conoce como gentrificación –comenzó a explicar.

–¿Gentrificación? ¿Y qué tengo que ver yo con eso?

–Nada y todo desde un lugar muy simbólico. Simplificando,

se refiere al proceso de transformación de un espacio urbano deteriorado.

—O sea, ¿yo sería el espacio urbano deteriorado? —preguntó ella con sarcasmo.

—No, tú no. Tu relación. Creo que viviendo aquí podrás descubrir si se puede deconstruir el amor que los une o los separa, como prefieras verlo. Soy de los que creen que todos los lugares tienen algo para enseñarnos, y aquí yo aprendí que podía renacer.

—¿Por qué?

—Vivir en lo que fue una ruina convertido en un lugar que enamora con los vestigios a la vista de lo que ha sido, es un motivo permanente para cambiar de perspectiva. Para ver lo mismo de diferente modo.

—Pues he tratado de ver desde otro lugar nuestra diferencia y siempre veo lo mismo —respondió Bella.

—Eso cambiará. Lo sé. Además, aquí vivían muchos artistas antes de convertirse en un vecindario caro y selectivo —dijo regresando al tema del Soho—. El espíritu creativo sobrevuela cada rincón y su magia te alcanzará.

El chofer ya había bajado el equipaje y lo había subido a la planta alta. Apenas abrieron la puerta, Isabella se quedó de una pieza, le costaba creer lo que veían sus ojos. El recinto parecía un almacén en desuso; con paredes de ladrillos, pocas divisiones; sin embargo, el ambiente se veía cómodo y funcional. Aunque el espacio era muy grande, desde la entrada podía abarcarlo todo con la mirada: el dormitorio estaba

arriba, pero se veía la cama doble a través de una barandilla, a la que se llegaba por una escalera rústica.

–¿Qué te parece?

–Siento que estoy en la película *Flash Dance* –respondió, fascinada.

–Algo de eso hay también –agregó Paul sonriendo.

Entraron y Bella pensó que, sin lugar a dudas, Paul era un genio. Inspiró profundamente y sintió que incluso el olor del ambiente era inspirador. El apartamento era una ruina mágica devenida en el castillo que necesitaba su corazón. La división de espacios estaba lograda mediante cambios de nivel, texturas y colores. Los acabados estaban dados principalmente por los materiales de la misma construcción de origen, en estado aparente. Si bien superficialmente podía considerarse que era de tipo económico, Isabella supo que ese *loft* era vanguardista y de alto nivel.

–¡Me encanta! Pero, dime, Paul ¿por qué tan grande?

–Pues por dos razones. Una para que pueda entrar.

–¿Entrar qué? No traigo tanto equipaje.

–Mi vida, me refiero a tu enojo, a tu furia, a tu indignación. ¡No pensarás que todo eso entraría cómodamente en un pequeño ambiente! Quise evitar que golpearas tu cabeza contra las paredes en busca de paz interior, como ocurre con *Kung Fu Panda* en su película –bromeó. Ella recordó la escena de esa saga infantil que le encantaba porque tenía muchos mensajes de vida, además de la ternura infinita del protagonista, llamado Po.

—Supongo que no —dijo Isabella sonriendo, quien luego de esa explicación ya no veía el *loft* tan inmenso—. ¿Y la otra razón cuál es?

—Las coreografías.

—¿Qué coreografías?

—Las que tú y yo bailaremos juntos. Solo correremos el sillón *et voilà!*

—¿Te dijo mi madre que estás loco? —preguntó ella riendo al imaginar la idea. Sabía lo de su coreografía sorpresa en un bar de Brujas durante el viaje de Gina.

—No lo recuerdo —respondió, satisfecho.

Isabella recorría la vivienda deslumbrándose con cada detalle. Hacia un extremo había un biombo, y ella tuvo la curiosidad por ver qué había detrás.

—Tienes pocos vecinos, pero hay uno muy sofisticado, intelectual, moderno, minimalista y muy creativo.

—¿También conoces los vecinos? De verdad no dejas detalle librado al azar.

—No a todos, pero a uno, sí, muy bien.

—¿Quién es? —preguntó con miedo de que se le hubiera ocurrido presentarle a alguien.

—Yo. He rentado el piso de arriba. Amo los techos altos, con muchas ventanas, que permiten la entrada de la luz y generan la idea de un mayor espacio al ya existente. Como debo quedarme un tiempo, decidí estar cerca en caso de que me necesites. Debes saber que no soy controlador, ni siquiera un poco invasivo. Solo estaré para ti siempre que quieras.

318 Isabella tuvo ganas de llorar. Lo abrazó y solo pudo susurrarle una palabra.

–Gracias.

Cuando Isabella se quedó sola sintió que realmente estaba ante un nuevo comienzo. Paul había hablado de deconstruir el amor. Si era posible, ese era el escenario perfecto para intentarlo. Todo allí ponía en evidencia las ambigüedades, las fallas, las debilidades y las contradicciones de un discurso de diseño. En ese marco, todo quedaba deshecho, desmontado, y había múltiples lecturas posibles sin necesidad de abrir o atravesar nada; quizá lo más significativo de la propiedad fuera que no había ninguna puerta en su interior. ¿Acaso debía su ser interior derribar las divisiones que la alejaban de su felicidad? ¿Era la razón por la cual viviría allí y no en otro sitio?

CAPÍTULO 42

Decisiones

BUENOS AIRES

Después de hablar con Adrián, Emilia había pensado mucho en la decisión que debía tomar. Algo raro le había ocurrido; en la medida que crecía su rechazo por Alejandro, la idea de ser madre lejos de él se acercaba como una posibilidad. Ya no se descomponía o vomitaba a diario, era como si su cuerpo hubiera comenzado a aceptar su estado, al mismo tiempo en que ella intentaba reconciliarse con la mujer que era desde la que había sido y todavía peleaba por quedarse. Una batalla entre el pretendido control y la libertad de soltar los planes luchaba en ella en todo momento, a excepción de los que compartía con Adrián. Lo que significaba que solo él era todo lo que estaba bien, lo que

320   no le representaba dudas. Estar con él "era" y no hacía falta nada más.

Llegó al consultorio de Mandy Quiroga, su médica. La secretaria la recibió y le explicó que la profesional estaba demorada.

—Le pido disculpas, hablé con ella y está en camino.

—¿Le ocurrió algo? —preguntó Emilia por cortesía. La secretaria se quedó observándola, sus ojos querían decir algo que la privacidad le prohibía revelar.

—Lo siento. No corresponde que yo conteste su pregunta —las palabras de la joven hicieron que Emilia pensara en algo grave. Recordó su última visita y la conversación que habían mantenido, pero estaba tan centrada entonces en su situación que no había sido capaz de advertir nada que no fuera su posición en favor del embarazo.

Aunque no había pasado mucho tiempo, al verla llegar la observó y la vio más delgada, con una expresión de dolor tallada en el rostro. Mandy le sonrió a corta distancia.

—Ya te haré pasar —dijo. Unos minutos después, ya con su guardapolvo blanco que llevaba bordado su apellido, la invitó a entrar al consultorio—. Me alegra verte aquí —dijo sin aclarar que suponía tendría a su hijo.

—La verdad, sigo teniendo dudas, pero entendí que el bebé es un ser inocente, hice los análisis y deseo saber si todo está bien.

—¿Qué significa eso?

—Tú dijiste que un hijo no es un viaje que puedo planear y luego cancelar. Que no se desecha la vida sin más porque ahora no quiera ser madre, ¿recuerdas?

–Perfectamente.

–Bueno, la verdad es que lo he pensado mucho. No es que no quiera ser madre, no quiero ser madre de un hijo de Alejandro, no quiero nada que me vincule a él.

–Es imposible lo que pretendes. Tu hijo es tuyo y de Alejandro, nada cambiará eso.

–Lo sé –Mandy estaba realmente triste y se notaba.

–Disculpa, ¿te sucede algo?

–En una situación normal no te lo diría. Pero eres mi paciente desde hace mucho tiempo y quizá ayude a que conozcas otras verdades.

–Te escucho –respondió Emilia con atención. Aunque nada podía prepararla emocionalmente para lo que iba a escuchar.

–Mi hijo se está muriendo –dijo sin rodeos–. Tiene treinta años y un bebé de un año, que cría solo desde que la madre se fue –un silencio agobiante las ahogó por un segundo a cada una por diferentes motivos–. Tengo sesenta años y estoy separada desde hace mucho tiempo. No dejé de amar a mi hijo cuando su padre me abandonó por la secretaria. En la vida las cosas son diferentes, Emilia.

Emilia se tocó instintivamente el vientre mientras las lágrimas corrían por sus mejillas.

–Perdóname, yo no sabía. Lo siento –repitió muy angustiada. Pudo comprender su manera de pensar y vio una realidad tremenda delante de sus ojos que la hizo sentir como una adolescente caprichosa respecto de su problema. ¿Era un problema? Comparado con lo que acababa de escuchar, no parecía–. ¿Qué tiene? ¿Por qué se fue la madre del niño? ¿Y tu ex? –preguntó todo lo que quería saber.

–Tiene un tumor cerebral, no es operable y ha hecho metástasis. La madre de mi nieto no quería ser madre, y como él sí quería ese bebé la convenció de tenerlo, pero luego ella los dejó. No sabemos dónde está y el padre de mi hijo está devastado. Nos unimos para estar con él y en favor de nuestro nieto. Solo para que lo sepas, la secretaria de entonces hoy es su esposa y también debo tratarla. ¿Crees que tengo opciones?

–No, no las tienes.

–Pues en mi situación no puedo ser parte de otra opción que no sea la vida de tu bebé. Por eso te dije que regresaras a verme solo si ibas a continuar. Por cierto –agregó–, todos tus análisis están perfectos.

Algo se subvirtió en Emilia. De pronto, su dolor era pequeño, menos legítimo, no tan injusto y, más allá de todo, no era cruel.

–Mandy…

–Dime.

–¿Podría abrazarte?

–Claro, ven aquí –dijo y se puso de pie–. Las unía el cariño de muchos años.

–Lo siento, de verdad lamento mucho lo que te ocurre. Sé que nada de lo que diga es suficiente, pero gracias por sacudirme de esa forma para que pueda darle a cada situación su tamaño real.

–Emilia, tu hijo debe nacer no por lo que te he contado, sino porque fue concebido desde tu amor; a conciencia lo

has buscado. No es consecuencia de un descuido, un error o gestado por la fuerza. Las circunstancias de tu matrimonio no tienen nada que ver con su derecho a vivir, sino con los cambios que tú debes afrontar. Debes hablar con Alejandro y hacer terapia.

–Él… quiere al niño. Incluso creo que sería capaz de volver a mi lado para que continúe con el embarazo.

–Pues mejor, tienes allí una opción válida si la deseas.

¿La tenía?

* * *

Un rato después, salió del consultorio con un horario establecido para el siguiente mes y una orden médica para una ecografía. Se ofreció para todo lo que Mandy pudiera necesitar; definitivamente su sintonía con la vida y sus reveses había cambiado radicalmente. Tenía el celular de Mandy, por lo que le enviaría mensajes a diario para apoyarla en su difícil momento.

Mientras conducía, escuchaba a The Beatles, sonaba *Help!*, a continuación *Let it be*, y para cuando pudo escuchar su propia voz, la canción *I want to hold your hand* fue una señal que la impulsó a llamar a Alejandro.

Llegó al Mushotoku ansiosa por hablar con Adrián. Él atendía en recepción. Le hizo señas y subió a su habitación.

Unos diez minutos más tarde, él golpeaba a su puerta.

–Pasa. No debes anunciarte, Adri –dijo. Era la primera

vez que lo llamaba de ese modo. A él no le pasó inadvertida la cercanía.

–¿No debo?

–No. Ven, finalmente he podido estar en silencio conmigo. Tomé una decisión y quiero saber tu opinión.

–Cuéntame, pero debes saber que no voy a opinar.

–¿Por qué?

–Porque no importa lo que yo crea, debes empezar a vivir en tu propio nombre, los demás no deben interferir en lo que deseas.

–Me gusta que tú interfieras.

–Me gusta que te guste, pero no lo haré. ¿Me dirás que ha pasado?

–Un poco de todo. Fui a ver mi médica, Mandy, con los resultados de los estudios, todo está perfecto –adelantó–. Sin embargo, recibí una noticia tremenda que me hizo replantear mi realidad con una inmediatez de la que no me creí capaz –Adrián fue prudente y la dejó hablar–. Su hijo está muriendo, y es padre de un niño de un año que cría él solo. Un verdadero drama. Imagínate, pobre Mandy, la nuera desapareció. O sea, ella y su ex, casado con la secretaria por la que la abandonó, deberán cuidar al niño luego de soportar un desenlace fatal con su hijo.

–Está fuera de discusión que es una historia muy triste, pero ¿dónde entras tú en ese relato?

–Pude ver que yo creía que lo mío era el fin del mundo y no es así. Entendí por qué Mandy me dijo que volviera solo

si estoy dispuesta a continuar con el embarazo; más allá de sus convicciones, ella no puede impedir que su hijo muera y yo le pedí opciones para que el mío no viviera… Me sentí fatal. Yo acudí a la consulta para saber si mis análisis estaban bien. No te mentiré, fui con dudas todavía, pero de pronto tuve la certeza. Voy a continuar.

–¿Cómo te sientes con esa decisión?

–Bien… pero no es todo. He llamado a Alejandro –Adrián sintió que la estaba perdiendo, un ruido en su interior lo alteró cuando su corazón comenzó a latir tan fuerte que lo aturdía. Permaneció en silencio–. Se lo comuniqué.

–¿Y qué te dijo?

–Bueno, en realidad, yo decidí imponerle una condición.

–¿Cuál? –preguntó Adrián. Imaginó que le había pedido que dejara a la otra mujer y volviera con ella.

–Le dije que no quiero verlo más. Que se mantenga alejado de mí o en caso contrario interrumpiré el embarazo.

CAPÍTULO 43

Chocar

No debemos tener miedo a equivocarnos,
hasta los planetas chocan y del caos nacen las estrellas.
Frase atribuida a Charles Chaplin,
Reino Unido, 1889-1977

BUENOS AIRES

Durante la última semana previa a partir, María Paz y Makena habían ido con frecuencia a cenar a la casa de Beatriz; esa noche en particular también había ido Emilia. Si bien María Paz y Beatriz, a pesar de sus deseos de hacerlo, no le habían hecho preguntas, la veían mejor. Había una alegría incierta sobrevolando los platos y la comida, mientras risas las auténticas les enseñaban a los vínculos que respetar las decisiones del otro y darles apoyo, aunque amenace la distancia o el desacuerdo, es un modo de amar; una experiencia que todos y cada uno de los seres debería experimentar. Probablemente, si todos se dieran esa oportunidad, el mundo se convertiría en un mejor lugar.

Orgullosa, Makena llevaba en su cabeza una colorida cinta que hacía que su cabellera luciera mejor; era su toque especial y único. El cabello de Makena era denso y parecía más corto de lo que en realidad era, porque su madre le había enseñado a dejarlo que se enrollara naturalmente. La contracción era más evidente cuando estaba mojado. Recién bañada, al llegar a lo de su abuela, las hebras de su cabello afro giraban alrededor de sí mismas de manera definida, y le daban al marco de su rostro ese brillo original, tan Makena. Era una pequeña preciosa, sus labios gruesos y encantadores, su voz, su manera de expresarse –fresca, impensada y espontánea– definían su propio estilo, y la niña tenía a las tres mujeres Grimaldi absolutamente enamoradas.

Ya habían terminado de cenar y estaban en los sillones de la sala, compartiendo un café. Emilia jugaba con su sobrina y le hacía cosquillas; ambas reían con ganas. María Paz y Beatriz, sin hablar, pensaron en lo mismo. El embarazo de Emilia era lo que no se decía, pero ocupaba un lugar central en ese momento.

–Tía, ¿por qué no está aquí el tío Alejandro? –preguntó la niña con inocencia.

Era lógica su pregunta, ninguna de ellas le había explicado los motivos de su ausencia.

–Cariño, él y yo hemos peleado –respondió Emilia.

–¿Por qué?

–Bueno, creo que son temas de adultos, solo te diré que ha sido una pelea importante y que ya no estamos juntos –agregó.

María Paz, que conocía a su hija mejor que nadie, intervino antes de que siguiera preguntando. Sabía que esa respuesta no sería suficiente para Makena.

–Hija, Alejandro le dijo a la tía Emilia que se enamoró de otra mujer y se fue a vivir con ella –María Paz no daba vueltas a la hora de la verdad. Solo ajustaba la profundidad de sus respuestas a la edad de Makena, pero no le mentía ni decoraba la realidad en beneficio de nadie.

–¡Ah, pero qué feo! –expresó la pequeña y puso los ojos en blanco–. ¿Cómo le va a decir eso? –completó.

Entonces, el mecanismo de reírse de sí mismas y de la situación se apoderó de las hermanas y ambas estallaron en una carcajada. Makena no parecía sorprendida por el hecho sino por el descaro de que su tío se lo hubiera confesado a Emilia.

Beatriz no podía creer lo que escuchaba, pero no podía negar que un poco de aire puro sobre los mismos temas ayudaba a sanar. La franqueza natural de su nieta le daba un toque divertido a la hostil verdad.

–¿Y tú qué hiciste, tía?

–Llorar –respondió Emilia con una honestidad justa a la altura de las circunstancias. El comentario volvió a generar risa entre las adultas.

–¿Me pueden decir de qué se ríen si la tía estuvo llorando?

–Hija, debes recordar esto: frente a lo que no se puede evitar es mejor reír después de haber llorado lo necesario. Por eso reímos, porque la vida de la tía sigue y también la de Alejandro.

—¿Cómo la de papá y tú?

—Como la de cada persona, sin importar qué suceda.

Makena había puesto música y las había invitado a bailar a todas. Mientras chocaban sus risas, sus sueños y sus movimientos contra la posibilidad de aquello en lo que creían, la vida se movía al ritmo de sus emociones más sinceras.

Un rato después, Makena se quedó dormida en el sillón.

* * *

Luego de comentar y reír la ocurrencia de Makena, seguras de que descansaba, las tres fueron a la cocina y Emilia habló.

—Tengo algo que decirles. Es más bien un informe, esto significa que no quiero juicios de valor sobre el tema —María Paz y su madre la escuchaban atentamente—. Seguiré adelante, tendré a mi bebé, pero haré todo a mi alcance para mantener alejado a Alejandro de mí. Hasta le he dicho que si se acerca interrumpiré sin pensarlo el embarazo, porque lo que no quiero es a él.

Un silencio irrumpió en la cocina.

—Emilia, eso no será posible. Debes saber que aunque lo acepte hasta que nazca, nada podrá evitar que quiera cumplir su rol de padre después. Sabes que deseo de alma que me conviertas en tía, pero no voy a mentirte. Estarás vinculada a Alejandro, inevitablemente, para siempre.

—Lo dices por Obi, ¿verdad?

—Lo digo porque así es. No te engañes.

–De momento, creo que es una buena decisión, hija –agregó Beatriz–. Si para continuar necesitas espacio, esa amenaza funcionará; aunque descarto que no es cierto lo que le has dicho, considero que tu hermana tiene razón. Debes saber que es muy posible que después reclame por su paternidad.

–¿Por qué crees que no es cierto lo que le he dicho?

–Porque te conozco. Soy tu madre. Ya has tomado una decisión, lo demás es tu enojo, no tú misma –concluyó Beatriz con sabiduría.

–Supongo que así es; no obstante, he decidido aceptar mi nueva realidad despacio, a mi ritmo. Volveré a la casa, haré varios cambios, pintura, refacciones, un poco de escenografía renovadora para mi propia nueva historia. No quiero ver mis recuerdos pasados, quiero construir el lugar para mis momentos futuros, desde ahora.

–¡Eso es genial! –dijo María Paz muy contenta.

–Creo que lo es, y la posibilidad de vivir en el Mushotoku mientras duran esas obras es muy buena también. Me da comodidad durante el tiempo necesario.

Beatriz sabía que Adrián estaba con Emilia; María Paz se lo había contado pidiéndole reserva. Como madre reconoció de inmediato que algo de ese hombre había tenido que ver con la decisión de su hija. Agradeció en silencio. No le importó lo apresurado de esa relación íntima. No la juzgaba. Cuando la tristeza se apodera de la vida de alguien, esa persona hace lo que puede para salir adelante, no necesariamente lo correcto, lo esperable o lo mejor. Simplemente, lo que le

sale. Ella quería hijas y nietos felices, y si el precio era aceptar nuevas reglas y patrones de supervivencia frente a la pérdida, pues que fueran bienvenidos. Estaba dispuesta a chocar de frente contra todas las viejas costumbres en favor de abrir su mente a nuevas ideas.

* * *

Esa noche, luego de despedirse, María Paz llegó a su casa. Makena se acostó en su cama y ella observó el hogar que dejaría atrás en breve. Había eco en el apartamento porque habían empaquetado muchas cosas y otras formaban parte del equipaje.

Obi llamó. Había interferencia en la comunicación. Luego de decir "hola" varias veces María Paz cortó. Al instante, recibió un mensaje.

Obi
Te amo. Descansa.

No pudo evitar sentir que le gustaba saber que él pensaba en ella, pero ¿adónde la conducía toda esa fantasía? Tuvo miedo de chocar contra una realidad que lastimara sus nuevas ilusiones.

* * *

332 Emilia había subido a su auto y se sentía bien. La aliviaba haber hablado con su madre y su hermana. En el fondo de su ser también se reconocía en la decisión que había tomado. Estar embarazada se volvió más real. Su estado era liviano y, por instantes, casi feliz.

Le encantaba disfrutar de tiempo con Makena; aunque las extrañaría muchísimo y no estaba de acuerdo con ese viaje a Colombia, tenía que reconocer que María Paz estaba animada y contenta. Le hubiera gustado saber en qué proporción esa alegría se debía al nuevo trabajo en Bogotá, y en qué medida se relacionaba con Obi. Sin embargo, así como no permitía que nadie se metiera en su vida, aceptaba que no debía inmiscuirse en esa cuestión.

Había decidido ir a dormir a su casa, ya que Adrián no pasaría la noche en el Mushotoku, y ella sentía que era el momento para volver y comenzar con los cambios.

Al llegar, verificó que la luz de afuera estuviera encendida, lo que significaba que el reloj automático funcionaba bien. Estaba programado para que la iluminación externa de la propiedad se encendiera al oscurecer. Guardó el auto en el garaje y entró a la cocina por la puerta interna. Era raro estar ahí, sola, embarazada y con el plan de modificar la estética de la vivienda para convertirla en un nuevo comienzo. Sintió olor a comida y culpó a su estado que había potenciado su olfato. Encendió la luz y se apoyó contra la pared. Sintió náuseas. ¿Por qué había un plato sucio y un vaso sobre la mesa? La silla corrida de lugar no le dejó dudas. Fue a la

sala, espantada. Sabía que no eran ladrones. El cojín del sillón central estaba hundido.

Subió las escaleras y allí, en la que fuera la cama matrimonial, Alejandro, quien evidentemente no la había escuchado llegar, dormía como si tuviera derecho a hacerlo.

Sin pensarlo, fue al baño, llenó un vaso con agua y se lo tiró encima. Vio cómo el agua chocaba contra su desfachatez.

–¡¿Qué demonios haces aquí?! –gritó.

Toda la paz que había logrado se estrelló contra el universo de su vida entera.

Chocaba su rabia contra el descaro inigualable de Alejandro, quien lejos de no cumplir con la condición que le había puesto, se había convertido en un okupa clandestino y en un ocultador que había abusado del hecho de que ella, desde su ingenuidad, no había cambiado la cerradura. ¿Desde cuándo estaba allí? ¿Por qué?

Durante la última llamada, Emilia le había hecho saber su decisión y su condición de que debía mantenerse lejos, y había cortado la comunicación. En ese momento, entendió la razón por la que él no había vuelto a llamarla.

CAPÍTULO 44

Valores

He aprendido que mientras me aferre a mis creencias y valores
y siga mi propia brújula moral,
las únicas expectativas que tengo que cumplir son las mías.

Frase atribuida a Michelle Obama,
Estados Unidos, 1964

BUENOS AIRES

Cuando Verónica salió del despacho del abogado, Gabriel Dupre, Corina charlaba con el joven que estaba en la sala de espera. Su expresión de intriga debió ser muy evidente porque enseguida se lo presentó.

—Él es Matías, el hombre del perrito tierno que encontré hoy por la mañana en Palermo. ¿Recuerdas que te conté?

—¿Y qué hace aquí? —preguntó como si Matías no estuviera presente escuchándola.

—Soy amigo de Gabriel, *el despiadado* —dijo en broma—. Y conozco a Juan Pablo, *el cliente*.

Verónica y Corina cruzaron miradas; solo ellas dos conocían el apodo que le habían dado al abogado de Juan Pablo.

Corina se había tentado de risa, pero logró contenerla e intentó explicar.

—Vero, parece que mi encuentro de esta mañana fue una casualidad. Cuando llegué y él abrió la puerta pensé que era tu abogado, y creo que lo llame *despiadado* debido a la confusión.

—Les pido a las dos que no hablen como si no estuviéramos presentes. Lamento que me juzguen de ese modo, solo hago mi trabajo —intervino Gabriel.

Era francamente bizarro que la sala de espera del estudio fuera testigo de esa conversación. Verónica evaluó la situación. Estaba claro que allí todos sabían su historia. Para esos hombres, *el cliente* era el bueno de su ex, a quien la vida lo había castigado con una esposa que no solo lo abandonaba, sino que, hiriendo de muerte su orgullo, lo hacía confesándole que había descubierto que le gustaban las mujeres. Ella era *la rara*, a quien *el cliente* amigo quería dejar en la calle, y quien tenía una amiga rubia que, además, de linda, lloraba por los bosques de Palermo y aceptaba el cariño de un perro invasivo que pertenecía al *despiadado* abogado. ¡Un combo muy interesante! Hasta divertido, pero irreal. Las cosas no eran tan así. Todos miraban a Verónica esperando que dijera algo, y ella, que en cada oportunidad optaba por ser el mejor de sus valores, lo hizo. Si cada uno podía pensar y decir lo que tuviera ganas, ella también. Eso se llamaba igualdad de oportunidades.

—Claramente aquí todo es lo que callamos. Estoy un poco cansada de silenciar lo que siento. No estoy muy segura de que tú seas un *despiadado*, pero confieso que te he dado ese

336 sobrenombre. Creo que actúas en defensa de un machismo que no es ni siquiera tuyo, sino de tu amigo. Ojalá tuvieras el valor y pudieras conocerme para darte cuenta de que no ha sido personal y de que también soy víctima de mis circunstancias. Juan Pablo merece lo mejor y eso le deseo, aunque no soy yo. Eso no significa que sea correcta la distribución de nuestros bienes de la manera en la que él pretende, y que me veo acorralada a aceptar –dijo mirando directamente a Gabriel a los ojos. Corina la observaba vacilante ante su osadía–. Y respecto de ti –dijo ahora refiriéndose a Matías–, no tengo la menor idea de qué haces en este lugar ni por qué paseabas un perro que no te pertenece y le hiciste compañía a ella, que lloraba porque *se repiten las estadísticas*. Lo cierto es que así son las cosas y no voy a sentirme incómoda –dijo.

Gabriel, Matías y Corina quedaron sin reacción por unos instantes. Luego lo ridículo de la situación los hizo sonreír y hablar a cada uno en su propio interés.

–¿Podrías cambiar mi sobrenombre? –pidió Gabriel para relajar la situación, aunque hablaba en serio.

–¿Podrías tú actuar en favor de lo que es justo? –respondió Verónica con otro interrogante.

–¿Qué estadísticas se repiten y te hacen llorar? –preguntó Matías a Corina que se había quedado pensando en esa frase.

–Los hombres nunca dejan a la esposa, aunque la hayan dejado, de eso se trata –respondió–. Si mañana llevas a Rocky a Palermo te contaré –dijo y le guiñó un ojo de manera cómplice. No lo estaba seduciendo a conciencia, pero sí.

En ese momento, Gabriel quiso dejar solo a su amigo con Corina, y a la vez, profundizar un poco la conversación con la ex de Juan Pablo.

—Tengo un rato para conversar, antes de nuestro partido de paddle. Si quieres, puedo escuchar tu versión de los hechos —dijo procurando ser algo abierto en sus prejuicios.

Verónica pensó que no lo hacía por ella sino por sí mismo, pero no le importó. Ambos entraron al despacho nuevamente y hablaron durante una hora. En la sala de espera, Matías y Corina se contaron una apretada síntesis de sus historias. Les hizo bien hablar y opinar sin condicionamientos. Ser casi desconocidos era una gran ventaja al momento de la objetividad.

—Creo que si no dejas de presionar a la tal Isabella, la perderás para siempre. Parece ser una mujer que sabe lo que quiere. Es más, lo digo teniendo en cuenta que sabe con rotunda claridad lo que no desea.

—Menos mal que no esperaba comprensión. ¿Es un tema de género? ¿La defiendes? —preguntó.

—No es eso, Matías. Solo es lo que pienso si me pongo en tu lugar. Soy pesimista por naturaleza. Un optimista es el que cree que todo va a mejorar; yo no pienso eso, ni en tu caso, ni en el mío. Sin embargo, soy positiva y trato de hacer lo mejor con lo que la vida me da, o con lo que no me quita. Aplico eso a tu realidad. Es lo que creo, te dejará para siempre si sigues con tu postura —vaticinó, lapidaria—. Me caes bien por eso te doy mi opinión. Yo no la conozco a ella y tampoco a ti.

—Te agradezco la brutal honestidad. Créeme que lo sé. Mi

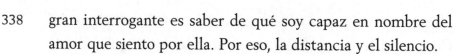

338 gran interrogante es saber de qué soy capaz en nombre del amor que siento por ella. Por eso, la distancia y el silencio.

–No tendrías que estar lejos de ella. Te lo dice alguien que sabe que en un minuto puedes perderlo todo. Derrochas el tiempo que no tienes en una separación absurda.

–¿Por qué sería absurda?

–Porque tú no tienes intenciones de que sea definitiva. Al menos, eso parece. Entonces, no valoras la oportunidad de estar juntos –dijo Corina e hizo una pausa–. Lo mío es distinto.

–Tú lo echaste de tu casa –dijo con referencia a Alejandro– ¿Por qué dices que es distinto? –Matías pensó en el "podio del dolor" del que hablaba Gabriel.

–Porque sé lo que sucederá y prefiero preservarme.

–Un hijo es un hijo. No deberías juzgarlo por ser responsable; habla bien de él y de sus valores.

–Lo juzgo porque no fue responsable en esa cama cuando ya decía estar enamorado de mí. Esa es la cuestión.

Así, los extraños dejaron de serlo.

* * *

A cada lado de la puerta del despacho ocurría lo mismo. La posibilidad de escuchar opiniones guiadas solo por la convicción real de quien hablaba, desnudas de influencia o de algún interés egoísta, comenzó a llenar cada grieta que dividía los preconceptos de la realidad. No importaba de cuál boca saliera, la verdad siempre sumaba, incluso para restar.

–Doctor, no me parece justo que Juan Pablo me castigue demostrándome su poder y capacidad económica. Ni que usted utilice mecanismos legales en su favor, como lo es el hecho de que todos sus bienes los tenía desde antes del matrimonio. Lo cual es verdad, pero no es menos verdad que hemos trabajado codo a codo para progresar y lo hicimos. No solo mantuvimos lo que él tenía, sino que lo mejoramos notablemente. Me amenaza con un juicio contradictorio para exponer mi verdad ante un tribunal y de manera pública. Me conoce, sabe que cederé porque no puedo enfrentar eso cuando apenas soy capaz de hacerme cargo de lo que siento. ¿Es justo? Claro que no –se respondió así misma. Gabriel la observaba con atención–. No pretendo más que terminar con este asunto de la mejor manera, de común acuerdo, y con una propiedad de las que tenemos o el dinero para comprar otra. No he sido mala con él, jamás lo traicioné y decidí decirle la verdad porque no merece menos que eso. Ahora bien, ¿puede usted hacerle entender que de sentir amor por un hombre sería solo por él? ¿Puede dejar de ser *el despiadado* para convertirse en *el abogado fuera de serie* que puede ser sensible y equitativo? –concluyó Verónica.

Parecía un alegato. Gabriel había entendido el punto. Era evidente, desde sus palabras y también desde su actitud gestual. que no mentía. Hasta ese momento, la palabra ajena no le resultó una afrenta, sino un punto de vista que defendía con calma una realidad. Pretendía dejar de lado las pasiones propias, trataba de desarrollar empatía, cavilaba constantemente sobre el otro. Había humildad en su discurso.

—Intentaré hablar con mi cliente sobre estos hechos nuevos —respondió con lenguaje jurídico.

—No son hechos nuevos, su cliente es su amigo, lo sé. Sea honesto conmigo y seré sincera con usted.

—Lo haré, prometo contarle lo que me ha dicho y darle mi opinión como amigo.

—¿Y cuál es su opinión?

—Que debe tomar una decisión, dejando de lado el motivo por el que usted lo ha dejado. Solo valorando quién ha sido en su vida, y considerando que tuvo la opción de ocultar; peor aún, de mentir. Sin embargo, no lo hizo —en ese momento, Verónica sintió que había logrado llegar a su sensibilidad; después de todo, tal vez fuera posible llamarlo de otro modo. Entonces, decidió que cumpliría con su parte al tiempo que escuchó la pregunta que le daba pie para hacerlo—. ¿Por qué dijo que será sincera conmigo? ¿No lo ha sido ya?

—¡Claro que sí! Me refería a que ahora, que sé que me ha escuchado desde otro lugar, dejaré en sus manos la posibilidad de ser justo. Sepa que firmaré lo que Juan Pablo desee, pero confío en que pueda interceder en favor de un final que evidencie que somos tres buenas personas.

* * *

En su mundo interno, cada uno puede ser absoluto, pero afuera todo es relativo y reboza subjetividad. El valor es la acción, con sus desvíos, su recursividad, sus puntos principales y sus debilidades. El valor, simplemente, es o no es.

El compromiso ético de las personas con ese valor trasciende los límites de cualquier litigio, y no se relaciona, en modo alguno, con cuestiones de bienes y su precio. Sin embargo, cuando hay heridas abiertas ¿pueden los valores morales llegar a un acuerdo con el dolor latente?

CAPÍTULO 45

Capito?

Dejamos de temer aquello que se ha aprendido a entender.

Frase atribuida a Marie Curie,

Polonia, 1867-1934

NUEVA YORK

La primera noche de Isabella en Nueva York, y en su nuevo hogar, había pasado sin sobresaltos, porque luego de salir a cenar con Paul se había acostado temprano. Estaba muy cansada por el viaje y las emociones nuevas. Aunque, desde luego, su ser no había soltado a Matías, al menos había logrado suspender por unas horas el dolor que toda la situación le provocaba.

Al día siguiente, Paul la había acompañado a las oficinas de *To be me*, a simple vista, el personal le había agradado. Apenas vio a su jefe que acudió a recibirla supo claramente que era un importante ex de Paul, porque tenía todo el estilo de ser un hombre de quien el amigo de su madre podría enamorarse perdidamente. Vestía ropa de alta costura, elegante, pero desestructurado. Ese día llevaba una camisa color coral, con una leyenda de Gucci en grandes letras blancas y pantalones de jean. Calzado deportivo al tono de la misma marca. Su cuerpo era armónico y su mirada muy dulce. Era obvia su ascendencia italiana, aunque también su origen latino. Era moreno y sonreía desde unos hermosos ojos de color café. Sintió su calidez y buena intención, antes que sus palabras.

–¡Bienvenida, Isabella! Soy Donato Rizzi –dijo en castellano con acento italiano–. Paul, tu manera de contarme cómo era no ha sido justa –agregó–. Su energía supera mis expectativas y es tan bella… –completó. Isabella, sonrió, supo que era otro ser único.

–Hola, Donato. ¡Gracias, es un gusto conocerle! Aunque debe saber que Paul pudo exagerar tratándose de mí –respondió. Recordó involuntariamente a Matías y su manera de hablarle en ese idioma que tanto amaba. ¿Era una señal?

–Oh, no, no. No lo creo. Soy muy intuitivo, siempre supe que eras la persona indicada. He leído tus columnas. Amé las "Mamushkas", luego supe que Paul es amigo de tu madre y también tuyo.

Se sentaron en la oficina de Donato, y una secretaria les sirvió café. Después de preguntarle sobre el viaje, su nueva casa y si estaba cómoda, Paul se retiró para dejarlos trabajar. Entonces Donato fue directo a las cuestiones laborales.

–Debes saber que aquí tendrás tu espacio para crear y tomar decisiones. Tu equipo de trabajo es bueno en general,

344   aunque, como en todas partes, algunas personas destacan más. Deberás coordinar la sección noticias del día y las entrevistas de todas las áreas. Tendrás a tu cargo a todo el personal de Edición: son diez personas. Yo soy a quien le consultarás tus dudas y propondrás tus proyectos. Dispones también de un presupuesto designado a cada una de tus secciones, del que podrás hacer uso. Recuerda que *To be me* es una revista bilingüe, con su versión en inglés y en castellano. –comentó con simpatía. Se le notaba el orgullo que sentía por la empresa–. Además, si estuvieras de acuerdo, tu columna de *Nosotras* será publicada también aquí, en ambos idiomas, claro.

–¿Lucía está al tanto de eso? –preguntó ella algo sorprendida.

–Fue su idea, pero dijo que dependía de ti. Quiere multiplicar tu público. ¡Internacionalizarte! Y tú debes aceptar, lindura –sugirió–. ¿Te molesta que te llame lindura? –preguntó de inmediato con tono paternalista.

–No, claro que no –a Isabella le dio ternura el apodo.

–¿Y, qué me dices?

–Si Lucía lo propuso, está bien para mí.

–*Meraviglioso!* –dijo en un acentuado italiano–. Lindura, la mujer es mujer en Bogotá y en todo el mundo. *To be me* pretende llegar a todas –en ese momento, una empleada se acercó y le consultó algo en castellano.

–Pensé que todos hablarían inglés aquí –dijo, sorprendida por el uso del idioma.

–¡Ah eso, Bella! Debes saberlo también. Aquí hay muchos

empleados latinos que hablan ambos idiomas. ¿Te preguntas
por qué?

—Me parece genial, aunque sí, me da curiosidad porque no parece que sea casual. A excepción de considerar que la revista es bilingüe.

—Nada es casual. Nunca lo es. Siempre hay un motivo. Mi padre era italiano, pero vivía aquí. Dirigió esta revista desde el comienzo; hemos cumplido cincuenta años. En este maravilloso país se enamoró de mi madre, la colombiana más hermosa que vio en su vida entera, se llama Leticia. Aprendió su idioma y se relacionó con la comunidad latina donde ella vivía, allí reconoció mucho potencial y también mucha injusticia respecto de algunas familias. Entonces, intentó hacer algo en favor de quienes creía que sabrían aprovechar la oportunidad. Los capacitó y les dio trabajo. Yo continué su legado, por eso, nuestra donación anual está destinada a becar el estudio de quienes demuestren interés en ello dentro del distrito de Queens.

—¿Quién se ocupa de seleccionar entre los aspirantes? —preguntó Isabella, de pronto interesada sin saber la causa.

—Yo. ¿Por qué lo preguntas?

—Me interesan las causas nobles. Es muy fuerte asumir la responsabilidad de tomar una decisión que cambiará la vida de alguien para siempre.

—Lo es. La cantidad de becas depende de las ganancias de *To be me*, por eso aquí todo el tiempo estoy creando y proyectando lo mejor para ofrecer un producto de calidad en continuo crecimiento. En parte, tú estás aquí por ese motivo.

Isabella lo escuchaba con atención. Sentía que en ese momento su propia historia estaba en pausa.

–¿Cuál? Creí que reemplazaría a la directora editorial durante el tiempo de su licencia por maternidad.

–Es verdad, Irene ha tenido su bebé, está enamorada de su nuevo rol, pero más allá de esa causa, lo cierto es que yo no quería a cualquiera, quería a alguien especial. Cuando Lucía no aceptó y me habló de ti, supe de inmediato que tu juventud marcaría la diferencia y traería nuevas verdades a la revista. A veces, hace falta aire fresco, sangre nueva para dar su visión. Además, vienes de la tierra de mi madre, *capito*?

Isabella sintió que su madre le enviaba una señal. *Capito*, esa palabra era el símbolo Rivera.

–*Capito*. Mi mamá, siempre usa esa expresión –le contó. Donato omitió decir que lo sabía por Paul.

–Esa palabra tiene su historia en mi vida también. Mi padre la usaba mucho. Ya ves, tenemos cosas en común, y apenas hemos compartido un rato. Serás feliz aquí –prometió.

* * *

Al llegar la tarde, regresó al apartamento, y toda la adrenalina de ese día comenzó a convertirse en nostalgia. Llamó a Gina. Luego de ponerla al tanto de todo y agradecerle la delicadeza de haberle contado a Paul acerca de su viaje, una pregunta que no quería hacer salió de sus labios sin permiso.

–¿Sabes algo de él, mami?

Gina quería hacer lo correcto. Había dado su palabra, pero no iba a mentirle a su hija.

–Sí. Me ha llamado.

–¿Dónde está?

–Me pidió que no te lo diga –vaciló.

–Mamá, soy tu hija. ¿Vas a guardar su secreto?

–¿Tú guardarías el mío?

–No voy a llamarlo. Por lo tanto, no le diré lo que sea que me cuentes.

–¿Y si él te llama?

–No lo hará, pero tampoco diría nada en ese caso.

–Bien. Sabes que lo quiero como a un hijo y él ha confiado en mí. Está en Buenos Aires. Fue a visitar a su amigo Gabriel Dupre. No quería verte partir, eso me dijo –Isabella recordó a Gabriel y de inmediato pensó en que era soltero y vivía solo. No le gustó la idea. Se sintió insegura, amenazada por la posibilidad de que otras mujeres pudieran ver en Matías al hombre que amaba, pero con la ventaja de que estuvieran dispuestas a darle lo que ella le negaba–. Hija, ¿sigues ahí?

–Sí. No le digas que te pregunté por él; si quiere indiferencia, eso tendrá.

–Isabella, no seas infantil. Los problemas no se resuelven con silencio.

–Tú buscaste el tuyo cuando te hizo falta –volvió a referirse al viaje de su madre–. No lo cuestiono, pero no intervengas en el mío más de lo que te pido. *Capito?* –agregó para suavizar sus palabras.

348   –*Capito*. Parece que mis genes en ti son innegables –pensó en voz alta–. Encontrarán la solución. Lo sé –la animó–. Mientras tanto sé tú misma y escucha tu propia voz sin olvidar tus sentimientos –aconsejó.

–En eso estoy. Gracias otra vez por mi ángel que fue el tuyo –reconoció el rol de Paul en sus vidas. Gina le había contado todo antes de que las visitara la primera vez, y luego él había ganado su cariño para siempre por sí mismo. Era como un tío genial.

–Paul es lo mejor que pude hacer por ti.

–Lo sé. ¿Y Parker y Chloé? –preguntó por el viejo perro de la familia y la gatita de su madre, cambiando de tema.

–Aquí, conmigo. Como siempre. Parker camina lento, pero está bien.

Después se despidieron. Al cortar la comunicación, se dio cuenta de que no había preguntado por nadie más. Supuso que todos estaban bien. Justo cuando la soledad le apretaba el alma y sintió ganas de llorar, Paul le envió un mensaje.

Paul
¿Calorías y risas? ¿Quieres que baje?

Isabella
¡Claro! Hazlo ya.

Él era un antídoto contra su angustia.

* * *

Unos minutos después, Paul bajó al loft de Isabella y pidió *delivery* de hamburguesas mientras ella preparaba la mesa. Lo vio ir detrás del biombo que llamara su atención el día anterior. Finalmente, no se había fijado qué había detrás. Acomodaba los vasos cuando la música de ABBA sonó muy fuerte en todo el espacio, lo buscó con la mirada y allí apareció él; Paul había corrido el sillón, se había vestido como Meryl Streep en la película *Mamma mia* y bailaba *Dancing Queen*.

Isabella fue feliz porque, a pesar de todo, es posible conciliar ratos de alegría en medio de la adversidad. *Capito?*

CAPÍTULO 46

El día después

*Ahora: una palabra curiosa para expresar todo un mundo
y toda una vida.*

Ernest Hemingway, 1940

Todos vivían o habían vivido el día siguiente. Quizá, el gran error fuera justo ese, pensar que cada día después de una decisión determinada es el que define lo que vendrá. No es así. Cambiar de lugar, modificar las ideas, avanzar sin nadie a la par, o dar los pasos lentos esperando que el ser amado alcance el ritmo exacto para unirse en la aventura de la vida que se ha soñado a su lado, así como correr hacia el lado opuesto de lo que se desea al compás del miedo, son acciones o hechos que no aseguran en modo alguno lo que sucederá.

Todo inicio, en diferentes circunstancias, no es más que eso. El día posterior de un momento final importante. No es el

primero del resto del tiempo de cada vida. ¿Cómo reconocer el día después? ¿Por las ausencias? ¿Por los logros? ¿Por las nuevas personas? ¿Por los viejos recuerdos? ¿O por todo eso en simultáneo?

Y así, andando el camino, se desempaca el presente, y ese día después comienza a llenar estantes que antes no estaban. Las paredes son de otros colores, pero las grietas subyacen a pesar del decorado. Y se escuchan voces que no se conocían, y los ojos ven lo que miran, al mismo tiempo que lo que no pueden olvidar, como si el campo visual fuera una pantalla dividida a la mitad que no puede apagarse. La comprensión se adhiere a la sensibilidad y juntas interpelan la posibilidad de que el otro entienda y sea justo.

Las cajas de las frustraciones se esconden en el armario, arriba, bien atrás, para no verlas, mientras que en el fondo de los cajones del alma se guarda, con mucho dolor, un poco de los ayeres y se reserva el espacio de arriba para las cosas nuevas. Se suspira ante una cama con olor a independencia, igual que se tiende otra, con sábanas perfumadas de ilusión, o se acaricia una almohada sin arrugas. Hay nuevos imanes en la puerta del refrigerador y se decide limpiar los trastos sucios que reflejan lo que no se desea observar. El mapa del mundo toma dimensiones reales, y las distancias se acortan en la misma proporción en la que se convierten en inalcanzables. Y mientras algunos reciben la alegría de un ángel guardián, otros piden uno en sus plegarias para que proteja en cada instante a quienes han decidido irse porque sí.

352   Y entre dudas y sentimientos el presente se instala donde ese día después lo ubicó. Y la música, y los aeropuertos, y los aviones y las maletas dan bienvenidas y despiden cada día, nuevos comienzos y más finales.

Es mejor darle al día después la forma de un día cualquiera y guardarlo en la memoria como una oportunidad. No es el día previo y sus detalles, tampoco es el día después, cuando todo cambia y el viento sopla en favor de los sueños.

En realidad, sin importar si llueve o hay sol, si se está en uno o en otro continente, solo o con alguien, el destino solo fluye en el ahora cuando las personas se permiten ser y vivir de acuerdo a sus propias reglas, y no hay relojes que capten su horario ni presagios que adivinen su suerte. Ahora es el presente y se lo ve irse de manera constante. Entonces, ¿qué importa dónde o cómo se ordena lo que carga la maleta de días previos o de días después?

CAPÍTULO 47

Decepción

La decepción no es algo que buscas,
pero tiene una maravillosa manera de despejar la mente.
Frase atribuida a Stephen King,
Estados Unidos, 1947

BUENOS AIRES

Emilia sentía que su corazón latía desbocado. Alejandro despertó sobresaltado con la sensación del agua fría sobre su piel, y la miraba sin comprender los motivos de su agresión.

–¿Te volviste loca? –preguntó mientras se secaba con la toalla del baño en suite que habían compartido durante años.

–¿Yo loca? ¿Quién crees que eres para instalarte aquí mientras no estoy? Te acostaste en mi cama, ensuciaste mi cocina, dejaste todo sobre la mesa, ni la silla pusiste en su lugar –reclamaba, furiosa. Era un verdadero atropello a su orden preestablecido. Alejandro no tenía derecho a haberla abandonado a su suerte, haberse ido a vivir con una rubia, decirle

354 que con la otra se sentía *más joven, más vital y más feliz*, no tenía derecho a haber atacado sin piedad el estilo de vida organizado que compartían, como si eso fuera la mismísima peste, para luego volver a la sombra del silencio, sacando ventaja de que ella dormía en el hotel. ¿Quién era él para utilizar el orden, la comida y la casa en el impecable estado en que estaba? ¿Sería porque la había visto con Adrián? Ese era el único motivo que se le ocurría. ¿O había otro?

–Debes calmarte. Esta casa también es mía, y te guste o no, vamos a compartirla.

Emilia sintió avanzar un instinto asesino y lo reprimió. Buscaba en su mente la definición de ese sentimiento que la gobernaba. *Odio: sentimiento profundo e intenso de repulsa hacia alguien que provoca el deseo de producirle un daño o de que le ocurra alguna desgracia.* No, no era eso. Ella no sabía lo que era odiar. ¿Rechazo? Tampoco. ¿Amor herido? Menos. Fue una única señal la que le demostró lo que le ocurría; no sentía necesidad de llorar, ni de volver el tiempo atrás, sencillamente estaba vacía de él. Lo miraba y no reconocía al hombre que había elegido para siempre, el que había hecho que su vida fuera lo que ella creía que ambos habían soñado juntos. Tampoco el que había decidido a su lado algo tan importante como concebir un hijo. Todo eso era muy lejano y ajeno al presente. Lo observaba y solo podía ver a quien había destrozado su confianza, engañándola y enamorándose de otra mujer. La rubia, cuyo nombre ni sabía, pero hacia quien no albergaba ningún sentimiento. La culpa era toda de

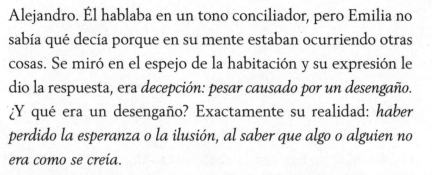

Alejandro. Él hablaba en un tono conciliador, pero Emilia no sabía qué decía porque en su mente estaban ocurriendo otras cosas. Se miró en el espejo de la habitación y su expresión le dio la respuesta, era *decepción: pesar causado por un desengaño.* ¿Y qué era un desengaño? Exactamente su realidad: *haber perdido la esperanza o la ilusión, al saber que algo o alguien no era como se creía.*

Al darse cuenta con claridad de qué le estaba ocurriendo, internamente ya no quiso pelear más. Tenía muchas otras verdades muy legítimas para decir, pero no tenía ganas. Se dio cuenta de que pertenecía al grupo de mujeres para las que cuando algo se rompe no creen en su reparación. Lo destrozado, aun arreglado por expertos, jamás puede volver a ser como en su estado original, cuando no había sufrido ningún golpe. Similar a lo que sucede con un automóvil después de un choque: los daños, aun arreglados, existen, dejan su huella y le hacen perder valor.

Algo extraño sucedía en su interior, era como si de pronto en el momento en que más enojada debía estar, una calma de muerte y silencio la habitaba por completo. Emilia no deseaba ni necesitaba decir nada más. Sin embargo, cuando regresó a la escena comprendió que para continuar tenía que ser clara.

–¿Me escuchaste? –preguntó Alejandro, quien acababa de decirle que si lo que quería era que volviera con ella, él estaba dispuesto a hacerlo.

–La verdad es que no. No tengo idea de lo que has dicho, pero tengo muy presente lo que has hecho.

356   –Te acostaste con tu empleado por venganza, ¿verdad? –su orgullo herido estaba también allí peleando un lugar que no le correspondía.

–No hablaré contigo sobre mi vida privada. Soy libre, puedo hacer lo que tenga ganas y no debo darle explicaciones a nadie. Tú lo has hecho posible. Así es que si quieres respuestas deberías probar con la autocrítica –dijo ella con certera ironía.

–Emilia, he vuelto, lo sacrifico todo por ti y por nuestro hijo –dijo. No pudo haber elegido peores palabras.

–¿Sabes lo que significa *sacrificar*?

–Estoy diciendo que soy capaz de todo por ti y por nuestro bebé.

–No. Has dicho que renuncias a algo, que *haces algo difícil para obtener otra cosa*. Deberías darle un vistazo al diccionario antes de elegir tus palabras. Sabes que soy muy buena con las definiciones. Me gusta la literalidad –le recordó con sarcasmo–. No necesito tu sacrificio, ni nada de ti.

–Emilia, podemos solucionarlo. No quiero que interrumpas el embarazo.

–No lo haré, pero eso no significa nada respecto de ti –dijo ella muy segura–. Me has decepcionado –agregó. Y al escucharse ya no tuvo deseos de decir nada más. No hacía falta. Eso era todo, la había decepcionado y el eco de esas tres palabras sonaba como una síntesis letal.

Alejandro la veía diferente y le llamaba la atención que no llorara. Pensó que *Ems* no estaba bien. Estaba tan herida

que su tono de voz era igual de gélido, seco, áspero y distante como lo que decían sus palabras.

–Ems, entiendo tu enojo, pero podemos resolverlo. Voy a quedarme aquí y trataremos de cambiar algunas cosas –insistió.

–No me digas Ems. Y no, no vas a quedarte aquí. No vamos a tratar de cambiar nada. Esta ya no es tu casa, ni yo soy tu mujer. Quiero que te vayas.

–No lo haré.

–¿Por qué me haces esto?

–Lo hago porque estás esperando un hijo mío y estoy dispuesto a todo.

–No pensabas lo mismo cuando te acostabas con las dos. Te pido, por favor, que me dejes en paz. Que te vayas, ¡ahora! ¡No tienes ningún derecho a estropearlo todo con tu maldita presencia! –gritó–. Dijiste estar enamorado de la mujer por la que me dejaste, pues bien, ¿por qué no estás con ella?

Alejandro no la reconocía. ¿Qué era mejor? ¿Decir su verdad? ¿Cuál era? ¿Que ambas lo habían echado? ¿A quién amaba? ¿Dónde quería estar? De pronto, todo su ser se convirtió en una gran duda. Inspiró profundo e intentó calmarse.

–¿Podemos hablar como personas adultas?

–Es lo que estoy haciendo. Me has decepcionado, Alejandro –repitió al tiempo que el concepto atravesaba todo su ser con un dolor mudo y asfixiante que nacía en el hecho de haber podido ponerle palabras a la deslealtad y a la traición de las que había sido víctima.

358 —No me iré. Es mi propiedad también —volvió a decir.

—Esta casa se pagó, en parte, con ayuda de mi madre, y la hipoteca sobre el saldo restante la he cancelado, yo, anticipadamente, con los ingresos del Mushotoku, tú nunca has ganado lo suficiente como para mantener el nivel de vida que teníamos. Lo sabes bien —dijo ella, indignada.

—Estamos casados, la mitad me pertenece.

Emilia lamentó la bajeza que cometía Alejandro, quien habiendo sido el responsable de que todo terminara de la peor manera, se atreviera a hablar de bienes gananciales cuando sabía perfectamente que, más allá de la ley, la realidad económica era muy diferente. Entonces tuvo un presentimiento y lo verbalizó.

—¿Te ha echado cuando le dijiste lo del bebé? ¿Es eso? ¿No tienes adónde ir?

Silencio que otorga.

—Tú no estás bien —dijo convencido.

Emilia sintió incluso más decepción recorrerla entera. Miró a los ojos a Alejandro, que se había acercado, mientras ella retrocedía.

—Yo estoy bien, mucho mejor de lo que me creí capaz —dijo, muy segura—. Y tú te irás de aquí —fue lo último que agregó antes de salir de la habitación.

Tal vez la decepción sea una señal que ayuda a salir del lugar incorrecto. Es horrible descubrir que se ha esperado lo que se daba y, en su lugar, solo se recibió un egoísmo superior al imaginado.

¿Qué debe hacerse con la decepción? ¿Dar las gracias por aprender lo que ya nunca se le volverá a permitir a nadie? ¿Ignorarla y seguir resistiendo solo para continuar una relación que está destinada al fracaso? No hay respuesta. Sin embargo, es acertado afirmar que, ante ella, ante la decepción, se pierde la inmediatez de toda reacción. Conlleva tiempo de dolor. Cuando llega, se queda y va por más. Entonces, arrancarla del corazón, de la piel y del alma para arrojarla al vacío es imposible en un solo momento.

Afuera se había desatado una tormenta, pero Emilia ya no asoció la lluvia con días tristes, sino que pensó en el abrazo protector de Adrián y deseó estar con él. Algo en ella se estaba revolucionando; ahora los mismos escenarios eran otros al cambiar la perspectiva.

CAPÍTULO 48

Después

*¿Por qué hay un "después"
luego de haber encontrado
la plenitud entre el ayer y el mañana?*
Laura G. Miranda

Luego de regresar del viaje en el que había logrado reencontrarse consigo misma, y en el que, además, había conocido a quien se convertiría en su gran amigo, Paul Bottomley, y a Rafael Juárez, el amor de la segunda mitad de su tiempo, su segunda oportunidad de ser feliz, la vida de Gina había cambiado un poco más cada día. Sin embargo, no era una Gina Rivera nueva. Era su mejor versión en cada ahora que vivía desde entonces, aunque sus rasgos esenciales seguían allí. No había logrado soltar el control sobre la mayoría de las cosas; como notaria seguía siendo rigurosa en garantizar los resultados de sus operaciones, a la vez que priorizaba la humanidad por sobre todos los aspectos previos que concluían en una escritura pública en su protocolo.

Con sus hijos y su nieta era más difícil aún, pero con la ayuda de Rafael, el consejo de Paul a pesar de la distancia, y un muy buen criterio propio, se había convertido en una madre con la que cada uno de ellos contaba, pero que no invadía sus hogares ni opinaba sobre sus decisiones, a excepción, claro, de que se lo pidieran. Pero para ella no resultaba nada fácil considerando que creía saber siempre qué era lo mejor para ellos.

Esa mañana amaneció en casa de Rafael. Él le avisó que el desayuno estaba listo, y con una preciosa bata azul de raso cubrió su desnudez y fue a su encuentro. Rafael la miró y ella sintió que no era posible que siguiera provocándole los mismos sentimientos de deseo que en aquella habitación de un hostel en Cuzco, tres años atrás. Tenían códigos que sus miradas conocían. Y, a veces, se respondían los pensamientos.

—Me gustas —dijo él—. Y ya no puedes decirme que no te conozco, que no te había visto nunca hasta hace una hora —recordó sus palabras durante la cena en que se habían visto por primera vez en Perú cuando ella ocupara su mesa reservada. Su voz era un hechizo para Gina; solía bromear diciéndole que podía leerle la guía telefónica de usuarios con tal de que siguiera hablando—. Me gustas hace tres años —agregó.

—Me encanta cuando me hablas como en nuestra primera cena y le sumas el tiempo que hace que estamos juntos. Me cuesta creer que pasaron tres años, ¿a ti?

362   –No. Yo siempre supe que quería todo contigo. Desde el minuto uno tuve la habilidad de reconocer mi segunda oportunidad. Dime, ¿qué te sucede?

–¿Por qué lo preguntas?

–Anoche te despertaste varias veces y conozco esa mirada.

–Es Isabella. Me tranquiliza que Paul esté con ella, pero, aun así, no puedo evitar pensar que, quizá, cometa un error.

–¿Porque elige no tener hijos?

–No. No por eso, y si bien yo volvería a tener los míos y me cuesta comprenderlo, no se trata de eso. No la juzgo.

–¿Entonces?

–Es Matías. Sé que se aman de verdad. Estoy segura de que es el hombre de su vida. Sin embargo, su viaje repentino a Buenos Aires para no verla irse, y el hecho de que no se comunique con ella, me hacen pensar que puede dejarla, cosa que creía que era imposible.

–Amor, son jóvenes. Los impulsos están a flor de piel, pero eso no significa que el amor se termine. Encontrarán la solución, la distancia y el tiempo suelen ser buenos administradores de conflictos.

–Pues me parece que la distancia y el tiempo, más que administrar como terceros, disponen como dueños –dijo Gina en lenguaje notarial–. Y son consejeros definitivos. Podrían acostumbrarse a estar sin el otro –dijo con cierto temor–. Eso sin considerar que pueden poner sus ojos en otras personas –agregó, al tiempo que elegía desechar esa idea.

–Puede ser, ¿y cuál sería el problema en ese caso?

–¿Cómo que cuál sería el problema? Isabella ya se casó con el hombre equivocado una vez.

–Es verdad, pero tuvo sus razones.

–Igual, Matías es perfecto para ella. Es como un hijo para mí. Yo estaba tranquila –confesó.

–Gina, sabes que te amo, pero cuando la controladora que hay en ti regresa más allá de la notaria, soy quien debe decírtelo. Este no es tu problema. Ni Matías, ni ninguna de las parejas de tus hijos deben ser perfectas para ti sino para ellos. ¿No lo crees? –preguntó de manera retórica. Era obvia la respuesta–. Si siguen juntos, bien, y si no, los apoyarás por separado –aconsejó con criterio e hizo una pausa que duró el tiempo que sus pensamientos se trasladaron a su deseo–. Los hombres también tenemos un límite en la paciencia –pensó en voz alta.

Gina reconoció una alerta. No hablaba solo de Matías. Pudo presentir cuál era la cuestión.

–¿A qué te refieres?

–¿Por qué preguntas lo que ya sabes? –Gina permaneció en silencio. Sabía que era un tema pendiente.

–No es el momento todavía.

–Han pasado tres años, nos amamos en esta segunda parte de la vida, como te gusta decir. No quiero desayunar contigo cuando estamos viajando, o cuando decides quedarte en casa, o cuando me quedo en la tuya. Quiero vivir contigo. Es más, lo he pensado mucho y quiero casarme contigo –dijo y fue por todo. ¿Asumía con ello el riesgo de quedarse sin nada?

364 A Gina se le paralizaron las ideas; en un instante la notaria pensó que él era viudo y ella divorciada, no existían impedimentos legales. La mujer que la habitaba más allá de su profesión no podía reaccionar.

–¿Qué dijiste? –preguntó ella para ganar tiempo en sus pensamientos. Había entendido perfectamente. No era solo convivencia, era matrimonio. Una locura.

–Que quiero casarme contigo. Vivir en la misma casa y despertar a tu lado cada mañana.

–¿Por qué haces esto?

–¿Hacer qué?

–Presionarme.

–Gina, pasaron tres años. Sé lo que quiero, no te presiono, solo te digo mi verdad. Hay otras verdades que debes considerar –Gina bebió un sorbo de café para postergar las palabras que no quería decir. Sabía que él tenía razón, pero ¿cómo dar ese paso? ¿Casarse dos veces? ¿Con que finalidad? Si así estaban bien. Ella se había adaptado a la pareja que habían construido y lo amaba, pero la convivencia ininterrumpida era otra cosa. ¿Dónde irían a parar sus espacios de soledad? ¿Y las noches sin cocinar porque prefería acostarse sin comer y pedir helado? ¿Y leer hasta cualquier hora en la cama, o levantarse en mitad de la noche y continuar mirando una serie por su desvelo, y tantas otras batallas de independencia ganada después de su revolución personal?–. ¿Estás aquí? –preguntó Rafael, que la vio irse a otra galaxia con sus pensamientos. Conocía cada una de sus expresiones.

–Después –dijo ella casi sin sentido.

–¿Después qué? –preguntó él con curiosidad. Obviamente *después* no era una respuesta clara a una propuesta como la que le que había hecho.

–¿Por qué siempre hay un después? –preguntó, indignada.

–Después es ahora –le respondió él comprendiendo enteramente el punto.

–Me refiero a que nada termina bien del todo cuando comienza una relación. Con el encuentro, con el beso, con la entrega. Cuando sientes que estás tranquila, algo sucede. No es como en las películas o los libros; en la vida ningún final es la conclusión real. Siempre ocurre algo, *después* –remarcó con énfasis.

–Se llama vida, no has descubierto gran cosa, amor. En la nuestra, como en todas las parejas, hay un después, y luego, otro y otro más. Pero son solo la suma de los ahora que compartimos. Entiendo lo que dices y creo que estás asustada. Así es que no me respondas, piénsalo, y sorpréndeme –dijo con sinceridad. Se acercó a ella, la besó en los labios y se despidió. Rafael tenía que estar en su trabajo más temprano esa mañana.

Los dos recordaron la conversación en el aeropuerto de Bogotá cuando él viajó y la sorprendió en la confitería en una mesa desde la que podía ver la pista de despegue. Le había dicho que estaba enamorado y ella se había apresurado a decirle que no renunciaría a su libertad. Él no quería ir a vivir con ella en ese momento y le dio tranquilidad en tal sentido. No obstante, Gina, con mucho miedo de volver a perderse, había huido de su campo visual para llamar a Paul, quien le había dicho que el miedo era lógico, pero que tenía adelante, también, una oportunidad; su amigo le sugirió que eligiera con el corazón. Después, había regresado con Rafael y había sido muy clara en su posición. Entonces, era una revolucionaria vencedora, pero no tan necia como para no negociar algunos milímetros de su territorio emocional en beneficio de más felicidad. Eso le había dicho Alicia Fernández, la mujer que le había enseñado todo lo que sabía profesionalmente y de quien había recibido su registro notarial.

Tres años después, justo cuando se sentía muy a gusto y en paz, una propuesta ponía en vilo sus logros y la enfrentaba al miedo una vez más. ¿Qué le pasaba a Rafael que lanzaba una granada en la sala y se iba de allí con una sonrisa de superado? ¿Era él capaz de dejarla si no accedía? ¿Era ella capaz de ceder? Si lo hacía ¿asumía el riesgo de dar posibilidad a la rutina y a un final anunciado? ¿Todo se arruinaría de un modo u otro? ¿Era necesario que le hubiera hecho esa propuesta?

No, no lo era.

* * *

Gina se quedó pensando en la situación. Ella estaba acostumbrada a tener una vida independiente, y quería continuar preservando los dos espacios: el propio y el de la pareja. La decisión de vivir en casas separadas no era falta de compromiso, ella volvería a elegir a Rafael cada día de su vida. Sin embargo, algo la inquietaba internamente. ¿Acaso a sus cuarenta y ocho años era protagonista de una nueva modalidad de situarse frente al amor?

La relación de su pareja se sostenía por las ganas de estar juntos. Desde hacía tres años, el tiempo compartido era una novedad, un placer, una sorpresa, siempre grata, que no los empujaba a la sensación de estar invadidos. Se amaban y se respetaban, porque no se sentían ni dueños ni huéspedes, sin importar dónde estuvieran, porque se amaban y ambos eran parte del lugar que elegían. No era dónde, era con quién.

Tampoco se trataba de evitar peleas, ella no discutía con Rafael justamente porque yéndose ponía en pausa los temas ásperos y, luego, retomaba con más comprensión y otra actitud.

Lo que sucedía era que le gustaba recrear un estado de distancia que renovara el pacto día a día. La elección del uno por el otro por la vía del deseo, en cada oportunidad, garantizaba que cada encuentro sería en favor de la relación. ¿Podría la convivencia poner en riesgo lo que habían logrado? ¿Deseaba usar una alianza otra vez?

CAPÍTULO 49

Soltar

Que nunca intentaré olvidarte,
y que si lo hiciera, no lo conseguiría.
Julio Cortázar, 1963

BUENOS AIRES

L os días de Matías en Buenos Aires pasaban de una manera inesperada y rápida para él. Compartía mucho tiempo con Gabriel, disfrutaba de la rutina de sus espacios con Rocky en la casa y en sus paseos diarios, cada vez más prolongados, a los bosques de Palermo, lugar en el que continuaba encontrándose con Corina. Estaba sumergido en la magia de una ciudad como Buenos Aires y le gustaba. Todos sus momentos eran grandes aliados a la hora de enfrentar su batalla personal. Y si bien Isabella estaba instalada en su corazón, había logrado poder vivir sin ella. Aunque no era menos cierto que la esperanza llevaba su nombre, y para él, esa distancia era temporal.

Podría decirse que con Corina se habían hecho amigos. Conversaban de una manera tan sincera que incluso se divertían al reírse de sus propias debilidades. Se habían convertido en confidentes. No podían explicar ese rol desde los pocos días que hacía que se conocían, pero sí desde la profundidad de los momentos que compartían. Se habían unido en la empatía común que atraviesa las diferentes formas del miedo a perder a alguien. Así como Paul era el ángel de Isabella, Corina se había convertido en el ángel de Matías, al igual que el fiel Rocky. Amaba ese perro, era casi humano. Entendía mejor a Gabriel desde que se había encariñado con la mascota.

Gracias a la información que le proveía Gina, con quién se comunicaba a diario, Matías sabía que Isabella se había instalado y estaba bien en Nueva York. Lo mismo hacía Isabella. Y Gina, sin querer ser parte de la separación, había concluido que darles tranquilidad respecto del otro mientras resolvían sus diferencias, para bien o para mal, era lo correcto. De ese modo, con una mensajera directa y discreta, que no traicionaba las confidencias de ninguno de los dos, ambos tenían el mínimo dato certero de saber que el otro resistía el silencio.

Durante una semana, Isabella no había publicado su columna, porque la revista *Nosotras* le había hecho una entrevista especial, con la idea de que sus seguidoras supieran dónde estaba y porqué, para desde allí seguir escribiéndoles. Esa mañana la columna debía estar publicada, y Matías despertó pensando en dos cosas: En qué le diría ella a través de sus palabras y en que su viaje llegaba a su fin. Ambas cuestiones le hacían doler el estómago.

Un mensaje de Corina le robó una sonrisa. Era increíble cómo esa mujer había logrado conocerlo en tan poco tiempo.

Corina
¿Ya la leíste?

Matías
Estoy postergándolo.

Corina
Me lo imaginé. ¿Qué haces?

Matías
Pienso en ella y en que no deseo que mi estadía
en Buenos Aires termine.

Corina
¡Es mejor que abandones ese método de tortura! ¿Te veo en
los bosques en una hora? Hoy es hoy y estás aquí.

Gabriel ya se había ido a Tribunales y Rocky dormía a su lado como si fuera una pequeña estatua. Buscaba el hueco de su brazo, y cuando él lo abrazaba ya no se movía más. Sin embargo, si él se movía Rocky protestaba en su idioma. Por supuesto que a esa altura, Matías también le hablaba como si pudiera entenderle.

Entonces, buscó la columna en internet y la leyó.

Soltar

Lejos de todo y de todos, pero muy cerca de ti misma. Ese es el lugar exacto al que cada una debería llegar justo antes de una decisión importante. No les diré que no duele la ausencia, que no se fabula respecto de las posibilidades que el destino podría poner en el lugar que se ha dejado vacío. Analizamos variables y, a veces, sentimos deseos de llorar; otras, no podemos dormir por la noche. El verbo "soltar" cuesta más de lo que es exigible a un ser humano que ama sin duda alguna respecto del sentimiento. Entonces, pensamos: ¿Acaso lo difícil es aceptar que nos han soltado también? En ese momento quisiéramos poder descubrir los pensamientos de una sola persona en todo el mundo, pero la mala noticia es que eso no es posible. Nos gustaría estar seguras de que somos un intervalo en medio de una diferencia; sin embargo, cuando recordamos la rigurosidad de esa diferencia, dejamos de creer en los intervalos como breves espacios de tiempo contado en hebras de amor herido. Estoy convencida de que a muchas de ustedes les sucede lo que hoy escribo. Entonces, regreso a la única solución que se me ocurre y que no es consecuencia de la distancia, pues aquí, enfrente, mientras las palabras salen de mí, está sentada mi preocupación que ha viajado conmigo y no se aparta ni un momento de mi alcance.

Por definición, soltar es hacer que algo o alguien deje de estar atado. No me gustan las ataduras, ni la palabra, ni la idea. La libertad me define. Sigo pensando en mi concepto propio, porque no se trata de un cautiverio. Me refiero a cada una de nosotras, a "soltar internamente", y eso significa dejar partir, dejar de

372   *aferrarnos a situaciones que nos hacen daño, nos lastiman; patrones condicionados de comportamiento, de relaciones, emociones, expectativas.*

Y mientras comparto lo que siento me doy cuenta de que soltar conlleva una pérdida emocional y, en muchos casos, una renuncia. Pero ¿puede ser la libertad también la llegada de una solución? ¿Y si al dejar de dar vueltas sobre lo mismo, la magia de las infinitas posibilidades que encierra el presente abriera las puertas de su casa y dejara salir una opción que no pudimos imaginar? ¿Adónde van los problemas que soltamos? ¿Se juntan en la tierra del conflicto y discuten entre ellos como cada una de nosotras lo hace, con las causas que nos afectan, sobre la almohada? ¿Debemos hacer una lista de todo lo que hay que soltar? Estoy segura de que todas sabemos qué escribir en primer lugar, pero ¿es lo único?

Las desventajas de un desacuerdo hacen que quieras soltar el problema, pero ¿cómo soltar las grandes ventajas que hacen que te apegues? Hasta aquí no he dado respuestas. Lo sé. Supongo que cuando las hojas están listas simplemente caen de la rama, así como los barcos sueltan amarras. Hoy decido soltar lo que ya no se sostiene por sí mismo y confío en entregarme al vacío. Intentaré hacerlo sin miedo, como el árbol que confía en que las hojas volverán a nacer en primavera.

Tú, ¿aceptas que hay cosas que no son como te gustaría y que no has podido hallar la solución para cambiarlas? ¿Te atreves a soltarlas? ¿Te animas a esperar tu primavera?

Isabella López Rivera

Matías leyó varias veces el texto. Tomó su celular para llamar a Isabella. Se arrepintió. Bebió rápido su café, le puso la correa a Rocky y fue en busca de Corina.

* * *

Caminaban juntos luego de que ella leyera la columna.

–¿Qué piensas? –preguntó Matías.

–Que escribe muy bien, que sabe lo que dice y que te ama, pero está harta de dar vueltas sobre la cuestión. Creo que lo ha dejado librado a lo que deba ser. Eso entiendo yo por soltar.

–¿Librado a lo que deba ser? –repitió–. ¿Eso sería cada uno por su lado?

–No necesariamente. No sabemos lo que sucederá, ella tampoco, pero lo acepta. Ya no la asusta la incertidumbre. Eso entiendo.

–No quiero perderla.

–No lo hagas.

–¿Entonces debo renunciar a mi deseo de ser padre?

–Yo no puedo decirte qué debes hacer. ¿Tú quieres ser padre? ¿O quieres tener un hijo con ella? Porque son dos cosas diferentes.

–¡Quiero un hijo con ella! ¡Quiero una familia y todo con ella!

–Matías, tú amas a Isabella. ¿Por qué no sueltas un poco el tema del hijo y vas a buscarla? Intenta ser feliz y ver las señales mientras la vida va poniendo cada cosa en su lugar.

374 —Lo dices tú, que despediste de un grito a la segunda oportunidad de amar de tu vida –reflexionó.

—Es diferente, él me traicionó en medio de todo nuestro amor y nuestros planes. Y no hubo señal que me alertara de eso, no lo vi venir. Isabella ha sido completamente honesta contigo. Piénsalo.

—No soy muy bueno para las señales, pero prometo estar atento. Voy a extrañar nuestras conversaciones.

—También yo.

—¿Cómo estás tú?

—Triste, pero dando batalla. Me digo que si pude salir adelante luego de la muerte de Leonardo, tengo que ser capaz de superar la estupidez de Alejandro.

—¿De verdad crees que es imposible estar con él, aunque tenga un hijo?

—El hijo no es el problema. Es él. Ha vuelto corriendo con ella, y es capaz de quedarse allí. No puedo dejar mi futuro en manos de las decisiones de su exesposa. Si ella lo echa, volverá y cuando lo llame, irá. Yo quiero seguridad, día a día, no a largo plazo porque sé que eso es imposible. Pero en cuanto a lo que la persona que amo sea capaz de hacer por mí quiero seguridad eterna. La lealtad es hasta siempre. ¿Comprendes?

—Es muy claro.

—Aprenderé a volver a empezar, aunque no creo que vuelva a permitir a mi corazón enamorarse.

—¿Y qué tal si también tú sueltas el tema del hijo y vas a buscarlo a ver si logran hablar?

–¡Estás usando casi mis palabras, cretino!

–Sí, pero hablo de otro hijo –agregó. Ambos rieron.

–Dime, ¿sabes si Gabriel ha hablado con Juan Pablo sobre Verónica?

–Sé que hoy iba a verlo. La verdad, escuchar a tu amiga lo hizo repensar la situación.

–Verónica es una persona generosa, justa y divertida. Este divorcio la está dañando económica y emocionalmente. Realmente no desea estar enojada con Juan Pablo. Ayer me dio su tarjeta de crédito.

–¿Para qué?

–Para no usarla. Mi hizo jurar que me diga lo que me diga para convencerme, no se la devuelva. A ella le gusta mucho comprarse cosas, se indemniza –dijo y le explicó el concepto–, realmente lo disfruta, pero ahora con las compras por ansiedad, vivir y todos los gastos que le paga a su madre del departamento está en zona roja de peligro financiero, eso dijo. Te pido que si está a tu alcance intercedas en su favor.

–Iremos los tres a cenar, para despedirme. Prometo que lo haré. ¿Ella está en pareja con la mujer?

–No, no del todo. Se ven, pero no ha pasado nada aún. Kim es buena, yo la conocí. Entiende la situación y creo que la esperará todo el tiempo necesario porque la mira con amor.

–¿No es extraño para ti?

–Yo quiero a mi amiga feliz, me da igual quién duerma o viva con ella.

–Tiene sentido –respondió Matías no muy convencido.

376   Un rato después, se saludaban como durante los últimos días, pero el sabor de la despedida los invadía de nostalgia. Seguirían comunicados, pero no sería lo mismo. Cada uno transitaría el futuro con su mochila a cuestas, lejos de un encuentro con el otro. Tal vez, fueran capaces de alivianarla si soltaban sus ataduras interiores.

—Me harás falta. No iré al aeropuerto. Odio las despedidas. Es todo lo que diré —dijo ella.

—Estaré para ti, solo llámame, yo lo haré —dijo y la abrazó fuerte—. Volveré —prometió—. Haz lo que sea para ser feliz.

—Tú también.

CAPÍTULO 50

Hombres

Puedes cerrar tus ojos a las cosas que no quieres ver.
Pero no puedes cerrar tu corazón
a las cosas que no quieres sentir.
Frase atribuida a Johnny Depp,
Estados Unidos, 1963

BUENOS AIRES

L a última tarde de Matías en Buenos Aires, antes de regresar a Bogotá, estaba impregnada de nostalgia. La ausencia de Isabella hacía que no fuera lo mismo volver a dormir en la cama que compartían, pero ahora sin ella. Su regreso lo enfrentaría al trabajo, a los curiosos de la revista, quienes conjeturarían a sus espaldas y a los atrevidos que directamente le hablarían de ella para medir su reacción. Es que a Isabella la leía todo el equipo editorial, y a la luz de los hechos era fácil suponer que algo no estaba bien entre ellos. Aún no había decidido qué postura iba a tomar.

Conversaba con su amigo y le agradecía la invitación. Realmente había sido todo lo feliz que alguien pudiera ser en sus circunstancias. Por breves espacios de tiempo había reído sin recordarla y, por otros, había logrado resistir el deseo de comunicarse con ella y todo lo había logrado gracias a Gabriel, a Rocky, a Corina y, en buena medida, a su propia voluntad permeable a cumplir con lo que se había propuesto. Pero eso coincidía con su estadía en Buenos Aires. Luego de eso no sabía qué haría porque ignoraba cómo se sentiría.

–Quédate unos días más, Mati –pidió Gabriel quien se había acostumbrado a su compañía.

–No puedo, amigo. Pedí diez días de licencia y la verdad es que han sido suficientes. No porque no me gustaría quedarme aquí sino porque no quiero dilatar más las cosas que debo enfrentar y, para mal o para bien, debo resolver mi situación con Isabella. Ella quería espacio, yo no quería verla partir, y deseaba que me extrañara. Sin embargo, soy un adulto y esto del silencio no puede continuar hasta su regreso.

–Dicho de esa manera, es verdad. Pero debes reconocer que aquí has estado bien, Corina y tú se han ayudado mutuamente en los momentos que transitan. Rocky te quiere y te echará de menos –dijo con referencia al perro, que ya estaba sentado sobre la pierna de Matías.

–¿Te lo dijo? –preguntó bromeando con referencia a la mascota.

–Míralo a los ojos y dime, ¿hace falta que hable?

–No. No necesita hablar –afirmó Matías y le acarició la cabeza a Rocky–. También yo lo voy a extrañar, mucho. Se hace amar este perro.

–¿Por qué no buscas uno en Bogotá?

–Sería una decisión que debería tomar con Bella… –respondió.

–La cuestión es que Bella no estará a tu regreso y no sabemos cuándo volverá. Así es que te sugiero que, al llegar, empieces a tomar determinaciones que te hagan bien a ti.

–¿Y si me voy a Nueva York? –preguntó de pronto. Su expresión pedía más consejo que sus palabras.

–¿Estás dispuesto a ceder?

–No, pero tal vez…

–Tal vez nada, amigo –lo interrumpió–. Si vas, renuncias a tu deseo, y si no espera a que el tiempo transcurra. Intenta seguir con tu vida, y si hablas con ella escucha lo que tenga para decir, tú ya has sido claro.

–Suenas enojado con ella –dijo Matías con honestidad.

–Me enoja la pérdida de tiempo, me enfurece que no seas feliz teniéndolo todo para serlo. Ya ves, has estado aquí pocos días y conociste a una mujer genial. ¿No pensaste que podrías volver a enamorarte?

–No. Amo a Isabella, no tengo dudas sobre eso. Y, por cierto, Corina ama a Alejandro.

–A la fecha, puede ser. Si pasan más tiempo juntos… No estoy tan seguro.

–No digas tonterías, nos hemos hechos amigos.

–Justamente por eso lo digo. Los he visto juntos. Le creo a mis ojos, y entre ustedes podría suceder algo más, estoy seguro.

–Dime, ¿hablaste con Juan Pablo? –Matías cambió de tema radicalmente.

–Sí.

–¿Y?

–No lo sé, lo está pensando. Le dije que escuché a Verónica y le creí. Que parece ser una buena mujer. Le propuse que deje de lado las circunstancias. Esta noche puedes darle tu opinión, nos invitó a cenar para despedirte.

–Lo haré.

–¿Corina te pidió que averigües?

–Me preguntó si sabía algo. Parece que Verónica está económicamente muy complicada –dijo, y le contó que Corina tenía en custodia su tarjeta de crédito con expresa orden de no devolvérsela cualquiera fuera la causa por la que se la pidiera.

–No sé qué me sucedió esa tarde. Supongo que toda la situación invocó mi sensibilidad –dijo refiriéndose al encuentro en su oficina con Verónica Marino.

–¿Te arrepientes?

–No, para nada. No seré ni más rico ni más pobre con este divorcio, y la verdad, es bueno recordar que elegí ser abogado con la idea de trabajar en favor de lo que es justo.

–Me alegra que dentro de tu profesión pertenezcas al grupo de los buenos –agregó Matías.

–¡No te alegres tanto! No puedo mentirte, no todos piensan lo mismo. He tenido muchos casos en que omití encontrarme con mi lado sensible en beneficio de mi bienestar económico.

–¡Prefiero no saber!

Unas horas después, ambos se encontraban con Juan Pablo Aráoz, en un restaurant del vecindario de la Recoleta. Los tres conversaban animadamente, aunque por momentos Matías se ausentaba de la charla porque pensaba en Isabella; la extrañaba, quería abrazarla, y su inminente regreso lo acercaba a la otra verdad, la que esperaba por él cuando enfrentara la habitualidad de su vida, pero sin ella.

–¿Y tú qué piensas? –le preguntó Juan Pablo a Matías.

–Perdón, me distraje. ¿Qué pienso de qué?

–Sobre mi ex. Aquí, mi amigo, que es además mi abogado, me dice que estaría bien que le deje una propiedad.

–¡Ahh, sobre eso! Bueno, mira, seré honesto contigo. Lo que te sucedió es espantoso. Que una mujer te deje es tremendo, pero que lo haga porque se enamoró de una mujer es algo que entiendo pero aún me cuesta naturalizar.

–¡Espera, espera! Se supone que tú querías ayudar a Verónica –interrumpió Gabriel–. Si lo haces así, creo que ella no precisa tu apoyo –dijo riendo.

–¡Aún no terminé! Dicho eso, la verdad es que creo que no te lo hizo adrede. No fue personal. No se burló de ti. Tampoco te ocultó lo que le sucedía. Ella misma se negaba a enfrentarlo.

–¿Y cómo sabes eso?

–Porque el destino quiso que conociera a Corina, y compartimos mucho sobre este tema.

–¿Compartieron? ¿Llegaste a Buenos Aires deprimido y ya lo superaste? –preguntó Juan Pablo con cierta animosidad.

–¡No! Solo nos hicimos amigos. Hablamos mucho de Isabella, de lo que nos pasa, de su pareja, de lo difícil de las relaciones y, por supuesto, de su amiga, tu ex. Corina me contó lo que te estoy diciendo. Verónica vivió una verdadera pesadilla hasta que pudo aceptar lo que le pasaba, y lo primero que hizo fue decírtelo a ti. Es más, si le das el apartamento, la ayudarías muchísimo, pero si no lo haces, ella firmará lo que quieras.

–Eso es cierto, es exactamente lo que me dijo a mí. Además, me pidió que te comunicara que en el caso de sentir amor por un hombre, sería solo por ti. Ella te quiere –agregó Gabriel.

–¿En serio? –preguntó, sorprendido–. ¿Qué te dijo textualmente?

–Bueno, no sé si me acuerdo con exactitud sus palabras. Ella apeló a mi sensibilidad para que la escuche, luego dijo su verdad, que sería la otra verdad de este asunto. Sí recuerdo con claridad que refirió no haber sido mala contigo, que jamás te traicionó y que había decidido decirte la verdad porque no merecías menos que eso. Dijo que si bien todo te pertenecía antes del matrimonio, tú y ella habían trabajado al mismo nivel para mejorar y progresar. Me pidió que intente hacerte entender todo eso, y que por favor dejara de ser *el despiadado* para convertirme en *el abogado fuera de serie* capaz de ser sensible y equitativo –concluyó.

Juan Pablo sonrió como si pudiera reconocer en cada parte del relato a la mujer de la que se había enamorado.

–Solo para completar la idea, ella y Corina lo apodaron *el despiadado* y así se refieren a él, cosa que, es evidente, hirió su amor propio y su valor de justicia –intervino Matías con humor.

–¿Qué pasó luego? ¿Se fue y nada más?

–¡No! Eso sí lo recuerdo bien porque me afectó. Dijo casi textual: "Ahora que sé que me ha escuchado desde otro lugar, dejaré en sus manos la posibilidad de ser justo. Sepa que firmaré lo que Juan Pablo desee, pero confío en que pueda interceder en favor de un final que evidencie que somos tres buenas personas".

–¡Es muy vehemente!

–Lo es –confirmó Gabriel.

–¿Y tú solo argumentas en su favor para perder tu apodo? –preguntó Juan Pablo con una decisión tomada.

–Me molesta bastante que me llamen despiadado, lo confieso. Pero no es el motivo; logré ponerme en su lugar y también en el tuyo. Son buenas personas y sé que todavía la quieres; lastimarla no terminará con ese amor.

–¡Escúchalo! ¡Hasta hace justicia poética! –comentó Matías.

–Propongo un brindis –agregó Juan Pablo–. Brindo porque ninguna mujer, haga lo que haga o sienta lo que sienta, nos convierta en quienes no somos, ni ahora ni nunca.

–Que así, sea. ¡Salud! –brindó Matías.

–Difícil que eso pase conmigo, pero ¡salud, por ustedes más que nada! –fue lo que dijo Gabriel.

Los hombres buenos nunca se abandonan a sí mismos,

384   pueden atravesar peleas, decir cosas de las que no es posible volver, escuchar otras, peores aún, pero cuando las virtudes son la esencia, no hay impulso, adversidad o situación que pueda derrotarlas y dejar egoísmo donde hay valores. Si lo que subyace, luego de la tormenta emocional, es maldad, entonces es tiempo de asumir que siempre ha sido así. Lo que se creyó conocer, e incluso, amar, era un perfecto disfraz.

CAPÍTULO 51

Sorpresa

En el alma de mi gente, en el cuero del tambor.
En las manos del conguero, en los pies del bailador.
Yo viviré, allí estaré.

De la canción *Yo viviré* (*I Will Survive*), interpretada por Celia Cruz.
Compositores: Dino Fekaris, Freddie Perren y Oscar Gomez Diaz, 2000

BUENOS AIRES

Ese día, María Paz y Makena partirían desde el Aeropuerto Internacional de Ezeiza, en Buenos Aires, con destino a Bogotá. Todo estaba listo y en orden; sin embargo, María Paz no podía dejar de verificar los pasajes, los pasaportes, los documentos de la niña, su bolso de mano, el dinero y que todo en la casa que, dejarían atrás por un tiempo, estuviera en condiciones. Beatriz tenía llave del apartamento y se había comprometido a ir a cuidar sus plantas y a ventilar los ambientes.

Muy temprano esa mañana, su hermana, junto con su madre, las pasó a buscar para ir al aeropuerto a despedirlas. Emilia había desocupado la cajuela, previendo que allí ubicaría el

equipaje. Entre risas, cantos y mucha ansiedad llegaron. El horario les daba la posibilidad, previamente calculada, de desayunar juntas antes de embarcar.

Así es que sentadas en una confitería del aeropuerto las cuatro Grimaldi vivían la víspera con los nervios propios en cada caso, a excepción de Makena, que disfrutaba feliz y tranquila. Para ella se trataba de una aventura y observaba todo a su alrededor. Pasaban personas con maletas, el movimiento era continuo, la expresión de los rostros era diferente a la que estaba acostumbrada. Los distintos idiomas jugaban a conocerse. En los aeropuertos algo empieza o termina; en las horas previas a subir a un vuelo o bajar de otro los relojes de los que esperan se alejan del tiempo real, las caras de las personas cuentan en susurros sus planes secretos, en el lenguaje silencioso del alma, que ninguno puede escuchar. Pero insisten y llevan su ilusión o sus dudas como una señal en la mirada. Y todos saben que sucede mucho más de lo que pueden alcanzar sus ojos. Se siente con claridad la energía, la vibración ansiosa de los que, avanzando o retrocediendo, deciden cambiar de posición en el mundo sabiendo que el mapa de sus verdades conocidas esconde destinos donde hay otras verdades por descubrir.

—Maki, tengo un regalo para ti —dijo Beatriz. La niña observó el envoltorio y no pudo adivinar lo que contenía esa caja de forma rectangular.

María Paz miraba con curiosidad; Emilia, que ya sabía qué era, esperaba la reacción de su sobrina. Había decidido dejar

de lado sus propias cuestiones ese día, nada iba a interferir
con esa despedida.

La pequeña lo abrió y un celular nuevo, con una funda llena de estrellas sobre un fondo azul, la dejó sin habla. Lo encendió y vio que el protector de pantalla era un paisaje de África. Hacía mucho tiempo que quería un teléfono, y sin duda esta era la mejor oportunidad para que la niña pudiera comunicarse por sí misma. Por supuesto, Makena sabía manejarlo, usar el WhatsApp, la tienda de aplicaciones y conocía los juegos a los que podía acceder desde allí porque usaba el de su madre. Sin decir una palabra se puso de pie y abrazó a su abuela dejando el aparato sobre la mesa. Sus brazos la rodearon con tanta fuerza que Beatriz no pudo contener las lágrimas. Sería largo el tiempo de la distancia. En ese momento pensó que tal vez podría ir a visitarlas. Luego condujo su mente a la convicción de que quería hijas y nietos felices, aunque eso significara que estuvieran lejos.

–¿Te gusta? –preguntó Beatriz, ansiosa.

–¡Me encanta, abu!

–Podrás llamarnos por WhatsApp las veces que quieras y también hacer videollamadas. Tienes agendados cuatro números –le contó.

María Paz supo de inmediato que se trataba de los números de su hermana, su madre y el propio, pero ¿y el cuarto?

En ese momento, Beatriz respondió un mensaje y unos segundos después sonó la canción *Jerusalema* en el flamante celular de la niña. Makena lo tomó entre sus manos, aceptó

388   la videollamada y el rostro de su padre apareció allí, sonriente y expectante.

–¡Hola, mi amor! ¿Te gusta, hija?

–¡Hola, Obi! Estamos por tomar el avión y la abuela me regaló un celular. ¿Y tú cómo sabes? –Makena enfocó a todas con la cámara frontal, pero en vez de Obi fue su abuela la que habló primero.

–Porque no he sido yo quien te lo regala, Maki. Es un obsequio de tu papá. Él me envió el dinero y yo me ocupé de comprarlo para ti –dijo Beatriz, mientras María Paz miraba a su madre y supo que decía la verdad. De inmediato, adivinó que el cuarto número agendado era el de Obi. Entonces miró a su hija, la felicidad llevaba su nombre. Sus ojos almendrados brillaban de emoción y su sonrisa iluminaba el aeropuerto entero.

–¡Gracias, Obi! Está buenísimo.

–Me alegra que te guste, las estrellas te recordarán las de tu habitación hasta que se instalen en Bogotá.

–Las estrellas son mágicas para mí, me haré un tatuaje un día –las Grimaldi se miraron, sorprendidas, la niña tenía siete años… ¡Era un poco prematuro!–. Dime, ¿tú elegiste el tono de llamada?

–¡Claro! Es la canción que bailamos los tres –recordó.

–¡Me acuerdo bien! Y el paisaje, Obi, ¿dónde es? –preguntó.

–Es un atardecer en la sabana africana. Uno de los lugares más hermosos de este país.

–Hay cebras y una jirafa. ¡Me encantan!

–Lo sé, por eso están allí. ¡Hola a todas! –agregó dirigiéndose

a María Paz, a su madre y a su hermana–. Gracias, Beatriz, por permitirme estar allí y por ocuparse de que Maki tenga su regalo –dijo. Hablaba un español precario, pero se hacía entender bien.

–Un gusto, querido –respondió ella sin hacer contacto visual con María Paz. Emilia se reía de la situación. De pronto, algo que ninguna imaginó sucedió.

–María Paz –dijo Obi. Ella miró la pantalla–, quiero decirte algo importante y que tu familia lo escuche.

–Dime –respondió, sorprendida.

–Haré todo lo que no hice hasta ahora para que estemos juntos los tres. No digas nada. ¡Buen viaje! –agregó y la comunicación se cortó o él lo hizo adrede. No volvió a llamar. Las tres esperaban que Makena dijera algo, pero no lo hizo. Solo se la veía feliz. Antes de que surgieran los comentarios, María Paz fue clara.

–Por favor, no quiero consejos ni opiniones sobre lo que acaba de suceder. Mamá, ¿de verdad envió el dinero para el teléfono? –preguntó por lo bajo.

–Sí. Se ha comunicado conmigo varias veces y tengo el dinero para pagar este desayuno, dijo que él invitaba.

–¡La vida te da sorpresas, sorpresas te da la vida! –cantó Emilia la canción de Rubén Blades.

–Tú sabes mucho de eso –respondió María Paz, y todas rieron por lo desopilante de la situación.

–Hijas mías, haré algo que nunca pensé hacer.

–¿Qué?

–Voy a construir un recuerdo para las cuatro –todas la miraron con los ojos bien abiertos–. Voy a cantar –anunció.

Respiró hondo y comenzó a entonar la canción de Celia Cruz, *La vida es un carnaval*, mientras Makena llevaba el ritmo golpeando la mesa con sus pequeñas manos, a modo de tambor. Entonces, un viajero que se había sentado en la mesa de al lado tomó su guitarra, sumando el sonido ideal de sus cuerdas a esa fiesta que era también una despedida.

Todo aquel
que piense que la vida es desigual
tiene que saber que no es así
que la vida es una hermosura.
Hay que vivirla.

Todo aquel
que piense que está solo y que está mal
tiene que saber que no es así
que en la vida no hay nadie solo.
Siempre hay alguien.

Ay, no hay que llorar (no hay que llorar)
que la vida es un carnaval
que es más bello vivir cantando.
Oh oh oh ay, no hay que llorar (no hay que llorar)
que la vida es un carnaval
y las penas se van cantando...[3]

---

3   Cruz, C. (1998). La vida es un carnaval [Canción]. En *Mi vida es cantar.* Sony Music Latin. Autor de la letra: Víctor Daniel.

Algunas personas se detuvieron a mirar cuando Makena se puso a bailar, sin dejar de golpear sus manos contra diferentes objetos provocando sonidos únicos, y María Paz la acompañó. Simplemente, eran ellas mismas, sin importan dónde estaban o lo que pudiera pensar quien se detenía ante su festejo. Luego de esa sensación de encanto y optimismo que las invadió completas con la música. En la zona de embarque, ninguna lloró. La euforia seguía latiendo en ellas por el momento que acababan de compartir.

Ya ubicadas en las butacas del avión, las filas de asientos eran de tres. Makena estaba atenta a quién se sentaría al lado de su madre, ya que ella ocupaba la ventanilla. Un hombre joven se acercó, verificó el número de su asiento, guardó el equipaje de mano en el compartimiento superior y las observó. Los ojos hermosos de Makena destellaban alegría, y él no pudo evitar sentir ternura.

—Pero qué suerte la mía —dijo—. ¡Viajaré junto a las bailarinas del aeropuerto! Hola, me llamo Matías, ¿y ustedes son?

No es posible saber si la vida es un carnaval o da sorpresas o ambas cosas o es un camino de ida o se burla o retiene lo bueno que tiene un destino o baila o se divierte tejiendo redes o se detiene o es cruel o canta o premia, pero sí es verdad que, a su ritmo, a pesar de todo, disfrutar, es una posibilidad que cada día regala.

CAPÍTULO 52

Empatía

Las palabras amables pueden ser cortas y fáciles de decir,
pero sus ecos son realmente infinitos.
Frase atribuida a la Madre Teresa de Calcuta,
Macedonia del Norte, 1910-1997

NUEVA YORK

Los días de Isabella en Nueva York se empujaban unos a otros, todavía no se había cumplido la primera semana en *To be me* y su estilo de trabajo, su creatividad y, desde luego, su simpatía la habían convertido en la nueva directora editorial que los hacía sentir cómodos, aunque le exigía al máximo de su potencial a cada uno. Algo en su interior le decía que Matías leía sus columnas y se sentía decepcionada al confirmar que el día que se había publicado "Soltar" él no se había comunicado.

Paul era su confidente, su apoyo incondicional; si ella le pedía consejo, se lo daba, si no, era incapaz de hacer preguntas o invadirla en ningún sentido.

Recordó la noche del baile, que había terminado siendo muy divertida. Escuchando hits de los años setenta y ochenta junto a Paul, se había sorprendido a sí misma bailando clásicos y riendo. Recordaron a Gina y al *pendrive* que Paul le había regalado con esa música y que su madre escuchaba tan seguido en su casa. La conversación había quedado grabada en su memoria.

—Me encanta la camiseta que le diseñaste a mami con la leyenda "Choose life" igual a la que tuvo en su juventud —había comentado Isabella exhausta mientras se dejaba caer en el sillón—. Me contó la historia. *Wake me up*, de Wham!, el baile, Brujas, la despedida y bla bla bla… —dijo con cariño. Paul se emocionó. Amaba a su amiga Gina.

—¿Quieres una, *Little Princess*?

—¡No con esa leyenda! —fue su modo de decir que sí, quería una exclusiva, pensada para ella—. No elijo la vida sino "mi" vida —remarcó. Ambos entendían a qué se refería.

—¿Y qué debería decir una leyenda hecha para ti?

—No lo sé —respondió mientras pensaba qué palabra la definía mejor en ese momento—. ¿A ti cuál te parece?

—¿Lindura?

—¡Has hablado con Donato!

—Por supuesto, no iba a perderme todos los halagos que él te haría, tampoco la oportunidad de llamarlo.

—Luego me cuentas qué te dijo sobre mí, pero ¿qué es eso de que no perderías oportunidad de llamarlo? ¿Cuál es tu relación con él? Siempre hablamos de mí, cuéntame.

—Salimos un tiempo hace algunos años, yo lo dejé. ¿Puedes creerlo? ¡Lo dejé! —repitió, enfático—. Por alguien que me engañó con un amigo. Justo en ese tiempo conocí a tu madre.

—¿Y ahora? ¿Qué sucede entre ustedes?

—Volvimos a encontrarnos por ti, salimos a cenar. Los dos estamos solos, pero también más viejos. No hay lugar para nuevas heridas ni voluntad de cometer más errores. Él sufrió mucho mi abandono, y yo no quiero lastimarlo otra vez.

—¿Por qué lo harías?

—Porque nunca hay certezas de que algo funcione en sus segundas partes, con las mismas personas —aclaró—. No somos quienes éramos.

—Las segundas partes siempre conllevan un riesgo potenciado, pero no porque sean segundas oportunidades, sino porque ya se arrastran experiencias duras, tampoco porque sean con la misma persona, es lo mismo de quien se trate. Una piedra es una piedra y el problema es tropezar descalzo con ella sabiendo que estaba ahí. *Capito?* —dijo evocando a su madre con la palabra en italiano.

—Lindura, sí que eres profunda. Es verdad... pensándolo bien, es otra verdad que sumaré a mis convicciones —hizo una pausa—. ¿Quieres hablar de las piedras de tu camino? —fue sutil y usó el mismo simbolismo.

—¡Ay, Paul! Lo extraño tanto, estoy dolida, por momentos enojada, a veces muero de miedo al darme cuenta de que puede conocer a alguien, dejar de amarme... pero no puedo, no soy capaz de darle lo que me pide.

–Leí tu columna. Has soltado el problema. Te supera y eso debemos hacer cuando algo nos excede, porque si insistimos y luchamos contra lo que no es, vamos desgastándonos y muriendo un poco por dentro. En esos procesos, se pierde la risa y la alegría de vivir si no sueltas, a pesar de que, a veces, la vida es muy ingrata y puede ser una verdadera *shit* –dijo en inglés para que la palabra sonara más *cool*.

–Estoy de acuerdo, pero no resuelve mi amor por él ni mis ganas de que sigamos juntos. Y es imposible llegar a un acuerdo.

–Nada es imposible. Quizá tu error sea pensar que lo de ustedes se resuelve solo si uno de los dos cede. O tú te embarazas o él renuncia a ser padre. La vida tiene sus reveses y, tal vez, si están atentos, algo suceda y les dé la oportunidad de otra solución impensada.

–Me cuesta imaginar eso. Esto es imposible –dijo, y al escucharse recordó el fragmento de *Alicia en el país de las maravillas*.

–Solo si tú crees que lo es –respondió Paul. La magia de la novela la hizo sonreír.

–¡Y ahora yo soy Alicia y tú el Sombrerero Loco! –exclamó–. ¿Conocías la cita?

–No. ¿A qué te refieres? Leí la novela hace muchísimos años. ¿Por qué lo dices? Algo loco puedo ser, pero todavía no fabrico sombreros –dijo con humor.

–Porque es textual, Alicia dice: "Esto es imposible". El Sombrerero Loco responde: "Solo si tú crees que lo es". Es

mi novela favorita, de hecho, la he traído. Me acerca a mi niñez, me siento protegida cuando vuelvo mentalmente a esa época. Además, es muy profunda si la lees entre líneas.

–Definitivamente, volveré a leerla, pero deja que las cosas sucedan, solo presta mucha atención a todo. Vas a reconocer la solución –prometió Paul.

–¿Crees que será con él?

–No lo sé, pero creo que será lo mejor para los dos.

–¿Qué ha dicho Donato sobre mí? –cambió de tema.

–Está maravillado contigo y tus ideas. Es muy ansioso y tiene proyectos, quiere todo ya. Dice que no le alcanzarán tres meses y que desea que Irene decida quedarse más tiempo con su bebé. La aprecia, pero él está convencido de que no es como tú a la hora del desempeño laboral. Eso dijo.

En ese momento, mientras el recuerdo de esa conversación se alejaba de sus ideas, y decidía que el sector Noticias se ocupara de una investigación de violencia racial ocurrido en ese país en manos de un policía, Donato entró a su despacho.

–¡Hola, lindura! Debo ir a Queens. ¿Quieres acompañarme?

–¿Por las becas? –Isabella recordó de inmediato el tema.

–No en este caso; las de este año ya están decididas. Voy porque hay una familia pequeña, madre e hija, que pasan un mal momento. Son de Puerto Rico. Debo ir allí.

–¿Me das unos minutos para dejar algunas instrucciones aquí? –respondió, guiada por un impulso que le indicaba que debía ir.

–Por supuesto.

Una hora después, iban camino al vecindario latino y Donato le contó una historia muy triste.

—Puerto Rico, conocida como "Isla del encanto", además de la de Ricky Martin, a quien todos adoran, es la cuna de miles de historias. Allí, una amiga de mi madre tuvo una hija siendo soltera, Amanda. Mamá las conoció en Queens, eran inmigrantes ilegales. Las ayudó con los trámites para obtener la residencia, y luego de darle trabajo a la madre y estudio a la hija, ambas lograron, años después, con el apoyo de mi padre y sus contactos, la ciudadanía. Amanda es mi gran amiga, la conozco muy bien, trabaja en *To be me* aunque ahora está con licencia. Ella repitió la historia en cuanto a ser madre soltera y así llegamos a Maricruz Rodríguez. Tiene trece años, estudia en Queens con una beca. No han querido mudarse; Amanda es terca como una mula.

—Bien, pero dime: ¿por qué lo cuentas con cierta angustia? —preguntó Isabella porque el ánimo de Donato y su carácter habitual habían mutado y su semblante estaba serio como alguien que cuenta una verdad con tristeza.

—Ya lo verás tú misma —respondió al tiempo que llegaban al frente de una humilde vivienda.

Isabella sentía curiosidad. Tocaron el timbre y una mujer abrió la puerta. Vestía unos leggins negros y una camiseta amplia y larga con una estampa de la bandera de Estados Unidos, calzado deportivo y una gorra que combinaba. Al detenerse en su rostro, Bella supo que la mujer era paciente de rayos o quimioterapia, o ambas cosas, porque no tenía sus cejas reales, sino pintadas; adivinó que no tenía cabello, y el color de su piel morena estaba alterado por una evidente enfermedad. Se la veía tranquila y cómoda, pero no entregada a su situación. Su actitud no era la de alguien que se victimiza sino lo contrario.

–¡Hola, Donato! ¡Qué alegría! Has venido acompañado. ¡Qué bien! Pasen –los invitó.

–¡Hola, Amanda! Ella es Isabella, hija de una amiga de Paul, que ha venido de Bogotá para hacer brillar mi revista –explicó.

–¡Bienvenida, Isabella! Estás rodeada de dos hombres magníficos. ¡Aunque Paul no hizo lo que debía hace años, lo he perdonado! –por alguna razón, Isabella se sentía observada desde un amor maternal que no lograba descifrar. Amanda preparó café y les ofreció una porción de pastel de chocolate que ella misma había preparado. Los tres se sentaron a conversar.

–¿A qué hora regresa Maricruz? –preguntó Donato.

–En una hora –respondió Amanda, luego de mirar su reloj–. Cada vez me cuesta más que vaya a la escuela. No quiere dejarme. Tiene miedo –confesó. Luego se dirigió a Isabella–: Tengo los días contados, hice todos los tratamientos, pero el cáncer no remite, sino que ha avanzado. He pasado por todo, pero ahora decidí que lo que sea que me quede será junto a mi hija con mi mejor actitud, sin lágrimas, ni enojo, ni hospitales,

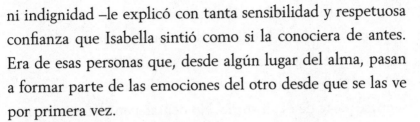

ni indignidad –le explicó con tanta sensibilidad y respetuosa confianza que Isabella sintió como si la conociera de antes. Era de esas personas que, desde algún lugar del alma, pasan a formar parte de las emociones del otro desde que se las ve por primera vez.

Donato observó la mirada de Isabella y pudo presentir su empatía. No se había equivocado.

–Es entendible que tu hija Maricruz quiera quedarse aquí –respondió. La sola idea de que a sus trece años algo así le hubiese ocurrido a Gina le congeló el cuerpo.

–Sí, lo es. Pero intento hacerla fuerte. Deberá continuar sin mí y lo sabe. Ella no es una chica como las demás. Ya verás.

–No, no lo es. Te he traído la asignación de la Fundación –dijo Donato y le entregó un sobre con dinero–, además de tu paga –agregó.

–Gracias, amigo, no sé qué habría hecho ni qué haría sin ti. Extraño *To be me* –agregó–. Estar ocupada quita la verdad de mi cabeza de a ratos.

–Supongo que no vas para pasar tiempo con tu hija, ¿verdad? –preguntó Isabella.

–Por ese motivo y porque mi estado de salud podría causarle problemas a Donato si algo me sucede allí. Hago algunas tareas de manera remota para entretenerme, pero no es lo mismo.

El tiempo transcurrió charlando como si los tres fueran amigos. Era una situación rara que sucedía, paradójicamente, con la normalidad de quienes se conocen desde siempre porque fueron sinceros en sus confidencias. Quizá el hecho

400 de que no fuera así les daba la posibilidad de conversar sin censurar sus ideas. Media hora después, cada uno conocía la mayor preocupación de los otros dos.

Isabella se preguntaba cómo había llegado a ese lugar y a sentirse parte de esa historia. No pensaba en ella misma o en Matías, sino en lo terrible que podía ser la verdad de otros.

En ese momento, con música de fondo de Ricky Martin, la puerta se abrió.

–¡Hola, ma! ¿Cómo estás? –saludó una jovencita como si no hubiera nadie más en la sala.

–Bien, hija.

–Hola, Maricruz. Sigues creciendo –comentó Donato, que veía cambios que significaban pequeños pasos hacia la mujer en que se convertiría un día.

–¡Hola, Donny! Perdón –dijo al ver a Isabella–, soy Maricruz –agregó y le dio un beso en la mejilla.

Isabella observó la manera en que se movía, cómo miraba a su madre y la forma en que se reía con Donato. Pensó que realmente, con su madre muriendo, había que ser diferente para comportarse así. Un rato después de charlar los cuatro, la joven se fue a su dormitorio y cerró la puerta.

Cuando estaban por irse, Bella, guiada por una necesidad inexplicable de ver a la joven una vez más, preguntó si podía despedirse de ella. Una columna nueva nacía en ella. Su creatividad la guiaba hacia Maricruz.

–Claro, ¡ve a su dormitorio!

Isabella golpeó suavemente la puerta. La habitación de

Maricruz estaba alejada de la sala. Amanda y Donato no podían escuchar.

–Dame un minuto, mamá –se escuchó.

–Soy Isabella –respondió. Maricruz le abrió.

–Eres tú, ¡qué alivio! Entra rápido –pidió y cerró la puerta enseguida. Tenía los ojos llenos de lágrimas, hinchados de llorar; aunque en el dormitorio había música latina sonando fuerte, era incuestionable que tenía por finalidad tapar sus sollozos.

–Pequeña... ven aquí –dijo Isabella y la abrazó. No hacía falta preguntar lo que sucedía, era evidente. Maricruz sostenía una fortaleza delante de su madre y de los demás que la estaba derrumbando por dentro. Frente a Isabella, que era una desconocida, los disfraces podían quedar en el armario–. No diré nada. No preguntaré tampoco. Llora lo que necesites. Aquí estoy –dijo–. No debes pasar por esto sola.

Ser el otro, ponerse en su lugar en todo momento, pero en especial en los de mayor vulnerabilidad, es un modo de amor y de empatía que podría, en sí mismo, cambiar el mundo y mostrar muchas otras verdades que siempre estuvieron a un pensamiento de distancia.

CAPÍTULO 53

Fragilidad

A veces no necesitamos a alguien que nos arregle,
a veces, solo necesitamos a alguien que nos quiera,
mientras nos arreglamos nosotros mismos.

Julio Cortázar, 1963

BUENOS AIRES

Cuando regresó del aeropuerto, Emilia se dirigió al Mushotoku. A pesar de la discusión y de todo lo ocurrido, Alejandro se resistía a dejar la casa, y ella se había ido al hotel por unos días para evaluar y pensar cómo seguir. Adrián se había quedado a su lado desde la noche siguiente a la de la discusión y la había escuchado con atención, aunque sin emitir ningún juicio de valor. Solo opinaría si Emilia se lo pedía, y hasta el momento no lo había hecho. ¿Lo haría? Pensó que eso podría darle una pauta de qué lugar ocupaba él en su vida. Descubrir sus sentimientos lo convertía, por momentos, en alguien vulnerable. Le preocupaba mucho que ella quisiera volver con Alejandro, no solo porque no quería perderla sino porque ella merecía mucho más que alguien capaz de engañarla.

Esa tarde, Emilia se sentía mal, en todo sentido. Más allá de la despedida inolvidable en el aeropuerto, la idea de María Paz y Makena lejos le daba inseguridad y nostalgia. El embarazo le producía tanto sueño que se veía en la necesidad de dormir la siesta. Así, el tiempo no le alcanzaba y no podía cumplir con sus rutinas habituales conforme lo planeaba; eso la ponía muy nerviosa. Además, tenía que tomar una decisión respecto de la invasión de Alejandro en la propiedad que había abandonado por su propia voluntad. Su orden estaba en crisis.

Caminaba hacia el hotel cuando comenzó a llover. Lamentó no haber mirado el pronóstico, como hacía antes de que su vida hiciera la vertical, pues no llevaba el calzado adecuado. Un instante después, se reía de sí misma, tal vez, en lugar de estar tan atenta al clima debía haber prestado más atención a las señales que le mostraban que su esposo había puesto los ojos en alguien más o, por lo menos, que ya no la miraba a ella de la misma manera.

Mientras pensaba en eso y en la gran cantidad de cosas inútiles que había planeado y cumplido durante años, se sintió *frágil*. Pensó la definición: *que se puede romper fácilmente. Que es débil.* Miró su reflejo en el escaparate de una tienda y se preguntó: *¿Por qué algunas personas ignoran la vulnerabilidad de los seres que lo dan todo sin esperar nada? ¿Por qué a ella?* Unas gotas cayeron sobre su rostro, la lluvia era más fuerte. Algo llamó su atención. Sobre la acera yacía un pajarito e imaginó que estaba ya sin vida. Emilia amaba las aves y verlas volar. Se acercó al animal y confirmó lo que había imaginado. Pensó en su propia alma rota y la comparó con la de ese pájaro inocente que, por algún motivo ajeno a su destino, había caído para siempre, solo y abandonado a su suerte, en medio de una sórdida jornada de lluvia, muy parecida a la tarde en la que Alejandro la había dejado. Era muy simbólico. Entonces, guiada por su corazón, sintió que era capaz de cambiar un final irreversible. La fragilidad no era definitiva cuando había un sólido sentido de compromiso. Impulsivamente buscó en su bolso, vació su pequeño neceser, levantó entre sus manos a ese ser y lo guardó allí. Unos pasos después, al llegar al Mushotoku, entró por la puerta de servicio directo al jardín, tomó la pala pequeña de jardinería y lo sepultó bajo su árbol más querido. ¿Era la muerte la justificación de la vida? Como un efecto dominó, el último año de su matrimonio se le vino encima en imágenes; las mejores y las peores. Observando la tierra removida, sintió tristeza, pero a la vez supo que empezaba a ser más fuerte. La lluvia en ese momento era cómplice de su humanidad.

Luego Emilia se dirigió a la recepción. Allí estaba Adrián atendiendo a varias personas; él la vio llegar y le indicó con la mirada y una seña que se ocuparía de todo porque advirtió que ella no estaba bien.

Para evitar el saludo a las personas recién llegadas, Emilia se refugió en la habitación y pensó cómo ambos se entendían desde los gestos desde mucho antes de compartir intimidad, y eso se había profundizado desde que eran algo más. ¿Qué eran?

Él había aceptado que su tiempo giraba en torno a su sonrisa, y desde que su exesposo se había instalado en su casa, ella estaba indignada y su risa era muy breve, acotada al después de un beso o a ese espacio de tiempo que los unía antes de hacer el amor o a las noches en que lo miraba antes de dormirse en sus brazos sin hablar.

* * *

Luego de un rato, Adrián concluyó su tarea y se dirigió escaleras arriba hacia la habitación. Sentía mucha impotencia por no poder ayudarla demasiado, pero él sabía que había circunstancias que requerían tiempo y decisiones. Quizá había llegado el momento de hablar. Golpeó la puerta. Ella no respondió. Insistió.

Nada.

Entró.

La vio en pijama, completamente dormida. Algunas carpetas habían quedado sobre la cama. Supo que, dispuesta a trabajar, el sueño la había vencido. La contempló descansar, era todo lo linda que una mujer podía ser, no por hermosa, sino porque al mirarla todo en él era mejor. Retiró los papeles que estaban sobre el edredón y buscó una manta para cubrirla. Antes de hacerlo, detuvo sus ojos sobre ella, sentía que nunca terminaba de descubrirla por completo. Tomó

conciencia de que sus pies le gustaban tanto como el resto de su cuerpo. ¿Por qué antes no se había detenido en ellos? Sonrió, su pijama celeste con la estampa de un ave sobre una rama y flores blancas y rosas en armonía con la imagen, daban forma a un delicado paisaje japonés sobre su ser. El corazón de Adrián le confesó su verdad: estaba enamorado de Emilia. Quería que lo de ellos fuera para siempre, pero temía que durara solo el tiempo que podía separarla de una reconciliación. La cubrió con la manta, y al acercarse sintió su aroma a jazmín, la deseó en el mismo instante en que ella apenas se movió. La besó en los labios con suavidad, y si bien había subido para conversar, estaba dispuesto a irse sin interrumpir su descanso. Fue entonces cuando lo invadió una necesidad urgente de no hacerlo. Ella era su lugar en la vida. Lo sorprendió darse cuenta de que sentía amor y de que era capaz de todo por estar a su lado. Mientras pensaba qué plan tendría el destino para ese amor, ella despertó.

–Hola –dijo Emilia con voz adormecida–. ¿Estabas mirándome dormir? –él la hacía olvidar de todo lo demás.

–Sí, hasta recién te miraba… –admitió.

–Ahora también –agregó ella sonriendo.

–No –él cerró los ojos–. Ahora solo puedo sentir mi necesidad de ti, aunque confieso que aquí no hay oscuridad porque tu imagen me encuentra hasta cuando mi mirada decide no ver.

Ella se levantó y lo besó en la boca con insolentes ganas de ir por más. Entonces no hicieron falta las palabras. Las aves

de su pijama volaron alto y los pétalos de las rosas dejaron
perfume sobre su piel desnuda. Adrián encendió con caricias
sus sentidos más íntimos y fueron uno de una manera dulce
y comprometida.

Agitados y en silencio.

Pensativos y exhaustos.

Con sabor al otro en sus labios.

Ella, apoyada sobre su pecho.

Él, cuidando su fragilidad.

Entre ambos una vida latiendo.

Sobre las sábanas blancas los ecos del placer.

El sonido de la lluvia y el diálogo que postergaban.

Sentir.

Dejar ir.

Se quedaron dormidos hasta que un trueno los despertó al
mismo tiempo que ella se aferró a él como no lo había hecho
nunca antes.

–¿Qué sucede? –preguntó–. ¿Le temes a las tormentas?
–agregó Adrián pensando que creía saber todo de ella, pero
no era así.

–No. No es eso.

–¿Y qué es?

–La lluvia ha signado mis peores momentos, sin embargo,
estando contigo hasta los truenos me hacen sentir bien. Y
hoy hice algo que no había hecho antes.

–¿Qué hiciste?

–Salvé un alma frágil. Cambié para bien su final –dijo. Luego

408 le contó lo ocurrido con el ave. Agradecía saber que estaba descansando en la eternidad de su jardín–. ¿Qué piensas?

–Dos cosas. Una, lo que hiciste habla de ti, de tu incapacidad para ser indiferente ante la fragilidad. Y la otra, quizá, sin saberlo, has enterrado, con mucho cuidado, sentimientos que, como el ave, no volverían a respirar.

Ella rememoró el momento y lo supo. Adrián era la única persona en todo el mundo capaz de cambiar su final. ¿Había muerto el sentimiento que la había unido a Alejandro y ella lo había dejado ir?

–Siempre dices lo que me protege de mis miedos.

Él se ubicó de lado, y apoyado en su antebrazo, deslizó su dedo índice por su nariz, descendió por la boca hasta su cuello, continuó recorriendo despacio con la palma de su mano ese cuerpo que amaba y se detuvo en el vientre apenas abultado. Entonces algo más fuerte que su razón habló.

–Estoy enamorado de ti.

Emilia no podía creer lo que había escuchado. De pronto, la mujer que había sido hasta conocerlo luchaba empoderada por un poco de coherencia contra la mujer en la que se había convertido, quien apenas se animaba a enfrentar las consecuencias de hacer lo que sentía sin pensar en el después. Ambas, la una y la otra, embarazadas del mismo hijo, lo miraron directo al corazón.

–No puedes estar enamorado de mí –dijeron al unísono.

–Pues lo estoy. En algún momento me perdí en ti. El día y la noche llevan tu nombre. No quiero quedarme en mi

apartamento porque siento que no importa adónde estoy,
solo pertenezco allí si es contigo.

–Adrián, estoy embarazada de otro hombre y lo sabes.

–¿Y? ¿Crees que eso cambia algo para mí?

–Debería.

–No. Estamos a nada de serlo todo –dijo, y la besó.

–O a nada de cometer un gran error. No quiero complicar tu vida, por no saber qué sucederá en la mía.

–¿Vas a retroceder?

–No, pero no puedo avanzar más todavía. Eres lo mejor que me ha pasado y no quiero perderte, pero menos deseo lastimarte.

–No lo hagas –pensó en voz alta. La lluvia comenzó a ser más intensa, los truenos golpeaban contra las dudas, y los temores peleaban por robarse los sueños. Emilia seguía escuchando el eco de esas cuatro palabras: "Estoy enamorado de ti". ¿Qué sentía ella? ¿Era posible dejar de amar a alguien y volver a amar a otra persona en tan poco tiempo? ¿Qué era el tiempo? ¿Cuál era su unidad de medida? ¿Tenía derecho? ¿Había amado antes? ¿Qué era el amor?–. Queda mucho por sentir y por hacer juntos –agregó.

¿El amor se filtra por las grietas de las heridas hasta sanarlas?

La fortaleza puede ser una apariencia vacía que agota a los seres buenos y los enfrenta a su derecho a ser frágiles, a romperse, a juntar sus pedazos y a recomponer la mejor versión de sí mismos. El cuerpo pide lo que necesita. La tenacidad hace que alguien se levante una y otra vez de cada golpe que

410 da la vida, pero es la fragilidad la que permite reconocer los momentos en que volver a empezar es la única opción.

El cuerpo del ave pidió refugio en silencio y la misma mujer que se lo dio fue quien, al mismo tiempo, reivindicó su derecho a ser frágil y pudo así enterrar con vigor el dolor que la consumía.

CAPÍTULO 54

Verdades

En el amor, una sola mentira arruina mil verdades.
Alejandro Jodorowsky, 2014

Alejandro se preparaba un café en la cocina del que había sido su hogar. Observaba cada rincón y los recuerdos se encargaban de gritarle los reproches que Emilia no decía porque no estaba allí. Cada espacio era un caos comparado con los años que habían compartido. Ya nada estaba en su lugar y no todo lucía perfectamente limpio y ordenado. Sabía que estar allí no era ninguna solución; con el correr de los días se había convencido de que eso había empeorado las cosas y de que estaba todo lo lejos que era posible, tanto de Emilia como de Corina. Había hecho exactamente lo necesario para decepcionar a ambas. Las palabras de Ems, en ese sentido, habían sido lapidarias, al extremo de

hacerlo replantearse su vida entera. ¿Era una mala persona? ¿Había engañado porque siempre había sido capaz de hacerlo, solo que, hasta que la conoció a Corina, no había tenido ganas ni advertido la oportunidad? O por el contrario ¿jamás lo había considerado una opción sino hasta que la rutina había aburrido su cuerpo y sus días y un huracán rubio de vida se había detenido a mirarlo en los bosques de Palermo? ¿Es reprochable enamorarse por segunda vez? ¿Tenía la culpa de estar fuera de la cama de la madre de su hijo y, también, lejos de las únicas sábanas que deseaba compartir? Eran muchas preguntas y, también, varias respuestas cambiantes. Por momentos, se sentía víctima del amor, y en otros, absolutamente victimario. Solo de algo estaba seguro, la verdad de Emilia alcanzaba a Corina, la decepción llevaba su nombre para las dos. Tenía que hacer algo o iba a volverse loco.

Corina no respondía sus llamadas, y Emilia preguntaba, sin siquiera decir "hola", lo mismo y, evidentemente, lo único que le interesaba saber: "¿Dejaste la casa?", y cuando él respondía que no, le cortaba la comunicación.

Calculaba que habían pasado tres meses de embarazo, pero no lo sabía con exactitud. Lo tranquilizaba que hubiera decidido continuar, pero no quería estar lejos de su hijo y sabía que ella no le permitiría estar cerca. ¿Qué debía hacer? En ese momento, sonó su celular.

–¡Hola! –dijo con cierta expectativa al ver la identificación de la llamada.

–¿Dejaste la casa?

—No —respondió.

—Te llamé para saber si lo harás voluntariamente o si debo buscar asesoramiento legal —hablaba con firmeza, pero no se notaba enojo en su tono.

—Emilia, tenemos que lograr un acuerdo, soy parte de tu vida y el padre de tu hijo —insistió. Fue cuidadoso y no la llamó Ems como solía hacerlo antes.

—No eres parte de mi vida, no puedo negar que seas el padre del bebé, aunque seré clara: no llegaremos a ningún acuerdo si tú me invades y tomas decisiones unilateralmente que afectan mis espacios. Supongo que no debo recordarte que tú abandonaste esa casa que hoy ocupas sin derecho. Tú solo decidiste que ahí no eras feliz. Tú nos dejaste —Emilia no se refería al bebé que crecía en sus entrañas sino a ellos dos. Al nosotros que habían sabido ser.

—Lo sé —tenía razón, no mentía. Aquel lluvioso día regresó a su memoria y lo llenó de incomodidad.

—¿Qué harás, entonces? Dime.

—Estás dispuesta a todo, ¿verdad?

—*Verdad* —repitió ella con enfático sarcasmo—. Maravillosa palabra que no cualquiera debería pronunciar. Hay que tener legitimación para usarla, ¿sabes? —él no respondió y la dejó continuar—: *Es una adecuación entre una proposición y el estado de cosas que expresa.* Dicho de otro modo, no deberías usar un término tan grande si lo contrastas con tus acciones. ¿No lo crees? —hablaba desde un nuevo lugar, sin rabia ni venganza, pero con cierta justa ironía. Dicho con un

414   gran decorado, casi literario, le echó en cara su traición, su mentira final.

–No eres la dueña de la verdad, Ems –se defendió–. Hay cosas que simplemente suceden.

–Estoy de acuerdo, no soy la dueña de la verdad. Nadie lo es más que de la propia. Sin embargo, he aprendido que hay otras verdades cerca de la de cada uno.

Alejandro se sorprendió de que no reaccionara al nombrarla Ems ¿Acaso ya ni enojo le provocaba? Pensó, también al oírla, que esa afirmación podía ser el camino que la llevaría a la conclusión de que había una justificación para lo ocurrido entre ellos.

–No pretendo filosofar contigo, pero es así. Hay muchas verdades, tantas como puntos de vista. Confío en que desde esa idea puedas perdonarme y volvamos a empezar.

–No. No existe nada que volver a comenzar. ¿Sabes la razón?

–No. Tú dímela. ¿Cuál sería la causa por la que dos personas que tendrán un hijo no pueden empezar otra vez a escribir su historia, aun separados? –se rindió ante esa idea absurda de que volver con ella podía solucionar algo o ser bueno para alguien.

–Es simple, en este tiempo he cambiado, y si bien es cierto que me convertí en una mujer que acepta la existencia de otras verdades válidas, soy y seré una mujer capaz de resistir, solo una vez, la mentira. Tú me has hecho conocer ese límite. Y de momento, no hay en mí capacidad alguna de olvido o perdón.

–¿Entonces? –preguntó Alejandro. Comprendía perfectamente lo que ella decía, aunque pareciera un juego de palabras.

—Entonces, ¿piensas irte de la casa por las buenas o debo conversar con un abogado sobre lo sucedido?

—No, no es necesario —accedió. No tenía sentido sostener esa postura que lo convertía en un abanderado del fracaso—, pero quiero estar al tanto del embarazo.

—¿Es una condición?

—No. Es un pedido. Soy el padre.

—Vete de allí y deja el recado en el Mushotoku cuando lo hayas hecho.

—¿Para volver? —preguntó. Su orgullo herido no la quería en el hotel con su amante.

—No, para enviar a alguien a limpiar tu desastre —respondió ella sin pensar—. De todas formas, no debo darte ninguna explicación —agregó.

—Lo sé. ¿Cuántas semanas llevas de embarazo?

—Vete de la casa lo antes posible —respondió y le cortó.

Silencio.

Hotel.

¿Corina?

Decepción.

Necesidad de ella.

Sentir.

Verdad.

Corina.

* * *

Corina extrañaba mucho a Alejandro; sin embargo, no fue hasta la partida de Matías de regreso a Bogotá, cuando la ausencia se volvió insoportable. Nunca le había ocurrido crear un vínculo tan importante en pocos días. Quizá la razón fuera que el dolor genera empatía, y las penas de amor son esas angustias sinceras que se imponen. Conllevan la necesidad de hablar del tema y solo alguien que pasa por algo similar tiene la capacidad de escuchar "más de lo mismo". La mayoría, incluso los amigos, se cansan, y las víctimas de una herida de amor se vuelven monotemáticas y se hacen una con la cuestión. No tiene sentido que alguien quiera aconsejar hasta que cada uno toma la determinación de aceptar opiniones y salir de la prisión de sus errores o aciertos no compartidos. Ni Corina ni Matías eran la excepción. Tenían problemas distintos, pero a ambos los había alcanzado un amor tan fuerte e irrepetible que era capaz de unir al mismo tiempo que separaba. ¿Qué era ceder en ese contexto?

Corina observaba su casa, vacía de Alejandro, y le dolía. Se dio una ducha, estrenó la ropa y calzado de *running* de color blanco y dorado que se había comprado y se disponía a salir en busca de algunos kilómetros de oxígeno puro cuando Verónica la llamó.

—Amiga, ¿qué haces?

—Extraño a Alejandro y, para no pensar, estaba por salir a correr.

—Debes hablar con él. Un niño no es para tanto.

—Ya hablamos de esto, no es el hijo, es su culpa y el riesgo

permanente de que regrese con su ex. No resisto una sola mentira en ese sentido.

–Tienen que hablar. No creo que mienta, quiere hacer lo correcto. Es tiempo –insistió–. Debo pedirte algo –cambió de tema.

–Dime.

–Por favor, ¿podrías darme el número de la tarjeta de crédito? O mejor, envíame una foto de ambos lados. La necesito para una compra *online*.

Corina recordó claramente que le había prometido que no se la daría bajo ninguna circunstancia. No importaba qué dijera para convencerla.

–Vero, no te la daré. Me hiciste prometer que no lo haría por nada del mundo. ¿Recuerdas?

–Sí, me acuerdo, pero la necesito. Te libero de cumplir –agregó.

Corina suspiró, puso los ojos en blanco y se mordió el labio. Sabía que no debía.

–No. No me hagas esto. Estás tapada de deudas. "Zona roja de peligro financiero", esas fueron tus palabras. Estoy haciendo exactamente lo que me pediste. Soy tu amiga. Tu mejor amiga –remarcó.

–Entiendo, pero te estoy relevando de la promesa. Quizá no sea tan roja –reflexionó–. Ya no quiero que cumplas y la tarjeta es mía, ¡por favor! –suplicó.

–Basta, Vero. Me voy a correr. No me hagas esto –repitió.

–¡Yo no te hago nada! Tú me lo haces a mí. ¡Me niegas algo

418 de mi propiedad! –agregó riendo–. Nada es para siempre, tú lo has dicho muchas veces.

Las dos reían.

–Pero yo hablaba de otras cosas. Eres terrible –dijo Corina a punto de ceder–. ¿Qué quieres comprar?

–Una cama.

–¡¿Qué?!

–Sí, un somier, cómodo, confortable y doble.

Corina se había tentado de risa.

–Explícame por qué no puedes dormir en la que tienes.

–Porque estoy triste, estoy atravesando un momento nefasto, mi ex se quedará con todo, no me animo a avanzar con Kim porque apenas acepto mi condición, no puedo parar de comer de la ansiedad, hace días que no compro nada y tengo insomnio. Me di cuenta de que es porque dormir sobre este colchón es como hacerlo sobre el asfalto.

–¡Exageras!

–En nada. Además, tú, mi mejor amiga, te niegas a devolverme algo que me haría feliz en este momento. Corina, ya que mi vida es un caos y solo puedo abrazar a mi soledad, merezco hacerlo en una amplia cama, donde ambas tengamos lugar y pueda darle la espalda si se me antoja. Además, tengo derecho a intentar descansar por las noches –fue su alegato final–. Nada de lo que te digo es mentira. Eso sin contar que también mi gata Benita duerme conmigo –concluyó.

Silencio.

Sonido de una gaveta que se abre.

Corina tomó la tarjeta de crédito y leyó en voz alta los dieciséis dígitos.

–*Yes!* ¿Código de seguridad? –preguntó Verónica.

–023.

Imagen por WhatsApp.

Frente.

Otra vez.

Reverso.

–¡Gracias! Ahora sí, ve a correr. ¡Eres la mejor!

–¿Y por qué no me siento así?

–Porque aún no has aceptado tu valor ni que tienes derecho a quedarte quieta y ser feliz. La vida no tiene nada personal contra ti, simplemente, es así. *Love u* –agregó y cortó para hacer la compra y dejarla pensando.

¿Quedarme quieta? ¿Ser feliz? ¿Qué la vida no tiene nada personal contra mí? Pensó un instante. Negó con la cabeza. Guardó la tarjeta y se dirigió a la puerta para escapar a puro trote de sí misma. Abrió con la llave en la mano para cerrarla desde afuera, cuando Alejandro apareció allí; su mirada se le metió en el alma en el mismo instante en que la condujo con suavidad hacia dentro y contra la pared la besó sin dejarla hablar. Ella quería rechazarlo, pero su cuerpo no entendía el concepto de su razón.

–Te amo. No puedo estar sin ti –dijo él. Sus manos recorrían sus formas y se metían por debajo de la lycra que cubría sus rincones más íntimos. Entonces, el momento le ganó a su utópica resistencia y, de un movimiento, lo rodeó

420 con sus piernas, mordió sin presionar su cuello, como a él le gustaba, y le susurró al oído, en palabras motivadoras, su deseo contenido durante los días que estuvieron separados. Alejandro la condujo hacia la cama, sin dejar de provocar su placer mientras él sentía avanzar el propio.

A medio vestir, sus cuerpos se unieron y la lámpara ubicada sobre la mesa de noche cayó al suelo cuando ella quiso aferrarse a algo que le diera seguridad a su amor hundido en el destino de lo que soñaba. Solo quería que fuera un amor de verdad, un amor sincero y eterno… mientras durara.

Amor.

Deseo.

Tiempo.

Silencio.

Noche.

¿Oscuridad?

CAPÍTULO 55

¿Respuesta?

Tal vez él tenga razón...
Tal vez yo tenga razón...
Tal vez ninguno tiene razón...
Tal vez no existe razón alguna.
Frase atribuida a Valéria Piassa Polizzi,
Brasil, 1971

BOGOTÁ

Desde la propuesta de Rafael, quien la conocía tanto como para no haberle pedido una respuesta durante todos los días posteriores a la conversación, las dudas de Gina eran como un búmeran lanzado a la nada. Siempre volvían a ella y eran las mismas o peores.

¿Era necesario que Rafael no solo quisiera convivir sino, además, casarse? Era la pregunta recurrente en su cabeza. Tenía cuarenta y ocho años. Muchas batallas peleadas, algunas ganadas y otras no, pero algo estaba fuera de todo cuestionamiento, era y sería, para siempre, quien elegiría sus cruzadas. La pregunta obligada era: ¿Quería esta, la que conllevaba unificar la relación en una misma propiedad y, además, cambiar de estado civil?

422 Definitivamente, sus padres no eran una opción de consulta. Todavía estaban tratando de aceptar el divorcio de Francisco. Esa mañana había dormido sola en su casa, no bien despertó y antes de ir a preparar su desayuno, dio vuelta el cuadro. Leyó "No molestar" sobre el fondo rojo y se sintió cómoda con eso. Quería pensar. Enseguida una pregunta se le vino encima: ¿Perdería también los derechos sobre el mensaje del cuadro? ¿Podría colgarlo en una casa común? Definitivamente no en una relación tradicional.

Observó el cuadro.

Pensó que era genial.

Un trofeo a sus cambios en beneficio de priorizarse.

Una victoria sin ofensivas.

Un logro.

Su lugar en el mundo.

Opción.

Tal vez…

Dos habitaciones.

Se rio de sí misma, al darse cuenta de que sus pensamientos la habían llevado a imaginar una casa con una habitación de escape; era una idea loca, pero muy verosímil en su caso.

Paul fue lo siguiente que pensó. Lo llamó.

–*Hello, my darling!* ¿Ya no resistes la distancia de Isabella? –preguntó burlándose de su fase controladora.

–¡Hola, Paul! No, no es eso. Bueno, sí es eso también. Estoy muy preocupada por ella, pero está contigo y yo estoy muy preocupada por mí. En fin…

—Amiga de mi vida, a ver si podemos ordenar un poquito el planteo —dijo Paul con humor. La conocía mucho y advertía un cóctel de miedo mezclado con todos sus roles.

Ambos se unieron por lo mejor que tenían: la risa.

—Tú sí que me conoces bien. Cuando te cuente no podrás creerlo.

—Vamos, deja el suspenso para otro momento. ¿Qué pasó?

—Rafael quiere que vivamos juntos y...

—¡Pero qué atrevido y desubicado este hombre que te ama desde hace tres años, que se ha mudado de país por ti y que comprende tu vida entera! Mira que pedirte ¡semejante barbaridad! —exclamó él con divertida ironía.

—¡Paul! —la enfurecía, en el buen sentido, que él nunca dijera lo que quería escuchar sino, en su lugar, las otras verdades que necesitaba recordar.

—Dime, *darling*, ¿acaso dije algo que no sea cierto?

—No —admitió Gina—. Por eso empiezo a sentirme descompuesta —bromeó.

—Te equivocas, sí dije algo que no es así.

—¿Qué?

—Que Rafael es un hombre desubicado. Jamás lo ha sido, no lo es y me animo a decir que tampoco lo será. Dime, ¿tenía puesto un chaleco antibalas y un casco cuando te lo pidió?

—¿Qué dices, Paul? ¡Claro que no! Estábamos desayunando.

—Solo quería confirmar si, además de atrevido, había sido arriesgado. Mira que proponerte eso a ti, sin protección, eso sí que es osado. ¡Rafael, con erre de Rambo!

424 Los dos estallaron en carcajadas. ¿Cómo era posible que Paul siempre pudiera hacerle ver el otro lado de sus momentos?

Luego de unos segundos, en que ambos se tentaron de risa, Gina que ya bebía su café, sentada en posición de loto en su mullida cama, escuchó la puerta de la casa abrirse y, un momento después, cerrarse. Alguien del clan había respetado el cartel. Le gustó que funcionara. Volvió a la entretenida y desopilante conversación.

—Me haces reír, mucho, pero déjame decirte que cuando pueda terminar de contarte me preguntarás si me habló por teléfono, a juzgar por lo que piensas de mí. ¡Mira que pensar que necesita casco y chaleco de guerra!

—Bueno, Gina, convengamos que es fácil hablar contigo de lo que sea, que eres un ser excepcional, generosa, buena en todos tus roles, una *Queen*, pero tu independencia, eso es territorio exclusivo. No hay tarjeta VIP para entrar a esa zona tan tuya como tus ideas —argumentó Paul, hablando en serio; en su tono siempre genial, pero muy en serio.

—Tú si puedes entrar allí cuando quieras. De hecho, lo haces.

—Pero con tu permiso. Tú me has llamado, yo no pregunté.

—Además, quiere que nos casemos. Listo, te lo dije.

Un segundo de silencio.

—Rafael es un kamikaze —dijo antes de estallar en una carcajada.

Gina lo siguió con la suya.

—Eres ocurrente, pero te pido sensatez y mesura. ¿Era necesario? Estábamos tan bien.

–¿Quieres oír lo que pienso?

–Sí. ¿Debo ponerme casco y chaleco? –bromeó.

–Depende de lo preparada que estés para aceptar que hay otras verdades.

Gina terminó su café. Lo apoyó en la bandeja. Respiró hondo y lo alentó a continuar.

–Dime, confío en ti. No harías nada que pueda herirme.

–*Love u.* Tienes miedo. ¿Mesura en temas de amor? Tienes pánico. Fin. Esa es la síntesis. Rafael es todo lo que tú necesitas en un hombre, e indudablemente tú eres todo lo que él quiere en una mujer. Entonces ¿qué hizo? Proponerte no perder tiempo separados, desea estar para ti, cada noche, y verte a su lado, al despertar. ¿Es eso reprochable? No, no lo es en absoluto. ¿Sabes lo difícil que es que alguien elija tu rostro para que sea lo último que verá por la noche y lo primero al amanecer? ¿Que elijan tu voz, tu palabra, tu olor, tu calor o tu mal humor entre los de todas las personas que existen en el mundo?

Nudo en la garganta de Gina.

Recuerdos de todo lo vivido junto a Rafael.

Mensajes.

"¿Puedes mirar detrás de ti?" en Cuzco.

"¿Puedes mirar detrás de ti?" en el aeropuerto de Bogotá.

Él siempre estaba.

–Supongo que tienes razón, pero no puedo. No me sale responder que sí. No quiero cambios radicales. Valoro lo que me dices y sé que es cierto, él merece todo, pero ¿yo estoy preparada para eso?

426   –Te diré lo mismo que hace tres años. Entonces corriste a un baño del aeropuerto y te pregunté: "¿Qué harías si al regresar él no estuviera sentado en la mesa esperándote?". ¿Recuerdas?

–Sí. Y te dije que suponía que me moriría de angustia.

–Te haré una nueva pregunta: ¿Imaginas tu vida sin él a tu lado? ¿Qué harías si cada día de tu vida, al regresar a casa, supieras que él no estará allí ni tampoco a una llamada de distancia? Piensa su ausencia con carácter definitivo. Imagínalo fuera de tu vida.

Silencio breve.

–¿Y si no funciona y todo se arruina?

–¿Y si funciona para ambos y descubres que hay en ti más para compartir y ceder en favor del hombre que amas?

–Tengo miedo –respondió.

–Dime algo que no sepa, *darling*. Esta conversación es casi un *déjà vu*.

–Es cierto –dijo. Recordaba textual la de tres años antes en el aeropuerto de Bogotá.

–Repetiré lo que te dije entonces. Es lógico, pero tienes también la oportunidad que pocos logran. Tú eliges.

–Es lógico, pero tienes también la oportunidad que pocos logran. Tú eliges –repitió ella en simultáneo–. Te quiero, Paul. Mucho. Gracias –agregó y aquel diálogo volvía a ser, de manera idéntica, para ella.

–Y yo a ti. Elige con el corazón –dijo Paul, rememorando literal su consejo de entonces.

Gina se quedó pensando y sintiendo. Paul respetó su silencio. La comunicación seguía sin hablar.

Silencio.

Ruido a algo.

De pronto, una canción los unió.

If you leave me now de Chicago.

Los dos la escucharon, mientras la música le ponía palabras a los sentimientos de ella, de él y, quizá, de muchísimas personas, en el mismo momento, que pensaban y sentían como Gina: miedo de entregarse por completo al amor y al compromiso sin importar la edad o las circunstancias.

Gina se secó las lágrimas de emoción que rodaban por su rostro. Era afortunada. La vida le había dado tanto y continuaba haciéndolo. Paul era su ángel, sin duda alguna.

Paul se secó sus propias lágrimas. El amor lo conmovía y la amistad de Gina, a sus años, había sido y era un regalo perfecto. Ella aclaró su garganta primero.

La canción había terminado hacía unos segundos.

–¿Puedes contarme algo de Bella o hay algún pacto de silencio entre ustedes? –preguntó ella cambiando de tema.

–*Oh, my Little Princess!* Está en proceso de cambios, de aceptación, de búsqueda, y mientras lo hace va por Nueva York derramando talento y simpatía. Habla conmigo y hasta hemos bailado *Dancing Queen* de ABBA. No te preocupes por ella, yo estoy aquí; si algo urgente ocurriera, te avisaré. Tú ocúpate de ti.

–Gracias, Paul. Sé que no hay nadie mejor que tú para ayudar a una mujer buena durante su propia búsqueda.

–Así parece, pero no es menos cierto que esas mujeres Rivera que andan buscándose me ayudan a encontrarme también.

–Amigo mío, debes luchar por Donato, más allá de tus errores del pasado. Creo que hay que someter nuestros miedos a la verdad y asimilar las cosas como son, o sea, como ellas deciden ser, que no necesariamente es como nosotros planearíamos que fueran. ¿No lo crees?

–Te quiero –respondió–. Aplica ese consejo que acabas de darme en tu decisión –agregó. No hacía falta decir nada más.

Gina estaba segura de que las mujeres heterosexuales y los hombres homosexuales se compenetraban de una manera única para tener una amistad insustituible. ¿Sería por la falta de atracción física o la ausencia de rivalidad? ¿Acaso la causa podía ser la naturalidad del vínculo sincero, de mutuo beneficio, divertido y gratificante? No lo sabía, pero ¿a quién le importaba?

La amistad de Paul Bottomley era una bendición que la vida le había obsequiado a sus cuarenta cinco años. ¿Lo mejor?, sabía que había sido desde entonces y para siempre.

CAPÍTULO 56

Hombros

Y algunas veces suelo recostar mi cabeza en el hombro de la luna

y le hablo de esa amante inoportuna que se llama soledad.

De la canción *Que se llama soledad*, de Joaquín Sabina

y Javier Martínez Gomez, 1987

BUENOS AIRES

María Paz había observado a quien dijo ser Matías y quien con una mirada que irradiaba dulzura había posado los ojos en su hija. Le agradó a primera vista.

–Mi nombre es María Paz y ella…

–Soy Makena Grimaldi, tengo siete –interrumpió y se presentó la niña antes de darle tiempo a su madre a hablar.

Matías se acomodó en su asiento, le gustaba la compañía de vuelo. La energía era libre, positiva y rezumaba optimismo. Él no podía dejar de pensar en Isabella; después de hablar con Corina una idea daba vueltas en su cabeza. Había cierta esperanza en su ser, sin certezas, pero daría un paso. De modo que tomó como una señal que le indicaba que debía

430   atreverse, que sus compañeras de viaje fueran dos personas luminosas que se habían animado a bailar en un aeropuerto como si nadie las estuviera viendo.

–Me encantó lo que vi. ¿Siempre bailan juntas?

–Sí –dijo Makena–. Y con Obi, una vez, por videollamada. Esta canción, escucha –agregó mientras *Jerusalema* sonaba desde su celular nuevo. Su madre advirtió que aquel momento había "construido un recuerdo" usando las mismas palabras de su madre en el aeropuerto antes de ponerse a cantar.

–Esa música es genial para sentirse bien –comentó Matías con sinceridad. No la conocía.

–Obi es su papá –explicó María Paz–. Vive en Johannesburgo.

–País interesante, Sudáfrica. De lucha –dijo lo primero que su mente asoció con ese lugar.

–Así es.

Al escucharse, Matías pensó en Corina y su recomendación. ¿Era otra señal? Tenía que serlo. ¿O él quería que lo fuera?

Había dicho luchar y había pensado en todo lo que ese país había sufrido, sin posibilidad de pensar en ser libres o cambiar su situación. Sin embargo, si bien faltaba mucho camino por recorrer para ese continente, su presente hubiera sido inimaginable en otros años de su historia. ¿Y si su amor con Isabella era lo mismo? Sintió ganas de hacer cosas, de acercarse, de pelear, de comprender; en algún punto confió en su amor, más que en ella y que en él, aun por encima de lo que eran juntos. Creyó posible que no se perdieran de ellos mismos.

–¿Y tú bailas? –preguntó la niña.

–Sí, no diría que lo hago tan bien como tú, pero sí que disfruto –al oírse pensó que se divertía porque bailaba con Bella.

–¿Con quién bailas?

–Makena, no seas invasiva –le llamó la atención María Paz.

–¡No hay problema! Con mi pareja –respondió.

En ese momento, las azafatas dieron las instrucciones de rigor y el comandante de la aeronave anunció el despegue. Con los cinturones abrochados y las butacas en posición vertical, los tres cerraron los ojos como si con ello pudieran evitar que el zumbido de levantar vuelo y la presión de esos segundos en sus oídos, confundiera con su sonido ensordecedor lo que deseaban.

* * *

NUEVA YORK

Isabella despertó sobresaltada; su necesidad de Matías era irresistible. Cada rincón de su cuerpo lo extrañaba, pero ese no era el problema. Se dio cuenta de que su atracción no era solo física y sentimental, se había enamorado además de su alma, y eso era irreversible. Así era la eternidad del verdadero amor.

Pensó que de esa misma clase de amor le había hablado Maricruz el día anterior, al referirse al momento de pensar su vida sin Amanda, su mamá. Después de un prolongado abrazo en silencio que dejó sobre su hombro las lágrimas de la joven, habían conversado y la había entendido, de principio a fin. Para darle seguridad y acercarse sinceramente a Maricruz, le había confiado su propio dolor. Salvando las enormes distancias, también sufría una inminente pérdida y no podía imaginar su vida después de eso. Sin conocerse, habían hecho un pacto secreto, se ayudarían a soportar sin que nadie más lo notara. A pura empatía, sin ninguna explicación posible desde la razón, más que la necesidad de ambas y la letra invisible que el destino escribe sobre el camino y solo ven las buenas personas. Allí donde enseña a dar sin esperar. Solo porque dar es dar.

Maricruz necesitaba aferrarse a alguien que no le contara a su madre que estaba hecha pedazos y llena de miedo. Que la muerte la amenazaba, de noche y de día, con una llegada repentina y con la angustia permanente, además, de la posibilidad de no estar allí junto a su mamá en ese momento.

Donato y Amanda habían notado que Isabella se demoraba en la habitación de Maricruz, pero ambos creyeron lo mismo: era bueno que la joven generara otros vínculos. Donato había agregado que Bella era mágica, esa apreciación le dio a su amiga la esperanza de que su hija pudiera hablar con alguien de otra cosa.

Isabella se levantó, se dio una ducha y, todavía envuelta en su bata, no aguantó más y llamó a Matías sin pensar en nada más que en volver a escucharlo. Le respondió el buzón de voz.

* * *

El viaje desde Buenos Aires a Bogotá fue tranquilo. El tiempo que no pensó en sus planes, conversó con María Paz y Makena. No pudo evitar imaginar tener una hija y cuidarla junto a la mujer que amaba. Irse de vacaciones los tres. Tomar un avión como ese o cualquier otro. Darles todo, porque era todo lo que ellas serían para él, si eso fuera cierto, pero no lo era. ¿Sería? La esperanza llevaba su nombre. De pronto, se quedó dormido, unos treinta minutos, casi sobre la hora de llegada. Cuando despertó, María Paz, completamente dormida, había apoyado la cabeza sobre su hombro, y la pequeña la suya sobre el brazo de su madre. No supo qué hacer, era evidente que había sido involuntario, mientras, sin moverse, pensaba en la mejor manera de salir de esa situación. El sonido de esa campana típica que anuncia que el comandante hablará a la tripulación despertó a María Paz.

—¡Dios mío! ¡Qué vergüenza! ¡Discúlpame!

—Tranquila, yo también me quedé dormido.

—Es que he pasado por todo tipo de emociones previas a este viaje. Evidentemente al relajarme me desplomé —se justificó.

—No debes darme explicaciones, te he prestado mi hombro. Es una linda acción; mi pareja vería en lo que acabo de decir un gran simbolismo.

—Lo hay. No siempre se tiene un hombro para apoyar las dudas.

434 —Pues no debes tener tantas porque no sentí demasiado peso –bromeó Matías.

—No creas todo lo que sientes. En este momento hay una que pesa más que yo misma –otra vez un fuerte presentimiento la invadió, solo que supo de inmediato que se trataba de ella y de Obi.

—¿Tanto?

—Así pesan cuando no dependen de uno. El amor tiene esas cosas, supongo.

—Sé de lo que hablas, también cargo una mucho más pesada que mi cuerpo.

Se anunció el arribo al aeropuerto de Bogotá y se despidieron, sin saber mucho el uno del otro, a excepción de que el amor los tenía en vilo con una gran duda a cuestas. O, quizá, una gran duda los hacía dudar del amor.

Al retirar su equipaje y quitar el modo avión de su celular, Matías vio la llamada perdida de Isabella. Se puso contento. No importaba para qué, pero había intentado comunicarse. Seguía siendo igual, se pensaban como siempre, al mismo tiempo.

Vio a sus compañeras de viaje acercarse a un hombre que las esperaba con un cartel, con el nombre de María Paz Grimaldi, y las saludó con la mano.

Él no esperaba que lo recibieran, lo cual era lógico considerando que nadie sabía ni el día ni la hora de su regreso.

Le envió un mensaje a Corina, otro a Gabriel con especial abrazo a su amigo Rocky, y se tomó un taxi con destino a su casa.

* * *

Isabella llegó a su trabajo, y ya estaba sentada delante de su computadora cuando Donato la interrumpió.

–¡Buen día! Te molesto solo un momento, quiero agradecerte una vez más que me hayas acompañado a Queens, a casa de Amanda. Te lo dije al volver, pero ¿sabes?, Maricruz le pidió a su madre que nos invite a cenar. Parece que le caíste muy bien, y dadas las circunstancias ¿crees que podrías?

–Me alegra saber eso. La joven es adorable, muy fuerte por fuera, pero frágil también. Me angustia mucho lo que le sucede. Conversamos, quizá, sea por eso –respondió pensando en la invitación.

–¿Puedo preguntar de qué?

–Puedes. Hemos hecho un pacto y no voy a decepcionarla. Lloró sobre mi hombro, solo eso te diré. Espero que Amanda no tenga problema con que me comunique con ella, siento que puedo acompañarla en un momento difícil –aclaró.

–Amanda está muy a gusto contigo. Nos dimos cuenta de que conversaron. Te amará, como todos aquí. Me dijo que eres diferente. No hay ningún problema en que hables con Maricruz; al contrario, eso te lo aseguro. Entonces ¿puedo confirmar que iremos?

–Por supuesto. Dime, ¿cuánto tiempo…? –preguntó con miedo a la respuesta.

436   –Poco –dijo y sus ojos se pusieron vidriosos–. Según lo que dicen los médicos, presumo que estarás aquí, lindura –usó su cálido apodo para suavizar el mensaje.

–¿Menos de tres meses de vida? –preguntó sin poder creerlo.

–Tal vez menos de dos.

* * *

Saber que hay un final es ley de vida, pero su inminente llegada conlleva ausencia anticipada y dolor. Todos, sin excepción, necesitamos combatir la soledad que provoca la impotencia, apoyándonos sobre un hombro seguro, de esos que contienen silencio o lágrimas o dudas o todo eso al mismo tiempo.

CAPÍTULO 57

En movimiento

Como si se pudiese elegir el amor,
como si no fuera un rayo que te parte los huesos.

Julio Cortázar, 1963

N o era solo que cada uno decidiera lo que nacía de su esencia, de la conexión de sus emociones con su deseo, sino de que se animaran a aceptarlo y a aceptarse en ese rol, al margen de toda opinión ajena a ellos mismos, lejos de los mandatos sociales que, silenciosos y corrosivos, han actuado sobre las sociedades del mundo, reemplazando los sueños por patrones de conducta ausentes de reflexión.

Ser madre o elegir no serlo con la libertad que por derecho corresponde a cada mujer. Con la certeza de saber que los hijos no son un límite para ninguna realización personal. Decidir no tenerlos no tiene que ver con eso sino con ser completamente consciente de que la entrega debe ser absoluta desde el deseo inicial. Continuar con un matrimonio que no se sostiene o terminar con él. Apoyar a los hijos o a los hermanos, que quieren irse a vivir lejos del país que los vio nacer, o juzgarlos y oponerse a su partida. Ser parte de proyectos con los que no se está de acuerdo o alejarse de los vínculos por creer tener razón. Decir la verdad o elegir la mentira. Enfrentar la muerte con dignidad o asumir la posición de víctima. Dejar ir a las ausencias y continuar o aferrarse a un duelo para siempre. Ser padre por elección sin que la genética sea parte, o ambas cosas a la vez, o ninguna de ellas, ante un embarazo. Cruzar los continentes por amor o dejar morir el amor en otro continente. Ser justo o dejarse atraer por la venganza. Perdonar y creer en nuevos principios o encerrarse en finales y condenas. Volver al origen. Recordar en los malos momentos que, también, hubo buenos. Aceptar que el amor puede terminar y eso no convierte a nadie, que ya no lo fuera, en mala persona. Casarse por segunda vez o rechazar esa propuesta.

Vivir no es fácil para nadie, pero es la oportunidad cotidiana de dar lo que somos para llegar a lo que se imagina. Amar es vivir y vivir es un arte, hay que sentir, crear alternativas y aceptar que todo es incertidumbre.

Abrir la mente a otras ideas y decidir incluir amplitud a los conceptos. Familia es lo más importante, es amor, es *Ohana*. Familia son los que conviven y tienen un proyecto en común. Las mascotas son parte cuando se decide, con responsabilidad, darles un hogar. No se trata de hombres y mujeres; no es un tema de sexos, menos de género. No se trata de hijos; no es un tema de concepción. No se trata de vínculos legales o religiosos; no es un tema de obligaciones. No se trata de la noche o el día; no es un tema de horarios. No se trata del pasado ni del futuro; no es un tema de tiempo. Se trata de un solo lenguaje universal, el amor en cada ahora de las distintas vidas, acompañado de la irrepetible virtud del respeto por el todo y por los espacios individuales de cada ser que toma una decisión, cualquiera que sea. Se trata de igualdad en el alcance más perfecto del término, la que se construye entre parejas caminando a la par. Y, entonces, puede que ocurra en cada caso lo mismo.

Tener miedo.

Mucho miedo.

Sentir dudas.

Tener miedo otra vez.

Dar el primer paso.

Poner la energía en movimiento.

Un cambio respecto de un sistema de referencia que permite observar desde otro lugar. De eso se trataba para todos, del desafío de moverse en alguna dirección que los acercara a una breve porción de felicidad, a la chance de una posible solución, a las únicas dos respuestas que debían ser capaces de encontrar, simplemente para estar seguros de que transitaban el camino correcto.

¿Quiénes eran?

¿Cuál era el propósito de cada uno?

CAPÍTULO 58

Creer

NUEVA YORK

L uego de ordenar todo el trabajo, dar las instrucciones necesarias a cada empleado que dependía de ella, revisar los proyectos de publicaciones, editar, coordinar acciones de prensa y verificar un aumento considerable en las ventas de la última tirada de ejemplares de *To be me*, en ambos idiomas, Isabella sintió vibrar su celular. Era una llamada de Matías. Se puso nerviosa, todas sus dudas se le vinieron encima y peleaban con su convicción por el lugar más privilegiado de sus pensamientos. El rostro de Matías, el más lindo que hubiera visto jamás, insistía en mirarla desde la foto de la aplicación WhatsApp.

Atendió.

–Hola…

Del otro lado, él sentía que el corazón se le iba a salir del cuerpo a fuerza de latir desbocado de ansiedad y deseos de decir lo que sentía.

–Hola… Bella, sé que tenemos mucho de qué hablar, pero no quiero hacerlo ahora –ella solo lo escuchaba. Su voz le acariciaba el alma y el cuerpo a la vez. Le parecía que habían pasado años de distancia y silencio–. Solo quiero decirte que te amo, que no tengo la menor idea de cómo hacer para que los dos podamos cumplir nuestros sueños, pero algo cambió en mí.

–¿Qué?

–Quiero hacerlo.

–No entiendo.

–No sé de qué manera, pero quiero hacerlo contigo. Mi vida es a tu lado. No soporto la distancia, menos el silencio…

–El silencio fue tu idea –reprochó. De inmediato supo que debió callar, él no estaba peleando por tener la razón.

–No quería verte partir y pensé que si no nos comunicábamos eso nos ayudaría.

–¿A qué?

–A darnos cuenta de que lo que sentimos es lo único importante.

–Matías, sigo pensando lo mismo, no voy a ceder y tampoco pretendo cargar sobre mis hombros el peso de negarte la posibilidad de algo que deseas de verdad como lo es ser padre.

–¿Me amas? –preguntó él yendo directamente al punto que consideraba excluyente para seguir con su idea.

442   A Isabella los ojos se le llenaron de lágrimas. Toda esa historia de amor desde el primer día atropelló su memoria y se resbaló sobre su mirada vidriosa que la observaba con emoción; Matías, del otro lado de la llamada, la sostuvo para que no cayera al vacío.

–Por supuesto que te amo. Eso nunca cambió. De hecho, crece por segundo –dijo sintiendo que lo amaba más si eso era posible.

Matías sintió que el mundo podía ser un lugar mejor cuando Isabella hablaba.

–Entonces, debemos creer.

–¿Creer en qué?

–En ese amor que es más poderoso que tus ideas o las mías. Es mejor que lo que hemos sido y somos juntos. Es más fuerte incluso que lo que seremos estando de acuerdo o con nuestras diferencias. Es imposible estar separados, nos mata lentamente el sentimiento.

–¿Entonces?

–Soltemos el desacuerdo, pero aferrémonos el uno al otro como nunca –dijo haciendo referencia a su columna "Soltar"–. Cambiemos el escenario. Volvamos a empezar, dejemos en pausa mi deseo y el tuyo. Seamos solo nosotros, por el tiempo que nos debemos, por los besos que nos negamos.

Ella sintió esperanza, deseo y cierta rara paz dotada de incertidumbre.

–Y, dime, ¿cómo iniciaría esa etapa para ti?

–Hablando de todo lo que no sé de ti. ¿Cómo estás? ¿Cómo

te recibieron en *To be me?* ¿Te gusta Nueva York? ¿Cómo es?
Contándote dónde he estado, qué hice, las personas a las que conocí.

En ese momento, el sonido de su celular le indicaba a Isabella otra llamada entrante, era Maricruz.

–*Amore* –dijo en italiano y en un tono que evocaba el pasado–. Acepto, pero debo cortar, alguien me necesita aquí.

–Es la única respuesta que necesito ahora. Te amo –dijo Matías con esperanza.

–Hablamos luego y te lo contaré todo –pausa. Ganas. Cierta felicidad ¿efímera?–. Te amo –agregó y cortó.

* * *

Atendió a Maricruz.

–Hola, bonita. ¿Cómo estás? –le había dado su número de teléfono para que se comunicara si necesitaba su hombro o lo que fuera, y había agendado el de la joven.

–Mamá empeoró. Se cayó. Tengo miedo. No sé qué hacer, por eso te llamé.

–¿Estás sola? ¿Llamaste a emergencias? –preguntó tratando de actuar rápido, de darle apoyo y de no mostrar los nervios que le provocaba la situación.

–Sí, están aquí. También Donato. ¿Y si es hoy? –preguntó sollozando.

Isabella sintió un nudo en el corazón. La vida era cruel. No pudo pensar en nada más que en abrazarla.

444   –Tú debes saber que no estás sola, será cuando deba ser.

–No quiero que sea hoy –dijo Maricruz llorando.

–Debes creer con toda tu alma en el amor que las une –se escuchó repitiendo lo que Matías había dicho sobre ellos. ¿Acaso el amor era el principio y el fin de todo lo importante?–. Ella no se irá hasta que tú estés lista para enfrentarlo –agregó con vehemencia.

–¿Puedes venir? –preguntó con timidez.

–Esperaba que lo dijeras. Pon a Donato al teléfono, ¿puede?

–No, está hablando con los médicos de emergencias.

–Bien. Salgo para allá. Dile a Donato que voy en camino. Si la trasladan al hospital, me avisas. ¿De acuerdo?

–De acuerdo –respondió con un hilo de voz.

* * *

BOGOTÁ

Matías volvía a respirar. Llamó a Corina y le contó toda la conversación con Isabella.

–Hiciste bien –dijo ella. Sonaba diferente.

–Seguí tu consejo.

–Y yo el tuyo. No exactamente, pero digamos que Alejandro vino a casa, me besó en la puerta y puedes imaginar lo demás. No hablamos mucho todavía. No estoy lista, le he pedido tiempo para pensar qué quiero y cómo continuar. Su ex continuará con el embarazo, pero parece que no quiere saber nada de él.

–Quizá debamos hacer lo mismo, tratar de estar bien, de recuperar el tiempo perdido, y después retomar los temas pendientes. Creer en el amor y dejar en sus manos las cosas por un tiempo. Quizá el sentimiento sea más práctico que nosotros.

–No es fácil, Matías, suenas entusiasmado y está bien, pero sé realista, puede que no haya un final feliz como el que imaginas –dijo a cruda verdad y por experiencia.

–Lo sé. Sin embargo, he decidido otra tregua, pero diferente.

–¿Y cómo sería? Si no vas a renunciar a tu deseo de tener un hijo, y ella no cambiará de idea según ya te anticipó, ¿no es cruel insistir? ¿No perderían ambos el tiempo?

–Es un riesgo que asumiré, simplemente porque no puedo separarme de ella sin vivir a su lado hasta mis últimas esperanzas.

–Si tú lo dices, será –dijo ella, vacilante–. ¿Puedo pedirte algo, con el derecho mínimo que me dan unos días en tu vida? –bromeó.

–Por supuesto. No son los días sino la calidad del tiempo, Corina. Me has ayudado mucho.

–Y tú a mí, por raro que suene. Solo te pido que no la ilusiones con algo que, luego, no podrás cumplir; ese no eres tú y, como sea que sucedan las cosas, no tienes derecho alguno a estropear la historia de amor que los une con un final egoísta.

–¡No te guardas nada!

–Es mi estilo.

–¿Puedo decirte algo que no me preguntas?

–¡Claro!

—Sé que dijiste que lo juzgabas porque se acostaba con la esposa cuando ya decía estar enamorado de ti, pero eso no es verdad. Eso te enfurece, aunque sabías que ocurría, siempre lo supiste porque eres inteligente, pero no es la cuestión aquí.

—¿Puedes parar de decirme cosas tan lindas? —pidió con ironía y cierto humor.

Ambos rieron.

—En serio, no me lo preguntas, pero el problema es tu miedo. Te aterra que un hijo pueda doblegar el amor que siente por ti. Mueres de miedo porque crees que no soportarías perderlo. Entonces preferiste echarlo. La buena noticia es que regresó. Olvida el miedo, Corina, vive el hoy, esa eres tú.

—Te echo de menos. No voy a decir nada al respecto. Necesito tiempo conmigo, para decidir qué lugar voy a ocupar en este escenario.

—Estaré aquí, solo avísame si me necesitas.

La comunicación terminó y Matías se sentía renovado.

¿Habían perdido el miedo? ¿Los problemas existen solo en la superficie? ¿Es posible ver más allá de ellos y llegar al fondo del corazón? ¿Acaso se esconden en el rincón más remoto del alma las ideas que traerán soluciones?

Creer.

Creer.

Creer.

Elevar la mirada.

Aceptar que el futuro no le pertenece a nadie, en esencia, porque ese tiempo hoy no existe.

CAPÍTULO 59

Si tuviera que volver a comenzar mi vida,
intentaría encontrarte mucho antes.

Antoine de Saint-Exupéry, 1943

El teléfono del Mushotoku sonó y Adrián, que estaba en la recepción, lo respondió. Del otro lado, un silencio breve puso a andar su intuición. Sabía quién era.

–Buenos días –repitió.

–Hola… Soy Alejandro, puedes decirle a Emilia que dejé la casa y me llevé todo lo que creo que necesito. Seré honesto, detesto decírtelo a ti, pero eso es lo que ella indicó, que avisara en el Mushotoku.

Adrián estaba al tanto de esa última conversación entre ellos, si bien no disfrutó el momento como podría suponerse, al menos sintió cierta tranquilidad al saber que Alejandro abandonaba la lucha en relación a Emilia. No era un

adversario. Estaba convencido de que ella había enterrado el pasado, y a la única posibilidad de volver a empezar, junto con el ave. Eso no resolvía su interrogante respecto de qué los unía, pero podía esperar.

—Se lo diré. Yo detesto lo que le has hecho, y aunque debería agradecértelo, no puedo. Hubiera hecho lo que fuera por evitarle ese dolor.

—Lo estás disfrutando, ¿verdad? –preguntó. No estaba muy seguro de cuál era el tono de esa conversación que no quería tener, pero estaba ocurriendo.

—¡Claro que no! Solo te diré, para tu tranquilidad, que estoy enamorado de ella y que soy incapaz de generar caos o problemas en torno a ella o al hijo de ambos. Intentaré ayudar para que Emilia respete el lugar que te corresponde como padre; eso no tiene nada que ver con lo ocurrido, pero solo si tú eres razonable y le das tiempo. Nada de presiones.

Alejandro se sintió desorientado por un momento. ¿Acaso el amante de Emilia era más que eso y lo ayudaría a que ella le permitiera ser parte de la vida de su hijo? ¿Cómo se pasaba de la rivalidad a ser cómplices o aliados?

Pausa.

Autocrítica.

Reflexión.

El tipo era buena gente.

Esfuerzo.

—Supongo que en adelante seremos tú, ella y yo –pensó en voz alta–. Puedes contar con que no la presionaré. Hablaré

contigo, si es necesario, para que intercedas antes de tomar
decisiones radicales, pero no voy a renunciar a mi paternidad,
seré un padre presente –entonces, decidió poner a prueba sus
palabras–. Quiero saber de cuántas semanas está, la fecha
probable de parto, todo. Se lo he preguntado, pero Emilia no
respondió. Conclusión, tengo cita con su médica –dijo y era
verdad –. El que avisa no traiciona –agregó.

–Cancela esa cita. Yo me ocuparé –dijo.

–¿De inmediato?

–De la mejor manera –respondió.

Ambos hombres medían hasta dónde podían llegar en favor de una mujer y de un hijo por nacer. Al cortar, Adrián
supo que había sido positiva la comunicación. Completamente imprevista, pero beneficiosa.

* * *

Emilia dormía en la misma cama que compartían, cuando él
golpeó la puerta. No lo escuchó. Entonces, entró. Pensó que
amaba ese pijama y las aves que, sobre ella, diseñaban paz y
superación. Tenía al lado de la cama unas pantuflas mullidas
de peluche color caramelo que le dieron mucha ternura.

Se acercó a la mesa, le preparó un té y la despertó con un
beso.

–¡Buen día!

–¡Hola! –respondió. Dirigió su mirada a la ventana y al ver
la luz del día preguntó –: ¿Qué hora es?

–Las diez.

–¡Dios! ¡No puedo dormir tanto!

–Sí puedes y está bien –respondió Adrián y le acercó el té–. Tengo que hablar contigo, Emi.

–¿Todo está bien? Mi hermana, Makena, ¿han llamado? –se alarmó.

–Todo está muy bien. Tranquila. ¡No pienses fatalidades! Llamaron porque no respondiste el celular, para avisar que están contentas y que la casa en la que viven es preciosa.

–Bien, gracias por venir a decirme –chequeó su teléfono y tenía varias llamadas perdidas.

–No es de eso de lo que quiero hablar. Alejandro llamó para avisar que dejó la casa.

–¡Esa sí que es una buena noticia! –dijo. Había llegado a pensar que nunca lo haría. A pesar de la última conversación, tenía dudas–. Enviaré a alguien a limpiar antes de ir yo misma.

Adrián trató de no pensar en él mismo y en cómo lo hacía sentir la idea de que ella se fuera del hotel. La finalidad de esa charla era otra. Lo correcto era, o debía ser siempre, el camino a elegir.

–Hay algo que creo que debo decirte.

–Dímelo, entonces.

–Alejandro es el padre del bebé, tiene derecho a saber sobre el embarazo. Me alegra que no lo quieras en tu vida, pero quizá puedas ir de a poco con la comunicación.

–¿Qué ha pasado aquí? –preguntó Emilia suponiendo que había una parte que no le estaba diciendo.

–Seré honesto, no puedo mentirte. La conversación con él
fue algo inesperada. Dije lo que pensaba –refirió–. Sin pensar –agregó–. Pero en definitiva creo que fue bueno que yo
atendiera.

–Cuéntame lo que dijeron ambos –pidió.

Silencio.

Miradas.

Miedo.

Avanzar.

Adrián le contó todo el diálogo.

–Está bien, supongo que es justo que sepa algo y es bueno
que yo pueda manejar los tiempos sin presiones –Emilia hablaba desde una herida, pero ya no sangraba en sus palabras.
Adrián la observaba. Las preguntas lo atosigaban al extremo
de que toda su filosofía de vida, desde que había llegado al
Mushotoku, se tambaleaba sobre el sinuoso terreno de las
dudas que nacen con el amor verdadero. Cerró los ojos buscando calma y la vio a ella, con un bebé en brazos. Sonreía, y
en la fugaz imagen él era feliz–. ¿Qué te sucede? –preguntó
al verlo cerrar los ojos. Él la miró y sintió antes de hablar.

–Estoy completamente enamorado de ti. Haría lo que fuera
por tu felicidad. La pregunta es: ¿Qué quieres tú que haga?

Emilia reconoció en él la necesidad de saber qué lugar
ocupaba en su vida. No se trataba de planes o proyectos a
largo plazo, él vivía en el presente; pero siendo justa ¿le había
dado ella alguna certeza? La respuesta fue un rotundo "no".
Recordó todo desde que Alejandro la había abandonado.

452   Infinidad de momentos, como fotografías, desfilaban en su memoria, y allí estaba Adrián, siempre, incluso para cambiar el efecto por asociación de la lluvia en sus emociones. ¿Qué sentía por él?

–Primero, acércate –respondió. Él se sentó a su lado en la cama. Emilia dejó la taza de té en la mesa de noche y rodeó su cuello con los brazos. Lo besó en los labios. Él esperaba una respuesta. La deseaba, pero más necesitaba saber–. Quiero que estés conmigo –respondió–. Con nosotros, en realidad –corrigió mientras tomaba su mano y la colocaba sobre su vientre. Entonces, el universo entero encendió sus luces en la habitación y apagó las dudas que, invisibles, desaparecieron en el todo lo que los unía. Y las aves de su pijama pedían volar, y su cuerpo esperaba por sus caricias–. No soy fácil, nada lo será, pero te quiero a mi lado. Soy la mujer en que me he convertido porque nunca me dejaste sola.

Adrián no necesitó nada más y, sintiéndose seguro, se quitó la ropa lentamente, mientras ella le hacía el amor con la mirada y se adelantaba al placer que unos minutos después ambos devoraban a sorbos, besos y temblores como la primera vez, pero mejor.

Después, su sonrisa. ¿Vieron el atardecer en el mar? La misma calma, igual entrega, idéntica magia, pero en su boca. Eso pensó Adrián, que quería contarle al mundo su presente.

✳ ✳ ✳

Se vive buscando certezas, ahuyentando los miedos, dando batallas a los recuerdos y, también, al olvido. ¿Y si ser capaz de dejar de pensar en lo que ya ha ocurrido fuera parte de la felicidad? ¿Si dejar de preocuparse por lo que todavía no ha pasado fuera el camino común al bienestar? A veces, solo hay que decir. Ponerles palabras a los pensamientos y preguntar lo que se desea saber porque nada es azar. No existen las coincidencias; lo que debe ser, es. Así funciona el destino, con sus propios planes.

CAPÍTULO 60

Seguridad

Sé la persona que eres.
La madurez es aceptar la responsabilidad de ser uno mismo,
sea al costo que sea.
Osho, 2019

BUENOS AIRES

Verónica estaba nerviosa. Juan Pablo la había llamado para hablar con ella, sin abogados de por medio. Lo esperaba en una confitería de la zona de Palermo, cerca de la plaza Serrano. Había elegido una mesa contigua a la ventana, quizá para poder verlo llegar o para poder mirar hacia afuera, o simplemente porque sí. ¿Por qué se elige una ubicación y no otra? A nadie le importaba. Sin embargo, ¿podía marcar la diferencia en la construcción de un recuerdo?

Juan Pablo llegó puntual. La saludó. Pidieron lo de siempre, café con crema, y se observaban como si pudieran medir con exactitud la distancia entre los recuerdos y ese encuentro tan diferente.

–¿Cómo has estado? –preguntó ella sinceramente.

–Bueno, diría que he tenido épocas mejores, pero no me quejo.

–Se te ve bien.

–También a ti.

–No lo creo, engordé un poco –dijo a pura verdad.

–Puede ser, pero no me refiero a eso.

–¿Y a qué te refieres?

–Dime, ¿fue por mí? –preguntó él sin responderle y yendo directo a lo que quería saber.

–¡Claro que no!

–¿Fingiste alguna vez cuando estábamos juntos?

Verónica entendió que no había tiempo en la agenda emocional de Juan Pablo para conversaciones previas, o de forma. No había entrada en calor en ese entrenamiento final de sus sentimientos lastimados. Era como un interrogatorio, sin acta ni lectura de derechos. Sin rodeos. Sin antesala. Se puso en su lugar, por primera vez. Pensó cómo se hubiera sentido y qué hubiera preguntado ella si los hechos hubiesen sucedido a la inversa, y él la hubiera dejado por un hombre.

Pausa.

Sensación de inseguridad y vértigo.

¿Por qué no había hecho eso antes?

Entendió.

–No, nunca. Cuando me di cuenta de lo que me sucedía, te lo dije, pero no te he traicionado, jamás lo hice ni lo haré –era su verdad.

Juan Pablo pensaba en todo lo que Gabriel le había dicho, lo que Matías había opinado y, sobre todo, priorizaba lo que él mismo estaba sintiendo frente a ella. Ya había tomado una decisión, pero necesitaba escucharla, volver a verla. Correr el riesgo de preguntarle lo que deseaba saber, aunque con ello pudiera herir su hombría y aniquilar su orgullo.

–¿Pensabas en una mujer durante nuestro matrimonio? –indagó, aunque era evidente que se refería a los momentos de intimidad y no en general.

–Juan Pablo, seré honesta y clara. Me casé contigo convencida de lo que hacía. He sido feliz a tu lado. Como hombre, todo lo que puedo decir de ti es bueno. Nunca simulé un orgasmo –aclaró directamente–. Es más, si no me sucediera lo que me ocurre, te seguiría eligiendo, pero no es voluntario. La atracción homosexual aparece un día, no te avisa, Arrasa con tus certezas y barre las piernas de tu vida. Te caes, y te aseguro de que desde el suelo nada es fácil. Luego te confundes, y mientras intentas ponerte de pie, debes averiguar si siempre ha vivido en ti y no te habías permitido ni pensarlo o si es tu gran novedad. Tu hombría está a salvo, no he fingido placer, ni nada –insistió sobre el tema con otras palabras–. ¿Entiendes? Terminé contigo justamente para evitar que algo de lo que ahora preguntas pudiera suceder y porque merezco ser leal a mi verdad.

Él la escuchaba con atención. Decodificaba su expresión y sus gestos.

–¿Cómo se llama?

–Juan Pablo, por favor, no es necesario.

–Dime solo su nombre. Quiero confirmar algo.

–Karina Imbaldi –dijo–. Kim –aclaró con cercanía.

–Cuando dije que te veías bien me refería a eso. Hay algo diferente en ti, y a juzgar por el brillo de tus ojos al nombrarla creo que ella podría ser la causa –no pudo repetir su nombre–. Quiero que sepas que antes de citarte aquí, quiero decir, antes de que respondieras lo que he preguntado, ya había tomado una decisión. He firmado todo lo requerido para un divorcio de común de acuerdo, y en cuanto a los bienes, Gabriel me dijo que quieres un apartamento, sé cuánto te gusta el de la calle Paraguay y Coronel Díaz; es tuyo.

Verónica no podía creer lo que escuchaba. ¿Acaso con el transcurrir del tiempo podría ser amiga de su exesposo?

–No sé qué decir. No esperaba que cambiaras tan radicalmente tu posición.

–A veces hay que escuchar a los amigos, dejar ir el enojo y recordar en tiempos malos que también los hubo buenos. Intento no convertirme en alguien que no soy.

–Parece que tu abogado no es *despiadado* después de todo y se ha convertido en un *fuera de serie* –dijo recordando el diálogo con Dupre en su despacho.

–Es una gran persona. Al principio, solo hizo lo que le pedí –Verónica permaneció en silencio. No le gustaba haber provocado en Juan Pablo tantos sentimientos que no lo definían–. Dime ¿fuiste feliz conmigo?

–Sí, de verdad. El amor contigo fue lo que imaginé. Y

después de oírte hoy estoy orgullosa de que hayas sido tú el hombre que elegí. No lo digo por los bienes o el dinero que, por supuesto, me han hecho falta –destacó–, sino porque son pocos los que logran no decepcionarse de la otra persona durante el divorcio. Escuché por ahí que las personas se conocen realmente durante el proceso de separación. Y eso es bien triste cuando el resultado es nefasto. No somos parte de la estadística, eso siento.

–Es difícil para mí aceptar tu otra verdad. No voy a negarlo. Una cosa es terminar un matrimonio, y otra bien diferente es que tu esposa te abandone porque le gustan las mujeres, lo cual abre un enorme abanico de vacilación respecto del pasado.

–Puedes pensarlo de ese modo, si quieres, pero no es eso lo que ha pasado aquí. Me fui de tu vida porque merecías alguien que pudiera dártelo todo y yo estaba descubriendo que algo en mí no era como creía. No te dejé por Kim. De hecho, no he avanzado con ella. Te dejé porque siempre elijo la verdad y lo sabes –él pensó que eso era cierto, Verónica no mentía.

–Te agradezco que lo digas de ese modo.

Pausa.

Todo estaba dicho.

¿Cómo continuar?

–No quiero ser un mal recuerdo para ti. Le dije a tu abogado que solo quiero un apartamento para vivir. Me da lo mismo cuál, pero es cierto que me encanta el de la calle Paraguay. Gracias –dijo sinceramente.

–No puedo quedarme, empieza a dolerme el encuentro. Ve a hablar con Gabriel y arregla todo con él. Yo pagaré los gastos profesionales de los dos letrados –agregó. Omitió decir que se había enterado de sus problemas económicos. Llamó al camarero y pagó la cuenta.

–Supongo que no volveremos a vernos... –dijo ella advirtiendo su tristeza.

–Si me necesitas, estaré para ti. De eso puedes estar segura –dijo. Se puso de pie, apoyó su mano sobre la de ella en la mesa, un segundo, y se fue sin mirar atrás.

Verónica lo siguió con la vista hasta verlo desaparecer al doblar la esquina. Agradeció haber elegido esa mesa, nunca olvidaría esa imagen de generosidad y empatía. No era un hombre que se iba, era el hombre más bueno y comprensivo que conocía, cediendo en favor de su felicidad y de un nuevo comienzo para los dos. Estaba segura de eso. Emocionada, confirmó que el de ellos era un vínculo sano y honesto, después de todo. Se sintió conmovida.

Después de un rato, llamó a Gabriel Dupre, quien se alegró de poder ser parte de un arreglo justo. Y le explicó los simples pasos a seguir, las llaves del apartamento que ella quería estaban a su disposición. Podía mudarse cuando quisiera. Le dio las gracias, coordinó una cita para las firmas de rigor, y al llegar a su casa llamó a Corina.

–Corina, sé que ahora estás con Alejandro, pero debes saber que ocurrió un milagro. Dios existe y atiende en Buenos Aires.

–¿Qué dices?

–Juan Pablo me citó en un café, me dará el apartamento, el de la calle Paraguay y accedió a un divorcio de común de acuerdo. Mañana iré a lo del abogado a buscar las llaves y a firmar.

–¡Matías es un genio!

–¿Qué tiene que ver Matías en esto?

–Bueno, no te lo dije, pero le pedí que, si podía, intercediera en tu favor. Le expliqué la verdad.

–Supongo que eso ayudó. No sé si debiste, pero yo hubiera hecho lo mismo.

–¿Entonces?

–Entonces, nada. Paso a paso. Hoy cenaré sushi sin ti.

–¿Por qué?

–Porque tú estás con Alejandro, debes hablar con él, y yo disfrutaré todo lo que ha ocurrido hoy, y ¡tal vez, me compre algo por internet! No para indemnizarme sino para celebrar la vida que es maravillosa y que con compras ¡es mejor aún! ¿Qué sabes de Lena? –preguntó cambiando de tema.

–¡Es feliz! Eso dice al menos. Se la escucha bien. Los dos están trabajando en un McDonald's, no se quedaron en Luisiana con el padre de él.

–Bueno… al menos cumple su palabra –dijo con humor.

–Es raro, pero confieso que si bien la extraño me siento tranquila al mismo tiempo. Se comunica más seguido que cuando estaba en Buenos Aires y siempre me cuenta cosas lindas, no tiene grandes ambiciones, pero se la escucha contenta,

y cuando la atiendo no pienso que tendré que ocuparme de algo sino solo de acompañarla en su vida.

—Cada uno elige su camino, amiga. Hiciste bien en aceptar su decisión por muy descabellada que fuera.

—Eso creo.

* * *

Corina llegó a su casa feliz por su amiga. Alejandro la esperaba con la mesa puesta, música, la cena lista, una botella de buen vino tinto y una sonrisa.

—¿De qué me perdí? —preguntó, sorprendida.

—En realidad, de nada. Te amo, deseo estar aquí contigo y quiero darte seguridad.

Corina pensó en dos de las infinitas posibilidades para esa noche. Una, hablar concretamente sobre el futuro, sobre la ex, sobre el hijo que iba a llegar, y otra, disfrutar a su lado, sin pensar en nada más.

Eligió vivir el momento. Ser feliz en su ahora le daba la irrefutable seguridad de no estar perdiendo tiempo.

CAPÍTULO 61

Avanzar

*Ojalá podamos tener el coraje de estar solos
y la valentía de arriesgarnos a estar juntos.*

Eduardo Galeano, 2010

BOGOTÁ

Volver al trabajo, mientras seguía comunicado con Isabella, había sido más fácil. La vida era más sencilla si ella formaba parte de su presente. Matías conversaba con Lucía en su despacho sobre temas laborales cuando sintió que era el momento.

–Lucía, sé que me he ido sin una explicación durante varios días, que regresé y no he dado cuenta de mis razones, pero…

–No tienes que explicarme nada. En momentos de conflicto, cada ser actúa como puede, lo que no siempre coincide con sus propios planes o con lo que el resto espera –lo interrumpió.

–¿Hasta dónde estás al tanto? –preguntó Matías con cierta confianza ganada que nunca había puesto en práctica.

–Supongo que hasta donde corresponde, sin inmiscuirme en la intimidad de una pareja que quiero mucho.

–Gracias. Eres muy importante para Isabella. Te admira y tu consejo no le es indiferente.

–No tienes nada que agradecer –Lucía quería saber qué estaba sucediendo entre ellos, pero fue respetuosa y no preguntó. Estaba al tanto de que Bella brillaba en *To be me*, y que sus columnas eran leídas en inglés y en castellano, con gran éxito. *Nosotras* crecía también, al ritmo del trabajo creativo de María Paz Grimaldi, lo que indicaba que todos avanzaban en el mejor sentido, pero de la cuestión propiamente dicha, la maternidad que no era, no estaba enterada de nada.

–Traté de adelantar trabajo, me ayudó que autorizaras mi horario libre –Matías entraba y salía todo el tiempo con la idea de evitar estar mucho en las oficinas de la revista.

–Supongo que no quieres que te pregunten.

–Algo de eso, al menos no por ahora. No todos son bien intencionados, y las columnas de Isabella dicen mucho para quienes la conocen bien, aunque yo permanezca en mi hermetismo.

–Olvida el entorno –en ese momento sonó una notificación en su computadora–. Dame un minuto –dijo y leyó.

Decidir es, o debería ser, lo opuesto a permanecer en la duda. Supongo que la cuestión es saber qué es mejor en beneficio de quienes somos y lo que deseamos. Entonces, decido avanzar y el miedo me amenaza, y las dudas que pretendí dejar atrás se vienen conmigo y, por si hiciera falta, llegan otras. Más allá de eso, las ignoro y sostengo la bandera de mi determinación, porque lo he pensado bien y me he permitido sentir. Me escucho. Sin embargo, no es menos cierto que toda duda necesita su tiempo, antes de ser capaces de verlas con indiferencia. Elijo pensarlas como flores que se abrirán ante mi alma cuando llegue su estación. Cada vez que resolvemos o vacilamos, aceptamos la incertidumbre, y eso es lo más difícil en la vida. Oscilar entre poner punto final o puntos suspensivos eternos, es o debería ser algo que cada persona debe llevar a cabo con su propia unidad de medida del tiempo.

María Paz Grimaldi

Al concluir la lectura se sintió satisfecha y sonrió. Decidir o dudar era la consigna que había dado a María Paz ese día. Pensó que un hilo invisible unía las ideas de esa joven y las de Isabella. Las flores que se abrirían eran la primavera de Bella. Tenían algo igual de magnífico en sus estilos.

En ese momento, golpearon a la puerta de su despacho.

—Adelante —indicó.

—Perdón, le he enviado el e-mail, pero son 164 palabras, lo revisé recién, debí hacerlo antes. ¿Lo edito?

Matías estaba sentado de espaldas. Esa voz. ¿Quién era ella? La conocía, estaba seguro, pero ¿de dónde? Giró sobre sí mismo y al tiempo que Lucía iba a responder, él se puso de pie.

—María Paz, ¿qué haces aquí? —preguntó con sorpresa y simpatía.

—Perdón ¿se conocen? —intervino Lucía ante lo obvio.

María Paz no podía salir de su perplejidad. Se tomó la cabeza, tapando sus ojos con una mano y sonrió.

—Sí, viajamos en el mismo avión desde Buenos Aires —respondió para despejar dudas.

—Ella trabaja en lugar de Bella, y es muy talentosa —la presentó Lucía, quien rogaba internamente que hubiera sido solo el vuelo lo que los unía.

—No lo dudo. ¡Solo aconsejo que la veas bailar! —dijo Matías con entusiasmo.

—Tú… ustedes ¿han bailado juntos? —el asunto se ponía de un tono que no le agradaba. Su lealtad hacia Isabella gritaba una alerta.

—¡No! Ella y su hermosa hija bailaron en el aeropuerto de Buenos Aires, mientras su madre cantaba al ritmo de *La vida es un carnaval* y un viajero acompañaba con la guitarra. La gente se detenía a observarlas, incluido yo. Una verdadera fiesta —recordó—. Luego coincidimos en la misma fila de asientos del avión.

Lucía respiró tranquila. Era solo causalidad.

—No edites, María Paz. Me gustó mucho —le dio la respuesta.

—¡Gracias! —exclamó—. Los dejo continuar hablando, disculpen. Me alegra saber de ti —agregó y se fue.

—¡No puedo creer que justo ella reemplace a Isabella!

—Creerás menos cómo escribe. Le he dado el espacio de "Opuestos" en la revista y ha sido genial. Tal vez te interese leer el último —dijo y lo leyó en voz alta.

466　Cada palabra fue una señal para Matías. Todo se mezclaba en él, y a la vez, cada cosa parecía hallar su lugar.

—Es buena —pudo decir.

—Muy buena. Se lo hice difícil, mira que "decidir y dudar" no son extremos simples para darles cierre en tan pocas palabras, y hasta con poesía lo ha hecho.

Él solo podía pensar en su realidad y en Isabella. Decidió hablar sin vueltas del tema.

—Lucía, quiero viajar a Nueva York. No deseo perjudicar a la revista, sé que he regresado hace poco, pero necesito ir y…

—Hazlo. Toma otra licencia —respondió su jefa sin dejarlo concluir.

—Podría trabajar desde allá —propuso Matías como alternativa.

—No. Eres aquello en lo que te enfocas, y en Nueva York es Isabella lo único que debe ocupar tus días —era lo que realmente pensaba.

—No le digas que iré —pidió.

—No lo haré —respondió. Confiaba en que el destino les diera opciones. Ella no sería un obstáculo mientras se esforzaban por encontrarlas.

*　*　*

Antes de regresar a su casa, María Paz y Makena fueron al refugio de animales en el que ayudaban. Luego de pensarlo bien, María Paz le había explicado a su hija que quizá fuera mejor dar tránsito a los perritos que lo necesitaran, antes de elegir uno definitivamente, porque temía que fuera muy complicado o costoso llevarlo al regresar a Buenos Aires. La niña lo había entendido y se sentía bien al saber que ayudaban a dar amor a animalitos de la calle, hasta que encontraran un hogar para siempre. Esa tarde retiraron un perrito anciano, muy dulce. La decisión final había sido de la niña. Afortunadamente, no se había sentido decepcionada, sino que lo había comprendido.

Al llegar a su casa, luego de trabajar y retirar a Makena de su nueva escuela, en la que, si bien la habían incluido con gran naturalidad, algunas niñas, siguiendo estadísticas, querían tocar su cabello. María Paz vio un cartel pasacalle, que atravesaba la calzada por lo alto, que llamó su atención. No había nada escrito sobre él, solo estrellas y una luna.

—Mira, mami, me hace pensar en Obi.

—También a mí —confesó—, pero no puede ser él. Aquí no está la abuela para ayudarlo como sucedió con tu celular.

—Es cierto. Me gusta pensar que un día aparecerá —dijo la niña con esperanza.

María Paz sabía exactamente lo que era sentir eso. Lo sabía desde que lo había conocido. Por un momento, se sintió bien al darse cuenta de que todo lo que había hecho en favor del vínculo de Makena con su padre daba sus frutos. Su hija lo sentía presente a pesar de la distancia. Por el otro, la sola idea de pensar en que Obi le prometiera cosas que luego no fuera a cumplir, la enojaba y la llenaba de dudas.

Todo en Bogotá se desarrollaba mejor que lo planeado. Lucía era una excelente jefa editorial, le exigía al máximo de su capacidad, pero le enseñaba a la vez. Se sentía cómoda en las oficinas de *Nosotras*, hablaba a diario con Emilia y su madre, la casa donde vivían era cómoda y estaba ubicada cerca del colegio de Makena y de su empleo.

Obi, el gran interrogante en su vida, la llamaba dos veces por día. De a poco, había logrado ir metiéndose en su rutina como si nunca hubiera salido de allí. Él hablaba de amor, ella lo dejaba decir sin responder. A su vez, las videollamadas con la niña eran diarias, y en muchas de ellas María Paz no intervenía.

Obi había sido el ejemplo literal de las promesas, la ilusión y la consecuencia de confirmar que no podía cumplir. Sin embargo, esa noche algo cambió. Él la llamó por video al celular; Makena ya estaba dormida.

—Hola, Obi —lo saludó. La sensación de una mano apretando su estómago, que anunciaba sucesos, no se detenía. Había decepción en su tono y en su expresión. Él lo advirtió.

—¿Qué te sucede? ¿Ha ido bien tu día?

—Tú me sucedes, Obi —le dijo María Paz con brutal honestidad—. Mi día ha ido perfecto hasta que tú apareces, incluso desde tu ausencia.

—Eso no es malo —dijo él, optimista por naturaleza.

—Sí, lo es. Hoy sucedió algo. Al llegar había un cartel pasacalle con estrellas y una luna, y Makena pensó en ti.

—Eso es lógico. Yo también la recuerdo con cada cosa que compartimos.

–Es verdad, pero ella espera algo de ti. Me dijo que le gusta pensar que aparecerás un día, y eso, tú y yo lo sabemos, no sucederá. Al menos, yo lo sé perfectamente. Entonces empieza a preocuparme la relación de ustedes. Quizá no debí permitir que avanzaras tanto –confesó. Era realmente lo que sentía. Omitía hablar de sus propias esperanzas.

Obi pensó un momento y permaneció en silencio. Sabía que había verdad en sus palabras. No era otra verdad, era la misma verdad de siempre desde que se habían separado. Entonces, se dirigió hacia su computadora; había llegado el momento, no era como lo había imaginado, pero era.

–He cambiado y puedo demostrártelo. No debes tener miedo. No voy a decepcionarla, tampoco a ti. Necesito hacerte una pregunta. ¿Me has olvidado?

–No –respondió sin pensar.

–Sé que no tienes una pareja, lo has inventado para alejarme. Me lo dijo tu madre. Eres tan libre como yo.

María Paz renegó de la complicidad de su madre con él, y entendió por qué en cada llamada Beatriz le preguntaba si se habían comunicado.

–Obi, ese no es asunto de mi madre; aun así no cambia nada.

Él ya había entrado en su correo electrónico desde la computadora mientras hablaban y sostenían el celular con la mano izquierda.

–¿Qué haces? –preguntó María Paz que notaba los movimientos.

–Lo que debí haber hecho hace mucho tiempo.

—Obi, deja de prometerme cosas. Por favor, no quiero perder más tiempo contigo.

—¿Puedes abrir tu correo?

—¿Para qué?

—Hazlo, por favor —pidió, pero no interrumpas la llamada.

María fue hasta su computadora portátil y abrió el e-mail. Decía: "Las amo. Llegó el momento", y había un archivo adjunto. Hizo clic. Se abrió ante ella el alma de su mejor sueño.

Silencio.

Lágrimas.

Volver a mirar.

—¿Qué significa esto?

—Que es aquí en África donde nos reencontraremos. Luego de un mes juntos, los tres, tú decides si quieres casarte conmigo y quedarte para siempre. Te envié los dos pasajes. Los pagué con dinero que he ahorrado desde hace tiempo con ese fin.

Silencio.

Ausencia de palabras.

Bullicio de pensamientos.

CAPÍTULO 62

Gina Rivera

He aprendido a no intentar convencer a nadie.
El trabajo de convencer es una falta de respeto,
es un intento de colonización del otro.
Frase atribuida a José Saramago,
Portugal, 1922-2010

BOGOTÁ

Desde la propuesta de Rafael, y luego de hablar con Paul, Gina oscilaba entre todas las variables posibles aplicables a su presente. Todo el tiempo, hiciera lo que hiciera, la cuestión encabezaba la lista de pendientes que, con un asterisco que decía "importante", colgaba de la pared de la entrada de la casa de sus decisiones. ¿Dónde quedaba esa vivienda? Adentro de sí misma.

Rafael, con el mismo amor de siempre, ni siquiera se mostraba impaciente o distinto o decía cosas en doble sentido o mandaba mensajes subliminales en su discurso. Claramente, una mujer hubiera hecho algo de eso o todo a la vez frente al silencio. Sin embargo, nada. Era como si de pronto la

472 respuesta que no llegaba hubiera sucumbido en un campo de amnesia común a todos los géneros, donde no había presiones y se mezclaba con otras propuestas reservadas al miedo. Si no hubiera sido por su edad, porque lo conocía bien y porque recordaba cada una de sus palabras, incluso hubiera podido creer que se había arrepentido y que ya no hablaría más de la cuestión, pero no era así.

Esa mañana trabajaba en su oficina cuando escuchó a Alicia conversar animadamente en la recepción. La voz que llegaba hasta sus oídos era de la un hombre que conocía. Pensó que solo eso le faltaba, que él le trajera algún planteo inesperado. Rogó que los planetas estuvieran alineados a su favor. Salió de su despacho, la paciencia no era su fuerte por esos días.

–¡Buen día, Gina! Lamento venir sin avisar, pero hay algo que deseo conversar contigo –dijo Francisco, su exesposo.

–Si quieres continúo con tu tarea, la sala de reuniones está desocupada –dijo Alicia, quien iba a la notaría tres veces por semana, para colaborar.

–Bien, sí, Gracias, Alicia.

–Les haré llevar café –agregó.

Gina pensó que compartir café alargaría la conversación. No se llevaba mal con Francisco, pero tampoco era su mejor amigo. Habían tenido algunas diferencias, antes de acordar los términos del divorcio respecto de los ahorros que él consideraba comunes y a dividir por mitades, y ella, no tanto. Finalmente, lo habían resuelto al modo Gina Rivera que era, por supuesto, el que resultaba justo.

–Dime, ¿qué sucede? –preguntó directo al punto. No tenía deseos de hacer sociales. Estaba a la defensiva, y no sabía de qué, ni por qué.

Francisco, que la conocía muy bien y gozaba de un perfecto equilibrio en sus emociones, era feliz con Amalia y no tenía miedo a nada en cuestiones de amor, la observó un momento. Los años compartidos le revelaron, más allá de la nueva Gina, mucho de lo que él conocía. La quería mucho, era la madre de sus hijos. Entonces, eligió involucrarse, aunque no estaba allí por ese motivo.

–Estoy aquí por Isabella, hablo con ella todos los días, pero sé que hay algo que no me dice. Leo sus columnas y estoy preocupado. Algo no está bien. Puedo sentirlo y supongo que tú lo sabes porque ella te cuenta todo –Gina respiró, tenía ese tema controlado–. Sin embargo, te miro y ahora me preocupo más por ti. ¿Qué te sucede? –los ojos desorbitados de Gina lo atravesaron como un misil en su recorrido–. Gina te conozco bien, solo quiero ayudar –agregó.

¿Qué pasaba con los hombres que conocía que de pronto se habían vuelto creativos para ponerla nerviosa? Midió las opciones. Calculó si era sinceridad o había cierta animosidad desde un rol de superado. Hizo una pausa. Era Francisco, no había reveses en él ni capacidad para enredar tanto las cosas. Supo que era honesto. Se relajó un poco; entonces comenzó por el orden que correspondía.

–Es nuestra hija, solo por eso y porque soy adulta y responsable te diré qué sucede solo si prometes guardar reserva

hasta que ella misma te lo cuente. Puedes entonces decirle que lo sabías, pero no la invadas antes de eso.

–Reglas claras, como siempre. No has cambiado eso –sonrió con expresión de cariño–. Por supuesto, solo deseo saber para ayudar si es posible.

–No lo creo, ni tú, ni yo, ni nadie. Verás, Matías quiere tener un hijo, y ella no. Eso es lo que los separa. Por ese motivo aceptó viajar a Nueva York y quiso hacerlo sola; él, por su parte, se fue antes que ella a Buenos Aires a visitar un amigo para no verla partir. Imagina el resto –Francisco tomó un sorbo de café. Gina aguardaba que dijera algo. Por un momento no lo hizo. Entonces ella bebió su café mientras pensaba para qué iba a preguntar algo sobre lo que no era capaz de opinar de inmediato.

–¿Y tú qué le has aconsejado? –preguntó.

–Isabella no me ha pedido consejo, más bien me ha informado una decisión tomada. Yo no comparto su postura, volvería a tener a nuestros hijos; sin embargo, no la juzgo y es lo que le dije.

–Me alegra escuchar eso. Debes saber que yo no solo tendría a nuestros tres hijos otra vez, sino que volvería a elegirte como madre. La verdad no me parece ni mal ni bien que no quiera tener hijos. Las cosas han cambiado mucho y ella es diferente. No actúa sin estar segura. Pero me da mucha pena que la relación con Matías pueda terminar; ni siendo optimista creo que encuentre otro hombre como él.

–Coincido contigo, pero supongo que nos toca acompañar,

calladitos la boca, salvo que ella pregunte, cosa que no creo que haga. Por más vueltas que le he dado al asunto, no creo que puedan resolverlo sin que uno de los dos haga algo que no desea.

—Así parece, pero a veces la vida tiene planes que uno no imagina que existen como una posibilidad.

—Hablas de ti y Amalia. Eso es distinto. No veo por aquí opciones, pero elijo creer que será lo mejor para ambos.

—¿Y qué te ocurre a ti?

—¿Por qué lo dices?

—Porque te conozco —repitió Francisco.

Por un instante, Gina lo miró y sintió que su exesposo se había convertido en algo así como un buen hermano. ¿Era eso terrible? Sintió que no. Tomó la decisión de abrir su alma, no había riesgo, además él llevaba tres años viviendo con Amalia, quizá pudiera aportar algo a sus dudas. Claro que los hombres eran más básicos en ese sentido. No veían la tormenta hasta que los tapaba el agua. Decidió dejar de hablar sola en su mente.

—Estoy algo confusa con una cuestión —comenzó—. No me gustan los cambios a menos que yo los decida —dijo.

—Doy fe de eso —agregó él con humor. Era evidente que Gina pertenecía a su pasado y podía bromear acerca de lo que antes le había causado muchas lágrimas. Ella agradeció no sentir nada por él, más que afecto. Siendo honesta, le seguía molestando un poco no ser perfecta ante su mirada. Un ego que latía una batalla perdida, a veces, regresaba para decirle que Amalia era todo para él, su presente y su futuro.

Prefería hacer oídos sordos a su ego en esos casos. Preservaba su orgullo cuando era necesario.

—Bueno. Me encanta mi vida de hoy y...

—Gina, sin rodeos, sé quién eres y las cosas que te gustan —interrumpió. Era verdad.

—Rafael me pidió que me case con él, lo cual conlleva convivir —dijo sin miramientos.

Francisco no pudo evitar reír.

—Y tú, que puedes ponderar todo imprevisto, solucionar cualquier cuestión inesperada y gobernar tu razonabilidad en favor de tu criterio, no lo viste venir.

—¡Exacto! No me entendías así de rápido cuando eras mi esposo —agregó sin pensar.

—Somos el resultado de eso. Imaginarás que he cambiado. No volveré a tropezar con la misma piedra —pensó que Gina había hecho el trabajo sucio para que otra no lidiara con un hombre que no veía lo que ocurría delante de sus ojos. Apreciaba a Amalia; pero, bueno, la verdad era esa.

—¡Bien por ti! —comentó con ironía.

—¿Y, qué harás?

—No lo sé. Estoy pensando. ¿Tienes algo para aportar?

—¡Acepta! ¡Anímate! No todos logran una segunda propuesta de felicidad. Creo que nada amenaza tu independencia. Tú eres tu prioridad, y él se nota que está muy enamorado de ti. No diré que me alegra recordar que él aceleró tu proceso de olvido respecto de mí, pero el destino tenía mejores planes para ambos. Ahora puedo estar seguro de eso —Gina

sintió la honestidad del comentario y le resultó hasta cómica la situación. ¿Le pedía consejo a su ex sobre volver a casarse? No. Escuchaba a alguien, que quería lo mejor para ella, hablar desde el privilegio que le daba lo vivido a su lado.

—Me haces reír. No puedo creer que estemos hablando de esto.

—Bueno, ciertamente no vine aquí preparado para esta conversación, pero si algo aprendí de ti es a escucharme: te he dicho lo que pienso.

* * *

Un rato después, Gina había conversado con Alicia, que era su referente natural en la vida, quien usando la misma metáfora que tres años antes le había dicho que las revoluciones terminan y conviven con ideas firmes sin necesidad de guerras. Justamente de eso se trataba.

En silencio, sentada en su sillón frente al escritorio en la oficina vacía, pensó largo rato. Nadie podía convencerla de algo que no quisiera, ni ella era capaz de convencer a otros, sobre nada, porque la cuestión era ser una misma, siempre, alejada de interferencias humanas, por muy bien intencionadas que fueran. Gina Rivera era Gina Rivera, simplemente; ella y todas las razones que cuando se había perdido, le habían permitido volver a la mujer que la habitaba, tres años antes.

Se detuvo a prestar atención a la música que sonaba en su oficina.

478   *I started a joke* de Bee Gees.

How deep is your love? de Bee Gees.

Always on my mind de Elvis Presley.

Vio pasar su vida en recuerdos.

Pausa.

Razones.

Motivos.

Priorizarse.

La respuesta de dos letras, que escribió sobre su agenda, le mostró su decisión.

CAPÍTULO 63

Actitud

Nosotros, los de antes,
ya no somos los mismos.

Pablo Neruda, 1924

NUEVA YORK

Isabella había llegado a Queens en un taxi que había hecho el recorrido en tiempo récord; se había sentido como en una película de cine. Usualmente, usaba el servicio de Uber, pero en esa oportunidad los nervios la hicieron levantar la mano y parar uno de los clásicos vehículos amarillos y ofrecerle unos cuantos dólares extra a cambio de que llegara lo antes posible. En menos de quince minutos estaba en la puerta de la casa. Todavía permanecía allí estacionada una ambulancia. Bajó del vehículo en el mismo momento en que Donato acompañaba a los médicos a la unidad móvil de emergencias. Solo apretaron sus manos de pasada, y ella ingresó.

480   El panorama era difícil. Amanda dormía, sedada, en su cama. La vio mucho más delgada y demacrada que la primera vez, como si en lugar de unos días hubieran pasado años. Odió el cáncer. Buscó a Maricruz con la mirada, pero no estaba en la habitación. Entonces, escuchó una arcada en el baño. Fue rápido en su auxilio y la vio parada, con las manos apoyadas sobre la pared, delante del retrete, vomitando. Sostuvo su frente sudorosa, sin hablar, mientras su cuerpo se doblaba a noventa grados y sus brazos caían vencidos. Entregada a su pena, Bella fue el apoyo que la sostuvo. Luego de dos intentos más, la joven se sintió algo aliviada y pudo incorporarse lentamente. Enjuagó su boca con agua y se lavó la cara. Isabella la ayudó a secarse. La niña estaba descompuesta, consecuencia de la crisis nerviosa que acababa de vivir. No le salían las palabras. Se le aflojaron las piernas y se sentó contra la puerta que aún permanecía cerrada. Isabella se ubicó a su lado y la atrajo hacia su hombro. Acarició su cabello durante el tiempo que necesitó para calmarse. Con la otra mano envió un mensaje.

Isabella
Donato, estamos en el baño. Déjanos solas.

No podía pensar en nada que no fuera Maricruz, en la manera de evitarle una parte del dolor tremendo que le tocaba atravesar, en ayudarla, en hacer exactamente lo que le hiciera bien, aunque todo fuera una real desgracia.

Media hora después seguían allí; Maricruz lloraba en silencio y con los ojos cerrados. Podía verse brotar cada lágrima y contarlas. No eran miles, eran pocas, pero con la forma perfecta. Transparentes. Como si representaran la profundidad de un mar de frustración fraccionado en partículas de dolor concentrado. Isabella elevó la mirada, y en ese cielo raso blanco con una pequeña mancha de humedad se convenció de que la muerte no tenía sentido, aunque fuera la justificación de la vida. Aun así, en ese instante, era absurda, insolente y muy injusta en sus vísperas. Si nadie podía contra ella ¿cuál era la finalidad perversa de esa dosis previa de miedo, caos y sufrimiento? ¿Quién dirigía esa cuestión? ¿Dios? ¿El universo? ¿Nadie? ¿Cómo era posible no tener contra quién descargar su impotencia? Maricruz tenía trece años. Ni ella, ni nadie, debería quedarse solo en el mundo a esa edad. ¿Adónde iba la fe en esos momentos? ¿Qué podían hacer las creencias, en tales circunstancias, si no huir avergonzadas por defraudar a quienes las defendían?

Recordó su columna "Muerte" y se sintió terrible, porque a Maricruz la atacaban las dos muertes posibles, la del concepto universal y la de la tragedia interior, porque cuando Amanda partiera, moriría dos veces. Un poco junto a su madre y también con esa muerte que no se entierra ni se crema, pero rompe el corazón; la que hace sentir que se acabaron las chances para ser feliz. ¿Podía ayudarla? Deseaba ser capaz. Sentía que era su misión, si no ¿por qué el destino la había ubicado en ese lugar junto a la joven?

–¿Mejor? –preguntó al oír los latidos acompasados de la niña.

–Sí. Tuviste razón. No ha sido hoy. Hice lo que me dijiste –dijo sin moverse ni mirarla a los ojos–. Creí. Ella no va a dejarme si no estoy preparada.

–No lo hará –afirmó. Sin embargo, no podía callar lo que pensaba. Se puso en su lugar y en el de Amanda. Y sintió que ese momento era el exacto, entonces continuó guiada por su intuición–. Estoy segura de que no lo hará, pero también puedo darme cuenta de que no deseas que sufra.

–No, claro que no.

–Eso te lleva a un lugar muy doloroso.

–Todo es dolor, Bella. ¿Crees que puedo sentirme peor?

–Pues creo que debes hacer algo y el dolor será diferente –respondió evadiendo la respuesta concreta.

–¿Qué?

–Debes aceptar esta realidad. No debes sujetarla a tu tiempo, ni a tu desesperación. Creo, cariño, que debes dejarla ir cuando eso deba ser. Sé que no puedes impedirlo, aunque quisieras, pero me refiero a tu interior. Dentro de ti debes buscar la aceptación y continuar.

–¿Tu mamá vive?

–Sí.

–¿Cómo dejas ir lo que quieres para siempre contigo?

–Solo soltando la idea de que debe permanecer a cualquier precio, incluso el dolor –pensó en Matías–. Es algo dentro de ti –repitió– que debe aceptar que el amor que sienten la una por la otra no cambiará. No podrás verla, pero estará a tu lado.

¿Entiendes? Debes dejar de llorarla ahora que todavía está aquí. Cambia la unidad de medida de este tiempo que resta.

—No sé cómo hacer eso. Ya no soy fuerte como al principio. Antes podía.

—Nunca somos los de antes. Se llama crecer, madurar, intentar entender la vida. ¿Comprendes?

—Sí —Maricruz se puso de pie y fueron juntas al dormitorio. Amanda seguía dormida; un pañuelo cubría su cabeza. La niña besó su mano.

Donato hizo una seña y los tres fueron a la sala.

—¿Qué te han dicho, Donny?

—Será pronto. Yo he pedido lo que ella quiere, que es quedarse aquí. Nada de hospitales, ni tratamientos invasivos de resucitación.

—¿Despertará? —preguntó Maricruz llena de miedo.

—Sí, cariño. Hoy lo hará. Yo me quedaré aquí. Tú, tranquila, no estás sola.

Para sorpresa de ambos, la joven no estalló en lágrimas. Solo se dirigió en silencio a la habitación y se acostó al lado de su mamá, sosteniendo sus manos, hasta quedarse dormida.

Isabella conversó con Donato, quien le agradeció que estuviera allí y confesó haber escuchado detrás de la puerta lo que habían hablado.

—¿Qué te han dicho? —preguntó Isabella imaginando que tal vez había algo más.

—Lo que he contado. Los médicos creen que si resiste su corazón, pronto deberán suministrarle morfina para el dolor.

484   Hay metástasis en todos los órganos. En cualquier caso, el tiempo es breve.

–¿Quieres que me quede aquí?

–Solo un rato –pidió disimulando sus lágrimas–. Es mi amiga, ¿sabes? y la amo mucho.

–Lo sé –dijo y se acercó para darle un beso.

* * *

Dos horas más tarde, Amanda despertó y todo parecía haber sido un mal sueño. Una pesadilla desdibujada en un recuerdo efímero.

–¿Morí? –preguntó con humor y una voz débil.

–¡Amanda! ¡¿Qué dices?! –exclamó Donato de inmediato.

–¡Mami! ¡Qué alegría! Te descompensaste, vino una ambulancia –explicó Maricruz.

–Soy capaz de todo por llamar la atención de ustedes. Veo que vino Isabella, señal de que estuve cerca de no volver –silencio. ¿Cómo era posible que ella, la víctima de la enfermedad, se burlara de sí misma?–. Donny, amigo mío, ¡esto no se parece en nada a un carnaval carioca! –expresó haciendo alusión a una repetida charla que habían compartido.

–¿De qué me he perdido? –preguntó Bella.

–De lo mismo que yo –agregó Maricruz, sorprendida.

–Bueno, sucede que mi amiga me hizo prometer música alegre y una suerte de carnaval carioca para cuando ocurriera un episodio como este –les explicó.

Isabella pensó en Paul, en la magia de sus bailes y en la
alegría que podía llevar el buen ritmo a los espacios más vacíos. Miró a Amanda con complicidad.

–¿Alguien hará algo? ¿Podrían disfrutar este momento conmigo? Porque, aunque no lo recuerdo, podría jurar que estuve cerca de la luz –dijo con sarcasmo. Su tono inyectaba ánimo; ella no veía la muerte como un monstruo, la tenía incorporada a su verdad, y obligaba a los demás a correrse del centro del dolor que provocaría la perdida.

De repente, a todo volumen desde el celular de Bella, se escuchó la canción *Brazil La La La La*, un coro traía a todo Río de Janeiro a la habitación, adelantando alegría. Antes de empezar, una voz femenina del remix gritó: "¡Te amo, Brazil santa!", el ritmo llenó cada grieta de angustia con atrevida osadía y empujó los miedos hasta la sala. Donato armó un trencito y los tres rodearon la cama, cantando y bailando. Amanda reía. Le encantaba la samba y, a pesar de su debilidad, les arrojaba cojines y cantaba.

Maricruz reía, también

–¡Esto es una locura! –exclamó sin dejar de moverse.

–¡Lo es! Pero lo prefiero antes que esas caras de funeral. Todavía estoy aquí y, mientras eso suceda, no se llora, se disfruta –dijo Amanda en voz alta–. No soy la misma de antes, pero la enfermedad no me quitará la alegría de estar junto a los que amo.

Donato la conocía bien, y le estallaba el pecho de orgullo porque sabía que no era menos difícil por enfrentarlo de

486   esa manera. Él tampoco era el mismo de antes. Acababa de aprender a valorar más cada minuto.

Isabella se sintió parte de una enseñanza que jamás moriría ni en ella, ni en Donato y, por supuesto, tampoco en Maricruz.

La vida es cada hoy, es un ahora que rezuma música y soporta el rigor de un destino que, con o sin permiso, hará lo que tiene planeado. Sin embargo, las vísperas no le pertenecen. Amanda había dejado eso muy claro.

CAPÍTULO 64

Dar

Al final, solo se tiene lo que se ha dado.

Isabel Allende, 2006

NUEVA YORK

Desde el episodio en casa de Amanda, Isabella había regresado cada día después del trabajo a visitarlas. Su vínculo con esas tres personas crecía desde el maravilloso lugar de la empatía. La generosidad era insustituible. Todos daban sin esperar nada más que una pequeña porción de bienestar para los demás.

Donato le había confiado más responsabilidades en *To be me*, ya que él estaba completamente abocado a cuidar a su mejor amiga en la recta final. Paul lo acompañaba, sin dobles intenciones. Solo daba su amor incondicional y se sumaba a un escenario difícil donde no se trataba de él o sus deseos, sino de dar lo mejor que tenía, su cariño y su capacidad de llevar

488   seriedad o alegría, según lo exigiera el momento. Amanda hablaba de todos ellos como su clan perfecto de despedida. Había incorporado a Isabella y a Paul como si siempre hubieran estado allí.

Matías y ella conversaban a diario. Realmente vivían una nueva etapa, sin demasiadas expectativas. Ella le había contado cómo era su nueva vida en Nueva York y cuánto le gustaba esa ciudad. Por supuesto, también lo tenía al tanto de su pequeña nueva familia del corazón, porque en eso se habían convertido Donato, Amanda, Maricruz y Paul. Él la había puesto al tanto de sus días en Buenos Aires, y de la gente que allí había llegado a su vida. En especial, Corina, a quien describió como una amiga inesperada que le había dado los mejores consejos para que peleara por el amor que sentía. Era verdad, pero, además, no quería que Bella viera algún fantasma donde no existía.

Una empleada le alcanzó el último número de *To be me*, en ambas versiones, recién llegado de la imprenta. A Bella le encantaba ese olor a papel y tinta, tanto como la textura y el diseño de la revista. Miró con detenimiento, verificó que todo hubiera sido publicado conforme sus instrucciones, y no pudo evitar la emoción que le provocaba ver su columna en dos idiomas.

La leyó.

Dar

¿Qué es dar? ¿Hacer que una cosa pase de una persona a otra de manera voluntaria? ¿Siempre o especialmente cuando

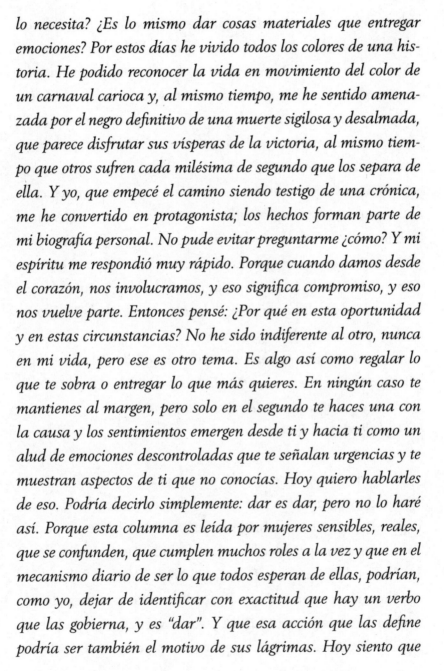

lo necesita? ¿Es lo mismo dar cosas materiales que entregar emociones? Por estos días he vivido todos los colores de una historia. He podido reconocer la vida en movimiento del color de un carnaval carioca y, al mismo tiempo, me he sentido amenazada por el negro definitivo de una muerte sigilosa y desalmada, que parece disfrutar sus vísperas de la victoria, al mismo tiempo que otros sufren cada milésima de segundo que los separa de ella. Y yo, que empecé el camino siendo testigo de una crónica, me he convertido en protagonista; los hechos forman parte de mi biografía personal. No pude evitar preguntarme ¿cómo? Y mi espíritu me respondió muy rápido. Porque cuando damos desde el corazón, nos involucramos, y eso significa compromiso, y eso nos vuelve parte. Entonces pensé: ¿Por qué en esta oportunidad y en estas circunstancias? No he sido indiferente al otro, nunca en mi vida, pero ese es otro tema. Es algo así como regalar lo que te sobra o entregar lo que más quieres. En ningún caso te mantienes al margen, pero solo en el segundo te haces una con la causa y los sentimientos emergen desde ti y hacia ti como un alud de emociones descontroladas que te señalan urgencias y te muestran aspectos de ti que no conocías. Hoy quiero hablarles de eso. Podría decirlo simplemente: dar es dar, pero no lo haré así. Porque esta columna es leída por mujeres sensibles, reales, que se confunden, que cumplen muchos roles a la vez y que en el mecanismo diario de ser lo que todos esperan de ellas, podrían, como yo, dejar de identificar con exactitud que hay un verbo que las gobierna, y es "dar". Y que esa acción que las define podría ser también el motivo de sus lágrimas. Hoy siento que *debo compartir con ustedes algo que me inquieta: ¿Cuáles son los límites de dar? La teoría diría que no deberían existir, sin embargo, no es así. Dar mientras no lastime pudiendo evitarlo, aceptar dar en contextos de sufrimiento solo cuando es la única opción, no cuando es cómodo y se ajusta a deseos primarios de conservar lo que se cree que nos corresponde. En otras palabras, dar amistad, amor, paciencia, tiempo, actitud, consejos, apoyo y vida, entre otras infinitas posibilidades de dar, a quienes lo merecen o lo necesitan, o ambas cosas a la vez, sin importar si lo han pedido. Porque son las mismas personas que harían eso por ti o por otros, en iguales circunstancias. Dar sin esperar. Dar guiada por la intuición en la incertidumbre, pero no hacerlo cuando el resultado es previsible y nos causará daño. Eso no es dar, es un error. Es engañarnos.*

Tú, ¿sabes dar o cometes errores al otro lado de esa verdad? ¿Te engañas en este momento? ¿Te has permitido dar para involucrarte y volverte parte de otras vidas por amor?

Isabella López Rivera

Por un instante, se quedó en silencio. Satisfecha por el resultado y agradecida por tener el don de poder decir, de ser capaz de poner en palabras lo que a muchas personas podría ayudarles a comprender las otras verdades que se esconden a la sombra de lo que ven. Ese viaje a Nueva York le había dado mucho más que un trabajo. Recordó su vida y su llegada a la revista *Nosotras*, Lucía Juárez y sus exigencias que la habían llevado directo al camino de reencontrarse, de sacar en palabras todo lo que no debía habitarla, había sangrado columnas de opinión literalmente, porque escribía su vida en sintonía con la seguridad de saber que no estaba sola, que a muchas mujeres les ocurría lo mismo. De pronto, le llamó la atención la música de fondo en su oficina, era Ricky Martin que entonaba *Falta amor*. Se detuvo en la frase "lo único que te hace falta amor es este amor...". Se distrajo. Muchas veces las letras de las canciones la inspiraban a escribir, le contaban historias y ella las vivía. Luego, las convertía en las propias con su estilo y el mensaje, la pregunta, la invitación a reflexionar para vivir mejor. "No juegues con un corazón porque al final se parte...". Pensó en Matías y, entonces, la canción *Tiburones* sonó y sintió que Ricky les cantaba a ambos: "Derribar todos los muros con un mismo latido...", amó esa armonía del decir.

Terminó sus tareas y fue al encuentro de Paul en el McDonald's del Soho.

* * *

Estaban sentados allí, conversando en medio de una tarde emotiva. No sabían muy bien por qué, pero algo la hacía diferente.

—Amo esta ciudad —dijo Isabella—. ¿Has notado que la gente saluda con un *How are you?* y que no se trata de una pregunta retórica?

—Cierto, y se despide deseándote un buen día. Me gusta eso. Admiro su sentido de patriotismo y pertenencia. Las banderas estadounidenses ondean en todas partes.

En ese momento, una pareja con un niño de unos ocho años entraron riendo y se ubicaron en la mesa de enfrente. Isabella miró a la mujer y le llamó la atención el amor con el que su tono de voz le hablaba a su hijo mientras cruzaba miradas de enamorada con su esposo. El niño elegía su cajita feliz y los tres compartían un momento que disfrutaban. Puso más atención, no hablaban inglés.

–¿Los conoces? –preguntó Paul que se había dado cuenta de que ella los observaba.

–¡Oh, no! Es que me llamó la atención la dulzura y la paz que irradia esa mujer. Además hablan castellano. La diversidad es increíble en la Gran Manzana. A veces, tengo la sensación de que en Nueva York no hay nadie de Nueva York, de que todos hemos acabado aquí desde otros rincones del mundo. ¿Sabías que se hablan más de ochocientos idiomas?

–No, no lo sabía. No sé por qué te has detenido en ellos, pero deberías observar que desde su bolso asoma un flamante ejemplar en castellano de *To be me* –Isabella confirmó lo que decía. Le provocó una emoción distinta.

–Es raro. Hoy me detuve a leer mi última columna, justamente en ese número, y sentí que soy muy afortunada. Tener algo para decir y poder hacerlo, que tus palabras lleguen a miles de mujeres que las agradecen porque las han ayudado a mejorar algo, eso es muy fuerte, muy intenso para mí.

–Me imagino. Todos los procesos creativos significan *dar* lo mejor –remarcó.

–¿Ya me leíste? –preguntó advirtiendo su énfasis.

–Por supuesto –respondió Paul–. Eres infinita, Bella. Nadie
podría haber escrito mejor lo que significa dar y lo que es amar mal, porque el error al que te refieres es ese. ¿Verdad?

–Sí, entre otros.

Comieron sus hamburguesas entre comentarios profundos y también de los otros. Fueron felices y decidieron tomar un café antes de irse.

–¿Vivirías aquí? –preguntó Bella de la nada.

–¿En Nueva York? Donde la gente come fuera a diario, los repartidores de comida pedalean por las calles a todas horas, las sirenas de las ambulancias ensordecen. Y las de los camiones de bomberos también –destacó–, donde todo el mundo camina con una taza de café en la mano, aunque no tenga prisa, y las cafeterías son oficinas en las que pasan horas trabajando conectados al wifi gratis sin que nadie los atosigue... –se detuvo en la descripción.

–Sí, exacto, aquí donde la hora pico en el metro pone a prueba la paciencia, porque los vagones se abarrotan tanto que no puedes ni mover los brazos. Donde las calles están llenas de carritos de comida, que desprenden un característico olor de especias desde lejos, donde muchos hacen fila para algo, y otros caminan muy muy rápido. Aquí –insistió y continuó–, donde el metro es un universo paralelo. Dentro de los vagones hay quien se maquilla, quien devora alitas de pollo, grupos de jóvenes que hacen acrobacias en las barras, predicadores que aseguran que se acerca el día del juicio final, personas sin techo que duermen tumbados en los asientos...

494   Y los andenes están llenos de músicos, vendedores ambulantes y artistas que ofrecen sus cuadros a cambio de la voluntad… ¿Vivirías aquí, Paul? –volvió a preguntar.

Sin proponérselo, habían iniciado un juego, que bien hubiera podido llamarse "Conocí NYC", y describían desde sus miradas cada detalle de una ciudad que se había quedado en ellos.

–Déjame analizar un poco más –respondió aunque ya había en él una respuesta clara–. Aquí, donde el vapor escapa de las alcantarillas de Manhattan, la mayoría de los precios no incluyen impuestos, los semáforos de peatones no se ponen verdes, sino blancos para indicar que puedes cruzar y, además, a los dos segundos aparece una mano roja parpadeando, indicándote que te des prisa.

–Sí, Paul ¡aquí! donde hay miles de clases de *bagels*. Y la gente deja los objetos que ya no quiere frente a sus casas, y la Estatua de la Libertad es mucho más pequeña de lo que parece en el cine y en los planos aéreos. Donde las escaleras de incendio, aunque son uno de los rasgos más pintorescos de la ciudad, apenas se utilizan. Aunque en las películas siempre se vea a gente haciéndolo, lo cierto es que la mayoría están tan viejas y oxidadas que no cumplen su función. Donde los vecindarios se gentrifican con una rapidez alucinante. Me lo dijo un amigo que adoro –comentó Isabella. Paul sonrió porque hablaba de él en tercera persona–. ¿Vivirías en Nueva York, Paul? –preguntó por última vez.

–¡Tú sí que ves cuando miras! –exclamó por la gran cantidad

de detalles que Isabella había observado en Nueva York en su primer viaje.

—He devorado Manhattan con mis ojos, es cierto. Igual que tú.

—Sí, viviría aquí —respondió Paul y la tomó por sorpresa—, pero no lo haría por nada de lo que hemos mencionado, aunque todas han sido razones para regresar. Viviría aquí por estar junto a Donato, y es la misma razón por la que me mudaría a cualquier lugar del mundo.

—Interesante respuesta. Es amor del bueno. Lo sé —agregó Bella, y antes de que pudieran continuar conversando, vieron que la mujer de la mesa cercana se acercaba hacia ellos con su ejemplar abierto en la columna "Dar"; sonreía.

—Disculpen, pero ¿eres tú? ¿La mismísima Isabella López Rivera? —preguntó mostrando la foto de Bella en la revista junto a la publicación.

—Sí, soy yo —respondió con cierta timidez.

—Pues ¡gracias por tanto! Tu columna "Esperar" en la revista *Nosotras* en Argentina le dio otro sentido a mi vida, y me llevó directo a la decisión de arriesgarme. Hoy soy muy feliz, a pesar de las cosas difíciles que debo enfrentar y no puedo cambiar. Acabo de leer "Dar" y me he emocionado mucho. Luego te vi y supe que era una señal, estás aquí para mostrarme que nada es imposible. Mi nombre es Elina, Elina Fablet, y ellos son Lisandro y Dylan, su hijo —agregó. Los nombrados sonrieron y compartían el momento a corta distancia.

—¿No eres la madre del niño? —preguntó Bella, perpleja.

496   –No. Soy alguien más que lo ama y sabe darle ese amor del que tú escribes. Ellos son mi verdad. No molesto más, solo quise agradecerte y pedirte que nunca dejes de escribir.

–No lo haré –tenía un nudo en la garganta–. ¿Puedo, quizás, abrazarte? –agregó.

Ante la mirada de un Paul desbordado de emoción y orgullo, Isabella abrazó a su lectora, y en ella a todas las que habían convertido su vida en el mejor lugar en el que pudiera estar.

Desde la foto del cartel de empleada del mes, Lena Soler se emocionaba también.

CAPÍTULO 65

El arte del tiempo

Ahora comprendo que el tiempo te da algo

antes de quitarte algo.

Lewis Carroll, 1865

El arte es la actividad humana que recrea, con una finalidad estética, un aspecto de la realidad o un sentimiento en formas bellas, valiéndose de la materia, la imagen o el sonido.

A ninguno de todos ellos los había alcanzado ese concepto, ni en la causa de sus partidas, ni en los detalles de cada día previo; tampoco durante el día después. Aunque, tal vez, sí habían comprendido algo y habían sido capaces de responder las dos preguntas centrales de su existencia: ¿Quién soy? ¿Cuál es mi propósito?; entonces, sí. Estaban en movimiento y debían entender que el tiempo es esa fase del arte que no necesita creatividad sino presencia. El arte del tiempo es un privilegio inesperado para cada uno, que no puede colgarse de la pared, que no suena, no se deja tocar con las manos y menos ver con claridad. Es el arte de aceptar que no hay pasado, ni futuro porque el tiempo con el que cuentan se reduce a un exacto "ahora". Y es allí, en ese pequeño espacio, en ese lugar dotado de todo o de nada, según sea la actitud, donde habrá lágrimas o risas o ambas cosas; en ese lugar donde es difícil el silencio porque la interferencia de todos llega sin avisar, donde no hay orden preestablecido ni planes; es justo ahí, donde pueden hallarse respuestas, llegar a puro ser y, eventualmente, sumar porciones de alegría.

Y así, en cada país, en los aviones, en las llegadas, en las despedidas, en la esperanza, en la resignación, en el amor, en la ausencia, en las decisiones, en la empatía, en el compromiso, en la aceptación y en las palabras, el tiempo invitaba a servirse de su invisible contenido, pero lo condicionaba a una sola cuestión, que todos supieran con certeza que era prestado, una posibilidad en el camino de la vida que podía usarse legítimamente, pero no tenía dueño, y por eso, a veces, simple y brutalmente, podía dejar de estar disponible para cualquiera.

El tiempo le pertenece al arte de saber vivir. ¿Es ese el propósito común entre todas las personas?

Tres meses después

CAPÍTULO 66

¿Perfecto?

¿Qué perfección es esta que complace y no subyuga,
que admira y no arrastra?
Frase atribuida José Ortega y Gasset,
España, 1883-1955

BUENOS AIRES

Habían cambiado el aire que respiraban por el que compartían, reformando estructuras, pintando de otros colores las paredes, pensando con amor cada detalle del nuevo decorado de la casa, y habían cumplido el sueño de un vivero propio donde ambos se dedicarían al cultivo de bonsáis. Si bien habían comprado varios ejemplares en línea, y otros en el Jardín Japonés, luego de aprender mucho sobre cómo cuidarlos, los entusiasmaba más el método lento. No por menos caro sino por simbólico. Consistía en cultivar los árboles ellos mismos, mediante semillas o esquejes. Normalmente pasarían entre tres y cinco años antes de que el árbol pudiera ser modelado totalmente. Era

500   un modo de amor que podía mostrarles la esencia de ese arte milenario tan vinculado al Mushotoku y a sus vidas. Él observaba los ambientes con el alma abierta, y a ella con el corazón embelesado.

–¿Te gusta? –preguntó.

–Es mejor de lo que imaginé.

–Y, dime, ¿qué imaginaste?

–La primera vez que regresé aquí, justo después de darme cuenta de que estaba enamorada de ti, quería cambiarlo todo, radicalmente, como si la reforma fuera un plaguicida que exterminaría los recuerdos. No quería dejar ni siquiera uno a la vista. Luego, tú me hiciste entender que no era la manera de construir algo sólido, y supe entonces que no debía hacerlo ni sola ni con esa finalidad –se acercó y lo besó en los labios–. Tú solo y tu sonrisa han logrado lo que nadie antes jamás: te pedí ayuda. Eso imaginé, un lugar que hablara de nosotros, de la historia que escribimos –dijo Emilia respondiendo su pregunta.

–¿Y por qué piensas que hemos mejorado tu deseo?

–Por varias razones, la primera porque tomamos juntos cada decisión y la obra la ha dirigido un arquitecto sin que yo intervenga más que lo necesario, lo cual en sí mismo es increíble tratándose de mí. La segunda porque lo que esta casa era, y todas las vivencias de las que fue testigo, pertenecen a un pasado al que puedo regresar sin rencor, solo para valorar mi presente Y es ahí donde tú apareces, Adrián. He podido perdonar a Alejandro y, con el tiempo, encontraré la forma de aceptar de a poco que participe de la vida de mi hijo. Todavía no estoy lista para eso –aclaró como si hiciera falta. Le faltaba poco para dar a luz una niña, y gracias a la intervención de Adrián, Alejandro había podido estar al tanto del progreso del embarazo. Emilia exigía distancia, pero había cedido algo en favor de hacer lo correcto en relación a la bebé. Si hubiera sido por ella no le habría dado ninguna información, pero el amor de Adrián era un faro que la guiaba hacia la mejor versión de sí misma. Le daba tranquilidad que el divorcio hubiera terminado, eso la ubicaba en un lugar interior más seguro–. ¿Y a ti te gusta nuestra casa?

–Me gustas tú y te amo. Luego me enamora más que digas *nuestra* casa, cuando eso no es literal. Sin embargo, no se trata de ser el dueño sino de ser parte, de dejar en ella lo mejor de mí. Hoy será nuestra primera noche juntos aquí y…

–¡Calla! Pareces mi antigua yo, hoy es hoy. Hoy nada me alegra más que tú y yo juntos. No es la primera, ni la tercera, ni a rigor de verdad importa la cuenta taxativa de noches o momentos. Lo aprendí de ti.

–Te amo –dijo y la tomó entre sus brazos–. Tienes razón. Hoy es simplemente la noche más feliz de mi vida. No necesito nada más.

–¿Crees que es perfecto lo que hemos conseguido?

–No, para nada. Ni siquiera creo que lo perfecto exista, pero sí estoy seguro de que estábamos destinados a ser y eso no todo el mundo lo logra.

–¿A qué te refieres?

—A reconocer el amor en medio del caos, a sanar y procurar aprender la vida y disfrutarla al ritmo de lo que somos.

Emilia se quedó pensando. ¿Era cierto lo que decía? Tal vez. Sin embargo, su mente la distrajo. *Perfecto: que tiene todas las cualidades requeridas o deseables. Que es muy adecuado para determinado fin.* Adrián podía decir lo que pensaba, pero para ella él era perfecto por definición.

* * *

ÁFRICA

Naranja. Rojo. Más naranja. El sol era como una imagen de fuego que centralizaba la energía del mundo y la paz interior de las miradas que lo enfocaban. Se incendiaba el cielo ante sus ojos. Y les estallaba el corazón de pertenencia. El atardecer en la reserva era una bendición, todas las personas deberían nacer con el derecho a esa experiencia, al menos, una vez en la vida. Porque hay cosas que no se pueden contar, las palabras no alcanzan y la historia no puede reflejarse entre verbos y sustantivos. Todo en África enseña algo a quien es capaz de descubrir su mensaje encriptado entre la vida, los rezos, los tambores, la danza, la naturaleza, la cultura y la lucha.

María Paz estaba fascinada con los elefantes que vivían en comunidades colaborativas y ayudaban a las hembras; cuánto había por aprender de eso. Makena observaba a las jirafas desde abajo, pensaba que desde allí arriba tenían la suerte de

estar más cerca de las estrellas. Obi decía que las cebras eran los animales que él identificaba con la vida.

–¿Por qué lo dices, Obi? –todavía no le decía papá todo el tiempo.

–Porque las rayas, hija, son como rutas perfectas trazadas sobre un ser vivo que debe tomar decisiones, elegir caminos, y además siempre están sobre ella, esperando, insistiendo y dejando ver las opciones sin detener sus latidos hasta que el momento exacto llega.

–Es lindo eso –agregó María Paz. No podía dejar de mirarlo. Desde que habían llegado allí, sin más promesa que la de permitirle a Makena conocer sus raíces y su familia, él le brindaba todo lo que le había negado durante tantos años. Sin embargo, no la presionaba. No le pedía nada. Dar era la acción que lo definía. La primera noche solos, en la que Makena había pedido permiso para dormir en lo de sus primos, el amor los había encontrado desde otro lugar, allí donde el deseo hace esquina con la entrega y los cuerpos reconocen que han sido hechos a la medida de la esperanza que siempre los unió. Soltó esas imágenes que le provocaban una emoción única en la memoria de su piel y regresó al momento que compartían durante el safari–. A mí me gustan los rinocerontes –agregó–, lamento mucho que estén en extinción.

–Los orientales creen que los cuernos son afrodisíacos y pueden venderse a miles de dólares en el mercado negro –le dijo Obi en voz baja.

–¿Por qué hablamos en voz baja? –susurró ella.

504   –Porque no estoy preparado para explicarle a Makena qué significa afrodisíaco –susurró.

Ambos rieron.

–Comienzas a ser dueño de tu rol de padre –respondió ella y lo besó en los labios sin pensar. Él aceptó el beso, y su sonrisa, la que llevaba puesta como una señal desde que ellas habían llegado, se hizo más grande, profunda y contagiosa. No era una sonrisa cualquiera, era la que el rostro regala cuando se es profundamente feliz. Elevó su mirada y, como si Dios lo observara desde el cielo, le agradeció con fervor.

El recorrido duró tres horas, con una parada para merendar. Cuando María Paz creyó haberlo vivido todo, y la noche completaba uno de los mejores atardeceres de su vida, el jeep los llevó de regreso por un camino de tierra. De pronto, de cada lado, vieron nativos con ropa típica, que creaban música con todo tipo de tambores y xilofones; era imposible pensar en nada que no fuera África y su envolvente belleza natural. La percusión era tan imponente que hablaba con palabras definidas en sus ecos. La pertenencia era el idioma de los sonidos y los unía a todos en su espiritualidad más allá del origen. Entonces fueron recibidos en una fogata con faroles y les lavaron las manos, entre cantos espectaculares que se descubrían ante sus miradas como rituales de la fe universal, enlazados a la algarabía de muchas manos que hablaban a través de los instrumentos y bailes del lugar. El tamboreo era épico, un idilio con el amor por el ser humano, María Paz derramó lágrimas de emoción. Nada en la vida la había preparado para el momento en que Makena se sumó a la danza junto a su padre, al tiempo que recorrían tambores y los golpeteaban con alegría. Ella simplemente pudo ver la conexión, la magia de la sangre, y descubrir que allí pertenecían. No era dónde se nacía sino el lugar en el mundo donde el corazón latía feliz, pleno y se sentía parte.

Un rato después, Obi le entregó un colorido sombrero.

—Se llama *isicholo* —su forma era como las que había visto en películas o durante sus viajes anteriores—. No es cualquier sombrero —explicó—. Aquí lo usan las mujeres casadas, y tú siempre serás mi esposa, la única. Debes tenerlo. Más allá de la decisión que tomes —dijo con sinceridad. Era importante para él.

Conmovida, María Paz miró el cielo y pudo apreciar que una estrella brillaba más que todas las demás, para luego caer ante sus ojos. Parecía que iba directamente hacia su hija, que conversaba y tocaba el tambor junto a una mujer, pero solo dejó en ella un destello de luz que rebotó para iluminar a Obi y, finalmente, detenerse sobre su espíritu seguro y libre, no sin antes darle al oído una respuesta. Llevaba puesto el collar con la piedra naranja, primer regalo de Obi, muchos años antes. Lo usaba en momentos importantes.

—Creo que deberás resolver esto. No puedo recibir este regalo.

—¿Por qué?

—Porque deberías pedirme que me case contigo antes, ¿no lo crees?

506   Después de un beso interminable, en un escenario a puro fulgor, él pudo responder.

–Acéptalo. Es evidente que no somos perfectos al momento de respetar el orden de los pasos que la vida impone en general.

–Tienes razón. A propósito de eso, ¿puedes decirle a tu hija que mañana iremos a un refugio? Si estás de acuerdo, creo que llegó el momento de que elija su perro –él no pudo esperar.

A lo lejos, se sumó a la danza y a los instrumentos y le dijo algo al oído a su niña, quien lo abrazó en medio del movimiento.

El canto y las voces en coro vibraban en la noche convirtiendo la realidad en un paraíso inolvidable de ecos y sonidos que derramaban respuestas, gratitud y alegría sobre todos ellos sin distinción.

★ ★ ★

BUENOS AIRES

Alejandro y Corina trotaban por los bosques de Palermo. Correr seguía siendo indispensable en la vida de ella, pero algo había cambiado en ese tiempo, había aprendido a no hacerlo sola. Ya no le sacaba ventaja a Alejandro, ni se retrasaba adrede buscando su propio espacio de soledad. Había aprendido que la vida en pareja es andar a la par; si uno tropieza, es el otro quien debe volver hacia atrás y ayudar a levantarse a quien ama. De la misma manera, cuando el miedo aleja con fundamento en las heridas del pasado, como un modo de preservación de la especie, como un refugio para un corazón que no puede hacer nada más que huir frente a la impotencia de considerar una posible nueva perdida, es el otro el que debe hacer sentir el amor más suave y lento que sea capaz de dar. Ese que transmite seguridad en medio de la incertidumbre que es vivir. Entonces, correr es placentero, necesario desde otro lugar, pero no implica huir de nada.

Habían superado, un poco cada uno, sus verdades. Él aceptaba los términos de Emilia y confiaba en el tiempo, y Corina comenzaba a creer que un hijo con otra mujer no era una amenaza contra su historia de amor sino parte de la vida que compartían. En un momento, ella puso a prueba sus instintos y corrió velozmente, tan rápido que lo sorprendió. Quería ver la reacción de Alejandro. Él se esforzó al límite y la alcanzó cuando ella quiso que lo hiciera, su estado físico no la igualaba por muy bueno que fuera.

—¿Qué haces? ¿Pretendes escapar de mí? —preguntó riendo casi sin aliento.

—La verdad, no. No me habrías alcanzado si hubiera querido evitarlo —marcó la diferencia—. Es verdad, pero hablo en broma —aclaró—. Debo decirte algo.

—Dime —no imaginó nada porque ella era imprevisible. De su boca podía salir cualquier propuesta o incluso una ruptura. Optó por no suponer y esperar. Corina seguía siendo la mujer que lo hacía sentir diferente todo el tiempo y para bien. Sus latidos se aceleraron.

508 —Bueno, tendrás una hija que tiene una madre.

—Así es —respondió Alejandro algo desesperanzado. No era su tema favorito con ella.

—Está muy claro quién es quién respecto de ellos.

—Muy claro —asintió.

—Sin embargo, algo ha cambiado. Quiero que me pidas que me case contigo ahora y entonces, luego, cuando la bebé nazca, yo seré tu esposa, me sentiré más segura y quizá, puedas traerla a la casa más adelante, un rato —anunció como si fuera la concesión más generosa del mundo que una mujer pudiera hacer en favor del hombre que amaba.

Alejandro solo pudo reír, besarla entre sudor y excitación durante unos minutos en los que no podía separarse de Corina. La amaba tanto que había comprendido, en lo dicho, todo lo que no había pronunciado, pero vivía en ella como una muestra de amor sincero.

—Veo que tienes todo casi resuelto. Seguiré tus deseos y los cumpliré todos, uno a uno. Los que has pedido y los que callas —ella suspiró—. ¿Te casarías conmigo, mañana, vestidos con ropa deportiva? —la sorprendió.

—¿Mañana? —preguntó Corina, perpleja; pretendía ser vehemente, pero no esperaba cien por ciento de efectividad. No dijo nada sobre el resto de la atípica propuesta.

—Sí, mañana —le dio espacio y no agregó nada con respecto al tema de la bebé. No era el momento y sabía que no podía pedirle más. A su modo, era una especie de bienvenida, de abrirle las puertas de la casa y de su corazón.

–¡Sí! Acepto que sea mañana porque has sido creativo y genial al pedirme que lo hagamos con ropa de entrenamiento. ¡Es perfecto! Y luego podemos salir corriendo de allí –sugirió–. Las personas corren cuando hay peligro –bromeó nuevamente.

–Necesitaremos dos testigos –agregó él, entusiasmado.

–Aguarda –tomó su celular e hizo una llamada–. ¿Verónica?

–Hola, ami. ¿Todo está bien? Suenas agitada.

–Lo estoy. ¿Te acompaña Kim?

–Sí.

–¿Podrías ponerme en altavoz?

–Claro, ¿qué sucede?

–Hola, Kim, ¿están ocupadas mañana?

–¿Qué necesitas? –preguntaron las dos.

–¿Podrán firmar un acta?

–Sí, claro –respondió Verónica sin dudarlo. Nada que su amiga le pidiera tenía un no por respuesta–. ¿Un acta? –agregó completamente desorientada un segundo después de aceptar.

–Lo que sea –dijo Kim quien realmente valoraba mucho la amistad de Verónica y Corina.

–Sí, un acta –repitió.

–Firmaremos cualquier cosa por ti. Iremos, pero ¿podrías ampliar?

–Les estoy pidiendo a ambas que sean testigos de mi matrimonio por civil.

Silencio breve.

Alegría infinita.

510   Amistad.

–¡Eso suena perfecto! ¡Felicidades! –exclamó Verónica.

–¡Gracias! Luego hablamos –dijo Corina y cortó la comunicación.

Alejandro comenzó a correr, ella lo siguió hasta alcanzarlo y cayeron sobre el césped, agitados. Tendidos allí miraron el cielo y vieron cómo ante sus ojos una nube tomaba forma de corazón. Era una señal. Juntos, de la mano, grabaron ese instante en sus memorias porque era perfecto. Aunque la vida tuviera reveses, más allá de los miedos, dudas e inseguridades, la libertad de elegirse era perfecta.

CAPÍTULO 67

Ser feliz es una decisión que hay que tomar todos los días,

que no depende de las condiciones de vida que uno tenga...

sino de la actitud con la cual enfrenta los problemas,

la felicidad es eso: DECIDIR SER FELIZ.

Frase atribuida a Frida Kahlo,

México, 1907-1954

BOGOTÁ

Desde temprano, la mesa puesta para cinco personas anunciaba una cena diferente para horas después. No era la reunión en sí misma sino lo que significaba para cada uno de los que allí vivirían un momento trascendental de sus vidas.

Gina observaba la nueva casa, allí donde vivía con Rafael, su gata Chloé y el viejo Parker, su perro. Un poco bajo sus reglas y otro poco aceptando los términos de él, habían construido un muy personal código de convivencia, basado en el hoy. No era su vieja casa, la cual permanecía desocupada y funcionando, y con su cuadro flamante en el recibidor, tampoco era la que alquilaba Rafael. Era la que juntos habían

512 elegido. Gina no había podido aceptar casarse, pero sí era capaz de dormir cada noche junto al hombre que amaba y le gustaba verlo al despertar. Ese tiempo juntos en una nueva casa, con dos habitaciones, una de las cuales era una especie de "sala de escape", de cuya puerta colgaba un cartel que decía: "No molestar ni preguntar", era el refugio que compartían. Si ella sentía amenazada su independencia o en peligro cada uno de los espacios logrados, entonces podía simplemente ir a la habitación de seguridad y quedarse el tiempo necesario. Así le gustaba llamarla también porque eso le proporcionaba. Siendo otra opción, prevista para emergencias emocionales más graves, ir a la que fuera su casa, y seguía siendo, y dar vuelta el cuadro del recibidor para permanecer con ella misma el tiempo que le demandara su alma.

Sin embargo, con todas esas medidas de pretendido control, nunca había hecho uso de las posibilidades de resguardarse de sí misma. La entrega del amor de Rafael durante esa segunda oportunidad que la vida les había dado, la convertía en una mujer nueva y desconocida, que incluso pensaba, a veces, en mandar a hacer nuevos cuadros con leyendas que otrora hubiera creído desopilantes.

Esa noche era muy diferente. Por primera vez, los cinco sentados a la mesa, dueños de sus otras verdades y comprometidos solo con su presente, compartirían lo que eran y lo que habían dado.

✱ ✱ ✱

Isabella observaba por la ventana de su casa y no podía evitar sentir. Lo vivido durante los últimos meses había cambiado su mirada sobre las mismas cuestiones, no al extremo de moverla ni un poquito de sus convicciones sino al límite de priorizar el amor y sus señales. Otras causas, diferentes motivos. Experiencia. Dolor. Promesas.

Se sentó en su computadora. Necesitaba escribir lo que atravesaba su cuerpo y se había alojado en su alma.

Matías la observaba desde la cama en la que las sábanas habían sido testigos de que el amor es más fuerte. Y no era una frase hecha, era auténtica y absoluta verdad. Recordó la conversación en el piso del Soho luego de hacer el amor y beberse en caricias y besos cada rincón de la mujer que amaba, más allá de su decisión. Dejando de lado el desacuerdo. Cambiándolo todo con nada más que la actitud de soltar el problema.

–Te amo, pero no cambié de opinión ni lo haré. Estoy segura –había dicho ella.

–Te conozco y lo sé. Pero después de vivir todo lo que aquí hemos compartido y de sentir nuestra historia, creo que hay una salida.

–¿Cuál?

–Una promesa.

–No quiero prometer que pensaré algo sobre lo que no tengo duda alguna –se adelantó.

–Tú no debes prometer nada, seré yo. Cada "hoy" de mi vida es mejor contigo. Te amo tanto que me provoca dolor físico tu ausencia o tu preocupación. He decidido que acepto la vida a tu lado, día a día, y prometo que si llega una mañana en la que al despertar mis deseos de ser padre son más fuertes que los de tenerte a mi lado, te lo diré. Y sin reproches me iré en busca de lo que sienta que debo buscar, pero si eso no ocurre no habré perdido un solo momento junto a ti.

Ella lo había pensado y no solo le parecía justo sino liberador. Tomaba un gran riesgo, pero supo entonces que estaba dispuesta porque la vida era ese "hoy" del que Matías hablaba. Lo había besado hasta las lágrimas de emoción, al momento de encontrar juntos un punto límite de placer que no conocían. Se amaban desde otra vibración. Sonaba un recital de Rod Stewart que habían puesto adrede. La canción *Have I told you lately that I love you?* seguida de los clásicos *Rhythm of my heart* y *All for love* habían acompañado esa conversación.

El recuerdo se detuvo y el presente ocupó su lugar.

Había pasado tiempo desde entonces, y ya no estaban en Nueva York, aunque una parte de cada uno de ellos se había quedado allí para siempre. Para volver a buscarla en su memoria, cada vez que necesitaran recordar que dar es lo que define a las personas, y que, finalmente, solo eso se tiene, lo que se ha entregado. Lo que se promete y se cumple.

Volvió a mirarla. Isabella a medio vestir comenzaba a vibrar sobre el teclado otra de sus verdades, que seguían siendo publicadas en toda América latina en castellano, y en inglés en los Estados Unidos. Buscó en YouTube Music la música adecuada para acompañar el que sabía era un proceso creativo distinto,

porque la conocía, y ella había descubierto a una parte de
Isabella que era más grande que toda su generosidad y estaba
por escribirla.

What a wonderful world comenzó a sonar, seguida de *I'll
stand by you* en una *playlist* de quien ya era la voz de esa historia de amor, áspera, grave y honda. El amante del Celtic y
orgullo de su país, Sir Rod Stewart, convertía en mejor todos
los momentos.

Al oír la música, Isabella sonrió. Amó su presente, su hoy,
y comenzó a escribir sobre el teclado, sin detenerse.

Hoy

*¿Qué es hoy? Dice la Real Academia Española que indica el
día en el que está la persona que habla o escribe. Y yo, que he
vivido muchos "hoy" diferentes, y he padecido mis ayeres y tenido miedo al futuro, me descubro creando mi propia definición,
para ustedes, para mí, para quien quiera compartirla. Hoy es
una posibilidad de poder descubrir que nunca terminamos de
conocernos del todo. Ni nuestro cuerpo ni nuestra alma abierta
nos cuentan la otra verdad de la que somos capaces, hasta que
es el momento indicado. Justo cuando los sentimientos apelan a
la humanidad y a nuestra esencia.*

*Se estarán preguntando si he encontrado respuestas, si mi
concepto de felizmente incompleta subsiste, si mi vientre ha
aceptado dar vida después de haberme negado a hacerlo. Puedo imaginar sus preguntas al leerme, porque a esta altura del
camino debo confesar, queridas lectoras, que puedo decir mucho*

516   *rezumando profundidad sin ser del todo clara. Dejaré el suspenso de lado y les diré que hoy todo ha cambiado en mi vida y no he hecho nada que modificara mis convicciones. Simplemente he sido yo junto al hombre que amo. Me animo a sostener que hoy es el mañana que tanto me hostigaba ayer.*

Hoy puede ser también la solución, la salida, la respuesta. Hoy es mucho más que un simple día, es el único con el que realmente contamos y que puede marcar la diferencia. ¿Mañana?, no sé, el tiempo no me pertenece, tampoco quiero esperar, lo he dicho y lo sostengo. Vivir es hoy y es un arte y es difícil y es, también, emocionante. Me pregunto: ¿Por qué he perdido tiempo? ¿Lo he malgastado en mis dudas? ¿En ponerme a la defensiva? ¿En ser abanderada de mis ideas? ¿En buscar aliadas? ¿En dar apoyo? ¿O por el contrario lo he ganado en cada una de esas acciones? ¿Acaso la vida tenía este plan? No lo sé.

Solo quiero invitarlas a entregarse por completo a ese "hoy" que parece ahogarlas, porque en el fondo, en el rincón de cada presente, existe la chance de recibir algo inesperado que pone fin a la incertidumbre conocida, para dar la bienvenida a otras incertidumbres, más nuevas y más desafiantes. Hoy vivo mi hoy y tengo temor, pero puedo sentir que es el camino correcto, no por perfecto sino porque nació en mi deseo, yo lo elegí porque escuché mi voz y supe ver lo que miraba.

A ti, ¿te ha contado alguien que este "hoy" puede convertirse en el mejor siempre que hayas soñado? ¿Sabes que hay otras verdades esperando por tu consideración?

Isabella López Rivera

El cursor se detuvo, Isabella respiró, emocionada. Lo había hecho una vez más. Envió el e-mail con su nueva columna a ambas revistas y fue a cambiarse.

* * *

El timbré sonó y fue Rafael quien los recibió a los tres. Gina los vio entrar y tuvo ganas de llorar de emoción, elevó su mirada y le agradeció a la vida que le seguía dando tanto, porque finalmente la felicidad de los hijos lo era todo. Sintió orgullo, tanto que parecía no entrar en su cuerpo.

–¡Hola, mamá! –dijo Isabella–. Pasa, cariño –agregó.

Gina abrazó a Maricruz con tanto amor como fue capaz de sentir, y los cinco se sentaron a la mesa.

Y esa fue la otra verdad de Isabella.

Matías había llegado a Nueva York, un día antes de la muerte de Amanda, como si el plan divino fuera que se conocieran antes de su viaje a la eternidad. Luego, el vínculo entre la niña y Bella había crecido tanto que ninguna de las dos quería separarse de la otra. Matías veía en Isabella la clara manifestación de una maternidad por elección. No la que había deseado, pero sí la que lo sorprendía y hacía feliz. Maricruz tenía una madre que no era ella, pero de algún modo tenía otra que sí. De eso se trataba el amor.

En medio de risas, el timbre volvió a sonar y Gina, que no lo tenía planeado, tuvo que agregar dos platos a la mesa; Paul y Donato estaban allí para honrar la vida.

–*Little Princess*, tengo un regalo –dijo Paul vencido por la ansiedad–. Ábrelo –dijo y le entregó a Bella un paquete.

Ella lo hizo sonriendo. Una camiseta bordada con piedras le mostraba una leyenda "*To be me*". Paul había encontrado las palabras para definirla, siempre habían estado cerca, a su alcance, y enlazaban toda una gran historia de vidas en la de la propia Isabella.

Maricruz se sentía amada y parte de esa familia ensamblada a puro sentimiento, y estaba cómoda porque la presencia invisible de su madre los abrazaba desde el recuerdo.

* * *

La vida era o podía ser tan difícil como quisiera, de hecho, hacía lo que se le daba la gana, pero la actitud y el amor, que lo son todo, eran y serán el camino directo a las otras verdades que, en cada hoy de los días, esperan por nosotros.

Tú, ¿estás atento a esas otras verdades que pueden hacerte, "aquí y ahora", un poco feliz?

Con amor,

Laura G. Miranda

¿Cuánto tiempo es para siempre? A veces, solo un segundo.

Lewis Carroll

Alicia en el país de las maravillas

AGRADECIMIENTOS

A la vida, en primer lugar, por ser tan generosa conmigo, por darme lo suficiente de cada sentimiento, de los buenos y de los otros, porque eso me permite evolucionar y vibrar en un sentido más completo y cercano, al de la mejor persona que quiero ser cada "hoy" al despertar.

A los que amo, porque siempre están. Mi esposo, Marcelo; mis hijos, Miranda y Lorenzo; mis padres, Héctor y Susana; mi hermano, Esteban; mi hermana de la vida, Andrea Vennera; y mis mascotas, Oishi, Akira, Takara y Apolo. Un equipo emocional que define mi vida y me hace bien. Por ustedes, todo.

A mi abuela, Elina Ferreyra, donde sea que estés, gracias por tu legado y por ser a través de mí.

A mi amiga Flor Trogu, por su incondicional compañía, por leer a la par de mi escritura y más allá de cada línea. Porque juntas descubrimos otras verdades, en cada tramo de esta historia que nos encontró riendo y, también, al final, llorando de emoción.

A mi amiga, Stella Maris Carballo, porque ella fue mis ojos y me llevó a un viaje a África que no hice todavía. Me regaló sus recuerdos, llenos de imágenes, sonidos y verdades milenarias. Nos mezclamos en la experiencia sensorial de estar allí, juntas, sin movernos de nuestra ciudad. Ella podría cambiar la visión del mundo, solo hablando de lo que sabe. Definitivamente, soy mejor a su lado.

A mi amigo, Guillermo Longhi, guardián de cada palabra escrita y de mi disciplina diaria para cumplir mis plazos de entrega. Él me escucha y después me anuncia presagios casi épicos, desde su infinita fe en mí, y yo me quedo pensando en sus palabras siempre, porque aun sucediendo lo maravilloso que adivina, nada se compara con lo que siento al escucharlo.

A mi amiga, Valeria Pensel, por leer la historia terminada, antes de que la entregara. Por su admiración y reconocimiento, entre risas y verdades. Por su opinión personal, tan precisa, respecto del tema principal.

A Valeria López y Evangelina López, su hermosa hija, por vincularme con conocimientos de la cultura afrodescendiente; por revelar ante mí otras verdades.

A Carmen de Llopis y a Marcela Favereau, por tanto. Por esa mágica energía con la que desean lo mejor para mí. Las admiro por su forma de dar.

A Mariela Giménez, por creer en *Las otras verdades* y en mí, desde y para siempre. Por el camino que compartimos, único e irrepetible desde nuestros sentimientos y compromiso.

A todo el equipo de V&R Editoras, Abel Moretti, Daniel Provinciano, María Inés Redoni, Mariana González de Langarica, Marianela Acuña, Florencia Cardoso, Ayelén Mardones, Bárbara Urruti, Lorena López y Verónica Piseta, por estar en cada momento que los necesité y por trabajar en favor de lo mejor para mis libros. En especial, a Marcela Aguilar, por apoyar mis ideas y permitirme escribir con absoluta libertad sobre temas sensibles y, a Natalia Yanina Vázquez, en particular, por acompañar todo el proceso de creatividad con su palabra y nuestra maravillosa risa a pesar de los contextos complicados. Por estar, siempre. A través de ellos, también, a todos los que integran el equipo de V&R Editoras y Vera Romántica.

A todo el equipo de V&R Editoras México por hacerme sentir en casa, en ese país, a través de mis libros y su gente.

A todo el equipo de V&R Editoras Brasil por convertirse en mi nueva casa en esa Tierra Santa.

Al equipo de V&R Editoras Europa por ser otra nueva verdad en mi camino.

A mi editora, Carolina Kenigstein, por su lectura sensible, su mirada vehemente, su empatía y su entrega. Por compartir conmigo otras verdades.

A Ezequiel Martirena, vendedor en mi ciudad y muchas zonas. Por estar en cada evento y siempre al alcance de lo necesario para que mis libros lleguen a destino.

A todas y cada una de las librerías de Argentina y de cada país que recibe mis novelas, a sus dueños y a su personal, por darles a mis libros un lugar de privilegio, en vidrieras, mesas principales y redes sociales, por recomendarlos entre sus clientes y, por si hiciera falta algo más, por la generosidad de hacérmelo saber. Lo valoro infinito.

A mis lectoras y lectores (hombres geniales y sensibles que se animan), por elegirme cada vez, otra vez, por sus mensajes, por dejarme entrar en sus vidas, por su gran cariño. A los de siempre, a los de ahora y a los que se suman a través de recomendaciones o por impulso propio, porque llevan a mis libros al mejor lugar: la oportunidad de nuevas lecturas.

Sepan, los tres pilares, mi editorial, las librerías y mis lectores, que sin ustedes y su incondicional manera de dar, mi presente no sería posible. Gracias por tanto.

A las otras verdades, porque pueden hacer la diferencia y son infinitas. Solo hay que decidir descubrirlas.

PLAYLIST

▶ *All you need is love*, The Beatles

▶ *Baby one more time*, Britney Spears

▶ *I fell good*, James Brown

▶ *Jerusalema*, Master KG

▶ *What a felling*, Irene Cara

▶ *Love of my life*, Freddie Mercury, Queen

▶ *Saya*, Sona Jobarteh

▶ *Sailing*, Rod Stewart

▶ *I don´t want to talk about it*, Rod Stewart

▶ *Dancing Queen*, ABBA

▶ *Help*, The Beatles

▶ *Let it be*, The Beatles

▶ *I want to hold your hand*, The Beatles

▶ *La vida es un carnaval*, Celia Cruz

- ▶ *Sorpresas*, Ruben Blades

- ▶ *Wake me up*, Wham!

- ▶ *I started a joke*, Bee Gees

- ▶ *How deep is your love?*, Bee Gees

- ▶ *Always on my mind*, Elvis Presley

- ▶ *Brazil La La La La*, Brazilia Party Squad

- ▶ *Falta amor*, Ricky Martin

- ▶ *Tiburones*, Ricky Martin

- ▶ *If you leave me now*, Chicago

- ▶ *Have I told you lately that I love you*, Rod Stewart

- ▶ *Rhythm of my heart*, Rod Stewart

- ▶ *All for love*, Rod Stewart

- ▶ *What a wonderful world*, Rod Stewart

- ▶ *I'll stand by you*, Rod Stewart

Elegí esta historia pensando en ti
y en todo lo que las mujeres románticas
guardamos en lo más profundo
de **nuestro corazón** y solo en contadas
ocasiones nos atrevemos a compartir.

Y hablando de compartir, me gustaría
saber qué te pareció el libro...

Escríbeme a
vera@vreditoras.com
con el título de esta novela
en el asunto.

VeRa

yo también
creo en el amor

f **◎**
vera.romantica